中国当代大陆武侠小说代表作家

张宝瑞武侠小说全集

醉侠传

清末民初著名武侠英雄张长桢传奇

张宝瑞 著

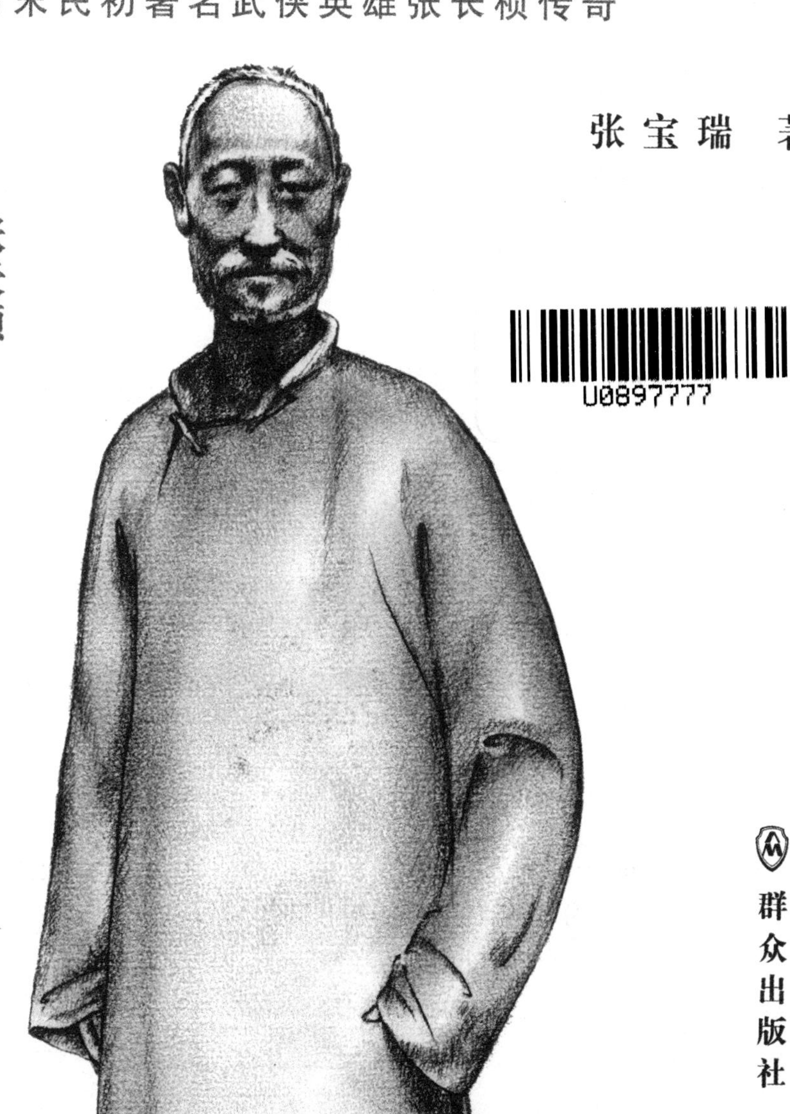

群众出版社
·北京·

图书在版编目（CIP）数据
醉侠传 / 张宝瑞著．—北京：群众出版社，2011.12
（张宝瑞武侠小说全集）
ISBN 978-7-5014-4952-1
Ⅰ.①醉… Ⅱ.①张… Ⅲ.①侠义小说—中国—当代 Ⅳ.①I247.5
中国版本图书馆 CIP 数据核字（2011）第 257509 号

醉侠传

张宝瑞 著

总 策 划：李国强
策　　划：易孟林
责任编辑：易孟林　张　倩
装帧设计：章　雪
封面插图：王紫华

出版发行：群众出版社
地　　址：北京市西城区木樨地南里
邮政编码：100038
经　　销：新华书店
印　　刷：北京通天印刷有限责任公司

版　　次：2012 年 1 月第 1 版
印　　次：2012 年 1 月第 1 次
印　　张：16.25
开　　本：787 毫米×1092 毫米 1/16
字　　数：270 千字

书　　号：ISBN 978-7-5014-4952-1
定　　价：30.00 元

网　　址：www.qzcbs.com
电子邮箱：qzcbs@163.com

营销中心电话：010-83903254
读者服务部电话（门市）：010-83903257
警官读者俱乐部电话（网购、邮购）：010-83903253
文艺分社电话：010-83901330

自 序

一

冬练三九，夏练三伏，保精养气，吞吐沉浮；每当拉开架势运气发功，便内在地生出一股升腾之力，瞬息可发。我觉得这种力就是我们千百年来一直推崇和渴盼的强国强民强种之力！董海川、杨露禅、王芗斋、张长桢、尹福等著名武术家便是这种力的代表。而正是这无数的杰出代表与勤劳勇敢的普通民众一起创造着中华民族的历史，让侠的精神贯穿始终。

据史书记载，捣毁祖龙居的陈胜义军中的许多勇士就是角抵的喜爱者。汉末的黄巾军在起义前也在民间聚集太平道徒练习武艺，终成强悍之师。唐初，以少林寺和尚昙宗为首的十三棍僧，搭救秦王李世民，救一明主，以致出现盛唐之治。燕青拳起源于北宋末年梁山义军浪子燕青之手。南宋初年岳家军中的岳家拳曾使金兵闻风丧胆，“壮志饥餐胡虏肉，笑谈渴饮匈奴血”。元朝末年朱元璋起义军中的常遇春、沐英等都是著名的武术家。明代抗击倭寇的戚继光创立戚家拳，名震国门。一九〇〇年的义和团运动更是中国数十万武术之众抗击外国侵略者的明证。

侠者，勇也，义哉。侠是一种精神。中国武术浩瀚博大的历史长卷之中，清代和民国初期是中国武术的鼎盛时期。八卦掌始祖董海川、杨氏太极拳始祖杨露禅等武术盟主，异军突起，各领风骚。八大镖局，叱咤风云；四大佛教圣地，侠香缕缕。更有那“醉鬼张三”“大刀王五”“鼻子李”“翠花刘”“铁镯子”“小辫梁”等性格各异的武林人物穿梭跳跃其中，展现了一派雨激雷荡、风啸马嘶、侠飞剑击、气壮山河的英雄风采。

二十世纪三十年代有日本记者问大成拳始祖王芗斋：“中国武术史上你最崇尚谁?”王芗斋毫不犹豫地回答：“八卦掌开山鼻祖董海川和杨氏太极拳创始人杨露禅。”

八卦掌始祖董海川，生于清嘉庆年间，自小嗜武成癖，秉性刚直，疾恶如仇，济困扶危；后来在江南遇道士毕澄霞指点穿掌，即八卦掌的雏形。据八卦掌研究会会长李子鸣先生介绍，为报家仇国恨，董公曾接受太平天国天王洪秀全派遣，忍辱割阉，栖身北京王府试图接近咸丰皇帝行刺，以酿成清廷内乱，使太平天国趁机北征。太平天国运动失败后，董海川壮志难酬，于是在北京正式设馆收徒五十六人，创立八卦掌，声名远扬。光绪八年（公元一八八二年）十二月十五日，这位武术大师端坐而逝，葬于北京东直门外红桥牛房村；一九八一年五月六日，迁于北京西郊香山脚下的万安公墓。

杨露禅（公元一七九九年—一八七二年），字露禅，别号禄缠，名福魁，直隶永年县人。年轻时慕河南温县陈氏拳名，往投陈长兴门下学太极拳。他天资颖异，秉性坚毅，终于尽得陈氏拳法之秘，数次与陈家诸徒较量武功，皆败之，师惊其才，遂传授秘术。数年后，以能避强制硬之力见长，柔中寓刚，绵里藏针，人称“治绵拳”。后至京师，任旗营武术教习，名震朝野，有“杨无敌”之称。曾与董海川交手，名望极高。其子班侯、健侯，自幼秉父教，均卓然成为名拳家。满族人全佑、凌山、万存、万春，亦得露禅之真传，但均奉露禅之命，拜于班侯门下。

“醉鬼张三”张长桢，是清末民初北京著名武术家，武术门派“三皇功”的创始人。他瘦骨嶙峋，弓腰垂背，平时上身穿一件雪白色对襟儿长褂，下身穿一条肥大的青布裤子，脚穿一双千层底布鞋；左手拎着一个竹鸟笼子，笼内养着一只红嘴绿头的画眉鸟儿；右手握一杆铜锅白玉嘴的尺余长烟袋；一双醉眼像两个灯笼，分外有光彩。他仗义疏财，藐视权贵，暗中帮助百姓，留下许多佳话，是京城老百姓竞相传颂的英雄人物。张三曾护送钦差到西藏，其经历也是跌宕起伏。

目前已查明，全国源流有序、拳理分明、风格独具、自成系统的拳种有三百多个，武术名家逾千人。一九七一年我创作长篇小说《落花梦》时，文中就已经有了武侠人物的雏形。在描写侠客国的时候，我写到了几十个侠客，主要是清代长篇武侠小说《七侠五义》《小五义》《儿女英雄传》对我的影响比较深。但真正接触中华武术，却是我在二十世纪八十年代当新华社记者的时候，当时分管文教报道，包括体育报道。中华武术属于体育范畴，我采访了很多武术名家，和众多武术界的知名人士便成为好朋友。像八卦掌始祖董海川再传弟子、八卦掌研究会会长李子鸣，副会长谢佩启，戳脚翻子拳研究会会长刘学勃等都是我的朋友。在交往的过程中，我一直注意记录他们讲述的人生经历和一些有价值的逸事。八卦掌传人李子鸣，他的家就在西草厂附近，我时常去他家中拜访他。新中国成立前，李子鸣曾经成功地掩护了当时中共北平地下党的一位负责人脱险。当时，国民党特务跟踪那位负责人到了李子鸣家附近，李子鸣将他藏在了自家的酱缸里，解救了这位地下党负责人。新中国成立后，李子鸣和他一直保持着来往。与武术名家交往，对我的影响很大。在同他们交往的过程中，我认识到，武术与京剧一样，是中华民族珍贵的文化遗产。同时，我也逐渐对中国武术史上各个拳派的起源、发展、演变以及代表人物产生了兴趣。

二十世纪八十年代初，国内出现了一批弘扬爱国主义和民族精神的优秀影视作品，如电影《少林寺》、电视连续剧《霍元甲》等，一度形成万人空巷的观看热潮，这在某种程度上表明了普通百姓对此类作品的渴求。这也促使我萌生了创作弘扬正义、歌颂爱国主义精神的武侠小说的想法。因为我觉得，真正意义上的武侠小说能够最直接地反映爱国主义和民族精神。我将我写作武侠小说的原因，详细地归纳成了五点：第一，我了解武术界；第二，武侠小说的侠是一种精神和境界；第三，写武侠小说可以发挥更多的想象；第四，我为人坦荡、豪爽大度的性格，多少有一些侠气；第五，当时武侠作品的热潮正席卷中国大陆。于是，我一边认真地完成新华社交给我的采访任务，一边利用业余时间开始创作武侠小说。

不久，我写的长篇武侠小说《八卦掌传奇》出版了。这部长篇武侠小说记叙了八卦掌创始人董海川富有传奇色彩的一生。董海川少年嗜武成癖，青年浪迹天涯，在九华山拜碧霞道长为师，并与吕飞燕结下不解之缘。这个吕飞燕是飞剑斩雍正的侠女吕四娘的后代，反清的壮志使这个年轻貌美、武艺高强的侠女与董海川一见钟情，心有灵犀一点通。十四年后董海川下山，历尽磨难。后来太平天国垂危，天王洪秀全泪请董海川进京刺杀咸丰皇帝。董海川为了反清大业，毅然斩断与吕飞燕的姻缘，慨然受命，阉割进京，栖身王府，寻机接近咸丰皇帝，以求谋杀。董海川自阉后先后在四爷府、肃王府任护卫总管，在圆明园皇会比武中，力挫群雄，冠绝一时。恰恰此时，太平天国失败，洪秀全自尽。董海川壮志难酬，抑郁而终。吕飞燕在万念俱灰之中凄然遁入峨眉山削发为尼。这部小说以董海川与吕飞燕的悲欢离合为主线，写出英雄与美人、侠客与情人的悲剧。《八卦掌传奇》出版后，和当时的《霍元甲》《螳螂拳演义》等成了名噪一时的畅销书。这无疑给了我继续进行武侠小说创作的信心。以后我又写出了《铁镯子传奇》《宦海侠魂》《醉侠传》《太极英雄传》《大成游侠》《东归喋血》等一系列长篇武侠小说。

长篇武侠小说《铁镯子传奇》，实则是《八卦掌传奇》的续集。董海川去世后，他的大弟子“铁镯子”尹福接任掌门人。有史可查，尹福又任清宫护卫总管兼光绪皇帝的武术教师。时值康梁“戊戌变法”时期，珍妃的翡翠如意珠丢失，朝廷震动，尹福会同八卦掌门人破案。一连串谜案发生，此起彼伏，尹福的师弟“煤马”马维祺被毒砂掌击杀，肃王府的宠妾金桔一反常态……尹福夜探肃王府，发现金桔的替身是其妹妹银狐公主；在颐和园又发现董海川的旧日仇敌、“塞北飞狐”沙弥。此时与尹福同往的银狐不幸中了慈禧太后的保镖文冠的天女散花针。为救银狐，尹福孤身闯千山寻解药。八卦掌门人二闯颐和园，设计杀了沙弥，但遭到清军虎神营伏击，伤亡惨重，“大枪刘”刘德宽等五人被俘。以后八卦掌门人在琉璃厂劫法场，救出刘德宽等人，弟兄们各奔东西。此时，尹福才明白，是后党设计盗去皇妃宝珠，为的是让光绪皇帝疏远尹福等八卦掌门人，以除掉刺杀光绪的障碍。以后尹福夜闯天津荣禄府，终于夺回宝珠，并无意中偷听了袁世凯向荣禄告密。尹福见维新党人和光绪危急，火速赶往北京，但为时已晚，维新运动失败，光绪被囚于瀛台。尹福愤而将宝珠投入御河之中，呼曰：变法既已失败，我主又已被困，我千辛万苦寻来的宝珠又有何用……

长篇武侠小说《宦海侠魂》，是《八卦掌传奇》的再续集。一九〇〇年八国联军的铁蹄突入北京，慈禧、光绪等皇族西逃，清宫护卫总管尹福、李瑞东护驾而行。八国联军、义和团、军阀宦官、巨盗土匪、绿林豪杰、将门遗族等出于不同的政治目的，企图刺杀慈禧和光绪，由此而展开了跌宕起伏、扑朔迷离的故事和惊心动魄的厮杀，刀光剑影，悲壮曲折。武术大师车毅斋、郭云深、马贵、张策等大显身手。其中一些宫闱秘史、西遁内幕均属首次公布于世。西遁之途，迢迢遥遥，山高路远，谷幽水深，始终是一个谜。据史书记载，皇家行列曾遇土匪巨盗骚扰、乱兵袭击、义和拳众阻击、内讧……这部小说有史实、逸闻、传奇、秘史，杯弓蛇影，烛影斧声，上演了一幕幕跌宕起伏的活剧。书中所写八国联军统帅瓦德西派出杀手黛娜欲刺慈禧是为酿成中国内乱；义和拳众欲杀慈禧是因她出卖了义和拳；袁世凯派人欲杀光绪是恐其死于太后之后，以绝复仇之患；于莺晓刺杀光绪是为反清复明；江南神偷乔摘星看中了光绪帝手中的小盒子，只因盒内藏着御玺；燕山大盗黑旋风劫掠皇族是为了食色谋财；“臂圣”张策师徒追杀慈禧是因为朝廷弃城而逃……皇家行列在八达岭遭到黑旋风匪帮的袭击，光绪被劫；正当黑旋风欲杀光绪时，女侠于莺晓从天而降要带光绪帝到恒山祭祖；她杀散匪帮，光绪又不翼而飞……在双榆镇，出现两个怀来县令，令人难辨真伪；怀来县城又出现由义和团众装扮的皇家行列。为索回被乔摘星偷走的御玺，尹福来到山西太谷，恰遇天下侠士云集此地，目睹形意门两泰斗郭云深与车毅斋比武；尹福夺回御玺，挫败八国联军暗杀的阴谋，最终护送皇驾安全抵达西安。

长篇武侠小说《东归喋血》，是《宦海侠魂》的续集。写的是一年后，以慈禧、光绪皇帝为首的皇族从西安返回北京的故事。莲花寺“花花和尚”、“天山二秀”秋家姐妹、少林寺恶僧悟慧、“通臂猿”胡七、八国联军女杀手黛娜等人，各怀异志，对皇驾多次实施突袭，由此险象环生。慈禧携瑾妃、隆裕皇后在骊山华清池洗浴，身染“花花和尚”所投之毒。尹福与假扮瑾妃的宫女木兰花深入莲花寺，骗取解药，使她们转危为安。李莲英献奇策，让王爷载澜的义女向昀假扮慈禧，去顶那“明枪暗箭”。向昀为救流放西域的义父，忍辱领命。此时，真慈禧突然失踪，向昀被少林寺僧人劫持。尹福独闯少林，救出向昀；归途误入陷阱，生命垂危。“天山二秀”秋千鸿、秋千鹄姐妹为报夙仇，千里迢迢，赶来突袭皇驾。光绪夜入英豪镇教堂祈祷，遭到假扮圣母的黛娜枪击，光绪佯死，虎口逃生。尹福与向昀产生真挚爱情，而尹福不能摆脱传统的世俗观念，两个人的爱情充满矛盾与痛苦。尹福为救向昀落入秋家姐妹魔掌，被劫持到西域女儿国。在一女侠的帮助下，尹福等人消灭秋家匪帮，恢复了女儿国的太平盛世。少林僧人围攻开封府皇驾，宫女木兰花壮烈殉难，恶僧悟慧毙命。皇驾北渡黄河，中流击水，风浪大作，又遭“通臂猿”胡七等人围困。尹福晓明大义，施展神功，胡七等人悄然退去。皇驾终于结束了三个月的流亡生涯，由直隶正定乘火车返京。在京城南部马家堡车站，正当向昀下车之际，黛娜从迎驾的洋人行列中疯狂跃出，身抱装有炸药的手提包，孤注一掷地朝假慈禧扑去；在巨大的爆炸声中，两人同归于尽。

长篇武侠小说《大成游侠》，描述的是大成拳创始人王芗斋的一生。清末王芗斋拜师郭云深，后来到北京曾投军做伙夫，因显绝技，被吴三桂后裔吴封君招为女婿。王芗斋巧入六国饭店戏弄俄国大力士康泰尔，与韩慕侠、王子平等武术名家结为莫逆之交。王芗斋为博采众艺，开始驰骋江湖；在少林寺遇到高师指点，于达摩洞前目睹天下奇雄比武；为追击武林败类小白猿，登峨眉山与群猴大战，仿佛身入猴国；以后辗转福建鼓山、浙江杭州，来到华山，邂逅鼓山老道、“江南第一妙手”解铁夫、方士桩、刘丕显等名家，又引出许多故事；在九华山终于击毙小白猿，替武林除一大害。这部长篇小说的特点是把动物人性化，如峨眉山的猴子、鼓山的鹤、华山的鹰，都训练有素，栩栩如生，极有灵性。苍鹰能千里报信，野猴能列阵搏杀，白鹤死后解铁夫为之立碑，特别是猴群中也有善恶之分，颇通人性，别开生面。

长篇武侠小说《醉侠传》，写的是京都名侠“醉鬼张三”以奇术绝技行侠仗义的一生。张三本名张长桢，生于清末，早年靠保镖护院为生，名噪大江南北。晚年看破红尘，息影家园。因他嗜酒成性，整天迷蒙着一双醉眼，又在家排行第三，人称“醉鬼张三”。他便也倚醉卖醉，不管哪位权贵相请，大有“天子呼来不上船，自称臣是酒中仙”之慨！故事以“小辫梁”大闹马家堡为引笔，张三为救小辫梁，夜探紫禁城找尹福出面相助。一九〇〇年，八国联军入侵北京，张三巧救于谦祠堂里众多被关押的妇女。为救天坛里的更多受难女子，张三又闯入中南海挟持八国联军统帅瓦德西，逼使他下令释放天坛里的被扼女子。八国联军退后，张三为钦差大臣王金亭护镖到西藏颁诏，后又到杭州铲除污吏，精武馆遇霍元甲，大明湖辨真假刘鹗，深州府鏖杀，夫子庙论扇，普陀山救人，悬念迭出。

长篇武侠小说《太极英雄传》，写的是杨氏太极拳名家杨露禅父子一生的故事。清咸丰年间，杨露禅三下陈家沟装哑偷拳；为救师父陈长兴，他闯孔林、下苏州，身陷黄葵帮匪巢，祸至福来。为救秦淮歌妓郑盈盈，他赴“雄县柳”家夺官印，身中剧毒；幸亏女侠陈玉娘大闹北京圆明园，戏咸丰皇帝，谑四春贵妃，巧夺解药，使杨露禅转危为安。英法联军火烧圆明园，总管文丰自尽前请杨露禅、杨班侯父子护送一批国宝转移至北京西山。潭柘寺刀光剑影。一路上曲折逶迤，清宫大内高手、黄葵帮和水澳帮巨盗、英法联军、宫娥侍卫步步紧随，对国宝垂涎不已，由此展开了惊心动魄的搏杀。猎户冯三保、冯婉贞父女血染山谷，与各路杀手同归于尽，结局出乎意料，令人回肠荡气，隽永不已。

我创作长篇武侠小说《醉侠传》是在一九八八年。“醉鬼张三”的旧居就在我家住的喜鹊胡同附近，我小时候经常去那里玩儿，因此，对“醉鬼张三”的题材有一种特殊的感情。为了写这部小说，我下了很大的工夫。我最先想到的是采访张长桢先生的长孙张芝纶，但他早已隐居。等找到他在甘肃的地址后，仍然联系不上，无奈我只好另寻渠道。功夫不负有心人，我终于找到了“醉鬼张三”这一门派的武术家贾振才，当时他已经是一位七十多岁的老人了。贾振才老人是剪刀匠出身，江湖人称“剪刀贾”。我还清楚地记得第一次去他家采访时的情景。他家里陈设简单，墙上挂着一个一尘未染的相框，框里正是“醉鬼张三”的照片。到了午饭的时间，老人拿出橘子、核桃，问我：“张记者，喝什么酒?”说着，手一伸，在床底下“嚓”的一声抽出一个箱子。我一看，里面全是白酒。老人一指桌子上的橘子和核桃说：“这就是当年咱们张三爷的下酒菜!”他拿起一颗核桃，手一用力，“咔嚓”一声核桃就碎了。“醉鬼张三”的照片很少见，所以我很想将贾振才家墙壁上挂的那张照片拍下来。一天下午我又去了他家。当时，贾振才的一个徒弟正好也在他家。这个徒弟比贾振才的年龄还要大，他看到我要拍墙上“醉鬼张三”的照片，就上前来对我说：“拍照片是不是应该给个价钱?”贾振才“啪”地打了他一个嘴巴，大声说：“张三爷从来不让自己的门下谈钱!”贾振才又转过身来，对我说：“张记者，你尽管拍!”我拍了几张照片。后来，翻拍的“醉鬼张三”的照片印在了我出版的长篇武侠小说《醉侠传》（原书名《醉鬼张三》）里。这部小说出版以后，我意想不到地见到了当初我千方百计寻找的“醉鬼张三”的长孙张芝纶。那是一九九〇年初的一天，我正在位于北京日报社里的新华社北京分社的办公室里写稿子，忽然听说有人找我。我出来一问才知道，是张三的次孙。他说：“张记者，我大哥来北京了，想见一见你！”我又惊又喜，就随他一起去了。我们去的地方正是离我家老屋不远的“醉鬼张三”旧居。走进旧居的大门，只见正堂的太师椅上端坐着一个又矮又瘦的老人，青衣长褂，很是精神。老人看到我们走进来，马上从太师椅上站了起来，热情地走过来，把我迎到太师椅旁边的座位上。寒暄之后，他仔细地端详我，见我高个头、身材魁梧，就问：“张记者，会不会武功？”

我一笑，回答他说：“我不会，我写武功！”

他说：“无论如何，首先感谢你为我爷爷写了一本书！”

我告诉他最初准备写《醉侠传》的时候，和他联系不上。他听后连声说：“多包涵，多包涵！”

我与“醉鬼张三”的长孙谈得很投机。他为人热情豪爽，向我讲了他自己的情况，而更多的是谈论他的爷爷“醉鬼张三”。据他讲，“醉鬼张三”是一个不事张扬的人。由于他的武功好，很多人想制伏他，借张三的名气来扬自己的名。所以张三行事一直很谨慎，包括在胡同里走路，他从来不贴着墙根走，总要与墙保持一定的距离，防止被别人暗算。他有三个孙子，而武功高强的是长孙。我有幸见到继承了张三武功的这位后人，可惜他于一九九七年在安徽悄然去世。

长篇武侠小说《醉侠传》被改编成电影是由于一次偶然的机会。一九八九年底，香港齐明电影制作公司准备拍摄四十集电视连续剧《大刀王五》，来到内地洽谈相关事宜；武术界的窦凤山先生和北京电视艺术中心的负责人郑晓龙向他们推荐我担任电视剧的武术顾问，主要原因就是我创作了很多武术题材的小说。我们一起拜访了“大刀王五”的孙媳和重孙，参观了“大刀王五”主办的源顺镖局，镖局位于北京东珠市口。这时，我将我出版的一些武侠小说送给了香港导演戴彻。他读过之后，有意将《醉侠传》改成电影搬上银幕；同行的西安电影制片厂导演张子恩也是这个意思。他对我说出这个想法之后，我欣然同意。一九九〇年，根据我的长篇武侠小说改编的电影

《醉鬼张三》，由香港齐明电影制作公司和青年电影制片厂联合搬上了银幕，在内地发行电影拷贝达二百三十二个，后来此电影还被评为新中国成立五十年优秀影片之一。

二

侠者，勇也，义哉。武侠小说是侠者的碑迹，是侠者心路历程的纪录。著名作家刘绍棠生前曾这样评价我的武侠小说："将武术、史实、言情、京味融为一体，革新了旧式武侠小说，应该是武侠小说中的写实类型。"我在创作长篇武侠小说时，力求历史与传奇、武术与侠义、文史与传说、言情与民俗相结合，使人读罢能恍入中国武术浩瀚博大的历史长卷之中。但是，能够称得上写实派也不是一件容易的事情。我在小说中描写的一招一式都是有渊源的，并不是完全依靠想象。在创作武侠小说的过程中，我有幸结识了几位武侠小说创作成绩斐然的大家，香港著名武侠小说作家梁羽生先生就是其中一位。

我与梁羽生先生的交往很有传奇色彩，我们至今都未曾谋面，却有书函辗转往来。一九九三年，我希望梁先生能够为我的武侠小说作序。当时，我找到梁先生的经纪人，他与梁先生联系后，梁先生表示要看我的武侠小说。我寄给他两部武侠小说，一部是《八卦掌传奇》，另一部是《醉鬼张三》(后更名为《醉侠传》)。正在澳大利亚悉尼隐居的梁先生在看到我的两部武侠小说之后，欣然应允为我写序；他在序中还对武侠小说的发展趋势，作了客观和卓有远见的评述。

为感谢梁羽生先生的谆谆教诲，也便于读者诸君了解梁先生关于武侠小说的真知灼见，现将所作序言照录如下。

六W与三结合

梁羽生

一

文章贵有个人风格，对长篇小说而言，更加如此。无风格不能成家——虽然成家的条件不止一种，但风格却是属于基本的因素。张宝瑞的武侠小说是有他的个人风格的。

我和张宝瑞不相识，只知他是记者“出身”。作家的风格往往受本身经历的影响，张宝瑞的风格似乎也是源于他的职业。西方新闻学有六 W 之说，把一篇新闻报道必须具备的因素概括为 when（何时）、where（何地）、who（何人）、what（何事）、why（何故）、how（如何）。此说虽来自西方，但中西一理，缺少六 W 之一，就不能成为一篇完整的新闻报道了。

张宝瑞的武侠小说具有纪实文学的性质，在大陆亦早有定评。以他的两部代表作《醉鬼张三》（编者注：即《醉侠传》）和《八卦掌传奇》为例，前者写三皇功创始人张长桢的一生，后者写八卦掌开山祖董海川的事迹。书中的主要人物和重大事件都是真有其人，实有其事的。纪实文学脱胎于新闻报道，其必须具备六 W，是无须说的。除了真人实事之外，张宝瑞还有严格的时空观念。例如，《醉鬼张三》中十三、十四两回，写了张三在某年春节期间的活动：闹花会，看艺人的杂耍；逛厂甸，听小贩的吆喝；游鸟市，赏珍禽的奇姿；进戏园，观名伶（杨小楼）的演出……在读者面前展开了一幅清末民初的北京民俗画卷。这些具有鲜明特色的描绘，是决不能移用于别的地方、别的年代的。

最后两个 W（why，how）属于叙事的范围。任何小说离不开叙事，因此只有技巧高下的问题，并无需不需要的问题。技巧问题，在有限的篇幅中是难作评述的。是否必须具有六 W，要看作品的性质。例如，历史小说必须有，科幻小说就无需了。武侠小说可以是写实的，也可以只是“成人的童话”，因此是要六 W 具备，还是只要其中的一部分，那就全看作者的取向了。许多武侠小说说不清楚故事发生于何地何时，但自有其文学价值，正如“成人的童话”一样。

不过，我还是比较喜欢有六 W 的作品，因为出于高手的成人童话固然有其文学价值，但若是粗制滥造的作品则难免令人有云山雾罩之感了。

二

有了个人的风格，还得有坚实的内容，否则就不耐看了。有如千娇百媚的美人，其魅力也终如彩云之易散。

张宝瑞的小说是够得上用坚实二字来形容的，尤其在“武”这方面。他写的是名副其实的武侠小说。武侠小说用简单的算式表示，即：武＋侠＋小说。必须三者结合，才能名实相符。并非所有的武侠小说都是有武有侠的，早就有人指出一个现象：“许多武侠小说都是有武无侠，甚至武也没有，有的只是神，神怪的神”。

张宝瑞的小说，其最大的特色就是有关武术的描写，大陆作家林斤澜就这样说过：“现在的文坛有两怪，一是张宝瑞，专写武术；二是柯云路，专写气功。”《八卦掌传奇》第十五回，张宝瑞写董海川与铁佛法师谈论武术，对各门各派的拳脚功夫如数家珍。张宝瑞的武术知识之广博，于此可见一斑。

张宝瑞的小说有侠，无须待我来说。他那两部代表作的主角——张长桢与董海川，本来就是有许多行侠仗义事迹在民间流传的真实人物。

张宝瑞的武侠小说有纪实文学的性质，但并不等同侠士的传记。他还是用小说的手法写的，有在特定环境中“可能发生”的虚构情节，也有为了突出主角形象而安排的次要人物。当然，也有人物的刻画和气氛的描写。

三

对于武侠小说的三结合，还有许多值得讨论的地方；因为在认同者中也还有枝节的差异，何况还有不认同的呢。这里无法作深入的讨论，只能略抒己见。

首先，在三结合中，哪一样是重要的？当然应是小说。不能写成传记，更不能写成论文（有人指出，我有几部小说犯了说理过多的毛病。这确是我应作自我检讨的）。这一点似无异议，问题只在于小说写法的讨论了。例如，小说总有叙事（武侠小说更加是以讲故事为主的），那么用什么人的眼睛来作见事之眼呢？用作者的眼睛还是用书中人物的眼睛？我比较倾向于用人物之眼。对三结合，我个人的排列式是：小说、侠、武。

武侠小说必须有武，这一点似乎无异议。不过，是虚写的好还是实写的好，就有不同的意见了。我觉得这也是一个取向问题。扬长避短，是任何作者都会选择的道路。如我，因为不懂技击，也不懂气功，就只能虚写了。但我总觉得欠缺这方面的知识是一大憾事。

最大的分歧在“侠”这一方面。有人认为“侠”的观念早已过时，不合潮流。武侠小说若受侠的观念所束缚，就会影响作品的艺术性。对于“潮流”，我不会视而不见。今年四月间，我在北京写的一首小诗，开头两句就是：“上帝死了，侠士死了！”

“侠气渐消”这一社会现象，恐怕亦非自今日始。一百五十年前，龚自珍就发过“吟到恩仇心事涌，江湖侠骨恐无多”（《己亥杂诗》于返乡舟中读陶诗三首之一。那年是一八三九年）的感慨。还有别人（清末文人吴伯揆）集龚诗的对联：“侠骨岂沉沦，耻与蛟龙竞升斗；人事日龌龊，莫抛心力贸才名。”

尽管如此，我还是坚持武侠小说必须有侠，否则干脆取消那个“侠”字，叫做武打小说或别的什么小说好了，何必挂羊头而卖狗肉。至于有侠就会损伤艺术性，我也不能同意。写得不好，那只是手法高下的问题。更何况，如果连纸上的侠士都已消失的话，我们将如何面对那“叹屠龙人杳，屠虎人无，屠狗人遥”的百年孤寂。

好在侠士并未死亡，我是无须过分悲观的，而武侠小说，有武有侠的小说，也仍是千年老树，尚发新枝。

一九九三年十一月　澳大利亚悉尼

我曾经有两部长篇武侠小说《八卦掌传奇》和《大成游侠》（原书名《形意拳传奇》）在台湾《力与美》杂志上连载，风靡一时。

而在香港出版我的武侠小说却与梁羽生先生有着重要的关系。一九九七年初夏，香港名流出版公司总编辑冷夏到澳大利亚的悉尼找到了梁羽生先生，与他商谈出版事宜。谈话期间，梁先生向他们极力推荐出版我的武侠小说。一方面的原因是由于我的小说别具一格，风格写实；另一方面则是希望内地的武侠小说能够流传海外。不久，冷夏就飞到北京，我们在钓鱼台签订了出版协议。正是在梁先生的推荐之下，我成为当代内地最早打入港台的武侠小说作家。

我与美国著名华裔武侠小说作家萧逸的交往大有相见恨晚的感觉。

一九九四年元月上旬，我与萧逸在北京见面了。我知道萧逸的名字应是在这次见面之前。我的大学同学王占海当时是《中国电视信息报》的总编辑，与萧逸是好友，恰巧萧逸与我都在《中国电视信息报》上刊登了征集原著改编权的信息。一九九四年元月，萧逸来到北京，在王占海的介绍下，我和萧逸约定了见面的时间。那是在北京大都饭店，我们一见面，各自都吃了一惊。我看见萧逸，风雅俊逸，潇潇洒洒，哪里像是五十七岁的武林宿笔，所以急忙说：“老英雄指教!”萧逸也想不到我如此年轻，竟见不到四十出头的影子，便微笑着说：“京都怪杰可畏啊!”我们一见如故，聊起身世，原来还是老乡。萧逸是美籍华人，祖籍山东菏泽；我虽然出生在北京，但祖籍山东荣成。自古以来燕赵齐鲁是一个多慷慨悲歌之士的地方，我们两人以笔作枪，“挥戈跃马”，“鏖剑武林”。萧逸不嗜烟酒，我也是烟酒不沾。聊起写作习惯，萧逸每日八时三十分至十七时写作，不熬夜。我则是一般晚八时至十一时写作，也不熬夜。萧逸背负远大使命感，三十余年执笔不辍。耳濡目染数千年的文化遗存，无数风云人物的英雄业绩，正史兼野史，前人传记和书札，无不在他搜集之列。一本好书，其乐无穷。我是有史即拾，有书即买，我的居室，仅书柜就有十多个，书箱几十个，柜内的书双层而立，还是不能如意，只好忍痛割爱，送给兄长一些。妻子莫愁曾戏言：居室大有图书馆之感。为查书方便，妻子还特意给我买来了一个折梯。萧逸先生与我谈得投机，不觉三小时已过。当谈到武侠小说的要旨时，我们一致认为武侠小说重在“侠”字。对于侠的理解，萧逸认为：侠是伟大的同情。有伟大的同情心，讲义气，就是侠，不一定要会武功才是侠。我觉得：侠是一种精神，一种境界；从某种意义上来讲，侠是一种原始的共产主义的精神。因为，侠的本身是除暴安良，路见不平，拔刀相助；侠所追求的是一种人人平等、个个仗义的社会。著名物理学家杨振宁先生说：武侠小说是成人的童话。童话的意境是美好的，武侠小说就是要使人摆脱困境步入理想世界。行侠仗义的精神使人振奋，使人忘记痛苦和烦恼，痛快淋漓地面对人生。在交谈中，我们才知道，我们都很喜欢民国时期著名武侠小说作家王度庐的作品，因为王公笔下的人物都具有真实的人性，一点儿也不夸张，素有真情实感，被称为“情侠小说”。而我们的作品都注重“情”、“义”二字。萧逸笑着说：“我常和我写的小说中的主人公谈感受，她的一颦一笑左右着我的情绪，甚至到同呼吸共命运的地步。有时候写到人物死了，自己也不免悲痛难禁，泪沾双襟，稿纸都湿了大半。”而谈到读者，萧逸说：“一个情感丰富的男人，在面对众多仰慕的女读者时，说自己不曾动心那是骗人的。但是，有缘无分，又如何呢?不可否认，读者的支持是创作的一个原动力，但两者之间的分寸是非常重要的。发乎情，止乎礼，是当谨守的。”萧逸有情，读者更多情。在汹涌澎湃的热情环伺之下，萧逸一路行来，有惊无险，始终守持在一种精神的境界，诚是功力超凡，定力颇深。萧逸说他对情的看法是：文人若无风流之心，就不能当个好作家，所谓“君子尚风流”。我个人则是有风流之心，无风流之行。两性之间的关系，是人类最基本最重要的关系，我注重儿女情怀，真实人生的儿女情怀。关于武侠小说中使用的武器，萧逸认为中国的剑是正统的、最高境界的武器，它代表正义、光明正大，所以他的作品中武功最高的侠客永远用剑。我认为使用不同武器反映不同人的个性，因此我的作品中主人公的武器奇特多变，如鸡爪鸳鸯钺、判官笔、如意针、梅花镖、流星锤等。

我获悉萧逸当时当选为美国洛杉矶华文作家协会会长，又荣获一九九三年拿破仑杰出华人成就奖，十分高兴，当即向他表示祝贺。一九九四年十二月，我希望萧逸能为我的武侠小说作序言，他立即应允，在美国为我的武侠小说写了序言。他写道：“在传统的文学境界里，武侠小说一直就举足轻重地占着重要地位，实为广大读者群众所喜爱阅读。‘武侠’二字，‘武’——尚武的精神，‘侠’——伟大的同情。一部好的武侠小说，是应该在这样的一个范畴之内尽情创作与发挥。张宝瑞的小说情真意实，质朴无华。书中人物、门派、掌故之交代，多为确有其人，果有其门，真有其事。读来备感亲切，不忍释卷；易古而今，真仿佛四邻周遭发生之事，不失为武侠小说别开生面之作。这样为保留中华武学文化精华的执著热情，诚是不易而难能可贵。”

一九九五年十月二十五日下午，香港著名武侠小说作家金庸在北京大学出现，他受聘为北京大学的名誉教授。当我见到金庸时，北大校长吴树青介绍说：“金先生，这位是新华社高级记者张宝瑞，也是写武侠小说的作家。”金庸听了，赶快从座位上站起来与我握手，他笑眯眯地上下打量着我。随后，我把自己创作的六部长篇武侠小说送给了金庸。金庸把我递给他的武侠小说接过去翻看了一下，然后高兴地对我说：“你这么年轻，出了这么多著作，我回去一定好好拜读。”金庸把这些书交给他的妻子保存，然后坐在沙发上与我交谈。

金庸说：“武侠小说并不是纯娱乐性的作品，其中也要抒著世间的悲欢，能表达较深的人生境界。”我对他的观点很赞同，点头回答他：“我非常赞同您的观点，文学是人学，衡量作家作品成就的最根本的标尺，就是人学的标尺，因为无论采用哪一种文学形式，文学的主旨是写人、塑造人，是拷问人的灵魂。”金庸点点头，说道：“写武侠小说也是写人性，只有刻画人性，才有较长期的价值。”我说：“作为武侠小说这种文学形式，其成熟的标志就是侠、情、武的融合贯通。侠是一种精神。”金庸赞同地连连点头，说道：“在武侠小说中，侠比武重要，侠是灵魂，武是躯壳；侠是目的，武是达成侠的手段。打抱不平，是小侠行径；以天下为己任，才是大侠之举。”

我在与金庸的交谈中，在荡然的话语中，悟出几许凄凉。金庸是一个能人，一个哲人，他洞察了人生的千奇百怪，喜怒哀乐。他为什么在人生最辉煌的时候，悄然隐退，归隐江湖？“人生在世不称意，明朝散发弄扁舟”。杨过身遭大难断了一臂，又忍了十六年相思之苦才得归隐；令狐冲身败名裂与盈盈团圆；陈家洛大事难成，终生抑郁，避居回疆；张无忌见大势已定无力回天，心灰意冷，率众出走；袁承志见父仇难报，家园难归，浮槎海外，空有安邦志，却吟去国行……金庸所念念不忘的是那些不得不归去的人物。他曾远赴英伦，也似袁承志浮槎海外。可见金庸是对某种现实、某种历史积淀感到失望，失望便不再写，故封笔挂剑，失望出走。一九九三年初，金庸移居英国，这位在香港驰骋了三十多年的“大侠”终于功成身退，在遥远的英伦半岛暂时觅得一片清静之地。“归去来兮”，如今金庸又回到祖国，在西子湖畔定居。世事沧桑，书香犹在；宝刀未老，雄心未泯。侠香一缕系天外，西子湖畔招魂来。

二〇一〇年二月十四日春节期间，我应位于浙江海宁的金庸书院之邀撰写了一副对联，是赞颂金庸先生的。联云：

举武侠进殿堂开天辟地功高摘日月

挟文雅入书卷革故鼎新位谦泣天地

中国历史从某种意义上来说，也就是侠的历史。《张宝瑞武侠小说全集》的出版，重新向世人展示了许多大侠的义举和英雄人生，无疑将再次唤醒读者心中沉睡着的侠的精神。侠的精神永远藏在中国民众的心底里，侠的精神必将不断发扬光大！正义终将战胜邪恶，人间正道是沧桑！

目录

目录

目录

目录

第一回　小辫梁仗义救弱女　张三爷飘然助英豪

清朝光绪二十五年（一八九九年）初春，江河解冰，春水融融。颐和园里的玉兰抢先开了，白盈盈，香气袭人，可是古老的北京城里却依然笼罩着一层阴霾。紫禁城就像一个沉重的黑棺木重重地压在人们的心口，护城河边的垂柳在春寒中战栗、摇曳。一些北京人依稀记得戊戌六君子惨死的情景，有的脑海里还荡着谭嗣同那悲壮淋漓、气壮山河的诗句："我自横刀向天笑，去留肝胆两昆仑！"住在西四牌楼一带的老百姓这时却掩着门，隔着窗花，议论着一件奇怪的事情。吉祥胡同四十号赵家大院接连几日夜半都传出一个女子的惨叫声。

那房主赵六本是礼王府里当差的，后来投靠八大胡同的妓寮，走了红运，赚了点儿银子，又养了一群狗腿子，愈发抖起威风，连衙门和走江湖的也来巴结他。他住的这套大四合院，有秀廊假山，奇花异石，玲珑影壁，古枫流泉，甚为华丽。

赵六在皇上鼻子底下栖身，却敢私设公堂水牢，折磨贫苦百姓。

他手下有五个恶奴十分厉害。这五人各会龙、虎、豹、蛇、鹤形拳，取名为五形拳。他们皆是外乡人，投奔赵六后，认他为干爹，抹了祖宗的姓，改名作赵龙、赵虎、赵豹、赵蛇、赵鹤。赵六自从有了这五个恶奴后，更是肆无忌惮，横行霸道，不把天下好汉放在眼里。

赵家大院夜半有女子惨叫的消息也传到北京城里一个好汉那里。

那位好汉叫梁振圃，他是直隶冀州城北后冢村人，其父在北京东大市开估衣庄。梁振圃七岁那年拜秦凤仪为师学练弹腿，十四岁时到北京跟父亲学做估衣生意。后来梁振圃的父亲到肃王府做生意，在肃王府里认识了肃王府护卫总管、八卦掌祖师董海川老先生，从此梁振圃拜在董公门下学习八卦掌。功夫练成后，梁振圃就在前门外东珠市口一家黄酒馆设场授徒，江湖上称他为"估衣梁"或

“小辫梁”。

梁振圃是个见义勇为、好打抱不平的壮士，平时就对“金镖”赵六的恶行非常愤恨。有一次，赵六在前门“六必居”酱园拿了酱菜不交钱，被梁振圃狠狠地教训了一顿。自那以后，赵六对梁振圃敬而远之。要说赵六那么大势力，怎么会怕一个梁振圃呢？原来梁振圃有一个师兄叫尹福，人称“瘦尹”，是董海川的大弟子，此人正在清宫任护卫总管，又是光绪皇帝的武术教师，在北京也是一跺脚当当响的人物。何况梁振圃又有“眼镜程”程廷华、“翠花刘”刘凤春、“贼腿”施纪栋等五十多位师兄弟，有的在王府里当差，有的在镖局做事，都是不好惹的人。如今梁振圃见赵家大院事有蹊跷，决定揭开赵家大院这个谜。

这一天夜里，他换了夜行衣裳，黑布蒙面，朝赵家大院摸来。来到院墙前，他先朝院内投出一个“问路石”，听听没有动静，一招“燕子钻云”，攀上墙去。

后院曲廊秀房，叠石奇亭，掩映在繁花藏树和修竹美石之间。他飘然落地，沿着碎石甬道来到一个亮烛的厢房窗前，探头一瞧：身穿绸衣的“金镖”赵六正盘腿坐在炕上，一个妖里妖气的女人酥胸半露，云鬓散乱，正在给他捶背。对面坐着赵龙，二人正在言论着。

赵六说：“自从京汉线的火车通车后，这永定门外马家堡的搬运工成立了脚行，白花花的银子可赚了不少。”

赵龙眨巴眨巴眼睛：“干爹的意思，是把脚行拿过来？”

赵六摸摸秃脑壳，点点头，将茶水“咕嘟嘟”一口喝尽，“啪”地吐了一口茶叶末儿说：“咱们人多，又都会两下子，那些脚行要想咋死就咋死，要他们变成这茶叶末儿也方便！”

赵龙往前倾了倾身子：“什么时候动手？”

赵六道：“明天上午。”

这时，躲在外面偷听的梁振圃猛然看见窗纸上出现一个人影，他猛地朝后一跃，掩到房角暗处，只见对面房上一个人影倏地一闪。“嗬，好俊的功夫！蜈蚣跳，三皇功！”梁振圃不禁暗暗叫道。

梁振圃一招“鹞子翻身”轻轻跃到房顶，猛闻得一股酒香。他朝四周打了一个揖首，轻轻唤道：“想必是张三爷到了，振圃在此恭迎！”连叫了几声，毫无动静，可是酒香依然未散。

张三爷原来就是北京城妇孺皆知的技击名家张长桢先生，他字寿亭，直隶束鹿人，生于清朝同治年间（一八六二年），十几岁时全家由原籍迁到北京南郊马家堡定居。他上过私塾，颇有些文采，又身怀绝技，平时深居简出，喜在暗中行侠仗义，早年靠保镖护院为生，名噪大江南北。他还当过清朝“练勇局”武师，后来因为穷苦百姓打抱不平，与练勇局头领闹翻，遂辞了差使，现今在马家堡参将赵春霖手下当把总。

他性喜饮酒，平时总身着白色对襟儿短褂儿，半新的青布裤子，脚上蹬着一双千层底布鞋；左手提一个竹鸟笼，右手握一杆铜锅白玉嘴的长烟袋；骨瘦如柴，走路弓腰垂背，两腿磕绊摇晃；整天迷蒙着一双醉眼，出入于酒肆，徜徉于市井，给人以醉意蒙眬之感。

张长桢有两兄一弟，长兄张长福，二兄张长禄，小弟张长祥。由于他好喝酒又排行第三，世人便给他起了个雅号叫"醉鬼张三"。张三的功夫十分奇异，踏雪无痕，挂壁似画，身体升降自如，体肤既可柔软如绵，又可坚硬如铁，这种功夫称为三皇功，世间罕见。但是他宗的是哪一门、哪一派的武功，师父是谁，无人知晓。依他所言，宗派问题，不必说出来，天下武术是一家，任何门户，只要肯下工夫，皆可练得到，门派之争，甚是无谓。他从不与人谈论武术，如果有人提起有关武术的事情，他马上会飘然告辞，世人都认为他是一个颇为隐秘的人物。他保镖护院，只是为了养家糊口，干些杀富济贫、抑强助弱的事情，决不肯"摧眉折腰事权贵"，仗势欺人，更不愿"为五斗米折腰"，所以他不是"胁肩奔走尚腰金"的那种势利小人，堪与唐代的杜老夫子同唱"茅屋为秋风所破歌"了。

梁振圃见"醉鬼张三"不肯现身，于是跳下房来。

这时前院传来一阵脚步声，他忙闪到一边。只见赵虎气喘吁吁而来，一掀帘子，叫道："干爹，都准备好了，马车就停在门口。"

赵六问："跟天香楼的掌柜谈好价钱了吗？"

赵虎唾口痰说："那老吝啬鬼总算点头了。"

赵六道："好，干得利索点儿。"赵虎一掀帘子又出去了。

梁振圃觉得事有蹊跷，于是尾随赵虎而去。

穿过二道院的月亮门，来到西厢一个耳房前，赵虎开门进去，一阵腥臭扑鼻而来。只听屋内水流"哗哗"响，水中一个木笼里关着一个姑娘。那姑娘上身穿一件藕荷色紧身斜扣纽布衫，下身穿一条水绿裤。因为受尽折磨，脸色惨白，衣衫不整。

赵虎上前拖着那姑娘说："放着金床玉衣、山珍海味不稀罕，这回可倒好，叫你去八大胡同那个鬼地方，叫你屁股长大疮！"

那姑娘死死拽住木栅，喃喃道："我……不去！"

赵虎一把扯住姑娘的前襟，举起拳头："你这骚货，不去也得去！别他妈敬酒不吃吃拳头！"

赵虎的拳头刚扬到半空，只觉一阵疼痛，血淌了下来。抬头一看，一枚亮晶晶的梅花针正钉在拳头上。

门外的梁振圃知是张三所为，暗暗叫好。他一个箭步冲上去一把揪住赵虎道：“你不要动，动就要你的命!”

赵虎左右挣扎，无奈只是空使气力。在梁振圃的逼问下，他只得一一招供。

原来这姑娘叫于云娘，是宁夏汤瓶拳高手于纪闻的女儿。汤瓶拳又叫汤瓶七式，是回民的看家之术。这个拳派的规矩是传子不传女，更不传其他民族，故会此拳术的人已不多见。去年，于纪闻闻听他的好友“大刀王五”因与戊戌变法六君子之一的谭嗣同交谊深厚，在戊戌政变中受到牵连，心中放心不下，便辞别家人到北京源顺镖局来找“大刀王五”。

可是他一去几个月杳无音讯，于云娘因惦念父亲，便孤身一人进京寻父。

几天前她走到西四牌楼，向路人询问去前门外源顺镖局的路径，恰巧被赵鹤听见。

赵鹤见她生得鼓鼻鼓眼，又有一番姿色，便想将她骗回去献给干爹赵六。于是花言巧语把云娘骗进了赵家大院。

赵六看见云娘，喜得心花怒放，欲纳云娘为妾。云娘当然不肯，扬手打了赵六。

赵六恼羞成怒，令人日夜殴打云娘，逼她就范，可是云娘执意不从。赵六无奈，只好把她卖给八大胡同的天香楼妓院。

梁振圃听罢义愤填膺，他把赵虎关进木笼，往他嘴里塞了破布，然后把他绑在木桩上。

他刚要带云娘出去，门口又挤进一个人来，那人酒气冲天，上前一把抱住云娘，哼哼说：“虎哥哥，先别送出去，让咱们也……”说着，在云娘胸前乱吻。

来人是赵鹤。梁振圃正要上前抓他，只见一道酒柱由门外喷来，正中赵鹤脖梗，赵鹤双手一松，瘫软在地上。

梁振圃知是“醉鬼张三”在暗中帮助自己，急忙扶起云娘，二人夺门而出。来到大门，见两个护院瘫软在地，打着呼噜，一辆马车停在门前，车夫正在上面打盹儿。

梁振圃把云娘扶进马车，叫一声：“走吧!”车夫一扬鞭子，两匹马“嘚嘚”地小跑起来，梁振圃在马车后面大步流星般疾行。

马车穿过西单来到前门大街，梁振圃叫车夫停下，往他手里塞了些银两，马车去了。他带云娘来到东珠市口一家黄酒馆，这家酒馆门脸儿不大，几间瓦房，正房门首高挑着一面杏黄酒旗。这酒馆正是梁振圃授徒之所。

梁振圃的弟子李国泰等人知师父平安回来，还带回一个回族姑娘，都围上来。梁振圃来到后院，把原委叙了一遍。

他接过李国泰递上的一杯热酒一饮而尽，感叹道："这一趟多亏了张三爷暗中使力，他用梅花针击中赵虎，又喷酒击倒赵鹤，神不知鬼不晓地帮助我熏倒门口两个护院。他如此助人，又不肯露面，真英雄也！"众人也齐声称赞。

李国泰说："提起张三爷的武功，京都武术界没有不翘大拇指的。他神出鬼没，踪影不定。他的三皇功，传说是乾隆年间的绿林好汉'铁罗汉'窦尔敦传下来的。"

另一个弟子说："张三爷大有'天子呼来不上船，自称臣是酒中仙'的气概，不管哪位高官显贵拜他，他都倚醉卖醉，傲然待之。"

梁振圃听到这里，猛然说："国泰，你和弟兄们快找出三坛最陈的黄酒，摆在院子当中，算是我谢张三爷的一点儿意思。"

李国泰和几个弟兄出去后，梁振圃又让人在后院收拾了一间闲房，安置云娘暂且住下，然后自己也回屋睡了。

第二日一早，梁振圃在熟睡中被人叫醒，李国泰气喘吁吁闯进来："师父，你说怪不怪？摆在院中的三坛好酒不知被什么人喝了！"

梁振圃连忙来到院内，只见三个酒坛斜在地上，坛内空空，地上毫无痕迹。

李国泰大叫："师父，枣树上有个纸条！"

梁振圃扭头一瞧，在东厢前的枣树干上果然有一枚梅花针，针上挂着一个纸条。

他一招"鹰击长空"，飘然取下那纸条，上面写着一首小诗："江湖一老马，栖身百姓家。谁恋锦衣堡，雄心在驰杀。"梁振圃看着看着，一击手掌："啊，这是张三爷留下的，想必是他喝了我的馈赠之酒。"

众人忙问师父何以知道是张三爷所为，梁振圃笑道："我虽然没读过几年私塾，但是这藏字诗还是看出来了。这是一首藏尾诗，四个字分明是'马家堡杀'，是提醒我到南郊马家堡去救那些脚行工人。时候不早了，我去去就回！"说完换衣欲走。

李国泰手握一根竹竿跟了出来："师父，带上您的竹竿！"

梁振圃一摆手："不用了，照顾好云娘！"说着朝南而去。

梁振圃雇了一辆马车往南疾行，刚到马家堡车站，只见"金镖"赵六带着二十多名恶奴正和脚行工人混战一团，伤亡很多。

梁振圃飞身下车，大喝一声："恶奴还不住手?!"

赵六一看是八卦掌名家梁振圃，心里有些发憷，嘻嘻笑道："您瞧这，买卖没谈好就动起手来了。梁爷，咱们井水不犯河水，各走各的独木桥，今天的事儿跟您没关系。"

梁振圃正义凛然地说："你们想霸占脚行本是不义之举，毒打脚行工人更是不义。”

赵六从兜里摸出一支手枪，在手上掂了掂：“你瞧瞧这是啥东西，你尽管有俊俏功夫，也抵不过这个铁玩意儿!”

梁振圃说：“你有枪也得说理!”

赵六一声狞笑，说：“我手指一勾就能要你的命，你都不值一个枪子儿钱!”

梁振圃盯着那黑乎乎的枪口正在思忖办法。只见赵六拿枪的手一抖，手枪掉在地上。

有人大叫：“‘小辫梁’，还不动手?!”

梁振圃省悟，一个扫堂腿将赵六踢倒在地。

赵龙抡开九节鞭朝梁振圃头上打来。梁振圃闪身捋住鞭头用力一带，赵龙甩手扔鞭，“扑通”一声摔倒在地。

其他狗腿子一声呼哨，一拥而上把梁振圃围在核心。梁振圃一个扫堂鞭，众人往后急闪。这时赵六一个就地十八滚，要抢掉在地上的手枪。梁振圃一看不好，冲赵六一抖鞭，不料正打在赵六头上。赵六惨叫一声，伸伸腿就死了。赵六的狗腿子一看赵六被打死，眼睛都红了，蜂拥而上。那赵龙、赵豹、赵蛇“刷”的一声，分别演练起“金龙戏珠”、“凶豹提蹄”、“白蛇吐信”，围起圈来，愈转愈快。

梁振圃正在疑惑，忽听树上有人大叫：“穿花打柳。”这一下提醒了梁振圃，他施展“穿花打柳”之术，挥动九节鞭，疾快如灯笼，真似众星捧月，三兽戏珠，观看之人都惊呆了。

一会儿，赵龙一招“金龙摆尾”，一个地趟拳朝梁振圃后背击来，梁振圃回手一鞭，将他打死。

赵蛇也抢了上来，他使的蛇形拳以气为先，意领身随。梁振圃只觉寒气袭人，于是一招“叶底藏花”，躲过寒气。赵蛇又一招“金蛇狂舞”。一双干瘪的小眼睛布满杀机。真如水中游蛇，曲折游荡，轻灵潇洒。梁振圃一招“大鹏探头”，又一鞭把赵蛇打死。

赵豹发一声吼，伸开铁砂掌，只见那手掌心随着他运气，由白变红，渐渐如火炭一般。梁振圃只觉得有一股热浪袭来，如同火燎，忙往后退。正退间，猛地一声大喝，一招“白鹤穿林”，一鞭击中赵豹太阳穴，赵豹一声大叫，气绝而亡。

梁振圃杀得性起，索性甩开九节鞭，把余下的恶奴打得抱头鼠窜。

不一会儿，宛平县的捕头、马快也赶到了。一看地上躺着二十来个人，死的死，伤的伤，东倒西歪一大片。

马快头目对梁振圃说：“朋友，你这个架打得不错呀！打死、打伤这么多人，这场官司够你吃的!”

一群脚行工人拥上来争先为梁振圃说情。马快头目说："那不行，有什么内情到刑部再说吧！"

这时从旁边一棵老槐树上跳下一人。那人瘦骨嶙峋，弓腰垂背，有三十七八岁，身穿一件雪白色对襟儿长褂儿，下身穿一条肥大的青布裤子，脚穿一双千层底布鞋；左手拎着一个竹鸟笼子，笼内养着一只红嘴绿头的画眉鸟儿；右手握一杆铜锅白玉嘴的尺余长烟袋，一双醉眼像两个灯笼，分外有光彩。他就是"醉鬼张三"张长桢先生。

原来张三就住在马家堡，前几日他听马家堡脚行工人说，西四有个叫"金镖"赵六的恶霸要霸占脚行，于是昨日一大早就进了城。他在前门的"大碗居"饱饱地喝了一壶龙井茶，然后慢慢悠悠踱到西四牌楼，打听到赵家大院的去向后，便到附近的"同和居"又美美地喝了几盅竹叶青白酒，而后倚在座位上睡了一觉。店主知他是张三爷，索性做个好人，怕他着凉，还在他身上盖了一条毛巾被。

张三醒来时已是掌灯时分。他到斜对面一个小店买了一包花生米，嘴里边嚼着，就来到了赵家大院后墙前。他一纵身跃了上去，查看了大院内的地形，发现这四合院造得古怪，第三进院的西厢与邻院的东厢有七米多长，显得很宽阔。

张三飘然下房，有个丫鬟正从西厢房里款步而出，他连忙掩到树后。待那丫鬟走过，他来到窗前，往里一瞧，屋里也就三米宽，五米长，是间卧房。玉床金幔，绿茜纱窗，木案上点着亮烛，上面挂一幅"千金难买美人笑"的中国画，褒姒倚着城墙，以手掩口，狼烟袅袅升起、兵戈隐现。两边有一副对联，左联是：眉似初春柳叶常含雨恨云愁，右联是：脸如三月桃花暗藏风情月意，横披是：千金一笑。

一会儿传来杂沓的脚步声。赵蛇随着刚才出去的那个丫鬟走了进去。他恼丧地说："那个姓于的丫头好歹不识，老爷把她卖给窑子了。老爷心头不畅，不如再挑个顺眼的先陪老爷一宿吧。"

丫鬟点点头，二人来到床前，赵蛇一按机关，床前木板徐徐拉开，露出一个小洞。赵蛇钻了进去，一会儿拉出一个秀气的姑娘。那姑娘也就十五六岁，鸭蛋脸儿，一双大眼睛黯淡无神，看样子是抢来的姑娘。赵蛇又把那木门关上。

姑娘的眼泪扑簌簌落下来。她哆嗦着跪下来，哭道："老爷，您叫我回去吧，我娘身患重病，她老人家怕是急死了！"

赵蛇"嘿嘿"笑道："小妞儿，你只要陪上我家老爷一宿，就放你回去。"

姑娘听了，沉默不语，那泪珠像断线的珠子一样淌着。

赵蛇对丫鬟道："你要好好伺候她，一会儿老爷就来。"说完，赵蛇出去了。

张三听了，心中发火，他一挑帘子，走了进去。丫鬟猛不丁看见一个半醉的汉子，十分惊慌。张三用长烟袋轻轻往丫鬟头上一磕，那丫鬟便软绵绵倒下了。张三对那姑娘说：“你不要害怕，我来救你。”

姑娘瞅瞅那张床：“那里面还有三个姐妹呢！”

张三一掌打开木门，朝里面喊道：“我来救你们出去，你们赶快出来！”原来这是个夹壁墙，里面能容十几个人。一会儿，从那夹壁墙中又爬出来三个妙龄少女，都是豆蔻之年，眉眼俏丽，虽是市井人家的女儿，但都各有风韵。

张三问：“你们家住哪里？想必都是抢来的？”那几人一一作答。一个是白衣庵的尼姑，另外三个都是城内穷人家的女儿。

张三先救出的那个姑娘叫佳韵，家住东单栖凤楼。她倚着旁边一个角门说：“这是个后门，我们当初就是被赵家从这里抢进来的。”

张三上前扭断门锁，把四个姑娘带了出来。

一个姑娘说：“哎呀，里面还关着一个回族姑娘呢，她是前不久才被抢进来的，每天夜里我们都听到她被打惨叫的声音。”

张三问：“她被关在何处？”

“关在前院。”

张三说：“好，你们四人各自回家吧，我再去救那个姑娘。”

这时，只听身后一声惨叫，张三回头一看，只见那个尼姑一头撞在墙上死了。佳韵黯然失神地说：“她是东城东总布胡同白衣庵里的尼姑，已然失身，已经无庵可归了。”

张三望着尼姑的尸身，沉吟片刻，一行热泪盈盈而落。

猛地，他一个“蜻蜓点水”，又跃上了墙头。三个姑娘感激地望着张三的背影，向他深深地揖了一首，然后分头逃去。

原来就在张三寻觅于云娘之时，“小辫梁”梁振圃也来到了赵家大院。之后张三暗中帮助梁振圃，尾随他来到东珠市口黄酒馆，喝了黄酒，留下诗笺。回到马家堡，又躲在马家堡车站一棵老槐树上暗中关注事情发展。

此时张三见宛平县的捕头、马快要捕梁振圃，于是跳下树来，现了身，上前说：“这位梁爷为避免马家堡脚行工人死伤惨重，才大开杀戒。那个‘金镖’赵六是北京城里有名的恶徒，他私设公堂，奸淫良家妇女，妄图强占马家堡车站脚行，死有余辜！”

马快头目朝张三一拱手：“张三爷，您虽是这里的把总，可是这位爷们儿打死打伤了这么多人，恐怕要惊动朝廷，这可是人命关天的事啊！咱们都是吃这碗饭的，您叫我们怎么向上头交差呢！”

梁振圃说：“张三爷的义气我领了，我既然打了，怎能一走了之，我跟他们去吧！”

马快头目说："够朋友，那么跟我们到宛平城辛苦一趟吧！"

张三无奈，只好随他们一起来到宛平县城。尽管张三和脚行工人们反复说情，但县太爷见此案重大，仅问了一堂，就令人把梁振圃押往京都刑部。

张三回到马家堡家中时，已是深夜。妻子张氏仍然坐在油灯前纳鞋底儿，还在等他，儿子已经熟睡。

张氏一见丈夫风风火火地进屋，满脸疲惫的神色，叹口气说："寿亭，又这么晚才回来，看把我急的。还没吃饭吧，我给你热热去。"

张三悄然望了一眼桌上的饭菜，一碟摊黄菜，一碗木须汤，一碗煮花生米，两壶热酒，摇摇头说："不吃了。"

张氏疼爱地望着丈夫："看你，这几日不见，你又瘦了，别老黑灯瞎火地出去了。"

张三往木椅上一靠，颓然说："'小辫梁'为救马家堡脚行工人，大闹马家堡车站，打死打伤恶霸'金镖'赵六等二十多人，被官府捕去了。"

张氏拿过丈夫的长烟袋，饱饱地塞了一锅关东烟叶，说："原来是梁爷干的，街坊四邻的都夸那个好汉呢！"

张三深深地吸了一大口烟，吐出一道长长的烟柱："可是如何救梁爷出大狱呢？"

他怔怔望着这小土房的屋顶。张三住的这座小院，共有五间土房，他和妻子张氏住在西厢，儿子住在东厢，正房算是个吃饭的地方，还有两间小房堆放着杂物。

张三的目光又落在屋内那副大红对联上，左联是：为名忙，为利忙，忙里偷闲，不如不忙，且喝一杯茶去；右联是：劳心苦，劳力苦，苦中作乐，不如不苦，再倒二两酒来。红木桌上摆着一个泥捏的老醉翁，那是妻子张氏在东单特产小铺里买的，买来的那天晚上，张氏"咯咯"笑着不停地逗那醉翁。

张三正在发怔，只听张氏用鞋底儿一拍桌子："有了，你为何不找梁爷的那些师兄弟合计合计，好歹先保住梁爷的性命再说。"

张三经她这么一说，一拍大腿："你看我都急糊涂了，对，找'眼镜程'、施六去，实在不行再找清宫护卫总管'瘦尹'尹福。"

第二回 大刀王冲淡太后浴 鼻子李引来贵妃琴

张三这一宿没睡踏实，第二日鸡鸣头遍，他就披衣起床，朝城里花市大街走来。

在花市上四条有一个不起眼的小铺，黑漆招牌上写着“程记眼镜行”五个大字。这个经营多年的眼镜行买卖十分兴隆，在京津一带颇具盛名，与其说是经营有方，倒不如说是这店主有显赫声名。

程记眼镜行的店主是八卦掌名家程廷华。程廷华也正因为以买卖眼镜为业，被世人送了个“眼镜程”的雅号。程廷华原籍直隶深州程家村人，在兄弟中排行老三，故又被称为程三。深州自古以来是武术之乡，各村均设有武场，几乎家家户户都习武练拳。著名武术家郭云深、李洛能、李存义等都是深州人，程廷华的弟弟程殿华也是技击名家。程廷华自幼喜爱武术，在村里长辈们的传授下，五岁便学得几套拳脚功夫和几式刀枪技法。十六岁那年随亲友来到北京谋生，在一家店铺里当学徒。以后他拜八卦掌祖师董海川为师学习八卦掌，成为董海川最杰出的弟子之一，与“瘦尹”尹福、“煤马”马维祺、“翠花刘”刘凤春、“贼腿”施纪栋、“小辫梁”梁振圃同为董海川的六大弟子。董公死后，程廷华秉承师学，博采众长，潜心揣摩，独树一帜，创立了程派游身八卦连环掌，并在崇文门花市设立武场，收徒传艺，一时名声大噪。

张三来到程记眼镜行时已是中午，店内并无程廷华的踪影，只有一个小伙计趴在那里啃烤白薯。

张三问：“程廷华到哪儿去了？”

小伙计站起身来说：“他一大早到东直门外给董先师扫墓去了，说好了在施爷那里聚齐，今儿个中午不回来吃饭了。”

张三在路上喝了半斤老白干，吃了两个菜包子，又忙赶到施纪栋开设的义和木厂。

义和木厂在朝阳门内，掌柜施纪栋原籍是直隶冀州小寨村人，此人从小爱好武功，初习弹腿，后练连腿，以后曾随尹福学艺。有一次，施纪栋见尹福和董海川比武，尹福被董海川打倒，磕倒三颗门牙，从此深晓八卦掌的厉害。经尹福介绍，施纪栋又拜董海川为师学习八卦掌。董海川见施纪栋谨慎、敦厚，秉性颖悟，非常喜欢他，生前常住在施纪栋家，并将自己救出的梨园名流陈媛媛保媒许配给他为妻。一次，董海川与施纪栋教习比手时，董海川蹬他一腿，被他闪过，董海川笑着称他为“贼腿”，以后人们便称施纪栋为“贼腿”施六。

张三走进义和木厂，只见几个工匠正围着一张临摹的大碑帖计议着。他凑上前去，见上面写着：

董先师墓志铭

先生姓董讳海川，世居文安城南朱家坞村。少任豪侠，不治生产。法郭解之为，济困扶危，不遗余力。性好田猎，日骋于茂林之间，群兽为之避易。及长，遍游四方，所过吴、越、巴、蜀，举凡名山大川，无不历险搜奇，以壮其襟怀。后遇黄冠，授以武术，遂精拳勇。不意中年蹈司马公之故辙，竟充宦官。先生疾恶如仇，时露英气，同人即起猜嫌，改隶肃邸。因老乞骸，始得寓外舍。请艺者自通显，以至工贾与达官等，几及千人，各授一艺。尝游塞外，会数人各持利器，环而击之，先生四面迎拒，捷如旋风。观者群雄，无不称为“神勇”，惮其风采。及至弥留之际，从者启其手足，诚如铁汉。越三日，端坐而逝，意者以为羽化。都中门人服缟素者百余人，因茔葬东直门外，距城里许，哀痛难忘，议立表志，以伸向往之忱！

光绪九年春二月立石

张三正看间，一阵脚步声伴随着一串银铃般的声音：“哟，哪阵风把张三爷吹来了，快进屋里坐去，弟兄们都在吃炸酱面呢！”

张三回头一瞧，见是一位女子，浑身雅素，上下整洁，那双眼睛如翡翠盘中端放着的两颗黑珍珠，虽然人已到中年，但却掩不住昔日的风韵，她就是施纪栋的妻子陈媛媛。

张三说：“大嫂子，我有要紧事找施爷。”

陈媛媛又飞出快刀似的话语：“你真是无事不登三宝殿，快进来吧。”

张三进了屋，见三间房里坐满了八卦掌的师兄弟们，大都是张三熟悉的。程廷华和施纪栋端坐当中，就座的还有刘凤春、宋长荣、孙天幸、刘登科、焦毓隆、谷毓山、马存志、刘殿甲、夏明德、樊志勇、谷步云、张金魁、司元功、李寿年、何五、何六等人。他们刚刚到东直门外红桥给董海川扫墓归来，正聚在施纪栋家里吃午饭。

程廷华问："张三爷，你怎么不说话，在找谁呢？"

张三问："尹爷呢？"

施纪栋说："给董公扫墓回来，他就坐马车回宫去了。"

张三叹了口气："你们难道不知道，梁爷为救脚行工人，大闹马家堡，打死打伤'金镖'赵六等二十多人，被人家下大狱了！"

众人听了大惊失色。

陈媛媛说："怪不得今日为董先师扫墓梁爷没露面，敢情是让人家给捕起来了。"

张三说："这次肯定是死罪，人都下到刑部大狱了，现在要想法子保住梁爷一条性命。"

施纪栋潸然落泪说："想我八卦掌弟兄五十六人，情同手足，同仇敌忾。没想十七年前董公仙逝，紧接着'煤马'维祺兄得罪了人家，被姓沙的打死，如今'小辫梁'师弟又遭大难，这可如何是好?!"说着，痛哭不已。

陈媛媛怨道："当家的，你就知道哭！如今应想个法子保住梁爷的性命！"

程廷华沉吟一会儿，缓缓说："我先到皇宫找尹师兄商量一下，让他在上面疏通一下，力争让刑部不要给梁师弟判死罪，然后再想良策。"

张三说："自从戊戌政变后，老佛爷将光绪帝囚禁在南海瀛台，清宫里防范很紧，一般不准到皇宫找人，那些贴身太监的家人来了也不许通报，还是让我今晚潜入皇宫找尹爷吧。"

程廷华说："八卦掌门的弟兄出的事，不用麻烦张三爷了。"

张三说："这是哪里话，梁爷也是我的生死朋友，况且梁爷又是出于义举，我怎能袖手旁观呢？"

深夜，皓月当空，群星竞相眨眼，皎洁的月光泻在紫禁城重叠的金殿上。群殿安睡着，像一片海洋，还没经人探测过，紧锁着自己的谜。那些挺拔的古松就像一个个白发苍苍的老宫女，那些在夜风中飘扬的枝干，仿佛是要伸过高高的宫墙，向人世间挥动布满皱纹的老手，让世人不要忘记它们逝去的妙龄和青春。

东华门北侧的紫禁城下，张三施展"壁上贴画"功，蹿上了宫墙。

"尹福住在哪儿呢？"他迟疑着。

这时，有一宫监提着灯笼徐徐而来。张三顺墙而下，隐到一个暗处，一招

"童子拜观音"，把那宫监击倒，拖到暗处。

张三问："尹福老先生在哪儿?"

宫监支吾道："就是那个武术教头吗?"

张三点点头。

宫监说："老佛爷正在长春宫里召见他呢。"

"好，你带我去长春宫，出了差错，走漏了风声，我要你的脑袋。"

宫监连说："不敢，不敢!"

宫监引张三逶迤穿过御花园和一层层宫院，朝长春宫走来。来到长春宫前，宫内灯烛通明，人声嘈杂，宫女进进出出。张三把那个宫监绑在假石后，上了殿顶，一招"倒吊金钟"，朝里望去。只见西太后慈禧坐在锦榻上，两边立着李莲英等贴身太监，尹福正手捧一个小册子侍立一边。小册子书名《宫廷秘术》。

原来戊戌政变后，在国势衰败、清宫内部相互倾轧的纷扰中，慈禧倍感日暮途穷。近日外虏步步进逼，山东朱红灯领导的义和团势力越来越大，使她焦灼不安。她心力交瘁，加上年逾花甲，求长生之念心切，所以在广求补药的同时，也萌动了习武练功的欲望。

几天前她在御花园观看了尹福表演的游身八卦掌，见他脚踩八卦，步行九宫，身如游龙一般旋转，掌若闪电穿空一样飞快。尤其当尹福一招"苍鹰旋飞"，跃过琼池涟涟水面，走个来回短靴未湿，反而手握一尾活蹦乱跳的金鱼时，倍加赞赏。她决心学几手八卦掌，去一去晦气。当尹福听说西太后要学八卦掌，出了一身冷汗。他深知西太后阴险毒辣，满腹狐疑，自己稍有不慎，就要断送性命。何况练习八卦掌并非一日之功，西太后老朽不堪，岂是习武的身子。尹福为此心神不定，夜不成寐。皇宫里有一个人看出了尹福的心事，那个人就是清宫侍卫武术教师李瑞东。李瑞东是直隶武清人，精通少林拳术，曾从杨露禅门人王兰亭学技，精研太极五星桩，功力甚深，声名甚著。由于他的鼻子向上翻着，江湖人称"鼻子李"。

李瑞东来到尹福的寝室，对他说："太后要学八卦掌真比登天还难，这种功夫要是练得走火入魔，送掉太后的性命，恐怕你们全家都要满门抄斩。我倒有一个主意。"

尹福忙问何策。李瑞东踱了几步，缓缓说："不如请皇宫御药房的太监杜宝结合一些简单的气功招式，绘制成一个小册子，就取名为《宫廷秘术》，这样一来，太后那里就好交差了。"

尹福听了连声叫好。

今天晚上尹福就捧着这部由杜宝绘制的《宫廷秘术》呈送西太后了。

慈禧翻开《宫廷秘术》，看着看着，老脸舒展开来，频频点头，说："尹福，嗯，这本小册子还不错，看来你对我还算忠心，来人!"

李莲英在一旁拜伏说："喳!"

"赏尹教头五十两白银!"

李莲英一努嘴，一会儿，一个小太监捧上一个景泰蓝盘子，上面放着五十两白花花的银子。尹福拜伏道："奴才谢老佛爷!"

张三在长春宫殿顶看到尹福那副模样，禁不住笑出声来。

慈禧虽已年迈，但是耳力极好，她忙发问："是何人大胆发笑?!"

张三一听，险些跌下房来。

李莲英等太监见太后发问，急忙走出宫门，张三疾步隐到后面。

这时，只见一位武师大步流星般走过来，大声叫道："是我发笑。"

李莲英道："原来是李教头。"

此人正是清宫侍卫武术教师李瑞东。他相貌丑陋，鼻子向上翻着，两只小眼睛却显得炯炯有神。

慈禧问："你为何发笑?"

李瑞东道："奴才笑老佛爷年过六旬也学武术。"

慈禧面露不悦："怎么，这学武术也分年龄吗?"

李瑞东道："传说春秋时期齐国的文姜八十岁还学国术，西汉吕后五十岁练气功，北宋佘赛花九十岁练走桩，老佛爷才过六旬，如何说是晚呢?"

慈禧斜躺在杏黄锦褥上，微闭着双眼，不快地问："那教头为何发笑呢?"

李瑞东说："我笑老佛爷日理万机，政务繁忙，哪里有空闲学武?"

慈禧哼一声，说："你操的哪门子心！退下!"

李瑞东诺诺而退。

慈禧转向尹福说："尹总管著书有功，来人，端栗子面小窝头来，赏尹总管!"

"喳!"一个太监应诺而退。

在殿顶的张三心里一阵扑腾，暗忖：这"鼻子李"真叫灵，一眼就发现了我，真是名不虚传，要不是他遮掩，真不知闹出什么事来。想着，退下房来。

这时正见那个小太监端着一盘栗子面窝头姗姗而来。张三想：我何不戏弄他一番。于是施展轻功，藏于小太监身后。那小太监正在走间忽觉右耳搔痒，忙用右手去挠；又觉左耳搔痒，又用左手去挠，挠来挠去，低头一瞧，那栗子面窝头不翼而飞，原来早填在张三的肚子里了。小太监唬得面如土色，以为见了鬼，急忙跑到御膳房去找李瑞东。

李瑞东听了小太监的叙述，知道是张三所为，心中暗笑。于是换了一身太监服，让小太监从御膳房又端来一盘栗子面窝头，自己接过来，一摇一摆地朝长春宫而来，让小太监尾随在后。

张三躲在长春宫附近的廊柱后，又见一个胖太监端着一盘栗子面窝头而来，心中暗笑，又过去戏弄。谁知刚伸出右手挠那胖太监的右耳，就被他用手捏住了手腕子。

张三见势不妙，正要抽左手去击，但听李瑞东呵呵笑道："张三爷有何要事进宫呀?"

张三听出是"鼻子李"的声音，笑道："原来李爷也干这端小窝头的差使，真是委屈了!"

李瑞东叫过后面的小太监，让他把窝头端进去，握住张三的手说："你如何跑到这里，这里可是龙潭虎穴呀!"

张三不以为然地一笑："怎么? 栗子面小窝头也不让老子开开斋呀! 我要找尹爷。"说着他把梁振圃受厄一事讲了。

李瑞东说："这事由我告诉尹爷去办就是，你赶快回去吧!"

张三说："那这事就拜托李爷了。"说着告辞而去。

张三穿过御花园，正走间，猛听到几声长长的吆喝："老佛爷回宫喽!"这声音在这深宫中久久回荡，显得阴森森的。一阵风吹过，张三感到有些寒意，他忽然想到：西太后玩弄权术，不知禁锢和摧残了多少英雄人物，造成了多少血泪悲剧！菜市口之戮，谭嗣同等六君子血染市井。光绪帝变法维新，发愤图强，天下共仰，复兴在望，却又受制于这样一个垂老守旧的妇人之手！就是这么一个淫荡女人，把建立海军舰队的巨款用于修复颐和园，害国殃民，致使洋人铁蹄逼近，签订了一个个丧权辱国的卖国条约。就是这么一根老朽骨头支撑着大清的黑暗天篷，屠戮了多少武林英雄!

想到这儿，张三一拍大腿，暗道：不行，我还不能回去，我要戏弄戏弄这个老妇人！于是张三又回转身，寻声而去，暗随慈禧的贴身太监来到慈禧的寝宫，一招"燕子钻云"攀上了宫顶。

夜色渐深，浓黑的云块好像巨大的黑色磐石，压在清宫的上空，遮没了所有的星星和娇弱的月亮。此时，清宫一片沉寂，万籁无声。

疲惫不堪的慈禧心情凄闷，怅然若失地斜卧在宝蓝榻上。她喝了一杯杏仁豆腐，用香巾拭了拭嘴，又用香茶漱了口。

她生活在无限崇敬和恭维的气氛中，权力至高无上。她的金口玉言，可以使一个人荣华富贵，也可以使一个人人头落地。人世间一切乐事她似乎都尝过了，可越是这样她反而越感到烦恼和痛苦。人在追求中是一种幸福，而追求到了反而会空虚。她的权势越大，享乐越多，她内心的恐惧也越深重。她害怕失势，害怕死亡，害怕寂寞。白天，这种感觉全被无数奉承之词冲淡了，可是夜深人静时这种感觉却日益加剧。

她恨洋人，恨皇上，恨维新党人，也恨那些持不同政见的老朽之臣，更恨那羽毛渐丰的义和团。她不知道应该把这个江山交给谁才好，她对大清的前途感到迷茫。

这时，从煤山那边传来几声鸱鸮的哀鸣，更增添了她无限的凄凉和恐惧。她感到，那仿佛是崇祯皇帝亡魂的哀鸣。

她从身旁宫女手中取过一把金镶玉珐琅瓷的鼻烟壶，伸出右手小指头上的一寸多长的小指甲儿，挑了一小撮鼻烟，放到鼻尖面前，嗅了一下，又交给老宫女。

她忽然感到身上有一种不适的感觉，白天在那些太监和宫女的簇拥中，在那些“万寿无疆”的阿谀之辞中，她感到那些人的嘴里呼出的都是臭气，那么多人的臭气围绕着她，侵袭着她的肌体，沁入她的五脏心肝，她要洗个澡，洗掉浑身的臭气和污垢。

“来人!”慈禧大喝一声。

“喳!”李莲英闪了进来。

“我要洗澡了。”李莲英忙传话下去。

一会儿，两个太监抬进一个大银木盆，这木盆外面包着一层很厚的银皮，光明灿烂。盆内盛着大半盆热水。太监们又取来饰有金黄团龙的毛巾。慈禧由两个宫女搀扶起身安坐在一张矮几上，自己脱下那件绣有丹凤朝阳的杏黄大袍，又脱下饰有翠色彩凤图案的内衣，裸了上身。

张三在房上看得呆了，他以为所看到的一定是慈禧那一层干瘪的枯皮，哪里知道慈禧虽已年过六旬，身段依然美妙，肉色出奇的鲜嫩，白皙如玉，柔滑似锦，两只嫩乳竟如两颗剔透玲珑的玻璃石榴。像这样的体肤，寻常只有妙龄少女才有，怎么会出现在一位老妇人身上?

四个宫女分四面站开，一个站在慈禧的面前，一个在背后，一个在左边，一个在右边。她们熟练地各自取起一方绣有黄龙的白毛巾，浸到浴盆里，又用力拧干，平铺在掌上，用玫瑰香皂用力涂抹上去，分别给慈禧擦胸部、背部、肋下和两臂。

待到慈禧的上身全部擦遍香皂后，四名宫女将手中毛巾一起弃掉，另外取出毛巾在浴盆内浸湿，又拧干，给慈禧身上擦净香皂和污垢。经过三次擦抹，四名宫女又取过一缸已温热的耐冬花露涂在慈禧身上，然后取过睡衣替她穿好。接着慈禧自己把紫色带有黄碎花的衬裤褪下，又把粉红饰有金色团龙的内裤褪下，裸露出下半身。

张三不好意思再看下去。忽然眼前黑影一闪，仿佛有个人从房顶跳下去，他感到诧异，也跳了下去。

慈禧洗完澡，穿上睡裤。那睡衣和睡裤呈浅灰色，胸前和背后绣有金色团龙，两个衣袖和裤管上满绣着大朵的牡丹花，红花绿叶，枝叶交叉着沿下去。她赤着脚被宫女搀扶到御榻上，正躺着歇息，忽听“嗖”的一声，一支飞镖从她耳际擦过，钉在壁上。她大叫一声：“有刺客！”佯死躺在榻上。

侍立在宫外的几名贴身禁卫各持兵器奔出查看，但见一个壮汉手握大刀往北而去。

“抓刺客！”众禁卫吆喝着蜂拥而去。喊声惊动了清宫大内护卫统领秋大太监，他手持一个流星锤，率领众禁卫闻声追来。

禁卫们把那壮汉逼到一座殿前，那壮汉目光炯炯，身穿一身黑色夜行衣，手握一柄寒气逼人的大刀。

禁卫们高呼：“杀死他！”

那壮汉也不说话，抡开大刀，一连杀死两个禁卫。那刀上下翻飞，如龙飞凤舞，“刷刷”有声。

秋大太监喝问：“你是何人？竟敢深夜入宫刺杀太后?!”

壮汉眉毛一扬，答道：“老子为谭先生报仇，叫你做刀下鬼！”说着一招“猛虎扑食”，朝秋大太监砍来。秋大太监挥舞流星锤，铮铮有声，更不示弱。

秋大太监与那壮汉打了有三十多个回合，不分胜负，心内有些烦躁，随即下令：“叫毒弩营来！”

一会儿，清宫毒弩营士兵赶到，这毒弩营有三百多人，个个都是神弩手，弩头上涂有剧毒，一着人身顷刻死亡，十分厉害。士兵们拉弩静候，秋大太监一招“偷风换影”，闪到一边，然后一声大喝：“放！”

壮汉正要跃身，只觉身躯被人轻轻托起，飘然上了宫顶，毒弩齐发，未曾碰他身上半点。

他正在疑惑，只听旁边有人嘻嘻笑道：“子斌兄，嘿嘿，原来你也来偷看老佛爷洗澡！”

他怒道：“你这‘醉鬼张三’，什么时候了，还开这种玩笑？”

这壮汉正是“大刀王五”王子斌。王五比张三大八岁，也是京城一个响当当的好汉。他是回族人，字正谊，名子斌，曾拜“双刀李”李凤岗为师，因他在师兄弟中排行第五，又善使双钩，人称“双钩王五”。以后，王五从山西董义士学单刀，得其刀法，神勇无敌，又被人称“大刀王五”。一八七八年王五来到京城，在东珠市口西半壁街买下几间房子，第二年创办了“源顺号”镖局。虽然源顺镖局开创晚于其他镖局，但是很快就跻身于北京八大镖局之中，房屋也扩大到二十四间的内外大院，有镖师五十余人。由于镖局结交广泛，不久王五结识了礼部二品官谭继询。当时王家住香厂胡同，谭家住烂漫胡同。谭继询之子谭嗣同曾染白喉大病一场，好不容易治好，但体质虚弱，谭继询便将儿子送交王五练武强身，师徒之间关系甚密。后来谭继询离京任湖北巡抚，谭嗣同便告别王五，随父南行。直至谭嗣同宣传变法，被光绪帝宣诏进京，授四品衔军机章京。谭嗣同到北京后与王五过往甚密，交谊更深，王五也非常同情和支持变法维新。戊戌变法失败，王五得知谭嗣同等六君子被捕的消息后，召集各方豪杰组织营救，未成功。谭嗣同遇难，王五悲痛欲绝，发誓要为他报仇。不久前，王五亲送谭嗣同的灵车，悲悲切切地把他的尸体运回湖南济阳安葬。今晚，王五秘密潜入紫禁城，一直尾随慈禧，伺机谋刺，刚才那支飞镖就是王五所发。

张三拉着王五往后宫退去，后面追兵不舍，刀光剑影憧憧。

正走间，只见一个人影一闪，拦在前面。

王五挥刀便要砍，张三急叫：“是‘鼻子李’！”

王五细瞧那人鼻子上翻，面容丑陋，但双目炯炯，不禁叫道：“果然是‘小孟尝’！”

“鼻子李”为何叫“小孟尝”？原来李瑞东不仅为人忠厚，讲义气，武艺高强，还精通医术，常为邻里看病，不取分文。他家资雄厚，极好布施。凡落魄的武林中人投奔他，他一概收留，家中常有食客数十人，所以江湖上又称他“小孟尝”，与战国时期齐国孟尝君媲美。

李瑞东说：“二位好汉，快随我来！”说着，拉着二人迤逶来到一处，眼前一座五彩缤纷的楼阁，琼阁仙草，怪石嵯峨，竹影摇曳，奇花纷缀，上书“东暖阁”三字，阁内传出袅袅琴音。

李瑞东带张三和王五推开阁门，只见有个美丽的贵妃正坐在榻上弹古琴。她的钗环已卸去，鬓边簪着一朵鲜红的宝石珠花，衬着耳朵上的两颗碧玉镶就的绿宝石耳坠，更显得红娇绿嫩，艳丽无比。白皙的脸蛋上有一双微蹙的纤眉和一对脉脉含情的秋眸。

她就是光绪帝的宠妃珍妃。

珍妃见李瑞东领着两个陌生男人进来，大吃一惊，急忙放下古琴。

李瑞东说：“娘娘，这二位是我的朋友，一个是‘醉鬼张三’，一个是‘大刀王五’，都是武林豪杰，王五先生是谭嗣同先生生前的好友，他们刺杀老佛爷，现正被追捕……”

这时，外面人声鼎沸，火把熊熊。

珍妃沉吟一会儿，说：“你们快随我来。”说着引二人来到阁后一口井前。“这是一口常年不用的枯井，里面有一条暗道，能通到煤山，你们到煤山后再想法脱身……”

王五和张三不由分说，分别跳下，沿着井壁匍行十尺，果然见有个两尺长的洞口。钻进洞口，漆黑一团，只有潮湿的水滴声。

二人只管拣道而行，行了约有一里，见上面隐约有光亮，拨开野草一瞧，也是一口井，下面深不可测，有涓涓水声。

二人沿着井壁攀缘而上，上来后才知已到煤山脚下。

原来这个暗道是光绪帝趁慈禧在颐和园养息之时，派人秘密挖的，以防不测。不想袁世凯告密，慈禧来得突兀，没有派上用场，这次却救了张三和王五。

张三和王五见附近没有禁卫，便往东摸来。

煤山在明代称万岁山，到了清代才改名叫景山，据说山下曾经堆过煤，因此又有煤山之称。远在十三世纪中叶，这里曾是元代皇帝的御苑，建有金殿花亭，又有熟地八顷。元帝曾在这里耕稼种植，故装有水碾，引北海之水来浇灌花木。根据传说，青龙、白虎、朱雀、玄武四个星宿，各有部位，清宫北面是玄武之位，必须有山，明成祖朱棣便令人将挖掘紫禁城护城河的渣土堆积起来，成为大内的“镇山”，并把它放在纵贯皇城中轴线的顶端，取名“万岁”。清代顺治皇帝把它改名为景山，乾隆皇帝又在山上分建了万春、周赏、富览、观妙、辑芳五亭，使景山臻于完美。

张三和王五来到东墙下，只见东门口立着几个握刀持戟的禁卫，二人悄然攀上院墙，又悄然而下，来到街上。

二人来到“大刀王五”开办的源顺镖局时，只见镖局内烛火通明，院里黑压压的有三四十人。原来镖师们听说镖头王五深夜入宫行刺，都为他捏了一把汗。

这时，王五的妻子王章氏从人群里挤出来，上下打量了一番丈夫，急火火问道：“咋的了?”

王五苦笑着摇了摇头。

他的一个弟子说：“师父没伤着就好。”

王章氏疑惑地望着张三：“这位大兄弟是谁？好面生!”

王五指着张三说：“这次多亏了他帮忙，他就是北京城里有名的‘醉鬼’张三爷。”

众镖师里有认得张三的，也有不认识张三的；不认识张三的想看个清楚，认识张三的也因为刚才没瞧清楚，反正个个伸长了脖子。

王章氏说："哟，敢情是张三爷驾到，来，快屋里坐。肚子逛荡了吧，我给你们下面条去!"说着，"蹬蹬蹬"地到灶房去了。

王五叫道："别忘了给张三爷弄点儿酒!"

他让镖师们回去歇息了，然后请张三来到正房，两个人盘着腿絮叨起来。

这时，王章氏端着两大碗热气腾腾的面条走了进来："大兄弟，趁热吃吧!"

张三低头一瞧，这碗好大，足有半尺长。

王章氏抹了抹脑门儿上的汗珠，说："我再给你们烫两壶酒去!"说着，一撞门又出去了。

酒足饭饱，张三没有回马家堡，一头倒在王五家西房的炕上睡着了。一觉醒来已是第二日傍晚，他下了炕，走出房门。

王五的弟子二喜正倚着一只竹椅捏铁蛋玩儿，他见张三醒了，站起身来："张三爷，师父让我伺候您。"

"你师父呢?"张三问。

"他中午出门去了。"

张三伸伸懒腰，踱出门来。

这源顺镖局就在东珠市口西半壁街上，黑底金字的"源顺号"字匾高悬门首，红绸子结成花披在匾上，门右上角有面镖旗，旗杆有十几米高，杏黄镖旗上绣着"源顺镖局"四个黑色大字。

这时，二喜也走了出来，他摸摸脑袋说："张三爷，我们早就听说您的悬指功厉害，能不能让俺开开眼?"

张三笑道："你师父武功不在我之下。"

二喜道："各村有各村的高招，我也想学学您的功夫。"

几个在门口溜达的镖师也围了上来说："张三爷，就让我们开开眼吧。"

张三说："好，那我就班门弄斧了。"说着，将长烟袋掖在腰间，脱了小褂儿，啐了口唾沫，在手心上搓了搓，抬头望了望那"源顺镖局"的旗杆，一个倒立，窜到旗杆下面，一下下，倒爬至旗杆顶端，然后双手抓住杆头，全身平衡悬在空中……

下面传出一片喝彩声。众人嚷道："真是绝妙!"

张三又倒立着往下爬，爬至五米处，一招"鹞子翻身"，平平稳稳落于地面，大气不喘一口，脸无异色。

二喜问："张三爷，这叫什么功呀?"

张三穿了小褂儿，点了一泡烟，说："小子，这叫'顺风扯旗'。"

二喜又问道："这功夫怎么练呀?"

张三磕打磕打烟灰："这种功夫在手指和腰，你在墙壁高处钉一个木橛子，粗点儿的，每天站在墙下跳起来用手指捏住木橛子，要将身子悬起。隔几天就用刀把木橛子削去一块儿，一直削到最细程度，还能用手抓住，身体悬起，木橛不折，这功夫就练到家了。"说着，张三在二喜的肩头重重地拍了一下。

两个人又走进院子，张三指着大门道东侧上方的匾额问："这块'德容感化'的大匾是谁送的？"

二喜说："师父在江湖闯荡多年，广交天下英雄，结识四海好汉，为源顺镖局立下几条规矩：一是押送银两多是重要镖车，由师父亲自走镖，师娘喊镖；在行镖时，师父多是凭机智将冲突善了，即使遇上强横之徒，也是以武功取胜，力求血不染刃，使对方心服口服，因此江湖上称师父是侠义之士。二是江湖朋友来访，只要提'大刀王五'，都要盛情款待，赠送盘缠，周济困难。三是年年冬施寒衣，夏施单衣，逢年过节时，亲套马车周济贫困百姓。这块'德容感化'的匾额就是附近的老百姓送的。"

二喜又指着对面的一块匾额说："这块'义重解骖'的匾额是江湖豪侠马三保、胡致遁等人送的。那边挂的'尚武'和'济贫'两块匾额也是百姓们送的。"

二人往院里走来，这源顺镖局非常齐整，灰瓦房砖满地，二人依次穿过外柜房、沐浴礼拜院、马棚、内柜房、存镖房、镖师住房。

路过后院时，只听有女子娇声唤道："您就是张三爷吗？"

张三回头一瞧，只见是个秀丽姑娘，风姿绰约，亭亭玉立。

他有点诧异，问："你找我有何事？"

女子说："您不认识我了？我就是被您和梁爷救出来的于云娘。刚才清宫里的尹大总管跑来告诉梁爷的徒弟李国泰说，梁爷的案子还挺棘手，一是杀的人太多，二是那赵六的家人往上面送了不少银两，刑部要将梁爷判死罪。李国泰虽然也送了不少银两，但是不太管事。"

张三问："李国泰在家吗？"

于云娘道："他刚才又出去找门路了，尹爷说明日上午与您一起去刑部侍郎王金亭家，说王大人是个正直的官儿，他明儿一早派车来黄酒馆接您。刚才我们到处找您，尹爷说昨晚上您与王五爷在一起，八成在这儿，我才找到您。"

这时，从院内走出一位中年壮汉，头缠白布，身穿杏黄长衫，手拿一柄湘扇，清瘦脸庞，浓眉大眼。

于云娘见到他，亲热地拉着他的手说："爹，他就是梁爷的好朋友张三爷，我的救命恩人。"

原来这位壮汉就是宁夏汤瓶拳名家于纪闻，他一个月前来到北京源顺镖局寻好友“大刀王五”，正值王五送谭嗣同灵柩未归，便宿在源顺镖局。王五返京见到于纪闻，自然高兴万分，二人叙个不休，各抒抱负。此时王五联络天下好汉，并请于纪闻也回宁夏联络回民同胞，共同举义。昨日，于云娘在黄酒馆的伙计伴同下来到源顺镖局，终于见到于纪闻，父女俩凄凄切切，各叙一番离愁别绪。

于纪闻请张三到后院屋里坐，又叫女儿取过火锅，几个人涮起羊肉，边涮边聊，话语甚是投机。二喜找来几坛山西汾酒，一会儿，张三和于纪闻都喝得酩酊大醉。

张三喝了足有二斤汾酒，酒助人兴，话儿像炒豆般蹦出来。他说：“于老弟，咱们猜个酒谜吧？”

于纪闻打了一个哈欠：“猜几个响当当的人物！”

张三举着酒杯，打了几个晃儿：“你先说五个，我猜，然后我再说五个，你猜！”

于纪闻打了一个酒嗝：“好，你听着，粗中有细。”

张三不假思索地说：“张飞！”

于纪闻哈哈大笑：“不对，我该用手指敲你的脑门儿。”

“怎么不对，张飞可不是粗中有细吗？他长坂坡上一声吼，吓得曹兵个个惶恐……”说着，他举着酒杯转了两个圈，唱起《甘露寺》乔玄公那段京剧清唱。

于纪闻笑道：“是鲁智深，这才是真正的谜底。你再听着，寒来暑往。”

张三答道：“时迁！”

于纪闻点点头，又道：“寂寞开无主。”

张三低头想了想，道：“你这是什么文词？我听不懂。”

于纪闻说：“这是南宋诗人陆游的一句词，词牌叫卜算子，词名叫咏梅，谜底是花自芳。我再说一个，万水千山花满园。”

“小李广花荣。”

“桂林山水甲天下。”

张三搔了搔头皮：“桂林，嗯，没去过。”

于纪闻眉毛一扬：“我告诉你吧，石秀。桂林的山可美极了。”

于云娘在一旁说：“桂林的山美水也美，该是甲天下！”

张三哼了一声：“以后我一定去桂林瞧瞧，都说上有天堂，下有苏杭，怎么又是桂林山水甲天下了。哼，花里胡哨。你说完了，该我了。”

于纪闻道：“我洗耳恭听。”

张三扯了扯衣襟：“春秋半边，日月同辉。”

“霹雳火秦明。”

“爱护树林。”

"卫青。"

"油煎豆腐。"

"李白。"

张三赞叹说："你脑子倒还好使。人会扎猛子。"

于纪闻歪着脑袋想了想，说："不知道。"

话音未落，于云娘抢着说："八卦掌祖师董海川。"

张三笑着点了点头，又说："杨树上的季鸟。"

于纪闻想了想，又叹了口气。

于云娘咯咯笑着，说："杨氏太极拳创始人杨露禅。"

张三吐吐舌头："于大哥，你这姑娘真是阎王爷的闺女，小鬼丫头！刚才这两个都是你闺女说出来的，嗨，不算数！我再给你出两个，还是打两个武术家，听不见泉水叮咚响。"

于纪闻还是摇头。

于云娘道："吴鉴泉！"

张三又道："你于纪闻不回宁夏了！"

于纪闻此时已大醉，踉跄着站起来，"噗"的一大口，飞了一桌，他用手指着张三说："姓张的，你说我不回宁夏了，盼我死哪？不，我的尸骨要埋在宁夏，我要死在宁夏！"

于云娘劝道："爹，人家张三爷是猜谜呢，您瞧您，您那是盛酒的家伙吗？人家这谜底是王芗斋！"

于纪闻"啪"地打了女儿一个嘴巴，骂道："你说我这肚子不是盛酒的家伙，那是什么，难道是带把儿的夜壶不成?！你给我滚！"

二喜在旁边见于纪闻和张三都醉了，立刻叫来王五的老婆王章氏，把二人各自劝回自己的房间。

张三在炕上倒了一会儿，酒醒了大半，头脑也清楚多了，见旁边无人，便走出房间。

月光如水，泻如白瀑。他见左侧院内亮着烛，窗前人影晃动，心想：这么晚了，是谁还在那儿忙乎？于是来到左侧院内，凑到窗前，只见屋内坐着四个人，当中一人光着头，辫子缠在头上，挽了一个椎髻，面色红润，须眉尽白，银髻飘拂，目光如电，有柄大刀横在膝上，一手抚着刀柄，一手捋着须尖，此人四十五六岁，正是"大刀王五"王子斌。

王五左边那人二十六七岁，高高敞亮的额角，微微向上倾斜的剑眉，黑白分明炯炯有神的大眼睛，端正潇洒的面容，身穿一件白色长衫，横握着一柄春秋宝刀，正是"眼镜程"程廷华。

程廷华旁边那人有五十二三岁光景，身材颀长，肌骨强壮，一团正气，凛凛双目，斜背单刀。

张三见过这人，他就是大名鼎鼎的“单刀李”李存义，此人表字忠元，直隶深州人，幼年家贫，无资入塾攻读，只好帮人赶车，兼习拳艺，在江湖卖艺度日。他走遍齐、鲁、燕、晋诸地，寻访名师，中年于河间武术大师刘奇兰门下学形意拳，历时九载，他还擅长长拳和短拳。以后以保镖为生。此时李存义刚从天津赶来，风尘仆仆。

李存义旁边的那人三十七八岁，生得魁伟，气度轩昂，脸上泛着红润，身穿一件宝蓝长衫，斜背着一口宝剑。

张三也认得此人，此人叫孙禄堂，直隶完州人，自幼好武，曾跟李魁元、程廷华学八卦掌，并得形意拳大师郭云深之亲授，是当今罕见的文武奇才。

只听得李存义说：“如今国难当头，朝廷日益腐败，洋人更加猖獗，他们借办教堂，扩充地盘，欺压百姓，奸淫妇女，愚弄乡民，随意枪杀无辜，真是可恶之极！现在山东、直隶都闹起了义和团、红灯照，山东朱红灯领导的义和团、红灯照很快就要杀进北京，他们烧教堂，严惩不仁不义的神父，真是大快人心……”

正说间，只听院内发出声响，众人齐到窗前观望，张三心想：莫非这些人发现了我？

第三回 醉酒未醒夜听真机 诗音方落笑尝点穴

来者另有其人。那人身穿一件饰有麒麟图的褐色长袍，足踏一双宝月形薄底靴，系一条银色宝带，皮肤白皙，面容严峻，挎一个良弓和一个碎花蓝底的箭囊。他身轻如燕，健步若飞，腾空跃起，满足齐飞。

孙禄堂隔窗叫道："好一个太极提放术！杨班侯到了！"

此人正是太极拳大师杨露禅的二儿子杨班侯。他惯使的太极提放术是武林一绝，"提"如云中燕，"放"似柜上钟。他早年丧妻，只有一个十余岁的独生女儿，爱若掌上明珠。一日杨班侯外出归来，突然得知爱女溺死的噩耗，悲痛欲绝，气往上涌，用脚自发地跳起四尺多高，在场观者无不惊嗟。又有一次，杨班侯出外访友，正值夏季倾盆大雨过后，路上洼水纵横，泥泞不堪。他到了朋友家，朋友发现他脚上穿的布鞋干燥，仅在鞋底略有湿迹，因此武林人士说他有"踏雨无痕"之功。

杨班侯全面继承其父杨露禅的衣钵，太极拳的造诣达到了上乘境界，年纪未满二十已名震京都。当时有个王爷聘他为武师，接住府中，十分敬重。有一个姓刘的镖师，有千斤之力，颇善散手，门徒有千人，见杨班侯受到这般上礼，很不服气，与他相约于东城泡子河吕公堂前比武。消息传出，围观者数千人。二人到了场地，刘镖师出手擒拿杨班侯手腕，欲将他摔出。杨班侯顺势进身，以截劲击之，加如强弩，急若发机，刘镖师如弹丸腾空跃出数丈之外。杨班侯手狠，内劲透胸，刘镖师跌出后口吐鲜血，内伤甚重，手上抓下杨班侯的半截袖子，狼狈而去。之后刘镖师养息半年治愈，遂不敢小视太极拳。杨班侯说，当刘擒他手腕之时，倍觉疼痛，所以还击才如此狠，这是不得已而为之。

这时，杨班侯大步流星般跨进屋里，打一下揖，说："兄弟有事耽搁，来迟了一步，大家见谅。"

王五说："快请坐。"说着把自己的红木椅递给杨班侯，自己一盘腿上了炕。

杨班侯喝口浓茶，说："刚才我去了于谦祠堂，见到了大师兄三德儿，他刚从直隶香河回来。那里的义和团首领张德成说，直隶的义和团已经准备好，将配合山东的义和团进北京。近日洋人更加猖狂，山东高密州大吕乡民因反对洋人强修铁路，被洋人杀死二十多人，他们还在天津老龙头车站开枪残杀了三百多名义和团弟兄。山东朱红灯和本明和尚已率领义和团弟兄聚集在茌平。"

程廷华把春秋宝刀横在桌上，沉吟一会儿，徐徐说："如果义和团弟兄们涌入北京，那军饷、粮草如何解决？此外，仅靠义和团还不行，还应发动大清军队一起向洋人开战才好。"

孙禄堂说："慈禧那老贼鬼得很，她既怕洋人，更怕义和团势力壮大起来，她怕义和团有朝一日会推翻她的龙椅，肯定不会真心扶助义和团，但现在如果能争取到一点儿经费也好。"

李存义说："如今慈禧最宠爱的是庆亲王奕劻和荣禄，不如派个弟兄说服奕劻，由奕劻与慈禧周旋，或许有用。"

程廷华自告奋勇说："我和尹福的徒弟'螃蟹马'马贵极熟，马贵正给庆王护院，不如让我去找庆王。我再寻点儿珍贵首饰给庆王送去，听说近日他新得了一个漂亮女人，正在兴头上。"众人同意。

张三在窗外听了，有点儿不是滋味，暗暗思忖：好呀，你们几个商议国家大事，竟背着我张三，把我当外人，你们都参加了义和团，就我还蒙在鼓里。义和团是神兵神将，传说刀枪不入，替天行道，是我张三崇敬的人物，敢情你们如今都当了神兵神将。你们不是背着我参加吗，看我非给你们闹出点儿笑话来不可！

他一纵身上了房，溜回房中，蒙头大睡。

第二天上午，张三正睡得香甜，于云娘风风火火地跑进来，她看到张三还在熟睡，一把撩开张三盖的被子："张三爷，太阳都照腚了，还不……"

话未说完，脸"刷"的一红，一下背过脸去。

张三猛地醒来，见是于云娘，"呼"地拉过被子："你瞧你这丫头，也不招呼一声。"

原来张三睡觉有个习惯，喜欢脱得一丝不挂，这样才觉得睡得舒服、安稳。

"你这丫头，还不快出去！"

于云娘掩着脸说："我什么都没看见！尹爷的马车都停在黄酒馆多时了。"说完红着脸，一溜烟跑了出去。

张三穿了衣服，漱了漱口，把烟袋掖在腰间，走出门来。

王章氏见他起床，招呼道："张三爷，来，到厨房喝点儿红枣粥去。"

张三一摆手："不用了，大嫂子，清宫里的尹大总管等着我呢！"

王章氏转身走进厨房，拿出两块尚有余温的大贴饼子，追上来塞到张三手上：“张三爷，那快把这贴饼子带上，不然一会儿就前心贴后心了。”

张三大口嚼着贴饼子，与过路的镖师们招呼着，出了源顺镖局。

他来到东珠市口大街上，远远地果然见黄酒馆门前停着辆华贵的马车，宝蓝缎儿面，金黄穗子，三匹火炭般的良驹，马车夫正靠在马背上四外张望着。李国泰走出黄酒馆一见张三，一抹汗珠子：“三爷，您来啦。”他又走了进去，一会儿，尹福和于云娘等人走了出来。

尹福身穿一件杏黄色的袍子，系着朱红带，头戴顶戴花翎。他脸上满布皱纹，显得疙里疙瘩，从胸部往上看，活像一株雪地中的老树根。

尹福笑道：“张三爷连日来辛苦了，我又吵了你的早觉儿。”

张三说：“尹爷说的是哪里话，为朋友两肋插刀嘛!”

二人上了马车，马车穿过前门箭楼，来到西城府佑街，在一个华贵的府邸前停下，尹福下车向护院递了帖子。

一会儿，护院出来，引二人进府。张三见这府邸上别有风韵，宽大影壁上饰有岳母刺字的图案，院内栽着几株玉兰，正值初春，玉兰亭亭玉立。

尹福和张三随护院来到客房，那客房宽敞整齐，正中是一幅米芾手写的墨帖，上面写着：“为人君者犹盂也，民犹水也，盂方水方，盂圆水圆。”靠着左壁，摆了三张木椅，两条茶几，和对面的右壁下正是一式。两只大藤椅向外蹲着，相距三尺许，中间并无茶几，却放着一口白铜的火盆。客房正中有一只小方桌，蒙着苏绣，是一幅鸳鸯戏水的图饰。淡蓝色的景泰蓝花瓶高居在桌子中央，斜含着腊梅的折枝，花瓶上是一幅金龙的图饰。右壁正檐处，有一条小长方桌，供着水仙和时钟之类。一盏四方形的玻璃宫灯从屋顶上挂下来，玻璃片上贴着纸剪的字：“先天下之忧而忧”。

张三觉得这间客房的布置就像藤椅上坐着的那位官人，文静、端庄。那官人方面、浓眉、阔鼻，仪表不俗，有四十来岁，他就是刑部侍郎王金亭。

王金亭是浙江宁波人，书香遗族，自小博览群书，十八岁能吟诗，有“小书囊”的雅称。他二十五岁考中进士，名字列入北京孔庙进士碑林，后因为父奔丧，迁居宁波。以后任国子监监事，后来又到户部任侍郎，与户部尚书翁同龢交往甚深，同情和支持维新变法。戊戌政变后，王金亭受到牵连，一度被免职，闲居家中。然时来运转，不久前他又被起用，担任刑部侍郎。他办案公正细心，不徇私情，深受世人尊敬。

王金亭笑吟吟地请尹福、张三入座，说：“不知二位找我有何贵干?”

尹福说：“王大人，马家堡梁振圃一案太冤枉，事情皆因‘金镖’赵六而起。赵六是北京西四一带有名的恶棍，前不久又欲霸占脚行，带着恶奴打伤脚行工人，还强抢民女，私设水牢，作恶多端。”

王金亭说：“赵六罪大恶极，我早有耳闻，衙门几次想捕他入狱，只是总有人为他说话。梁振圃是正人君子，为民除害，倒是一件好事。可是他大开杀戒，一下子杀死这么多人，此事惊动了朝廷。办案问斩乃是朝廷官府的事情，因此，这事情还真有些棘手。再者，赵六家人携金带银上下活动，就更难办了。”

尹福拜一个揖说：“难道王大人再没有良策了？”

张三说：“梁振圃的所作所为，我看得清楚，我可以作证，是‘金镖’赵六先动的手。”

王金亭沉吟良久，缓缓说：“我一定向太后奏本，力争免去梁先生死罪，先判个终身监禁，留得青山在，不怕无柴烧，以后再想办法。”

这时，一个少女轻盈地跨进门来，她身着一身淡粉色旗袍，饰有兵戈的图案，面若瓜子，脸若桃花，两条欲蹙不蹙的蛾眉，一双似开非开的凤眼，身上斜背一口玲珑宝剑。

“爹，我听护院说，咱家里来了两位武师。”少女说着打量着尹福和张三。

王金亭指着那少女道：“这是我的女儿王媛文。”然后又把尹福和张三介绍给女儿。

王媛文杏眼一眨：“噢，原来这就是鼎鼎有名的张三爷和尹大总管。”说着深深揖了一礼。

王金亭道：“我这女儿就喜欢舞枪弄棒的！”

王媛文嘴一撅：“爹，我的学问也不错嘛！”

王金亭道：“王婆卖瓜，自卖自夸！”

王媛文笑着望了望张三和尹福：“如若不信，我给他们二人作两首诗。”张三说：“那好，就请小姐先给我诌一首。”

王媛文吟道：“鸟笼烟袋酒为酬，不恋乌纱恋自由。茅舍秋风堪自赏，江湖夜雨信天游。横刀王府向恶鬼，携鸟街头笑酒楼。耿耿青衫裹傲骨，侠香飘洒入神州。”

尹福咂吧咂吧嘴：“好诗！请小姐再给我诌一首。”

王媛文歪着脑袋想了一会儿，踱了几圈，慢慢吟道：“瘦尹不瘦满腹篇，门牙三颗拜海川。烧饼巷中歌一曲，肃王府里笔三环。幽兰绝壁接新宇，钟鼓偷闲伴旧眠。谈古论今随风去，宫花寂寞有谁看？”

尹福说：“这诗虽妙，但我也要说，满纸戏弄言，谁解其中味？”

王金亭说：“我这女儿在浙江老家时，曾拜一位道士学了一些点穴术，今日让她来试试，请二位指点。”

张三笑道："我练了半辈子武术，还从未尝过点穴的味道，今日请小姐点点我，也好让我体验一回点穴的滋味。"

王媛文说："我听说张三爷怀有奇技，又从不肯跟人谈及师父是谁，也不愿谈论武艺，神出鬼没，行踪不定。我学业不精，望张三爷指教！"说着，用纤纤玉指照着张三心窝用力一戳，张三若无其事，掏出长烟袋，"吧嗒吧嗒"地抽起烟来。

王媛文有点儿性急，又在张三软肋上连戳数下，张三还是"吧嗒吧嗒"地抽烟。

此时，王媛文沉不住气了，使尽气力，在张三的胸、腹、两肋连戳十几下，张三非但纹丝不动，反而呵呵大笑起来。

王媛文见张三发笑，停下手问："张三爷为何发笑？"

张三说："你把我胳肢得怪痒痒的，我还能不笑？"一句话，引得众人捧腹大笑，王媛文脸上一红，也不禁笑起来。

由于王金亭从中使力，朝廷对梁振圃只判了终身监禁。

消息传出，东珠市口黄酒馆中一片欢呼雀跃，李国泰、于云娘等高兴万分，张三见梁振圃性命保住，自然也宽慰许多。

此时恭亲王奕䜣正躺在客厅内的藤椅上，大口吸着水烟。

奕䜣是一个贪得无厌的贵族，他是道光皇帝第六子，从小过着一呼百诺、锦衣美食的生活，脑子里只有一个信念：在这个世界上，只有努尔哈赤的后代才是天生的贵人。这种独特的生活和信念，使他养成一种骄横、残忍和野心勃勃的性格。十五年前，他把赌注下在慈禧身上，协助这个恶妇剿除异党，成为慈禧面前的红人。

奕䜣非常痛恨洋人和维新党人，因为这些人都是他所见到的不肯露出奴才相的人，甚至是公开鄙视和反抗他们的人。但是他更怕洋人。在他看来，汉人并不可怕，洪秀全那样厉害，建立太平天国，最终不是也被剿灭了吗？宋景诗的黑旗军、捻军也被剿灭了，康有为、梁启超等维新党人折腾了一阵子也被剿除了。只有洋人特别厉害。自从鸦片战争后，每次洋兵来犯，几乎都是他们打胜，因此不能小看洋人。可是怎样利用洋人来保住自己的地位，来保住大清帝国的地位呢？他对义和团的武艺深信不疑，曾亲眼看到义和团士兵把数百斤重的石板放在小腹上用铁锤砸碎，而人却安然无恙，还有吞火、枪刺咽喉、走系绳、吃碗盏等幻术。他觉得载漪和大臣刚毅等人的主意不错，能不能利用义和团扶清灭洋呢？

这些天，他一直苦苦思索着。

他正望着三角茶几上摆设的那尊裸体的西洋女雕像出神，他要等的那个人娉娉婷婷地从帷幕后走了出来。

这是一个欧化了的时髦女人，她上身穿一件银红色蝉羽纱西式紧身胸衣，下身穿一条银红色紧身短裙，裸露出一双雪白丰腴的大腿，她的鸭蛋形的脸上镶着一双放荡魅人的大眼睛。

奕䜣被她这种大胆的装束弄得心神摇荡起来，他伸出手臂紧紧地搂住了她柔软的腰肢。

那女子便乘势坐在他的膝上，伸出两只娇嫩的手臂，绕住了他的颈项，用那甜美的小嘴在他的脸上“咂咂”地亲个不停：“大人，你带我游游这个王府吧，听说大文豪曹雪芹写的《红楼梦》中的大观园就是这座王府。”

这个女人叫赛金花，她的身世很具有传奇性。她是苏州萧家巷人，本姓赵，父亲是个轿夫。幼年丧父后，她十三岁时便坠入青楼为妓，艺名叫傅彩云。十四岁时，她忽然被当地一位新科状元洪钧看中并纳为妾。之后她随洪钧出使德、俄、荷、奥四国。赛金花本来生得艳娇无比，又生性聪敏，很快成为欧洲上流社会中的交际明星。她由于“装束潜随夷俗更，语言总爱吴桂娟”，被誉为东方美人，成为欧洲各国皇家贵族沙龙中的座上客。五年后，她随丈夫归国。一八九二年，洪钧因错将中国一些领土划入沙俄版图，遭到御史杨英裳的参劾和朝廷斥责，不久便抑郁而亡。洪钧一死，赛金花快乐风光的日子结束了，洪家因她是妓女出身，认为她有损洪家门面，拒不同意她入洪家族谱。此后，赛金花便在十里洋场的上海滩重操旧业，改名曹梦兰，重又过上卖笑生涯。以后，苏州绅士陆润痒等人以赛金花在上海为娼，丢了苏州人的面子为由，将她赶出上海。赛金花无奈，只得来到天津，改名叫赛金花。短短几个月，她竟然又成了驰誉津门、轰动京畿的名妓。

奕䜣是喜欢玩花折柳的贵族，因听说赛金花的名声，于是出重金请她赴京，将她安排在东城土地庙下坡一个华丽的别墅里，昨日晚上又把她接到恭王府里，鱼水共欢。

奕䜣对赛金花说：“我已让护院布置，一会儿就带你赏园。人们都说你舞技极高，在欧洲天天交际，夜夜跳舞，此话可当真？我们一起跳一个华尔兹舞如何？”

原来奕䜣在清朝贵族中是一个比较欧化的王爷，他常常与外国驻中国使节会晤，有时也与使节的夫人或小姐翩翩起舞。

赛金花见奕䜣邀她跳舞，俏皮地翘起左脚：“你瞧我这只小脚，能跳舞吗？”

奕䜣不禁哑然失笑：“我倒忘了，你是一个缠足的小脚美人！”

赛金花说：“有一次我随丈夫拜见德国皇帝和皇后，德国皇帝要跟我跳舞，我也伸出小脚给他看，说我不会跳舞，你猜他怎么说？”赛金花“咯咯”笑个不停。

“他发狂地捧起我的脚，称赞说，啊，这只小脚多么可爱，连圣母玛丽亚都没有的脚。说着就用嘴在我的脚上乱蹭。我认为他要咬我的脚，一抬脚，竟扇了他一个大耳光，哈，哈，哈!”奕䜣也被逗得大笑起来。

这时，一个护院走了进来，拜伏在地，说：“王爷，园子已然布置好了。”

奕䜣说：“马贵，你去歇息吧。”

那人说：“喳!”出屋去了。

奕䜣说：“刚才出去那个奴才是王府上的护院，我喜欢他性格沉稳，话儿不多，可武功却非常好。他是宫里尹大总管的弟子，因为会画螃蟹，被人们称为‘螃蟹马’。一会儿游完园子，我叫他给你演一回八卦掌。”

二人说着朝园中走来。

恭王府原是清乾隆年间著名大学士和珅的府第。嘉庆四年（一七九九年）和珅获罪，嘉庆帝将他的府第赐给其弟永璘，是为庆王府。此后，咸丰皇帝又把庆王府从永璘后裔手中收回，转赐给奕䜣，是为恭王府。恭王府分为府邸和花园两个部分，府邸西院以“天香庭院”为主，从垂花门进去，北面大厅仿清宫宁寿宫乐寿堂款式，为勾连搭式结构。中轴一个院落是四进，以中间嘉乐堂为主，宫殿气势雄伟。东边一组院落是五进厅堂，有瞻霁楼、宝约楼等楼台。

二人来到恭王府花园，这花园在府邸以北，园中曲廊亭榭，山石花木，东北有个戏楼，西北有个水榭，碧水缭绕，杨柳轻拂，景色优美。

奕䜣对赛金花说：“这花园有二十景，我来带你游这些景色。”

二人来到园林东南隅，只见翠屏对峙，一径中分，遥望山亭水榭，隐约长松疏柳间，夹道老树千云，时闻鸟声，引人入胜。

奕䜣叹道：“这是第一景，‘曲径通幽’。真是恍惚迷途径，似与桃源同，谁说地幽僻？真趣在其中。”

他们缓缓而行，又走数十步，但见植槐数株，俨然棚幕，绿云匝地，杂卉满山。

奕䜣说：“真是满架绿云铺，垂丝千万缕；翠盖结为棚，层阴宜夏午。这叫‘垂青樾’，要到夏天才好看呢!”

青樾右侧有一亭，环以假山怪石，亭中凿石成渠，引山后井水注之，随势盘旋，清音雅致。

奕䜣说：“这个亭叫沁秋亭，有流水似鸣琴的风韵。”

赛金花说：“我在无锡也见过此类奇亭，真是独特。”

奕䜣又指着北面草地数株丁香树：“这是第四景，叫‘吟香醉月’，可惜时辰未到，丁香未开。丁香花开时与山前众花连枝辉映，尤宜月明人静，影乱香清，一咏一觞，别添幽趣。”

二人又来到艺蔬圃，这里茂树杂以短篱，种以杂蔬。

赛金花叹道：“这大概就是《红楼梦》中的稻香村了，当年贾宝玉的嫂子李纨就住在此处。”奕䜣拂须笑笑，自言自语说：“可惜金粉随风去，稻香村里寂无人！”

二人经过“樵香径”，来到“渡鹤桥”上，桥在园中央，长虹卧波，几只白鹤立于波中，长鸣四顾。

奕䜣吟道：“虹光映寒碧，浮梁渡羽仙。利涉引幽躅，步虚何翩翩！”

赛金花喜道：“王爷，你瞧，那白鹤真正端庄，真宛入仙境了。”说着莲步踉跄，奕䜣急忙用手扶她，赛金花顺势依偎到奕䜣怀里。

二人过了“滴翠岩”、“秘云洞”，盘旋而上，只见沿重岩之上，构屋三楹，其后藏林蓊郁，翠蔓相连，这景唤作“绿天小隐”。迎面叠石成峰，居然青嶂，正中石间有白松一株，亭亭翠盖，瘦石相倚如屏，无望烟岚，苍茫入画。奕䜣诗兴大发，又吟道：“太湖一片石，横卧如围屏。孤松倚其后，石奕点头灵。云气绕苍屋，盖影荫山庭。孤山伴海客，醉卧常酩酊。”

二人又过了“倚松屏”、“延清籁”，来到“诗画舫”。但见绿堤长廊，虚明朗鉴，梭影鱼纹，荡漾楣牖间。这里取古人画舫之意，以陆为舟，以坐当游。

奕䜣用手一指前方：“前头有一个‘浣云居’，里面有果点香茶，你可能乏了，咱们到前面歇息。”赛金花点点头。

二人过了“花月玲珑”、“吟青霭”，来到“浣云居”。这是一个小村社，茶烟林霭，时出芦荻间，颇具山村风味。方塘北岸，有海棠数株，山葩夹径，间以老松。

奕䜣带赛金花进去，几个花容月貌的婢女翩翩而出，端上菠萝、橘子、香蕉、荔枝、椰子。

二人坐定，婢女为他们剥了荔枝。赛金花接过荔枝，嫣然一笑，递给奕䜣说：“王爷先用吧。”

奕䜣端起热茶：“我不喜欢吃这些杂果，只喝点儿龙井茶就行了。”

有四个婢女上前分别为奕䜣和赛金花捶腿捏腰，以解疲乏。

一会儿，又有婢女端上一盘栗子面小窝头，亮闪闪、黄澄澄的，惹人喜爱。赛金花拣了一个塞在嘴里，嚼了嚼，香甜可口。

奕䜣说：“老佛爷最喜欢吃这个宫廷栗子面小窝头，今日让你也尝尝鲜了。”

这时，又有婢女端上一盘热气腾腾的咖啡，并有一叠巧克力糖。

奕䜣说：“知道你喜欢喝这些洋汤，因此才派人上街买的。”

赛金花听了，受宠若惊，“咂”的一声亲了奕䜣一下，撒娇说：“王爷真是细心人，知道心疼人。我遇到过那么多男人，还没有像你这样的。”

二人喝罢茶，又游了“松风水月”、“凌倒景”、“养云精舍”，“养云精舍”在“秋水山房”之西，依岩为屋，六楹阁房曲折迤逶，阁内罗列古书，悠然静穆，古香袭人。

奕訢说：“这是我的读书楼，真是屋成云有依，云留屋转静；烟笼琴书润，林寂青衫冷。风含蘅芷香，窗印岚翠影；不雨亦潇潇，桐阴眠昼永。”

二人又来到二十景中的最后一景“雨香岭”。

“雨香岭”在“养云精舍”之后，叠嶂崇峦，峭石林立，西枕奇峰，东邻水榭；左右碧桐修竹，结绿延青；凭窗观之，峻耸入云，落红成阵，绿窗香溢，怡然陶然。

就在这时，但听一片杂沓的脚步声，有两个婢女跑进门来，其中一个说：“王爷，外面有一人求见，说有要事告之!”

奕訢不高兴地说：“叫他在客房等我。”

第四回 眼镜程慷慨劝亲王 燕子李冒险济百姓

奕䜣安顿好赛金花，急匆匆赶到府邸的客房，只见有个魁伟的壮汉正端坐在红木椅上，护院马贵正与他交谈。

马贵见奕䜣进来，急忙拜伏说："王爷，花市的八卦掌名家'眼镜程'程廷华求见。"

来人正是程廷华，他身负众弟兄之重托，来到恭王府劝说恭亲王奕䜣帮助义和团剿除洋教堂。

奕䜣听说过程廷华的名字，知道他是已故的八卦掌祖师董海川的高足。他虽然身为显宦名贵，但也不愿怠慢程廷华，忙请他入座。马贵侍立在奕䜣之侧。

奕䜣问："你来此有何事情？"

程廷华义正词严地说："王爷是否清楚如今洋兵压境，他们在我国设教堂杀百姓，我大清朝的国威日趋衰败。王爷是否清楚百姓怨声载道，怨恨洋人已波及朝廷，深怪朝廷对洋人挟制不力。自从鸦片战争以后，丧权辱国的条约纷纷而至，洋人如虎狼涌入，步步紧逼。不仅洋人吞噬我中华民族，甲午海战后，倭人也伸出魔爪瓜分我中华神圣领土，这样下去我堂堂国土岂不是要支离破碎了吗？"

奕䜣耸了耸肩："依你之见呢？"

程廷华说："近来国内兴起义和团，火烧教堂，杀洋人，朝廷应当支持，应派兵与义和团共抗洋兵的入侵，而不能同室操戈，自相残杀，使洋人坐山观虎斗，坐收渔人之利！"

奕䜣微笑着说："你们恨洋人，怕洋人，我更恨洋人，怕洋人。"

程廷华摇摇头："百姓并不怕洋人，洋人也不可怕，可怕的是国家内讧。中国自从春秋战国以来，内乱不已，割据分立，犹如一盘散沙，祸水一冲，岂不冲垮？戚继光抗倭，青史有名，倭人不敢越我国一步；郑成功收复台湾，福建至今树有碑亭，荷兰人也不敢张扬一声；林则徐虎门销烟，炮台有高歌，洋人屁滚尿流胆战心惊；三元里抗英一役，轰动海内外，路人皆知，中国人岂有怕洋人的道理?!”

程廷华愈说愈激动，趋上前来，跪在奕䜣面前，热泪滚滚，慷慨陈词：“王爷是太后重用之臣，又是资历深厚的望族，我代表几千万国人，请王爷劝谏太后，放义和团入京，给义和团饷银，让清军与义和团共同抗击洋人，保我国土!”

奕䜣心想：我正是这个意思，不如用义和团钳制洋人入侵，用义和团抑制异党势力发展，洋人退去，再收拾义和团岂不是良策？义和团并不可怕，他们不如洪秀全的太平天国。太平天国领头的都是有谋有略的秀才书生，又有拜上帝会招徕乡民，犹如洪水猛兽，险些要了大清的老命，最后还是利用曾国藩、李鸿章几个汉人的势力，剿了十几年，才将其剿灭干净。如今这义和团不过是一伙乌合之众，都是舞枪弄棒的乡民，三五一伙，没有高人策划，成不了什么大气。不如让他们进京，把洋人的教堂先给端了，也叫洋人知道我大清的厉害。太后也有这个意思。

想到这里，奕䜣上前扶程廷华，说：“程义士的爱国之心我领了，我也有这个心思，我一定要禀报太后，劝太后采纳你们的意见。”

程廷华听了，热泪潸潸而下，说：“我给王爷叩头了。”

奕䜣唤来马贵端上香茶，程廷华喝了几口香茶，才想起自己还给奕䜣带来一件礼物，想着就伸手往怀里摸去。

哎呀，糟糕，那只凤凰金钗不见了。

又伸手往里掏，还是没有掏出来。

马贵在一旁见程廷华手伸在衣襟里乱摸，急得出了一身冷汗，思忖道：哎呀，师叔呀师叔，你那小褂也该洗洗了，都长虱子了，你在王爷面前掏什么虱子呀!

原来程廷华今日给奕䜣带来了一份见面礼，是一只凤凰金钗，那只金钗是他以前从一个强盗手中夺来的，是稀世之宝。

奕䜣见程廷华掏来掏去有点儿发毛了，心想：这家伙掏什么呢？莫不是什么凶器吧。想着用一双老眼瞟着马贵。

马贵遮掩说：“我这位师叔的功夫在八卦掌众师叔里算是一流的，不如让师叔给王爷您演一回八卦掌……”

话音未落，只听房上传来了“嘿嘿”的笑声，这笑声轻微，奕䜣竟没有听到，程廷华却听见了。

他想：原来是“醉鬼张三”在房上，那这凤凰金钗肯定是他拿走了。这个张三爷，什么时候了，还跟我开这个玩笑！可是他是什么时候从我怀里偷走的呢？

原来张三见王五、李存义、程廷华等人在源顺镖局密商剿洋的大事，而没有叫他，心里有点儿恼火。他和尹福从王金亭家里出来后，就一直盯着程廷华。夜里乘程廷华熟睡之机盗走了凤凰金钗，之后又随程廷华进入恭王府，潜在客厅房顶之上，偷听他们的谈话。

程廷华见张三取笑他，心想：好呀，来取笑我，看我也来取笑你。他对奕䜣说："不知王爷是否喜欢武功?"

奕䜣说："多少会一点儿，大清朝廷有个规矩，凡是清室贵族自小都要入雍和宫学喇嘛拳，由雍和宫住持亲自教习。御前带刀侍卫，不论是哪一派的武艺，都要经过雍和宫的住持大喇嘛考试合格，才授予侍卫一职，只有你们的大师兄尹大总管例外。"

程廷华说："喇嘛武术实是清代皇家武术，外人实在难得一见，王爷能否给我们演练一番，也让我们开开眼。"

奕䜣说："我在马上征战还可以，这喇嘛派拳法我实在不精，但我对喇嘛拳倒有些耳闻。喇嘛拳传自天竺雷音寺的伽蓝活佛，后经格拉寺的喇嘛僧侣传播发扬，遂成为西藏的技术。至伽蓝三世，命名为喇嘛派。"

程廷华问："喇嘛派都有哪些拳术、拳法和器械?"

奕䜣道："喇嘛派拳术有八拳、八步、八指、八拿、八踢。有八字真言：非脉不打，手去身离。采取飞鹤手、弥勒手、兜罗手、运星手、拿脉手和化脉手。又以有领宗六法、三十二手飞云抓、六十四点刚槌头及二十四种腿击法。拳法中有金刚、罗汉、出洞、步战、功守、六通、金钟、八法、靠打、重围十套手法。可练的器械中有奇门兵器菠萝蜜、燕子牌、万人敌、子母铗等。内功有养性静坐功、喇嘛百法、柔子神功、一指禅功、贯顶功等，对搏有牵衣十八跌、大擒拿、打穴法等。"说到这儿，奕䜣忽然顿住，说："我刚才讲了喇嘛拳，现在你给我讲一讲八卦掌。"

程廷华说："八卦掌是身捷步灵，随走随变，刚柔并济，势势相连的拳术。以走为基础，步法要起落平稳摆扣清楚，虚实分明。行步如蹚泥，前行如坐轿，出脚要磨胫。使用的是鸳鸯钺、鸡爪锐、风火轮、判官笔等短小器械。马贵兄是八卦掌的高手，王爷可多问问他，他的点穴法尤其厉害。"

奕䜣眉毛一扬："马贵在我身边多日，我还未领教他的点穴功夫!"

他叫了一个小厮进来，说："你站在这儿，让马贵表演一下点穴功夫。"

马贵说："奴才献丑了。"说着一招"风摆荷叶"，用左手轻轻在小厮身上一点，小厮登时不动了，直急得冒汗说："王，王爷，我身子不能动了，我可不能服侍您老人家了。"

奕䜣哈哈大笑，叫道："马贵，有杀药就有解药，你再让他动起来。"

马贵又轻轻一戳，那小厮便活动自如了。

奕䜣说：“这点穴术真是不赖，马贵，以后就教我点穴术。”

程廷华这时走上前，说：“王爷，能不能赏几口酒？我酒瘾犯了。”

奕䜣说：“那好说，马贵，你去取几瓶酒来，我陪程义士喝几盅。”

一会儿，马贵端着一瓷盘上来，盘内放着四瓶青花瓷汾酒，上镌朱字：杏花村人。另有四只小碟，盛着核桃仁、冬瓜条、榛子、花生米。

酒过三巡，可馋坏了房上的张三。

张三想：“妈呀，‘眼镜程’，你真哪壶不开提哪壶，拿美酒来挤对我。”想着，一溜烟儿下了房，朝后房摸来。进了垂花门，便是天香庭院。他来到北面一个大殿，上书“小乐寿堂”四个金黄小字，旁边有一副对联，左联是：知足者常乐也；右联是：不知足者不乐也；横批是：不能不乐。

张三听见里面有动静，趴在窗前往里一望，只见正面供着一个威严的清朝亲王绣像，富丽堂皇，供桌上有许多名贵古玩，有玛瑙小鹿、景泰蓝宝刀、翡翠鼻烟壶、珍珠项链、白玉小船等，还有一盘盘珠宝玉器雕就的菠萝、苹果、石榴、红枣、嫩藕、西瓜、桂圆、佛手、金柑等，琳琅满目，光彩照人。一个十五六岁的少年，正张着一个背囊往里装着那些珍贵玩意儿。他眉清目秀，一身燕儿灰毛哔叽短打扮，足蹬一双黑礼服呢圆口布底鞋，衣襟下摆垂露一节绣花裤带丝绦，胸前闪烁着一条洋金表链。

张三施展轻功，悄然无声地来到那人背后，一把攥住他那只拿古玩的右手，小声说：“小兄弟，悠着点儿，甭太贪多了，贪多了可嚼不烂。”

那人见有人来，大吃一惊，因为就他的轻功和耳力，不会没有发现这个人如何进屋，又如何闪到他的身后，这等功力大出他的意外，他怎能不慌？

他迅疾抽手，然而手腕子似被铁钳夹住，没有挣脱，他随即飞起一脚，但脚却被张三用脚勾住。

他猛地回头，脱口而出：“啊！是张三爷！”

张三此时也看清了这个人的面目，原来是“燕子”李三。

“燕子”李三，真名李靖华，一贯劫富济贫，是北京有名的侠盗，由于身轻如燕，轻功极好，所以人称“燕子”李三。

李三摸了摸脑袋，讪笑着说：“乡里乡亲、街坊四邻的都缺银子，没米下锅了，直戳牙花子，我给他们再弄点儿，没承想是张三爷到了。”

张三说：“好歹弄点儿就得了，如今恭亲王暂时占了这园子，马贵兄弟正在给他办事，别给马贵兄弟惹麻烦，北京城里那么多富户，多转悠几家，匀一匀。”

李三把背囊往肩上一扛：“得，就听三爷的话，我李三去了。”说着，轻如山猫，悄然而去，一会儿就不见了。

张三出了乐寿堂，走了一会儿，但见有一门，拱券形西洋式样，雕有石花，门内外有石刻门额。南写：静含太古；北写：秀挹恒春。门内含翠蕴朱，楼阁重叠，正是萃锦园。

张三远远看见一个丫鬟袅娜而来，心想：我何不找她问问，那个女人住在何处？

待那丫鬟走来，张三又转变了主意，闪身隐到假石后，他想：我何不找个老男仆，换了他的服装去见那女人。原来他想把金钗交给赛金花，免得程廷华生闷气，伤了兄弟之间的和气。他等丫鬟走后，朝后房摸来，猛听一间耳房内传出嬉笑声和水声，探头一瞧，原来是一间浴室，几个男仆正在洗澡。

一个男仆说："我偷了一块冬露香皂，要知道连老佛爷也用这个洗浴。"另一个男仆说："给我也用用，瞧瞧舒服不舒服。"

那个男仆急忙把香皂抽回："你就凑合着干搓吧，这香皂我要用一阵儿呢!"

另一个男仆慌忙去抢，叫道："你不给我，看我不禀报王爷，把你的腿打断!"

张三见房门口木凳上放着衣服等物，便伸手拉开门，露出一条缝，抓过一件，来到隐处穿上。

随后大摇大摆地朝园中而来。正巧前面来了一位老婆子，张三忙上前问道："那女人在哪儿?"

婆子一见他大惊失色道："你怎么竟敢闯进园子，这里是不许男人进来的。"

张三笑道："王爷有急事要找那女人。"

婆子道："哪个女人?"

张三不知道赛金花的名字，急得用手乱比画道："就是那个花朵一样，满月一般，嫩藕似的，水灵灵，细腻腻的女人。"

婆子更糊涂了："到底是哪个女人?"

张三急道："反正没有你那么老，没有我这么粗，她那腰像水蛇一样，手像嫩笋一般，就是王爷新近喜欢的那个女人。"

"噢，你说的是天津那个赛二爷呀! 呸，她又想做婊子，又想立牌坊，她在'养云精舍'养汉子哪!"说完，气冲冲而去。

张三来到"养云精舍"，推开帘子进去，但见一个三十五六岁的美人，乳房样的额上闪着光亮，椭圆形的面庞嵌着一对活跃的眸子，一条银灰色的百褶裙，拖着一双红底镶有彩凤的锦屐。她嗑着瓜子，斜倚在红木椅上。

张三想：她一定是赛金花了。

于是上前说："王爷正跟一个叫程廷华的武术家说话儿，那个姓程的带来一件稀世珍宝。"

那女人正是赛金花，她吐了一口瓜子皮儿，叫道："快起来吧，都什么年头了，还行这个礼？鞠个躬就行了。"

张三伸手到怀里去摸凤凰金钗，哎呀，金钗不知飞向何处。

他猛然想起：这金钗肯定是被"燕子"李三偷去了，这小子身手好快。

赛金花问："什么珍宝？"

张三道："嗯，是个凤凰金钗。"

赛金花嘴一撅："哼，我以为是什么珍宝。我那里有的是，都是姐妹们用身子挣来的。"

张三说："奶奶可知道外面正兴义和团？"

赛金花道："不要叫我奶奶，就叫我太太好了。义和团我怎么不知道，天津闹得可凶了，有个叫张德成的人，组织了一个天下第一团，可厉害了！还有红灯照，个个都是女的，红灯一照，刀枪齐举，人人红衣红裤，我那烟花楼里也有人参加了呢！"

张三问："不知太太对洋人怎么看？"

赛金花歪着脑袋想了想："洋人嘛，有坏的，有好的。我到欧洲去过几年，认识不少洋人。洋人的胃口太大，他们跑买卖、办工厂、修铁路、开银行，都想赚大钱，大老远地跑到咱们中国来也是这门子心思。许多洋人看不上中国人，嫌咱们穷，欺负咱们，但也有的洋人同情咱们。我在欧洲时，有的洋人对我说，你们中国太愚昧，应该向欧洲学习，变法维新，你瞧人家日本，出了个伊藤博文，学习欧洲，立志变法，结果成为强国，把欧洲的许多先进东西都偷了去。"

张三说："可是太后不同意变法，把变法的光绪皇帝囚在中南海瀛台。"

赛金花放荡地跷起腿："依我说太后不够开化，她岁数大了，那么年轻就守寡，整日守在颐和园里，围着她转的都是奉承的太监。她吃的是栗子面小窝头，穿的是绫罗绸缎，没有出过国，没见过大世面，所以她就不会同意变法。"

张三趁机说："现在洋人逼得中国老百姓造反，直隶、山东闹起了义和团，不知太太对这事怎么看？"

赛金花气呼呼地说："我不主张动刀动枪的，义和团是一群乌合之众，成不了什么大气候！洋人有善有恶，从善的可以交为朋友，从恶的也应劝其改恶为正。"

赛金花的话儿说到此时，张三的心里明白了七八分。本来他想让赛金花也劝劝奕䜣，让义和团进北京城，杀洋人，灭教会，可如今听赛金花这个口气，便打消了这个念头。

张三猛一抬头，只见屋角红木凳上有一盆珊瑚，珊瑚上挂着一只鸟笼，笼内那鸟蓝头黄脯，翅蓝背黄，黄中褪红，如倭瓜瓤，招人喜爱。

张三喜欢养鸟，一见这活灵灵的鸟，登时呆了。

赛金花见他怔怔地望着那鸟，问道：“看来你也是爱鸟的人，你能说出这鸟的名字吗?”

张三不假思索道：“这是倭瓜燕儿，梨园中称它为典韦脸儿，羽毛虽美，价值不高，然而非常罕见。”

“那么什么鸟价值高呢?”

张三说：“打弹之鸟，叼旗之鸟，虽属小技，也属人生一乐。打弹之鸟有鹦鹉、老西儿、燕雀儿。鹦鹉灰青背，墨黑头，蜡黄喙，又名蜡嘴。喂熟之后，褪其脖锁，托于手中，一手扔起牙制鸟弹，鹦鹉便纵翅上冲，翼捷嘴准，以嘴接弹。纵翅飞回，吐出原弹，喂它大麻子一两粒，再抛再接，再用吹筒吹弹，使弹高入云际，鹦鹉能翔薄云而接。‘老西儿’羽亦灰色，头则褐黄，嘴阔而坚，能钳得人手指出血，能连接两弹。燕雀黑纹驳杂于背，脯呈金黄色，雌者清淡，雄者粲可喜，仅能接一弹。叼旗之鸟分‘交嘴’、‘朱点儿’、‘黄芒儿’。红交嘴性最灵巧，能叼核桃、盒子，开箱取宝。其先叼去盒子的下垂总穗，穗落底坠，即现一层，叼完一层，又现一层，连叼三层。第一层多悬挂八宝，即云、罗、伞、盖、花、罐、鱼、肠；二层多悬‘葡萄架’，架呈十二角，每角垂葡萄一枝；十二枝如数叼毕，三层则现‘十三太保’。”

赛金花问：“何为十三太保?”

“就是悬挂十三位古代名将的纸人，有廉颇、蒙恬、韩信、樊哙、张飞、赵云、祖逊、岳飞、孙武、罗成等。开箱取宝，就是置小木箱于百步之外，箱盖虚锁，放出‘红交嘴’，它能直扑木箱，以嘴去其锁而开箱盖，箱内往往放木制十八般兵器，‘红交嘴’往返十九次始能叼完，叼完后还要合盖加锁。‘朱点儿’体如黄鸟，白质黑章，头有鲜红圆光，雄者为红脯，雌者为白脯，均娇小可爱，然而气力不如‘交嘴’，只能叼核桃、叼三层盒子。‘黄芒儿’仅能叼核桃。”

张三见赛金花听得正浓，又说下去：“北京人养鸟的历史悠久，多见于宫廷、王府、官邸、豪富之家，故称之‘公馆鸟’，如今寻常百姓家养鸟之风也兴盛起来。鸟以形体论，分为大、中、小型，均以羽毛绚丽取胜。其中除玉鸟外，多不善鸣，玉鸟能打‘嘟噜儿’，如珠玉错落，一口气可婉转地叫出十几个‘嘟噜儿’。玉鸟属中型鸟，与文鸟、相思鸟、芙蓉鸟、四喜鸟、虎皮鹦鹉等并列。大型鸟为五彩鹦鹉、金背大红、桃花鹦鹉、绿鹦鹉、倒挂鹦鹉、葵花鸟等。小型鸟为沉香鸟、珍珠鸟等。大型鹦鹉养于铜架，四围空旷无遮拦，以铜链系鸟腿，链锁于架。五彩鹦鹉具备红黄绿蓝白五色，体型极大，尾巴也长，此鸟极不易得，价值千金。如今太后养了一只，供在清宫后园。金背大红与五彩鹦鹉相似，但少蓝绿两色，民间尚能见到。桃花鹦鹉颜色妃白，虽不华艳，实在雅洁。绿鹦鹉羽碧喙红。倒挂鹦鹉经常倒挂面憩。葵花鸟即白鹦鹉，一色雪白，娇如白练，故有‘雪花娘’之称，有的头生黄冠，长数寸，可开合，善识人意，能学人语。想当年玉环宫中，潇湘馆内，长门宫宇，阿房宫殿，伴佳人而慰寂寥者，常有白鹦鹉。”

赛金花若有所思，喟然叹道：“想我赛金花如若有一只白鹦鹉为伴就好了。”

张三说：“新兵统领袁世凯喜欢养鸟，家中百鸟丛生，你可请王爷向他要一只好了。中型鸟之中有一种相思鸟最为可爱，相思鸟既称‘相思’，雌雄并蓄。北方人多喜孤蓄一雄，诱之使鸣，鸣虽一声，亮如画眉。南方人多喜养雌雄相思鸟，囚雌而纵雄，雄相思鸟徘徊不定，挥之不去，相思之情寄于‘此时无声胜有声’……”

说到此时，张三见赛金花眼圈一红，几颗珠子般的泪“刷刷”地淌下来，更觉有味，接着说下去：“相思鸟多产于四川，春季北运，贩于鸟市，雌雄羽纹相似，通体青绿，翅间有红黄小羽，对称平列，恰如北方的太平鸟，稍加装饰，便增美艳，喙细而鲜红，又叫‘红嘴儿’……”

正说间，但见马贵急匆匆走了进来，张三一见，心想：糟了，这马贵认得我。

第五回 浣云居酒醉题醉诗 于谦祠如飞捉飞贼

马贵进来见“醉鬼张三”正与赛金花交谈，再见张三那身差役装束，心内吃了一惊。

张三急忙用手指捡起地上的一片瓜子皮儿，对赛金花说：“王爷请你去呢!”

赛金花点点头，一扭屁股，站起身来走了出去。

马贵见赛金花出去，对张三说：“张三爷，你八成又喝醉了吧，你好大胆，怎么闯入恭王府胡闹？刚才你在客房偷听程师叔与王爷谈话，我就看见你了，我还以为你走了，原来你又闯到这萃锦园胡闹，还不快把凤凰金钗交出来？”

张三“嘿嘿”笑道：“怎么？这大观园就许赛金花来逛，就不许我张三爷来逛呀？难道她就是金铸的，银捏的，我张三爷就是铁打的，泥吹的？凤凰钗不在我这儿，八成是‘燕子’李三偷走了。”

“什么？‘燕子’李三也来了？不行，我得转转，这小子不一定又偷了什么了。”马贵说完拔腿出去了。

张三本来就对王五等未邀他开会议事憋了一肚子火，又挨了马贵的数落，心里火更大了，索性朝园中走来。他走过“松风水月”、“凌倒景”，来到“浣云居”。

那“浣云居”隐于小山深树间，编竹成篱，颇具山村风味。屋内备有酒缸，屋前有石桌、石凳，是供王府的贵族饮酒喝茶之处。张三一看大喜，搬出酒碗，就在那石凳上大口大口地饮起来。

酒过三巡，已然大醉，那居室壁上题有首诗：“临溪结竹篱，居然小村社。糁径草成茵，野花香满架。穿林飏茶烟，盘石对鸥坐。秋深芦荻风，春雨桑麻课。耕钓有馀闲，云水自无价。”张三醉眼蒙眬地看了一回，赞道：“好诗!”他拾了一根木炭，在那壁上也题了一首诗：陶然于青篱，醉卧此村社。春风过无声，芳香播满架。入林自是仙，依云对月乐。夜深闻鸟语，白头伴老客。垂钓不悉闲，问酒更无价。署名：醉鬼张三。

他左右瞧瞧，又觉不妥，用力抹去，笑了三声，飘然而去。

张三醉醺醺回到源顺镖局时已是掌灯时分，王五不在镖局内，张三进了自己的屋，歪在炕上“呼呼”睡着了。

睡至半夜，张三到屋外小解，猛见房上有个人影一闪，他隐到屋角细看，见有个瘦矮的家伙，身穿一件黑衣，头缠黑巾，腰中系一条白带，轻如猫，立如蛇。那人一招“倒挂金钟”正往王五的屋内张望。

张三此时酒已醒了一半。他走了几步，见王五的屋内亮着烛，从窗前晃动的人影来看，是王五正与妻子王章氏交谈。一会儿，只见王五闪身出来，从源顺镖局正门走了出去。房上那人也悄然溜下来，尾随王五出去。

张三看到那人一张蜡黄的黄鼠脸，右额有一撮突出的黄毛。

他觉得此事跷蹊，那人可疑，可是王五深更半夜又出去干什么呢？

王五沿着护城河朝东而去，进了哈德门城楼，来到东单，拐进一个胡同。张三细瞧那胡同牌子，是西裱褙胡同。王五走进一个深宅大院，后面尾随那人没有进去，来到墙前一招“壁虎匍行”，上了墙，转眼不见了。张三来到门前，但见门额上书“于忠肃公祠”五个字，原来这是明代民族英雄于谦的故居。

张三读过几年私塾，他听先生讲，于谦是与岳飞等齐名的忠臣。当时明英宗昏庸无能，宠信太监王振，当瓦剌兵大举入侵时，王振怂恿英宗亲征，以炫耀武力。明军在山西战事失利，退到土木堡，遭瓦剌兵突袭，五十万明军全军覆灭，明英宗被俘，这就是有名的“土木之变”。瓦剌兵挟持明英宗向明朝诱和，并举兵迫近北京城。兵部尚书于谦毅然以社稷安危为己任，亲临督战。德胜门一战大捷，瓦剌兵又逼近彰仪门，于谦率领城内官兵奋勇抗敌，大获全胜，保卫了北京城。但是后来明英宗复辟，于谦却惨遭杀害。临刑之日，阴霾翳天，京郊妇孺，无不洒泪。于谦在生活上非常节俭，皇帝曾赐给他一座在东华门的豪宅，但他拒绝了，一直住在此处。所以当他家被抄时，发现这里家无余资，仅有一些书籍，真是两袖清风。明成化二年，于谦才被朝廷特认复官，并将这座故宅改为“忠节祠”。明万历十八年，改谥忠肃，并在祠内立于谦塑像。张三再看两边有一副对联，左联是：空山血泪凭谁诉；右联是：万里忠魂独自归。

张三一纵身上了房，院内有几个人正在练武，他们手执大刀，头缠英雄结，身穿白衣，原来是义和团团民。

张三来到一个阁楼前，这是一座二层小楼，上书“热血千秋”四字匾额，下面有“奎光阁”三个大字匾额。

张三悄然上楼，见楼上有个房间烛光明亮，屋内有三个人正在交谈。一个是中年壮汉，莲蓬胡须，两目如电，头缠英雄结，背一口宝刀，他是这里义和团神坛的大师兄三德儿。旁边那人五十有余，头戴一个斗笠，红脸膛，两道剑眉，声音格外洪亮，穿一身白袍，他就是天津、直隶义和团首领张德成，另外一人正是王五。

张德成声若洪钟地说："我此次进京来联络弟兄们共同起事，不管朝廷同意不同意，咱们明年夏天都要进北京城。"

三德儿问："估计咱们有多少人马?"

张德成回答："有二十万弟兄。"

王五说："昨天'眼镜程'到恭王府找奕䜣，劝他说服慈禧和咱们联合，奕䜣那老贼答应了。如果慈禧能同意咱们进京，那就免得自相残杀了。"

张德成沉吟一会儿，说："奕䜣那老贼非常狡猾，此人野心勃勃，一直想篡权，连慈禧都惧他几分。他握有军权，对他不能完全信任，只能利用他。咱们现在采取的策略是先杀洋人，再灭大清，所以要把'反清灭洋'的口号先改为'扶清灭洋'。"

三德儿说："但是要时刻提防慈禧那老贼，她惯于玩弄权术，别让她把咱们给卖了。"

王五笑道："咱们先用她的银子和她的兵器，如果不利用清兵，让清兵在咱们背后再戳几刀，对咱们可不利。"

张德成的拳头落在桌上："对，就这么办！我去通知各地的弟兄，你盯着点儿慈禧这边的动静。"

三德儿道："时候不早了，大师兄风尘仆仆赴京，也该歇息了，明日一早我送大师兄回天津。"

张三见状折回身，去找刚才那家伙。只见一个瘦瘦的身影映到地上，原来那人正贴在阁楼的壁上，像是一只大壁虎。

张三一招"白鹤钻云"，上前去抓那人。那人身手好快，张三抓了个空。定睛一瞧，那人已上房，于是"噌"的一声上了房，但见白光一闪，有支袖箭飞来，他一伸手，将它接在手里。

张三有些发火，"噌噌噌"几步赶上前，那人已下了房，沿着后面一条胡同朝西飞奔，跑了几步又拐进朝北的一个胡同。

待张三追进那个胡同，那人却不见了。

张三侧耳细听，听见附近有轻微的喘息声。他循声而去，只见在一个四合院的朱漆大门上贴着一个人，一动不动。

张三怒喝一声："还不跪下！"

那人飞过一脚，张三闪过。

那人上前一个"划钩子"，张三又闪身躲过，心中暗叫：这小子是个摔跤手！那人又一个"跨腿踢"，上前用手来箍张三的腰。

张三使出"三皇功"中的云手掌，一掌把那人打倒，趁势骑了上去。

那人嗷嗷叫道："敢情是张三爷呀，快饶命！"

张三喝道："你是何人？为何到此？"

那人道："我叫混混儿。"

张三又问："你到这里干什么来了？"

混混儿支吾说："我是'大刀'王五爷的邻居，因见王五爷不肯收我为徒，心中气恼，平时总留意王五爷的行踪，见他与义和团来往，想探个明白。"

张三往他脸上啐一口唾沫，骂道："连老太后如今都不管义和团的事儿，你操的什么心？肯定是狼心狗肺，看老子收拾你！"

"您手下留情！"

张三说："你敢跟梢王五爷，看我不活剥了你的皮！"说着乱拳如雨。

混混儿急急摇手："我家有七十岁老母，我死了老母可怎么办呀！您留我一条性命！"

张三听他说家有老母，立即住了手，说："好，我送你回家，你要说半句假话，我要你的舌头。"

混混儿急说："不敢，不敢！"

二人来到东珠市口半壁街，混混儿果然住在源顺镖局东边的一个大杂院里。

张三跟随混混儿进了院子，来到最里头一间土房前，房里透出烛光，有个人影晃来晃去。

混混儿推开房门，叫一声："娘，我回……"

话未说完，一下子愣住了，张三抢上前一瞧，哪里有什么老妇，分明是一个油头粉面的年轻女人。

张三一见举拳骂道："你这龟孙子，果然骗我！"

混混儿急忙跪下道："我要有半句假话，天打五雷轰！"然后转向那婆娘问："你怎么来了？我娘呢？"

那婆娘嫣然一笑，用木梳梳了梳乱发，嘻嘻笑道："我把她赶到茅厕里去了，你怎么还带了一个汉子？"说着瞟了一眼张三。

张三问混混儿："这是谁？"

混混儿喃喃道："是我相好的，她是花枝胡同的暗门子，叫翠枝。"

张三道："你娘呢?"

混混儿带张三来到院内的茅厕，只见一个年逾七旬的老妇人白发苍苍，萎缩在茅厕一角，簌簌发抖。

张三抱起老妇人来到屋里，那翠枝不知深浅，用手指戳着混混儿的额头骂道："你是要你娘，还是要我? 快把她赶出去!"

张三微微一笑，用手指在翠枝身上一点，翠枝便瘫软在地，动弹不得。

张三拉她跪到老妇面前，说："快给老太太磕几个响头，天底下哪有你这样虐待老人的。"

翠枝知张三不好惹，用眼睛瞟了瞟混混儿，见混混儿满脸惧色，低头不语，于是给老妇磕了三个响头。

张三又对混混儿说："这个糟糠有什么可惦记的，你把她踢出门去!"

混混儿满脸哀怜之色，低声道："我家里穷，娶不上老婆，憋得慌，才勾上她，实在不易……"

张三厉声说："你给我踢!"

混混儿见张三满脸怒色，耸耸肩膀，吹了口气，搓了搓手，闭上眼睛，将翠枝踢了出去。

翠枝哭号着："好你个没良心的混混儿!"说着，连滚带爬地出了院门。张三从怀里摸出一些银两交给混混儿："你要好好伺候老太太，儿以孝为先，不许虐待老人，要靠自己的本事挣钱，光明正大地过日子，娶个好老婆，生儿育女!"

混混儿头点的跟拨浪鼓一般："是，是。"

"王五爷那儿要有个三长两短，我来找你说事!"

"是，是。"

张三悄然回到源顺镖局，和衣躺下，一宿睡得香甜。

第二天他告辞王五、于纪闻、于云娘等回到南郊马家堡。

光阴荏苒，转眼到了秋天。这天，张三劳累了一天，晚上回到家里，对着一盏孤灯，一边剥花生米，一边端着酒壶狂饮。张氏在灯下为他缝着褂子。

忽然，村中狗吠，隐约还听到人喊马嘶，夹杂着妇人的哭喊声。张三急忙放下酒杯，抽出宝刀，蹿出屋外观看。只见远处走来一伙强人，手中拿着武器。牲口上驮着大小包裹，几个妇女被捆在马背上。他心中明白，这是土匪头子白蝶带人又来洗劫村庄了。那白蝶原是沧州武馆的武师，后来结集一伙土匪，专门抢劫良家妇女，卖到北京、天津等地的妓院为娼，从中渔利。

不多时，强人走近，张三猛然蹿到路中，横刀大喝道："把人和东西留下!"匪徒们见有人拦路，"哗"地围了上来。

白蝶立在当中，举过火把一瞧，认出张三，一拱手叫道：“敢情是张把总，兄弟冒失了，请您让过一条道儿，让兄弟们挤过去。”

张三怒说：“白蝶你怎么恶习不改，又来抢劫良女，你不好好在沧州授拳，怎么干起这般营生？”

白蝶又一拱手：“三爷息怒，兄弟这也是万不得已啊！养家糊口，无可奈何。”

张三说：“这是什么养家之计？分明是土匪行径，还不跟我去见官！”

白蝶一听变了脸：“路不借就别怪兄弟不够交情。”说着，手一扬，只见五枚亮晶晶的东西疾射而来。

张三知道这是白蝶的拿手本领“蝴蝶镖”。这镖头尖细锐利，而且喂有剧毒，镖身是各式各样的蝴蝶型，十分漂亮。

张三将手中宝刀转得如同风车一般，那镖纷纷落地。随即双方展开一场厮杀。

张三那一口刀，带着“呼呼”的风响，上下翻飞，抹、砍、撩、卷，左突右纵，虚虚实实，变幻莫测，所到之处，鲜血飞溅。

“嗡”的一声，一个土匪的一口刀朝他头顶劈来，张三举刀往里一卷，顺势一招“小鬼推磨”，对方的手被抹掉了。又有一口刀拦腰砍来，张三跨步上前，刀往里一转，磕住来刀，尖一挑，正划在对方的小肚子上。转眼之间，七八名匪徒倒在了地上，白蝶见不是对手，呼哨一声，余匪四下奔逃。

张三护送着妇女和东西回到村里，这时被抢妇女的家人也陆陆续续从邻村赶来，分别认领了自家女儿，场面凄凄惨惨，十分感人，他们都对张三感激不已。

张三回到家里，张氏上上下下打量了丈夫，摸了摸丈夫的脖颈，心疼地问：“没有伤着吧？”

张三笑着摸了摸脑袋：“这不，脑袋还安安稳稳地在呢！”

张氏说：“来，快把衣服脱下来，上面溅了些血点子，我给你洗洗。”

张三说：“刚才的事让乡亲们报了官，一会儿县衙门就来人，验了尸身，把土匪们的尸首一埋了事。不过，以后你还要多加小心，以防他们报复，白蝶那小子心毒手狠。”

张氏苦笑了一下：“你都是为了乡亲们，一个个鲜花般的闺女，哪能眼瞅着她们往火坑里跳，妓院是人待的地方吗？咱们家的事再大也是小事，乡亲们可不能受苦。土匪来了，咱也不怕，跟着你还不是会了些拳脚，不能打，还不能跑吗？”

张三听了心里一阵激动，啊，多么好的妻子，长年来自己东奔西走，她在家操持家务，携儿带女，不知操了多少心思！自己是两袖清风的武术家，没有给妻子带来什么，到头来还是颓墙残瓦，孤灯衰草，但是妻子理解自己，理解一个真正的武术家的心，这是人世间最高尚最美的东西……想到这儿，张三搂紧了张氏，在她那挂着草梢儿、布满皱纹的额上，轻轻地亲了一口。

张氏看了看熟睡在炕上的儿子们，轻声道："你瞧你，别让孩子看见……"

刚睡下不多时，门外响起一阵急促的脚步声，有人叫道："张三爷睡了吧？"

张三听出是邻居洪老汉的声音，"还没睡，怎么，老爹，有事吗？"

洪老汉叹道："刚才龙王庄来了一个老太太，又哭又叫，来找闺女。她的闺女叫水杏，也叫白蝶抢走了，可是刚才那些妇女都叫人家领走了，哪里有一个叫水杏的姑娘呀？老太太一听，登时昏倒在地上，挺了，我急得没法子，只好又来吵三爷的觉了。"

张三说："走，瞧瞧去！"两个人来到村西的打场上，只见黑压压围满了人。

张三挤过去一瞧，一个年过六旬的老妇人瘫坐在地上正诉说着："下午太阳快落山的时辰，我正在屋里贴饼子，闺女水杏在院里绣花。忽然，来了一帮子土匪，不由分说抢了闺女就跑，我上前去拦，被他们一脚踢倒，手里头就攥住了闺女的这只小绣花鞋……"说着，将手里攥着的那只小鞋拿给众乡亲瞧。那鞋是淡蓝底色，绣着一只芙蓉鸟。

张三劝慰道："老嫂子，您不用着急，莫急坏了身子。"

老妇人说："现在八成已经到了八大胡同的妓院了。我那苦命的孩子哟，她是什么事都不懂哟。"

张三道："您把这只鞋交给我，我给您找回姑娘。"

洪老汉也劝道："这是张三爷，他的本事高着哪，这事交给他办，万无一失。"老妇哭道："要是去晚了，闺女的脸面丢了，往后可怎么见人哟！"

张三思忖：捆在马背上的妇女都救了，可是那个水杏姑娘藏在哪儿了呢？

立时张三健步如飞，拽开大步去追白蝶。追到蒲黄榆，追上了一个受伤的土匪，那土匪正一瘸一拐地往前走着，一见张三瘫软在地上。

张三问："白蝶呢？"

"带着弟兄奔八大胡同了。"

"哪个妓院？"土匪摇摇头。

"你说不说？"张三掏出长烟袋就要往下砸。

"爷们，我实在不知道呀！"

"马背上是不是有女人？"

土匪眨巴眨巴眼睛："您真是千里眼，是有个如花似玉的小妞儿，白武师把她藏在麻袋里，说是个雏儿，人家点名要的。您跟弟兄们厮打的时候，已经有人把她运走了。”

张三放开他，大步朝天桥奔来。

天桥的妓院已有一百多年历史，几经盛衰，但从未间断。这里的妓院主要分布在莲花河、四圣庙和花枝胡同。此外，王家大院、大森里、赵锥子胡同等也是妓院集中之地。这里有妓院七十一家，妓女三百多人。除此以外，天桥还有暗娼一百三十家，大部分在西福长街一带。

张三来到这里，见那一个个妙妓，倚红偎翠，嗑着瓜子，靠着半掩的小门，有伸懒腰、打哈欠的，有嬉笑打闹的，有呆滞失神的，也有游游荡荡、若即若离的。

他先来到赵锥子胡同华清馆妓院。这妓院门上画得花花绿绿，显得阔绰。

老鸨娘油头粉面，笑盈盈走上前，娇声道：“老爷，请屋里坐。”

张三随她进了大厅，坐在一个雕花硬木椅上。

那鸨娘朝楼上一挥手帕：“姐妹们，都来哟！”

随着一声声柔媚的回声，二楼上传来一阵杂沓的木屐声。

一个个打扮得花枝招展的妙妓翩翩而出，沿着木梯姗姗而下，排到张三面前。她们有的娇小玲珑，丰腴白皙，有的浓妆盈粉，浓眉大眼，但脸上都显得憔悴，眼窝发青。

那鸨娘一个个介绍说：“淑英、凤仙、红宝、金花、小翠、小红、彩虹、秋叶。”整整八个。

张三问：“你们中间哪一位是昨天夜里刚到的？”

那些妙妓听了，你看看我，我看看你，都摇摇头。

张三又问鸨娘：“你们这里有个叫水杏的吗？”

鸨娘想了想，说：“往西头走不多远有个秦淮楼妓馆，那里倒有个叫水杏的丫头。”

张三听了拔腿便走。

鸨娘慌忙问：“爷们，我们这里的姑娘床上活儿好，您就不在这儿玩会儿？”

张三说：“我要找人。”

鸨娘一伸手：“你在这儿入座要给五十两银子，外加问路费，加起来七十两银子。”

张三扬手给了她一巴掌：“三爷有事，没闲工夫陪你！”说着扬长而去。那鸨娘知他不好惹，不敢再吭声，众妙妓倒哈哈大笑起来。

张三出了华清馆妓院，朝西走了几十步，果然有个秦淮楼妓馆。他见门口那个领班的婆娘正在打盹儿，径直走了进去。来到大厅空无一人，张三慢悠悠上了二楼。

他看见一个房间虚掩，轻轻推开门，只见炕上躺着一个老头，像是个有身份的人，已然睡熟，呼噜打得正响。一个赤条条的妓女正在翻他的绸缎衣服，偷取荷包里的钱财。她一见张三吓得大声尖叫，张三轻轻掩上门，又朝后院走去。

正走着，猛听后院一阵女人的惨叫，他下了楼，出了后楼门朝后院奔来。

一间房内，有个鸨娘正在拷打一个年轻的妓女，还有一个中年女人站在一旁。

那鸨娘用烧红了的火筷子烫那妓女的奶子，一面烫一面问："你还热不热客了？"

那妓女也就十五六岁，像是江浙一带人，她说："我亲妈妈，我再也不热客了。"

"那个男人给了你什么好处？"那妓女支支吾吾，不愿说出来。

鸨娘将火筷子狠命往她奶子上一戳，那妓女惨叫一声，"扑通"跪在地上，哀求说："我的亲妈妈，我再也不敢热客了！"

张三实在看不过，冲进门去，叫道："哪有你们这样糟蹋人的，还不住手！"

那两个女人见猛不丁闯进一个壮汉，大吃一惊，叫道："你是谁？我们这儿可有镖局保护，我一嚷嚷，就会有人来抓你。"

另一个女人说："这个死丫头想跟野男人逃跑，违反了我馆的规矩！"

张三抄起那根火筷子，"刺啦""刺啦"两声，烫中了那两个女人的脸，各印了一个糊迹，两人嗷嗷乱叫。

"哈，哈，原来你们二位也怕这个。"

两个女人萎缩在墙角，哆嗦道："大爷，以后再也不敢了！"

张三见那妓女不像北方人，知她不是水杏。

这时她已穿好衣服。

张三问："你是哪里人？如何走上这一步？"

那妓女眼泪汪汪地说："我是无锡人，十三岁时被人贩子拐骗到此。前几天遇上了一个买卖人，他要同我一起逃走，没想到被鸨娘发现了，她们就毒打我，我的命好苦呀！"

张三又问："你认得那个买卖人的住处吗？"

妓女点点头。

张三问鸨娘："我要赎她出去，需要多少银两？"

鸨娘一听转悲为喜，忙说："只需五百两就够了。"

张三摸了摸怀内，尚有四百两银子，扔给鸨娘说："就这么多了，立个字据吧!"

立了字据后，张三带那妓女出来，妓女对他千恩万谢，告辞而去。

张三又朝东寻来。刚走到花枝胡同，忽听有人唤他："爷们，到这儿来吧，这儿屋暖炕热。"

张三一回头，见那土房门口倚着一个花枝招展的妓女，这个女人他认识。

第六回 藏春楼张三遇荣禄 镖局钟王五藏水杏

张三见到的这个妓女正是跟混混儿相好的那个叫翠枝的女人。

此时天已微明，翠枝用花手帕掩口说："哎哟，原来张三爷也有这个雅兴呀！"

张三说："我来找一个叫水杏的姑娘。"

翠枝笑得更响了："敢情张三爷踩花还挑花蕊儿呀！"

张三正色道："我没闲工夫跟你嚼舌头！我跟你打听一下。"

翠枝把他让进屋，这间屋子不过一丈见方，没有窗户，一个土炕占去大半间，炕上仅有一条芦席和一床旧毡，一屋子臭味儿。

张三对翠枝说了来由，翠枝说："这妓院分为四等，一等妓院叫清吟小班，房屋宽敞华丽，什么梅花、玉兰、桃花、杏花都开到门上了。住在那些地方的妓女，大多是苏杭姑娘，年轻貌美，穿着花哨。天桥没有一等院，在珠市口大街以北才有。二等妓院叫茶室，房屋比起一等就差些了，妓女相貌平常。在大森里有两家茶室。三等妓院叫下处，房屋窄小，设备简陋，妓女年岁较大。四等院叫小下处，又叫老妈堂，房屋设备同下处差不多，妓女年龄就更大了。像我们这些暗门子，情形就更糟了，但是我们是王母娘娘的丫头，无人敢管！你说的那个水杏姑娘八成是卖到清吟小班了。"

张三辞了翠枝出来，朝珠市口大街走来。这时不知从哪个妓院传出一阵歌声："到下世让我托生骡马，千万别托生烟花巷的女裙钗……"那歌声中充满了凄怨、悲凉。

张三来到珠市口大街，只见一家妓馆后门前拴着几匹马，好像是白蝶等人的坐骑，还有一辆华丽的轿车。有两个保镖凶神恶煞地守在门口。

张三觉得事有蹊跷，急忙绕到一个背处，上了房，四下观望。只见这妓馆甚是华贵，红墙绿瓦，假山叠石，玉兰红桃，小桥流水，十分幽雅。

张三下了房，潜身来到一间正房前，忽听一阵脚步声。一个鸨娘慌里慌张地走了进去。张三隔窗一瞧，见旁边一间房内，陈设雅致，红绡绿幔，墙上有一幅李香君、董小宛、柳如是、陈圆圆等秦淮八妓游春图。画面上，秦淮河桨声灯影忙，夫子庙游人如织，八个风流妩媚的歌妓端坐一尾凤船之上吹箫弄笛。两旁有一副对联，上联是：酒不醉人人自醉；下联是：色不迷人人自迷。屋内床上斜卧着一个睡眼惺忪的老官吏，有六十三四岁，一团邪气，穿着官服。张三一看，险些叫出声来，此人正是军机大臣、兵部尚书荣禄，原来他也来此偷香窃玉。

荣禄是满洲正白旗人，瓜尔佳氏。他是一个腐朽奸诈的贵族，早在一八七八年当工部尚书之时，就因收受贿赂被免职。一八九一年他出任西安将军。中日甲午战云密布之时，被朝廷授予步军统领，会办军务，特设巡防局督理五城团防以护卫皇室，第二年又被授予兵部尚书、总理各国事务大臣。康有为、梁启超闹维新变法时，他站在慈禧一边，极力反对变法，固执“祖宗之法不可变”。一八九八年六月，百日维新开始不久，荣禄又出任直隶总督兼北洋大臣，成为清政府军界实力人物，权倾举朝，是慈禧太后的宠臣。九月二十日深夜，他得到袁世凯密报，慈禧有危险，急忙坐专车赶往北京，径奔颐和园报告慈禧太后，并协助发动戊戌政变，幽禁光绪帝，捕杀谭嗣同等六君子，镇压维新派。之后又为军机大臣受命掌兵部，节制北洋海陆各军；奏设武卫军，以聂士成驻芦台为前军，董福祥驻蓟州为后军，宋庆驻山海关为左军，袁世凯驻天津小站为右军，而自募亲兵万人驻南苑为中军。

荣禄将北京防范得如铁桶一般，之后又开始实施新的阴谋。这几天他处心积虑策划立端王载漪之子溥儁为大阿哥，图谋废黜光绪皇帝。他最怕慈禧太后死在光绪皇帝之前，因为光绪恨透了他。他深知他的手上淌着谭嗣同等维新党人的鲜血，有时在梦中还浮现谭嗣同等人的亡魂，以致搅得他不能做美梦。他看见义和团杀洋人，烧教堂，感到不安。他想：那些洋人是好惹的吗？他们有洋枪洋炮，几十个国家拧成一股绳勒中国，大清王朝就像一只刚孵出蛋的小雏鸡，握在他们的手心里，形势危急呀！因此他屡次奏本慈禧太后镇压义和团，保护各国使馆。可是慈禧太后偏偏利用义和团钳制洋人，而且还准备迎接义和团进京城。端王载漪、大学士刚毅等也极力怂恿慈禧太后利用义和团，这与他的意愿正好相反。

然而，他是在宦海里泡了一辈子的人，饱经风波，知道强谏没有好处，于是便优哉乐哉，寻欢作乐，过着寻花问柳的生活。他把本府中的贵妇美婢攀折够了，便踱出府门来到这烟花巷里大显身手。他金银成山，绸缎填海，有的是搜刮来的白花花的银子，又吃了不少补药，来到八大胡同的清吟小班，点名要找黄花闺女。

他栖身的妓馆叫藏春楼，是清吟小班里价钱最昂贵的妓馆，专门经营黄花闺女的买卖，未有风月生活的少女，到这里仅住一宿就被拍卖给其他妓馆。鸨娘水月娘是苏州人，早年是秦淮河畔的妓女，徐娘半老后来到北京操办此业，于前年开了这个藏春楼。她和北京、直隶、山东、江苏、上海、浙江、广东、四川等地的采花大盗都有勾结，依靠他们抢来或骗来的女人招客，沧州的白蝶就是其中的一个大盗。

进来的鸨娘正是水月娘，她来到荣禄面前，请个安，娇声说："让荣爷久等了，那丫头倔得很，死活不肯过来，我们正想法子呢!"

荣禄眼皮一翻，不耐烦地说："我都睡了一觉了。"

水月娘说："奴才该死，四川的那两个白净雏儿还没有送到。我知道您喜欢玩雏儿，喜欢听雏儿那娇声的真叫唤，喜欢看雏儿凄凄楚楚的落花小模样。我如今接不上了，真是该死!"

荣禄吩咐说："快点儿，要不然我叫手下的把这个馆子砸了。"

水月娘眼泪"刷"地落了下来，双膝跪地，说："奴才这就去办!"说完，翩翩而出。

张三尾随她弯弯曲曲来到前面一个小院，见水月娘进了里院屋内，连忙趴在月亮门外一看，只见一个水灵灵的姑娘，眼睛哭得桃儿一般。

白蝶气冲冲站在当中，呼呼喘气。

水月娘气急败坏地说："真是急不得，恼不得，烫不得，抽不得，烙不得。打坏了，烫伤了，荣爷瞧着不好看，哎，荣爷那边发火了，这可怎么办?"

只见那姑娘赤着一只左脚，右脚上穿的正是绣有芙蓉鸟的小鞋。

张三想，她一定就是水杏姑娘了。

白蝶对水月娘说："我倒有个主意，你叫几个姐妹来，往她嘴里塞点儿春药，然后抬到荣爷那里去不就得了!"

水月娘说："这倒是个好主意。我去找几个人，再弄一点儿春药来。"说着出去了。

白蝶得意地在地上踱来踱去，嘴里哼着小曲儿。

张三见情势紧迫，时机不能错过，于是抢步进屋。

那白蝶见张三猛地进来，一下子惊怔了："张……张三爷，你……"话音未落，张三一拳把他的下巴打歪了，白蝶说不出话，朝张三扑来。

张三一个招云掌，击在白蝶头顶上，白蝶登时身亡。

张三从怀中掏出一只小鞋递给水杏，说："水杏姑娘，快跟我来!"

水杏穿上小鞋，与张三疾步出了房屋。

这时前门外一片喧嚣，有人高喊抓人，还有刀枪棍棒之声。

张三拉水杏来到后院，看见那里有个后门，张三扭开锁，二人飞奔出去。

跑了一程，后面喊声不绝，原来荣禄闻知此事，吩咐他的保镖会同镖局的人一齐来捉人。

张三带着水杏跑到珠市口大街东口，径直奔源顺镖局跑来，镖师们认得张三，放了他们进去。

刚进了中院，但见王五正在院内石桌上写字，那宣纸上写着："砥柱中流，独挽朱明残祚。庙容永奂，长赢史笔芳名。"

王五见张三进来，说："张三爷，你瞧我毛笔字还不赖吧，这是我模仿魏源在于谦祠里写的一副对联。"

张三拉过王五，把事由叙了一遍。

王五瞧瞧水杏，说："这闺女是够可怜的，我们应当救他。"

他朝水杏一招手，将她带到大槐树下的一口钟前，憋足了劲，双手一推，那钟掀起半边，足有一米高。

王五说："姑娘先在这儿躲一躲。"

水杏惊悸未定，猫着腰钻了进去。

王五轻轻将钟放下，又复原位。

张三望望王五："我可怎么办?"

王五呵呵笑道："张三爷身怀绝技，还愁没法子?"

张三笑笑，一纵身上了房，转眼不见了。

这时，众镖师和于纪闻父女俩都从房中走了出来。

王五对众人拱手道："救人一命，胜造七级浮屠，我王五今日定要救这姑娘出火坑，请诸位弟兄帮忙!"

众人齐声应和。

一会儿，荣禄的两个保镖和一些镖师涌进了源顺镖局。

镖头朝王五一作揖，说："哟，王五爷在这哪！藏春楼里跑失了一个丫头，是专门伺候荣大人的，有人瞧见她跑进了这个大院。"

王五用鼻子哼了一声："谁瞧见的？瞎了眼了。"

镖头悄悄来到王五跟前，用嘴朝荣禄的那两个保镖努了努嘴："荣大人是太后的大红人，可不好惹呀！给兄弟一个台阶下吧。"

王五知道荣禄如今手握兵权，是朝廷的实权派，又专门与义和团作对，但此时不是捅马蜂窝的时候，不如暂且忍耐一时，于是点点头说："你们要不信，就搜搜吧，心里也踏实些。"柳二爷见王五发话，心中暗喜，朝他带来的镖师们一挥手："还不快四处瞧瞧。"众镖师四下搜去。

荣禄的那两个保镖，一胖一瘦，胖保镖走到古钟前，左右看看，用脚踢了踢，上下打量着它。

王五心里捏了一把汗，笑着说："这是一口废钟，不知弟兄们从哪儿搬来，放在这里的。"

胖保镖瞅了瞅王五："都说王五爷惯使刀，但不知气力如何，你能搬得起这口钟吗？"

王五摇了摇头，说："我可搬不动，少说也有三四百斤重呢，是六个弟兄用械子抬进的。"

胖保镖吐一口唾沫在手心里搓了搓，说："瞧我的。"说着用尽全身气力去搬那古钟，只见钟被徐徐搬起，露出水杏一只淡蓝色底衬芙蓉鸟的小脚鞋。王五的手紧紧攥住了刀柄，竟攥得出了汗。

王五用眼瞟瞟那个瘦保镖，幸好他背向古钟，没有瞧见。此时那个镖头正用一双色迷迷的眼睛在于云娘身上滴溜溜乱转，顾不得这些。胖保镖正用力搬钟，身子紧贴钟身，看不到下面。忽然猛听他"哎哟"一声，跌倒在地上，钟又复了原样。瘦保镖和镖头赶忙跑到胖保镖面前，急问何故。胖保镖用手揉揉后腰："岔气了。"

这时，众镖师各自从四面围拢，都说没有发现水杏。镖头朝王五一拱手："失礼了，我们回去了，王五爷以后有空到我们那儿坐坐。"说完，一伙人涌出了门。

王五叫二喜到门口探望一番，见那伙人走远了，才放水杏出来。

水杏眨巴眨巴眼睛，问："张三爷呢？"

人们这才想起张三，众人朝后院走来，王五大声说："张三爷，他们走了，你快出来吧！"

只见一间房前挂着的竹筛子动了一动，传出张三的声音："我在这儿呢！"竹筛子一掀，张三笑吟吟从里面跳了下来。

众人大吃一惊，王五笑道："张三爷好俊的缩骨法呀！"

太阳西沉，夜幕降临，张三带着水杏离开源顺镖局返回马家堡，水杏与母亲相聚自然欢喜万分。直至深夜，张三才拖着疲惫的身子返回家中。

第二年的春节，兴旺、热闹。尽管这是庚子年，谁也预料不到几个月以后所出现的重大灾难，几千年来居住在这里的北京人依然按照传统的风俗欢度佳节。北京很早就是军事和经济重镇，是中原汉民族与北方少数民族交往的通道。辽以后又是五代帝都，是多民族聚居之地，各民族的风俗习惯互相影响、渗透，使得北京春节活动多姿多彩，蔚为大观。一般从腊月二十三“祭社”开始，“菱角米、薏仁米”的叫卖声就揭开了春节的序幕。“孩子，孩子，你别馋，过了腊八就是年。腊八粥过才几天，哩哩啦啦二十三。二十三糖瓜粘，二十四扫房日，二十五炸豆腐，二十六炖羊肉，二十七杀公鸡，二十八把面发，二十九蒸馒头，三十晚上熬一宵，大年初一去拜年。”这首民谚把北京腊月里忙年的情况作了形象的描述。

春节伊始，北京街头巷尾传出各式小贩的吆喝，真是一组别开生面的叫卖曲：“里山砂锅”、“菱角米吆”、“吆黄米面来”、“年糕坨来，好大的块哟”、“赛白玉的糖瓜、关东糖”、“豆儿酱来、豆豉豆腐来，油炸面筋”、“喂！辣菜来”、“松柏枝来，芝麻秸哟”、“门神来挂钱”、“石榴花来，元宝花”、“喂活鲤鱼咧”、“斋堂鼓子”、“买的买来捎的捎，都是好纸好颜料，东一张来西一张，贴在屋里亮堂堂”……北京的四合院、大杂院里里外外，春联、年画、门神、挂线粘贴整齐，五彩缤纷。年轻妇女头上戴着红绒福字和各式鲜艳的绢制京花，老太太们头上也插朵红石榴花，人人盛饰，个个艳装，一片欢乐气象。除夕之夜，家人团聚，拜家庙，祭祖宗，包饺子，做年饭，打麻将，斗纸牌，品茗饮酒，谈古论今，彻夜不眠“守岁”。儿童们欢呼雀跃，放鞭炮，抖空竹，吹玻璃喇叭，捻升官图，闹个不休。各家庭院遍撒麻秸，人行其上谓之“踩岁”；烧松柏枝谓之“驱岁”；摔门闩是“跌千金”；吃驴肉是“嚼鬼”；过木桥是“走百病”。

张三家中自然也是一派喜气洋洋。马家堡闹起了花会，耍飞叉、弄五虎棍、舞狮子、扭秧歌、踩高跷、走旱船、擎龙灯、跑竹马、盘杠子、扔石锁、抬杠箱、打太平鼓、唱什不闲，热闹非常。北京是五代帝都，寺庙有两千七百多座，庙会各显风采。

张三没有去白云观“会神仙”，也没有到雍和宫“跳布扎”。这天上午他赶到宣武门内琉璃厂逛厂甸。

厂甸从乾隆年间就繁盛不衰，每逢春节，北京城里的许多店铺都来此设摊营业。从和平门到琉璃厂口，大街两侧以书画、碑帖为主，琉璃厂以南有几个食品摊棚，有清真马家的豆腐脑，豆汁张的豆汁，年糕张的年糕，信远斋的冰糖葫芦，其他像艾窝窝、驴打滚儿、豌豆黄、豆面糕、黄白炸糕、糖耳朵、腰子饼、褡裢火烧等，举不胜举，都是现做现卖，吆喝声不绝于耳。

张三穿梭在川流不息的人群中，看着老北京人过年那个喜兴劲儿，心里有说不出来的高兴。

他抬头望着那五彩绚丽的风车，顺风“呼噜噜”地转，更觉得有意思。许多熟悉的人都朝他打招呼，有的特意给他让开道，生怕挤了他手中的鸟笼子。张三喜欢养鸟，人所皆知，人们更知道在众多鸟中，他最喜欢画眉。

张三的眼睛盯在一支大糖葫芦上，那糖葫芦足有二米高，一串大小差不多的山里红穿在荆条上，顶端插一个彩色小三角纸，外面沾一层饴糖，好像一串红色的念珠。

海王村内遍地是文物、茶桌、饭棚、儿童玩具的摊点，再往东的火神庙是玛瑙翡翠、珍珠钻石、金玉珐等各种首饰的集中地。琉璃厂西口是花鸟市，是张三最感兴趣的地方。

如今这鸟市极是兴旺，养鸟是北京人的生活娱乐之一，明末发其端，清代蔚为风尚。乾隆盛世，八旗子弟闲散成习，养鸟逐渐盛行。

张三正在细细观鸟，忽听鸟房主人对一个青年书生说："罗先生，你是戏曲里手，能写一手好戏文，不知你对鸟有没有研究，你如果说出我卖的这些鸟的名称和属性，我让你不花分文，挑一只最好的鸟带走。"

张三回头瞧那书生，身材修长，风度翩翩，长长的浓眉，高挺的鼻梁，曲线优美的嘴唇，平添了英俊的神采。

张三想：这位鸟房主人真是会做买卖，借顾客之嘴，炫耀他的货物。

那位书生不紧不慢地来到一只只鸟笼前，笑着对鸟房主人说："你说话要算话哟，可不要后悔哟。"

鸟房主人严肃地说："君子一言，驷马难追。今日张三爷也在，众人都在场，我是不会反口的。"

那书生笑吟吟地点了点头，从怀中抽出一本《谈艺录》，卷成一卷，先指着第一个鸟笼说："这只鸟羽呈青色，颏下靛蓝环紫，有两道环、三道环、一块紫之分。其声清细，善学草虫，能叫出蛐蛐儿、蝈蝈、油葫芦、金钟儿、琵琶轴儿、伏天儿、秋凉儿等的绝俏之音。冬夜听了，如同来到草塘柳岸。因它产于芦苇丛中，芦苇中青蛙多，却又以学蛙为脏口，这是蓝靛儿鸟。"

鸟主人听了，用手捻着杂须，点了点头。

书生又来到第二只鸟笼前："这只黑白灰三色其羽，体小而轻捷。蓄之于笼，跳跃攀缘。其声音响脆，响脆中又有音阶，音阶中又分音色，音色中又分音调，有高矮音调。最佳者能叫十余音，声音不同；次者也能叫出七八个音。这种鸟名为'子子红'，俗名'红子'。"

鸟房主人又点点头，亦步亦趋。

"这只是黄鸟，性格易驯，入笼即啄饮，只吃苏子和谷穗，不必喂虫……"

张三见这书生说得在理，愈听愈入神。

"这只是粉眼儿，它的羽毛呈暗绿色，体稍长，喙尖细，眼圈白色，玲珑雅洁。这是雄鸟。肋下紫色，色浓而贵。它宛转其鸣，声细而幽，能学驴叫马唤。上海人喜欢养，又名为'绣眼儿'。春日产者曰'桃花'，夏日产者曰'荷花'。

“这只是画眉，画眉产于南方，有江西画眉、湖南画眉、云南画眉、四川画眉之分。画眉性格喜斗，每天清晨结群，聚鸣于山巅，称之为‘争山头’。其野性难驯，必须以板笼避其‘抓笼’、‘扬顶’之瑕。二三月后，它性柔而就范，始移于‘主笼’中。所谓行笼，亦设一杠，只能左右跳跃，不能飞攀，杠必粘裹细砂，曰‘沙杠’，供其砺爪磨喙。每天早晨必须提笼远遛，用臂力晃动笼子，使其爪紧握沙杠而挺立。由于养画眉鸟大笼高，必须用力晃动，只有武林拳家、摔跤高手才愿意养它。因此画眉又有‘武鸟’之称，像眼前的这位壮士，养的就是画眉。”

书生用书指指张三。张三笑了笑，问：“你这小兄弟肚子里还真有点儿文章，依你看，我笼中这只画眉产于何地？”

书生看了看，笑道：“你这只体长尾修，其色紫褐，眼上白眉细长，清秀可餐，是一只四川画眉。”

鸟房主人见围拢的人愈来愈多，非常得意，于是说：“罗先生，你接着说。”

书生娓娓而谈：“近来也有不少文人骚客、梨园居士喜欢养画眉，因为画眉鸣音千回啭，与众鸟不同，或如铜琵琶铁板之激壮，或如玉笛铜笙之悠谐，或如惊涛骇浪之谲诡，或如洞箫清瑟之幽咽，使人捉摸不定。本音之外，也学山喜鹊、鹞鹰、红子、母鸡下蛋、公鸡打鸣等，惟妙惟肖。”

书生又来到另一个鸟笼跟前，说：“这只鸟比画眉略小，身宽尾短，羽呈褐色，形态风采远不及画眉隽秀。然而这种鸟善鸣，鸣必‘十三套’。所谓‘十三套’，即学十三种声音，从‘云燕’、‘梁燕’开叫，顺序为‘带脑袋的喜鹊’、‘带水哨的黄鸟’、‘家雀闹林’、‘鹞鹰盘空’、‘红子过枝’、‘黑子哈哈’，至‘小车子碾径’止，周而复始，屡叫不改其序，摹声极俏。‘十三套’外，能学蝈蝈者更佳。”

旁边一个傻头傻脑的小伙子急不可耐，高声问：“你说的那么花哨，到底这是只什么鸟呀？”

书生不慌不忙，抑扬顿挫地说：“是百灵。”

那小伙子急忙摸囊，朗声叫道：“老板，我买了！”说着摸出银两。

鸟房主人将那只装有百灵的笼子挑下来递给了他，小伙子提着鸟笼兴高采烈地离去。

书生一一点出这鸟房各鸟的鸟名和习性，游客竞相购买其鸟，鸟房主人不禁喜形于色，忙得不亦乐乎。

张三在一旁提醒说：“你这老板，说出的话难道忘了？”

鸟房主人笑道：“哪里能忘？你没看我正忙吗！”

他又转向那个书生：“罗先生，您看中了哪只鸟？尽管说。”

书生微笑着说："我也喜欢百灵……"

鸟房主人赶忙说："有的，有的。"说着钻入房内，一会儿提着一只漂亮的鸟笼出来，笼内果然是一只百灵鸟。

书生正伸手去接，没想那鸟笼却被另一只手握住。

书生抬头一看，这个人生得白白净净，一双核桃眼，身穿一件白绸黄花的棉袍，有三十多岁。

书生问："你为何抢我的鸟笼？"

那人呵呵笑道："这套语言全是我家的八哥所教，这鸟笼应当是我家八哥的！"说着，往后一努嘴。

书生往后一瞧，只见那人身后立着一个凶神恶煞的家伙，一脸横肉，胸前露出黑蓬蓬的乱毛，背着一口大刀，手里提着一个精美的鸟杠，上面立着一只八哥。

那人朝那八哥一笑，问道："是吧？"

八哥道："对！对！"

众人哈哈大笑。

鸟房主人见势不妙，急忙上前赔着笑脸说："少爷，您大春节的还有空儿逛这厂甸庙会……"

那人一扬手："今儿个没你什么事，这百灵是咱那八哥得来的。"

那书生听了也不示弱，上前来抢，那人一抬腿，正踢在书生的左胳膊上。书生会些武艺，一招"鹰击长空"，朝那抢鸟的人扑来。那抢鸟之人轻轻朝旁边一闪，书生扑了个空，摔在地上。那人趁势骑上去挥拳如雨。

张三一看，把鸟笼子递给旁边一个老者，就要上前去助书生。

就在此时，但听半空中响起一个霹雳："真是欺人太甚！"

也不知从哪里飞来一人，那人身轻如燕，卷起一股旋风，还没等众人看清楚是怎么回事，那抢鸟人已连打七八个滚儿滚到一边了。

张三细看那人，年轻英俊，身材修长，风度潇洒，身穿一件海青色满绣仙鹤的大袍，外罩一件紫贡缎璎珞披肩，戴着一顶褐色瓜皮帽，背一口玲珑宝刀。

书生一见这个人顿时来了神气。

鸟房主人一见来人，嘻嘻笑道："正好，您老来管管这个闲事吧！"

第七回 烤肉季知音颂结义 赛诗会才子吟风雅

那抢鸟之人拍拍身上的尘土，跳了起来，问那壮士："你是何人？竟敢来此寻事，你知道这百灵是谁要的吗？是德国公使克林德先生要的。"说着，回头用手一指。

只见在庙会一隅停着一辆华贵的轿车，车窗露出一个洋人的脑袋。

壮士义正词严："我不管什么洋人不洋人，你无理抢鸟就是不行，这是中国的地盘，任何人也不得无理！"

鸟房主人这时悄悄附在张三耳边说："这个少爷是个吃喝嫖赌什么都干的恶棍，以前是个古董行的老板，破落后投靠洋人无恶不作。"

正说着，只见抢鸟之人"刷"的从腰间拔出一只左轮手枪，对准了壮士。

张三见势不好，打了一个旋风，一个飞腿，踢飞了他手中的手枪。

而那壮士一动不动，若无其事。

张三心想：这壮士真够仗义，论他的功夫肯定能躲一躲，可是他恐怕枪杀他人，所以原地未动。

旁边那个提着八哥的恶奴此时已回到轿车旁，洋人与他耳语了几句，他来到抢鸟之人面前，悄声道："公使让你回去，不要再动武了，免得闹出乱子。"

抢鸟之人见如此说，灰溜溜地随他回到轿车旁，轿车远去了，抢鸟之人与那恶奴气喘吁吁追着轿车，众人发出一阵大笑。

鸟房主人捡起地上的鸟笼，见那百灵摔死了，十分怜惜。这时书生走上前说道："算了，我也没工夫养，就不要再拿了。"他走过来与壮士、张三见礼。

原来那书生名叫罗瘿公，号瘿庵，又号瘿公，广东顺德人，一八八〇年生于北京，此时年方一十九岁。他幼年时就读于广雅书院，是维新派领袖康有为的学生。他纵情诗酒，流连梨园，能吟会唱，写了一些京剧剧本和史学著述，是有名的才子。

那壮士是江湖上有名的通臂拳大师，叫张策，三十六岁，字秀林，直隶香河人。他自幼从其堂叔张大相学少林拳，又从杨露禅学了太极拳。他精于技击，踪迹所至，声誉大振。后来，张策在一深山中遇到一个被称为韩老道的隐士，从此拜其门下学习通臂拳，苦练磋磨，历时数载。他还在深山里学猴仿虎，进一步创为“五猴通臂拳”。他曾赴南京参加比武大会，用通臂拳中的“五行掌”挫败江南群英，又用太极通臂稳取北方豪杰，名声轰动大江南北。据说张策双手击人，一击能击出数十丈之外，而自身站立不摇。他在夜间燃香，然后用枪刺去，火灭而香不倒。有一次他在村里宰牛，一张六七十斤重的湿牛皮要晒在房顶上。几个人提皮架梯，手忙脚乱。张策推开众人，拉架运气，手提湿牛皮，腾空飞脚，双手一扬，霎时间，牛皮赫然摊晒于房顶之上。因此他被称为通臂门之杰，又称“臂圣”张策。

张三早就听说“臂圣”张策之名，张策也早就闻说“醉鬼张三”的许多轶事，二人相见恨晚，自然亲热不已。

罗瘿公说：“英雄相会，真叫人高兴，我请二位到什刹海烤肉季一聚，痛痛快快喝它几壶，岂不更好!”

张策、张三自然乐意，三人信步朝什刹海而来。

什刹海在北海之后，据《天咫偶闻》记载：“都人士游踪，多集于什刹海。以其去市最近，故裙屐争趋。长夏夕阴，火伞初敛。柳阴水曲，团扇风前。几席纵横，茶瓜狼藉。玻璃十顷，卷浪溶溶。菡萏一枝，飘香冉冉。想唐代曲江，不过如是”。北京曾有“燕京小八景”之说，这什刹海就占去了“银锭观山”、“石闸听瀑”两景。环岸名园古寺，不胜枚举，后海北岸有大学士明珠之邸；西段通称积水潭；南岸有普济寺，是万寿寺的下院，轩窗洞敞，松荫匝地，曲径通幽，可以临湖赏雪。这一带人文茂盛，景物繁华，除此外还有佑圣寺、火德真君庙、醇王府花园、恭王府花园及鉴园、庆王府花园及怡园、罗王府花园、涛贝勒府花园、棍贝子与德贝子府花园、可园、乐善园、止园、瑞园、水东草堂、太师圃、漫园、方家园、镜园等古典园林。这些园子大都建有楼台，以观湖景，有不少旗民也夹岸而居。沿海还有望湖亭、望海楼、银锭桥等。银锭桥西北的广化寺是元代建的寺院，有和尚栖身。庆云楼、天香楼、望苏楼、会贤堂、集香居、清音茶社等环湖而建，集香居楼上有题联：“小楼春雨龙华寺，野水秋风虾菜亭。”情趣意境，取之不尽。

张三、张策、罗瘿公三人漫步来到什刹海东岸，虽值冬日，更有一番景象。

罗瘿公叹道：“这里名园荟萃，风景优美，要是夏日风景更佳。元代书画家赵松雪吟道：‘轻燕受风迎落絮，游鱼吹浪动新荷。’明代诗人于慎行赞美说：

‘西城别苑胜瀛洲，十里平湖静不流。岸草离迷桥畔雨，宫槐隐映水边楼。’清初的著名词人纳兰性德曾住湖的北岸。”

张三指着那些小摊对张策说：“你听听，这些小贩的叫卖可有意思了。”张策侧耳一听，果然有趣。

卖萝卜的吆喝：“赛梨味！辣了换。”剃头的，不时拨动一只大钢镊子，其声嗡嗡，叫道：“唤头！”耍猴的敲一面大锣，“哐哐”作响。卖耗子药的吹一柄唢呐，其声凄婉。卖酸梅粉、桃脯、果子干、玫瑰枣的，专敲两只小铜碗。卖铁壶的用一铁棍敲打壶底，其声如鼓。磨剪刀的，以铜铁片连成五页，随走随振动，把号筒吹得“呜呜”作响。卖猪头肉的吆喝着：“炸面粉——肉！”卖各种糖块儿的小贩推一个小车，小车上有个方盘，内粘各种彩环。另有一个布袋，内盛棋子样儿的骰子。要买骰子的人每次抓四枚骰子，与方盘中的彩球相对，合则得彩。那小贩吆喝着：“抓彩来，得彩，好抓来，又好得，抱子加一彩！”

张策被这热闹的景象吸引了，他又看那粘扇面的臂挎小箱，一边走一边晃动着小铁铃串儿，发出“哗啷”的声响。卖炭的则手摇大货郎鼓，其声“嘣嘣”。卖煤油、香油、酱油醋的敲一个大木梆子为号。卖豌豆糕的手里敲着一面小铜锣。跑旱船的锣鼓铙一齐敲。修脚的手持两个小木板，说着快板书……

什刹海前海与后海之间，有一石桥横锁，桥面上的石板之间，镶嵌着一个个凿成银锭形的铁块，形成别致的图案，这就是有名的银锭桥。

过了银锭桥，罗瘿公叫道：“烤肉季到了。”

张三猛闻一股烤肉的飘香，但见有个精致的小楼出现在面前，上书“烤肉季”三个金黄大字。

三个人进了烤肉季，一个胖胖的人走了过来，叫道：“罗公子，你们几位呀？”

罗瘿公说：“三位，季傻子，你要好好照应。”

此人正是烤肉季老板季宗斌，这个铺子就是由他的父亲季彩德创办的。季彩德在咸丰年间从通县牛堡屯来此设摊烤肉，烤肉季由此而来。季彩德死后，其子季宗斌继承父业，由于他为人忠厚老实，人们叫他“季傻子”。

季宗斌一哈腰，憨笑道：“三位请上楼，有雅座，怎么，今日是罗公子请客了？我来亲自伺候你们。”

三个人上了二楼，拣一个雅座坐下。张三见那大圆桌上放着一口板沿大铁锅，锅沿有一个大铁圈，放着铁条炙子，铁圈留一火口，是投木柴用的，旁边放着松柴和柏木柴。

一会儿，季宗斌端着羊肉片和佐料上楼来，他笑着说：“这可是张家口一带黑头、团尾的‘西口’绵羊，体重四十多斤呢，切的是‘上脑’和‘后腿’两个部位，可鲜嫩了！您几位来点儿什么酒？隔壁就是酒铺。”

罗瘿公问张三和张策：“你们二位的意思呢？”

张三说：“来三斤老白干儿就行。”

张策点点头，说：“就听张三爷的。”

季宗斌下楼，一会儿端上来几个砂酒壶和一盘热气腾腾的吊炉烧饼。

“爷几个快趁热上烤吧，保证味儿正！”说着下楼忙乎去了。

三个人边烤边喝，罗瘿公说：“我最爱吃这烤肉，跟这里都混熟了。载沣王爷也喜欢吃烤肉，他经常点名要吃季傻子烤的肉，每次都是季傻子用小手推车，拉着烤肉的炙子、肉片、调料和木柴，前去应差。文人墨客来这里的更多了，这烤肉季的买卖十分热火。”

张策举杯说：“今日咱们幸会实是不易，算是患难之交。张三爷是北京有名的好汉，罗小弟也是有学问的人。你们若不嫌弃，咱们不如结拜为兄弟，以后如有需要照应的，尽管招呼一声。”

张三、罗瘿公齐声称好。三个人举杯一饮，张三比张策大一岁，为大哥，张策为二哥，罗瘿公年纪尚轻，称为小弟。三个人谈天说地，说古论今，愈发投机。

酒过三巡，张三对罗瘿公说：“小弟是有文章的人，不如猜个诗谜，谁不会就罚谁的酒。”

张策、罗瘿公都称好。

罗瘿公说：“让张三爷先猜，我先说一个。‘卢沟清绝霜晨住，步落月问倚阑父。蓟门东直下金台，仰看楼台飞雨。道陵前夕照苍茫，叠翠望居庸去。玉泉边一派西山，太液畔秋风紧处。’打燕京八景。”

张三沉吟一会儿道：“‘卢沟清绝霜晨住’一句是‘卢沟晓月’；‘蓟门东直下金台’一句是‘蓟门烟树’和‘金台夕照’；‘叠翠望居庸去’一句是‘居庸叠翠’；‘玉泉边一派西山’一句是‘玉泉垂虹’和‘西山晴雪’；‘太液畔秋风紧处’一句是指‘太液秋风’和‘琼岛春阴’。”

罗瘿公喜道：“对。”张三点点头。

罗瘿公对张策说：“二哥，我该考你了。”

张策笑笑：“你说吧。”

“好奇怪，无根无叶无人栽，忽如一夜春风至，千树万树梨花开。”

张策笑道：“丰年好大的雪！”

罗瘿公道：“对了，你猜我吧。”

张策道：“你这机灵鬼，诗谜难不倒你，我给你变个花样。我说一种花，让你背出一段咏花诗。”

罗瘿公道："那也好，你说吧。"

张策想了想："牡丹。"

罗瘿公不假思索便道："刘灏有咏牡丹诗：'何人不爱牡丹花，占断城中好物华。疑是洛川神女作，千娇万态破朝霞。'"

"梅花。"

"南宋诗人陆游有《梅花绝句》：'当年走马绵城西，曾为梅花醉似泥。二十里中香不断，青羊宫到浣花溪。'"

张策又道："菊花。"

"宋代郑所南有《寒菊》诗：'花开不并百花丛，独立疏篱趣未穷。宁可枝头抱香死，何曾吹落北风中。'"

"莲花。"

"唐代诗人王昌龄的《采莲曲》中有：'荷叶罗裙一色裁，芙蓉向脸两边开。乱入池中看不见，闻歌始觉有人来。'"

"兰花。"

"宋代诗人苏辙有《种兰》诗：'兰生幽谷无人识，客种东轩遗我香。知有清芬能解秽，更怜细叶巧凌霜。根便密石秋芳早，丛倚修筠午荫凉。欲遗蘼芜共堂下，眼前长见楚辞章。'"

"桃花。"

"宋代诗人徐师川有诗：'双飞燕子几时回？夹岸桃花蘸水开。春雨断桥人不度，小舟撑出柳阴来。'"

"月季呢？"

"宋代大诗人苏东坡有诗道：'花落花开无间断，春来春去不相关。牡丹最贵惟春晚，芍药虽繁只夏初。唯有此花开不厌，一年长占四时春。'"

"芍药。"

"唐代大作家韩愈有诗说：'浩态狂香昔未逢，红灯烁烁绿盘笼。觉来独对情惊恐，身在仙宫第几重？'"

张策似乎有点儿言辞穷尽，想了想，又说："杜鹃花。"

罗瘿公喜滋滋吞进一块烤肉，又咬了一口吊炉烧饼，说："唐代诗人白居易在《山石榴寄元九》一诗中说：'闲折两枝持在手，细看不似人间有。花中此物似西施，芙蓉芍药皆嫫母。'"

"山茶。"

"陆游吟诗道：'东园三月雨兼风，桃李飘零雪地空。唯有山茶偏耐久，绿丛又放数枝经红。'"

"海棠花。"

“陆游曾作《海棠歌》：‘我初入蜀鬓未霜，南充樊亭看海棠。当时已谓目未睹，岂知更有碧鸡坊。碧鸡海棠天下绝，枝枝似染猩猩血。蜀姬艳妆肯让人，花前顿觉无颜色。扁舟东下八千里，桃李真成奴仆尔。若使海棠根可移，扬州芍药应羞死。何从乞得不死方，更看千年未为足。’”

张三在一旁叫道：“罗小弟真是才思敏捷，对答如流，我来考你一考。”

罗瘿公笑笑：“兄弟奉陪。”

张三道：“我说一个酒器名称，你来背两句古诗，如若背不出，罚你唱戏！”

罗瘿公点点头：“好！”

张三道：“杯，酒杯的杯。”

罗瘿公道：“好，我都用李白诗。‘烹羊宰牛且为乐，会须一饮三百杯。’”

“樽。”

“春风东来忽相过，金樽渌酒生微波。”

“壶。”

“提壶莫辞贫，取酒会四邻。”

“觞。”

罗瘿公想了又想，实在想不出，慢慢站起来，将酒杯掷地道：“想不出，输了！”说完，颓然坐下。

张三说：“我们罚罗小弟唱一段京戏。”

张策随声附和。

罗瘿公缓缓站起来，笑道：“让大家见笑了，我就来一段《甘露寺》，是三国时期乔玄公唱的。‘劝千岁杀字休出口，老臣与主说从头，刘备本是中山靖王的后，景帝玄孙一脉留。他有个二弟汉寿亭侯，青龙偃月神鬼皆愁：白马坡前斩颜良，延津诛文丑，在古城曾斩过老蔡阳的头。他三弟翼德威风有，丈八蛇矛惯取咽喉；鞭打督邮他气冲牛斗，虎牢关前战温侯；当阳桥前一声吼，喝断了桥梁水倒流。他四弟子龙常山将，盖世英雄冠九州；长坂坡救阿斗，杀得曹兵个个愁。这一班武将哪个有？还有诸葛用计谋。你杀刘备不要紧，他弟兄闻知是怎肯罢休！若是兴兵来争斗，曹操坐把渔利收。我扭转回身奏太后：将计就计结鸾俦。’”

那唱声雄浑、激昂，在烤肉季楼内久久回荡。张三、张策听了不禁拍手叫好。

张策说：“想不到罗小弟还有两下子，真是口正腔圆味正，今日我是开眼了。”

张三对季宗斌说：“季老板，您再给我们上一锅荷叶粥吧！”

季宗斌应声而去，一会儿又端上荷叶粥。

张三赞道：“时至冬日，季家的荷叶还保存得如此鲜嫩，想必是有家传秘方。”

季宗斌笑道：“只可意会，不可言传。”

三个人一直喝到下午三时，张策因还要探望朋友，起身告辞。

罗瘿公从怀中摸出银两准备付账，季宗斌喜盈盈端着笔砚、宣纸走上楼来：“还是老规矩，这银两不用，请罗公子再题一首诗。”

罗瘿公接了毛笔，沉吟一会儿，在那宣纸上龙飞凤舞，只见写道：“日照寒湖紫霭生，春鞭伴奏更飞虹。重楼婷立残荷榭，叠庙俏依垂柳亭。烤肉野香常入梦，银桥食语多吆声。今年风景独殊异，缕缕知音杯未停。”

季宗斌接了诗笺，如获至宝，捧回后屋去了。

几个人下了楼，刚出烤肉季门口，只见季宗斌急匆匆又下楼来，罗瘿公问何故。

季宗斌瞧瞧张策和张三：“刚才听伙计们说，这二位一位是‘醉鬼’张三爷，一位是‘臂圣’张策，都是身怀绝技之人，今日幸会，能否献一小技，让兄弟我也开开眼。”

罗瘿公瞧瞧张三、张策，他二人正在酒兴上，点了点头。

张策叫一声“着”，一纵身，跃起七八尺高，一抬手，竟把那“烤肉季”的匾额摘了下来。众人一片喝彩。

季宗斌急得直摇手，叫道：“别砸了我的匾子，我们季家还指着它吃饭！”

张策笑了一笑，又一纵身，众人还没明白怎么回事，那“烤肉季”匾额又端端正正地挂在上面了。

季宗斌吐了吐舌头：“好家伙，真是名不虚传！”

张三抬头瞧瞧，但见“烤肉季”门额上多了两颗大铁钉，这是挂门帘用的。张三说：“季老板，我看这两颗大铁钉挺碍事，扎着人可了不得，我给您钉进去。”说着，运足了气，一纵身，一步跃起，一头朝那铁钉撞去。只听“噗”的一声，那铁钉牢牢实实地钉了进去。

张三又一纵身，一伸头，另一个铁钉进去后，竟从门框内飞出，不偏不斜正好钉在屋内墙上大肚子弥勒佛画像的肚脐眼儿上。

季宗斌见了，目瞪口呆，众人又是一片叫好。

三个人在银锭桥分手，张策朝西而去，罗瘿公劝张三暂且住在他那里，第二天上午请他到吉祥戏园听杨小楼的京戏《挑滑车》，张三欣然同意。

罗瘿公的家就住在附近的雨儿胡同，往东走穿过鼓楼大街，又走了有一袋烟的工夫就到了。这是一座普通的四合院，宽敞整齐，院里栽着几株腊梅，一棵老枣树。罗瘿公如今当郎中，生活也算富足，他的父母到南方探亲去了，目前只有一个女佣在家做饭看门，倒也清静。

张三走进罗瘿公的居室，只见书画不少，大大小小贴满了墙，有米芾、王铎等人的书帖，有吴道子、唐伯虎等人的画作，也有他自己的书画。正中挂着的一幅元代大戏剧家关汉卿的绣像就是罗瘿公所画。掀帘而进还有一间书房，里面密密匝匝摆满了紫竹书架，上有《四书五经》、《唐诗》、《宋词》、《元曲》、《楚辞》等书，但更多的是戏曲一类的书籍。屋角有一张小床，被褥整齐，床上也摆着几本厚厚的书。

罗瘿公说："今晚你就在这床上歇息，我到父母房中去睡。"

二人叙了一回，已是掌灯时分，罗瘿公叫女佣买了些猪肚、猪肝，烫了一壶酒，两个人又喝起来。

罗瘿公越喝越高兴，讲起了梨园的轶事："乾隆爷以前，京师流行昆曲，又称雅部。由于昆曲进入宫廷与贵族府第，辞藻日益华丽，晦涩难懂，逐渐脱离市民。'花部'、'乱弹戏'自乾隆爷、嘉庆爷之后涌入北京城。这'乱弹戏'就是现在的京戏，有名的是四大徽班，一为'三庆'班，掌班的是程长庚与徐小香。二为'四喜'班，掌班的是梅巧玲。三为'春台'班，四为'和春'班。先是名伶高朗亭率领驰名江南的安庆'三庆'徽班进京，参加了乾隆爷的八十大寿演出，之后，'四喜'、'春台'、'和春'等戏班子相继来京……"

罗瘿公抓了一把花生米塞在嘴里，又说下去："这四大徽班各有特色，当时有'三庆'的轴子，'四喜'的曲子，'和春'的把子，'春台'的娃子的说法。徽班专演徽戏，剧目众多，武打热闹，通俗易懂，引人入胜。一时间北京城里广和楼、广德楼、庆乐园、三庆园上都被徽班占据，这种戏曲的红火，危及了'阳春白雪'的昆曲在京师剧坛的地位。道光爷那阵子，由于湖北汉调来京，徽班艺术班逐渐北京化，京戏由此诞生……"张三听着听着，趴在桌上睡熟了，罗瘿公知道他非常疲乏，于是扶他来到床上，伺候他睡了。

第二日一早，二人来到东华门以东的吉祥戏园。

吉祥戏园门前，戏迷们络绎不绝。大门左边立着一个木牌，上面写着大彩告示，画着杨小楼的像，"杨小楼"三个字分外耀眼，下面有《挑滑车》三个黑字。大门内迎面是个大砖影壁。

看门的老头认得罗瘿公，一见他的面就点头哈腰地招呼："哟，罗先生也来了，里边请，楼上有闲在的包厢。"

罗瘿公指着张三，说："这是我的客人。"

老头笑笑，说："里边请。"

二人上了楼，拣了一个空余包厢坐下。

张三四外望去，戏台朝南坐北，其他三面是戏楼，这楼上的厢是用木板相隔，楼下是大高凳的散座。观众已来了不少，满园雾气腾腾，人声嘈杂，有吸大烟袋的、喝大茶的、吃什锦点心的、嗑瓜子儿的……小贩叫卖者不绝于耳。

张三正瞧着，忽见下面抛来一物，顺手一接，原来是一块热手巾把儿，罗瘿公也接了一条，说道："这里揩面的热手巾把儿，只有官厢才有。"

这时，后面上来一个人，英俊潇洒，武生打扮，他嗓音洪亮，朝罗瘿公一拱手："原来罗先生也到了。"

罗瘿公对张三说："这位就是杨小楼。"然后他介绍张三与杨小楼见面，杨小楼哈哈笑道："原来张三爷也来了，兄弟真是三生有幸！"

正说着，楼下有人叫杨小楼，杨小楼寒暄一番，告辞下楼。

张三见杨小楼猴眉猴眼的，颇有兴趣。

罗瘿公说："杨小楼素有'活猴子'的称号，他的父亲杨月楼先生是同治年间的名武生，被誉为'十三绝'之一，他的猴戏深得父传。杨小楼从小在小荣椿班学戏，以后又拜名武生俞菊笙为师。他出科后名声大振，还时常进宫献艺，屡获西太后的赏银。"

这时门口涌进一些巡警，罗瘿公说："这些巡查都是白看戏，不花分文，坐在池座的最后一排，这叫'弹压席'，戏园的老板惹不起他们，才设了这一排专座……看，戏开演了。"

杨小楼身穿宋代将领铠甲，英姿勃发，登台亮相，演的是高宠挑滑车。他吐字清晰，唱白富有激情，嗓音嘹亮，武功俊俏，全场掌声、喝彩声不绝于耳。

张三也不禁叫好。

罗瘿公说："杨小楼的风格是表演细腻，工架优美，有'武戏文唱'之称。他的拿手好戏是《长坂坡》、《汉津口》、《连环套》、《林冲夜奔》、《战宛城》、《挑滑车》，还有勾脸戏《水帘洞》、《安天会》、《铁笼山》、《金钱豹》和《霸王别姬》等。"

话犹未尽，只听旁边官厢有人高叫："不听这个，换《霸王别姬》！换《霸王别姬》！"一伙人随声附和。还有人朝台上扔鸡蛋、石头、果皮。杨小楼还想演，无奈满园一片嘈杂之声，吵嚷声、制止声、唿哨声、东西的破碎声，混成一团。

旁边官厢有个护院装扮的人高声叫道："荣大人想看《霸王别姬》，哪位是戏园老板，如不换戏，看我们不砸了这戏园子！"

张三扭头一瞧，只见那官厢内斜躺着一个黄鼠脸的官人。那官人六十多岁，身体肥胖，肿胀的黄脸上，微微有几根稀落惨灰的短须，一对暗淡无神的眼睛，牙齿快落光了。他头戴顶戴花翎，身穿官服，搂抱着一个如花似玉的妙龄女人，四周站着七八个恶奴。

张三认出了那个官人，他就是军机大臣荣禄。

第八回　吉祥园小楼串京戏　隆福寺宝三耍中幡

荣禄的护院一阵吆喝，冲了杨小楼的戏兴，杨小楼拂袖回了后台，这一来，戏园内更乱了。

吉祥戏园的老板生怕砸了园子，慌忙来到台上，朝荣禄所在的官厢深深鞠了一躬，说："荣大人息怒，请稍候，一会儿就上演《霸王别姬》。因为临时改戏，没有准备。"

老板这一席话，暂且压住了园内的嘈杂声，观众洗耳静候。

张三暗暗骂道："这荣禄老儿真霸道，闹得戏园不宁。"

罗瘿公急急摇手："这里荣禄耳目很多，你还是小心为好。"

一会儿，帷幕拉开，《霸王别姬》开演，杨小楼饰演西楚霸王项羽，另一个英俊小旦饰演虞姬。"项羽"唱粉碟儿："战英勇，盖世无敌。灭嬴秦，废楚帝，争战华夷。嬴秦无道动兵机，吞并六国又分离；项刘鸿沟曾割地，汉占东来孤霸西。(白）孤，霸王项羽。自与刘邦鸿沟割地，讲和罢兵。请回太公、吕后；谁想他反复无常，会合诸侯，又来讨战。想我楚兵，不过三十余万，与彼交战，恐不能取胜；也曾命人舒六搬兵，未见到来。正是：舒六搬兵无音讯，只恐周殷不来临。"

张三正听得入神，只见一个跑堂的递上一盘花生米。

罗瘿公说："三爷，请用。"

张三顺手抓了一把，拈了几颗填在嘴里："嘿，味道不错，脆香!"

这时，台上"虞姬"唱道："明灭蟾光，金风里，鼓角凄凉。忆自从征入战场，不知历尽几星霜；若能遂得还乡愿，瓣炷名香答上苍。(白）妾乃西楚霸王帐下虞姬是也。生长深闺，幼娴书剑，自从随定大王，东征西战，艰难辛苦，不知何日方得太平。适才闻得大王又要出兵灭汉，群臣屡谏不听；只恐寡不敌众，必败于刘邦之手。思想起来，唉，好不愁闷人也!（唱西皮散板）大王爷他本是刚强成性，平日里忠言语就不肯纳听；怕的是西楚地被人吞并，辜负了十数载英勇威名。”

“项羽”（唱散板）：“今得了李左车楚国之幸，到后宫和虞姬商议起兵。”

“虞姬”（白）：“妾妃接驾，大王千岁。”

“项羽”（白）：“平身。”

“虞姬”（白）：“千千岁。”

“项羽”（白）：“赐座。”

“虞姬”（白）：“谢座。”

“项羽”（白）：“可恼啊，可恼！”

“虞姬”（唱西皮摇板）：“自从我随大王东征西战，受风霜与劳碌年复年年。何日里方得免兵戈扰乱，消却了众百姓困苦颠连。”

“项羽”（唱散板）：“枪挑了汉营中数员上将，虽英勇怎提防十面埋藏，传将令休出兵，各归营帐，此一番连累你多受惊慌……”

这时，猛听得荣禄包厢中有一恶奴大叫道：“我家荣大人说了，快把《文姬归汉》中的蔡文姬、《太真外传》中的杨贵妃、《白门楼》中的貂蝉、《西厢记》中的崔莺莺、《桃花扇》中的李香君都叫来，比比哪一个俊俏！”话音未落，几个恶奴随声附和，有的用拳头擂厢板，有的使劲跺地板。

台上演项羽的杨小楼和演虞姬的那个小旦慌了神，一时不知所措。

戏园老板从台后闪了出来，朝荣禄坐的包厢揖了一躬：“请荣大人多多包涵，今日实在请不到，请大人息怒。”

“不行！”“不行！”恶奴们闹得更凶了。有的恶奴开始把大把大把的香蕉皮、橘子皮朝台上扔去。

杨小楼无奈，只得拉着那个演虞姬的小旦仓皇逃到后台。

恶奴们更火了，叫得更凶，骂得更刺耳了。

几个恶奴齐声喝一声：“打！”一招“燕子钻云”，从台上跃了下去。

张三见此情形，手一扬，那花生米飞了出去。有几颗花生米正打中几个恶奴的眼睛。一时，台上台下乱成一团。

罗瘿公一拉张三：“还不快走！”二人溜下楼，裹在乱哄哄的人群中混出了吉祥园。

走了一会儿，看看后面没有人追来，二人才放心。

张三一指前头：“瞧，隆福寺庙会，走，逛一逛。”罗瘿公一摸肚子：“这里头可打鼓了。”

张三见路东有个卖爆肚儿的小店，说：“今儿个我请你吃爆肚儿。”

二人进了店，刚落了座，只见掌柜的走过来，他穿着黑对襟儿棉袄，大冷天也不戴帽子，身子骨硬朗，嘴皮子利索：“您二位来多少，咱这爆肚儿，绿的，捂过的冻肚不入锅；三洗一切一控水，不搞那欺客的大盆汤买卖；讲火候看成色，在肚丝儿一挺一白一打卷之间见功夫。你们打听打听，北京城里谁不知道咱爆肚儿王！”

张三说：“人叫人不来，货好客自来。你瞧，我们这不是来了吗？掌柜的，来一斤爆肚儿吧！”

一会儿，王掌柜端上两盘热气腾腾的爆肚儿放到桌上。

张三一瞧，新焯出的爆肚儿，腾着热气，飘着馨香。那百叶切得细如青丝，葱翠得如展开的小菊花瓣，雪白的肚仁像玉雕的虾仁儿。

张三又叫道：“掌柜的，再热一壶竹叶青酒来！”

酒下肚热，二人大吃大喝，好不痛快。吃后，罗瘿公抹抹嘴就要走，张三拉住他对王掌柜道：“这位罗先生是京城有名的才子，你这门上正缺副对联，何不叫罗先生题一副联子。”

王掌柜一听，笑道：“那敢情好，想不到遇上高人了。”他叫小伙计拿来红纸和笔砚，请罗瘿公题联，说道：“题了对子，这爆肚儿钱和酒钱就免了。”

罗瘿公拿起毛笔，想了想，写道：“爆字半边火，名满京华，全靠火候。”又在另一张红纸上写道：“肚字半边肉，化脏为鲜，全凭一焯。”横披是：“王氏一绝。”

众人看了，齐声叫好，王掌柜当即把对联贴在门口，看了又看，瞧了又瞧，赞不绝口。

二人酒足饭饱，又来逛隆福寺庙会。只见摔跤的、拉洋片的、变戏法的、耍大刀的、唱大鼓的、说评书的、驯鸟的、卖大力丸的竞相献艺。数百摊档的风味小吃，“南甜北咸，东辣西酸”，这里应有尽有。北京的炸灌肠、炒肝、茶汤、豌豆黄、驴打滚儿、艾窝窝、卤煮火烧、杏仁茶、褡裢火烧，四川的汤圆、延吉烤鱼、八宝莲子饭、双酿团、百果油包，兰州的牛肉挂面、酿皮子、烤羊肉串等琳琅满目。

二人来到庙会西头，只听吆喝声不止。有五个壮汉手拿长棍正与一个同样手拿长棍的壮汉厮打。

张三说：“这是花会的五虎棍，他们正在表演一个《董家桥》的故事。传说残唐五代时，有个叫董家的恶霸建了一座桥，来往行人不管贫富都要交过路钱。有一天，赵匡胤路过此桥，董家要他交钱，他非常生气，便与恶霸说理，论理不成，恶霸便叫来他的五个儿子与赵匡胤厮打起来。郑子明卖油路过，见义勇为，抽出扁担帮助赵匡胤打败恶霸的五个儿子。因为恶霸的五个儿子称为五虎，所以这棍就叫五虎棍。以后赵匡胤做了宋代的开国皇帝，郑子明成为开国元勋。”

五虎棍表演完毕，那个挑单儿的壮汉跳到张三面前，鞠了一躬：“张三爷，您也来逛庙会啊!”

张三点点头。那壮汉说：“三爷，您也给众位弟兄表演一个吧。”

张三笑道：“今日是你们坐会，哪里有让我表演的道理。”那几个持棍的壮汉也走来劝张三献艺。

罗瘿公说：“今儿个是大年初二，是高高兴兴的日子，你就不妨表演一下，助助兴。”

张三说：“你们出来二位，手持木棍站好，我来表演一招棍上睡觉。”

两个壮汉各持一木棍，拉开三尺的距离站好。张三大喝一声，一翻身，上了棍头，一根棍支撑他的臀部，另一根棍支撑着他的脖颈。

张三四肢平伸，若无其事佯做睡觉。两个持棍的壮士大惊失色。

一个壮汉叫道：“我这棍好轻，好像没有人在上头。”

另一个壮汉叹道：“张三爷轻功如此厉害，真是妙不可言。”

过了一会儿，张三一招“鲤鱼打挺”，又翻过身子平躺在两根棍头上，大气不喘一口，围观者齐声喝彩。张三大叫一声，在半空中打一个旋儿，稳稳站于地面。

他面不改色，若无其事地对罗瘿公说：“走，瞧瞧宛八爷耍中幡去。”但听中幡场上掌声不绝。一根三丈来高的竹竿上悬挂着各色彩旗，两层幡伞五颜六色，中间有条锦绣的布面子，罗瘿公从人群间隙望去，见举幡的是一个身材魁梧、英俊潇洒的中年汉子。他一会儿将幡顶在头上，一会儿又移在鼻尖，一会儿又移在嘴中，一会儿又顶在臂上。

张三说：“这位就是善扑营的宛八爷，是南城的跤王，弟子有二百多人，其力无穷，跤法变幻不定。”

这时，宛八爷叫一声：“宝三，快上来!”从旁边转出一个伶俐的少年，也就十来岁，穿一身破旧的蓝布褂，肥青裤，他“噌噌”攀上中幡。原来在中幡的顶上绑着一只小椅子，那叫宝三的少年坐了上去，表演各种倒立，做出种种优美的功作，围观者叹声此起彼伏。有人将银钱扔了上去，那宝三一一用手接住，揣进口袋，还有一钱竟用嘴叼住。

宛八爷在下面做了几招“霸王举顶”、“前后背花”、“左右担山”、“大小盘肘”的动作，然后一招手，宝三莞尔一笑，从幡上飘然而下，朝众人鞠了一躬，钻进人群不见了。

见宛八爷耍完中幡，张三上前打了招呼，说：“今儿个八爷也露一手，真叫人佩服。”

宛八爷用手拍拍土："今儿个高兴，给徒弟们捧捧场子。"

张三说："刚才那小家伙功夫真利索，我看大有前途。"

宛八爷眉毛一扬："他叫宝善林，是穷苦人出身，是个好苗子，人聪明，路子也端正，是我最喜欢的徒弟。"

张三道："八爷近日公务忙吗？有空闲到我那儿喝两盅去。"

宛八爷望望天："这大清天下可能要变天，善扑营的事儿多，你那儿又离城里远，一直没得空儿去，有机会再聚吧。"

张三告别宛八爷，和罗瘿公又来听法鼓。

这法鼓老会起源于康熙年间，至今有近二百年的历史，那表演队个个插花盖顶，缠头裹脑，令人眼花缭乱。法鼓使用五种打击兵器，即钹、鼓、铙、镲和铛子，称为五音联蝉。这些乐器原来都是和尚们手中的法器。现在用来喜庆丰收，取个吉祥。

张三细听那音乐，悦耳动听，静如平湖秋月，动如燕飞蝶舞，高潮时如行云流水，高峰时大有山雨欲来风满楼之势。钹铙上下翻飞，气象万千。鼓若惊雷，气势磅礴，使观者心潮澎湃，精神振奋。随着紧锣密鼓把人引向急风暴雨般的高潮，霎时雨过天晴，流水潺潺，十分迷人，一曲终了，余味绵长。

罗瘿公拉过张三说："别听了，听了一回看把你迷的，走到那边看看拉洋片的！"

只见一位身穿灰布长衫的汉子，指点着台上一张两米多高的彩画且说且唱。他身边放着一个有半个脸盆架大小的红漆木架，一面小鼓、一面小锣、一面钹一齐拴在上面。一段唱完，汉子拉动手里的绳子，那锣鼓便一齐响动起来。

罗瘿公对张三说："说起这拉洋片，还有一段十分有趣的故事呢！唐朝有一个好色的皇帝，每年都要从全国各地搜集美女进京。有一次，从苏杭两地挑选了十几名年轻貌美的姑娘送进京城。皇帝一见，龙颜大喜，当即收进宫内做嫔妃。过了一段时间，这些如花似玉的妃子都愁眉不展，个个想家，整日哭哭啼啼。太监、宫女百般服侍也无济于事，弄得皇帝也无可奈何，于是召集大臣们商议，声言谁要能使嫔妃们高兴起来，重重有赏。护国军师袁天罡和李淳风二人听罢，心里一盘算，猜了个八九不离十，于是奏明皇上，说：'妃子们年纪幼小又远离故乡，当然想念家人。'皇帝听了，觉得言之有理，于是问：'爱卿有何妙策？'袁、李二位大臣说：'皇上可在内宫垂帘，让嫔妃们在帘内讲述家乡风景，我们在帘外记述，然后按照嫔妃们所述，逐一绘图，悬挂在内宫壁上，这样嫔妃见画如见家，就可消除乡愁。'皇上听了连连点头，于是吩咐去办。第二天，八张描绘苏州园林和杭州西湖风景的彩画悬挂出来，袁、李二位大臣还编了唱词，敲着锣鼓且说且唱。嫔妃们在帘内听着，感到亲切，一个个露出了笑容。皇帝重赏了这两位大臣，并命他们每日进宫，为妃子们演唱。后来这种演唱形式逐渐流传到民间，就成为拉洋片……”

正说着，张三忽觉背后有人扯他的衣襟。

只见那人个子适中，体态匀称，白皙的面颊丰满红润，一双机警的眼睛忽闪忽闪地转动，真是一个俊俏的美男子。

张三打量了半天也未认出此人。

那人“咯咯”笑个不停，发出银铃般的声音：“张三爷好大的忘性，真是用人朝前，不用人朝后！”

张三猛然想起，这不是刑部侍郎王金亭的女儿王媛文吗？原来她女扮男装也到这里逛庙会来了。

张三俏皮地说：“这个后生好漂亮，以后娶媳妇可不用着急喽！”

王媛文生气地撅起粉嫩的小嘴：“三爷好贫嘴，看几壶酒把你灌糊涂了。”

罗瘿公正在看演双簧，这时回过头来，笑着问：“这位是谁呀？”

张三说：“是刑部侍郎王金亭、王大人家的千金。”接着介绍王媛文与他相识。

王媛文说：“在家里待着好憋闷，女孩子家出门又不方便，所以才扮成这个模样。”

罗瘿公说：“幸会！咱们一起逛逛吧。”

这时王媛文看到旁边有个冰糖葫芦摊。那“二龙戏珠”，有两串黑枣曲曲弯弯地穿在竹枝上，活像两条跃然跳动的小龙，顶端用核桃仁做的两颗龙头之间，含着一颗小红灯笼似的樱桃，晶莹剔透，闪闪放光。还有用红果衬底，藕心当帽的“瑞雪”；用红果雕出一龙一凤的“龙凤呈祥”；用山药和黑枣做成的“熊猫”；用果丹皮刻出的“福禄寿喜”，神态各异，美不胜收。

王媛文叫道：“张三爷，过年了，还不请我们吃根冰糖葫芦。”

张三摸了摸后脑勺，笑着说：“冰糖葫芦还是请得起的，但我有个要求。”

王媛文扬着脸，眨巴眨巴眼睛：“你说吧。”

“你给我讲一段糖葫芦的历史。”

王媛文不假思索地说：“唐朝僖宗年间，黄巢揭竿造反，攻州占郡。每打一个胜仗，便命令手下人把一根根树枝穿上核桃仁，这一枝一果代表一个头颅，再蘸上糖，赏赐给那些立下战功的将士们。后来黄巢率领大军攻洛阳，破潼关，唐僖宗逃跑，黄巢做了皇帝。为了欢庆胜利，人们把红果穿在树枝上再蘸蔗糖。这南糖北果穿在一起象征着南北统一、国泰民安。后来这种吃食慢慢演变下来，就是现在的糖葫芦了。怎么样？来一支吧！”

张三连连点头，摸出银两，买了一支“天女散花”、一支“麻姑上寿”和一支“吉祥如意”，他把“天女散花”给了王媛文，“麻姑上寿”给了罗瘿公，自己吃那支“吉祥如意”。

三个人边吃边谈，徐徐走来。罗瘿公被那墙上悬挂着的一溜剪纸吸引住了。有一张剪纸剪着一棵白菜，上面爬着一只蝈蝈。红宝石般的蝈蝈，怡然自得地爬在翡翠似的白菜上，鼓翅长鸣。白菜是那样挺拔水灵，蝈蝈的两根触须，又细又长，好像在微微颤动。

罗瘿公正看得出神，忽见游人惊慌起来，纷纷躲避。抬眼望去，原来迎面过来一乘八抬大轿，前边有十几名兵勇、护院吆五喝六地推搡着行人，鸣锣开道。一位老人躲得慢了点儿，被他们推倒在地上。他听到旁边几个人在低声议论：“百姓遇见兵，有理说不清，快躲吧。”

“这位荣老爷，好不威风。”

“唉，官大压死人，仗着他的势力什么坏事不干？前几天他从这儿过，看见一个姑娘长得俊，硬是拉去做使唤丫头，把姑娘的爷爷都打坏了。”

“咱们往后闪闪吧，上次我躲慢了一点儿，就让开路的奴才打了一顿。”

这时，张三也挤了过来，但见那乘大轿轿帘掀开一角，现出荣禄的面孔，他两眼臃肿，露出阴险的奸笑。

荣禄的轿子过后不久，又有一伙兵勇抬着一乘花轿匆匆而来，轿内传出一个少女的尖叫声。

猛地那轿帘被扯开，露出一个年轻秀丽的女子的脸，她翠眉含娇，丹唇启秀，白如玉，软如棉，眼泪汪汪。

张三见那女子面熟，一时又记不起来，他想那女子定然有冤屈，于是想挺身上前。可是胳膊却被王媛文死死拽住。

王媛文轻声说：“三爷，他们人多势众……”

张三眼睁睁看着那花轿走远，狠狠地跺着脚。

王媛文正巧低头，见黄土地上被跺成了一个小坑，不禁暗暗佩服张三的功夫。

罗瘿公见张三心情不畅，便拉了他和王媛文来到自己家。此时已是傍晚，罗瘿公吩咐厨娘置上酒席，三个人边喝边聊。

罗瘿公喝了几杯，不禁飘飘然，随即吟道：“君不见黄河之水天上来，奔流到海不复回。君不见高堂明镜悲白发，朝如青丝暮成雪。人生得意须尽欢，莫使金樽空对月。天生我材必有用，千金散尽还复来。烹羊宰牛且为乐，会须一饮三百杯。岑夫子，丹丘生，将进酒，杯莫停。”

张三插嘴道：“应该是罗瘿公，王娘子，将进酒，杯莫停。”

王媛文笑道："这是唐代大诗人李白的诗，哪能随便改。"

张三眼睛一翻，说："连皇上的龙椅都能改一改，怎么李白的诗就不能改一改？"

罗瘿公又饮了一杯酒，接着吟道："与君歌一曲，请君为我倾耳听。钟鼓馔玉不足贵，但愿长醉不复醒。古来圣贤皆寂寞，惟有饮者留其名。陈王昔时宴平乐，斗酒十千恣欢谑。主人何为言少钱，径须沽取对君酌。五花马，千金裘，呼儿将出换美酒，与尔同销万古愁。"

王媛文说："我也来吟一首《醉着》诗：'万里清江万里天，一村桑柘一村烟。渔翁醉着无人唤，过午醒来雪满船。'"

罗瘿公道："你这是唐代诗人韩偓的诗句。我再吟一首唐诗：'朦胧南溟月，汹涌出云涛。下射长鲸眼，遥分玉兔毫。势来星斗动，路越青冥高。竟夕瞻光彩，昂头把白醪。'"

王媛文道："这是李群玉的《七月十五夜看月》。我再吟一首：'行役我方倦，苦吟谁复闻？戍楼春带雪，边角暮吹云。极目无人迹，回头送雁群。如何遣公子，高卧醉醺醺。'"

罗瘿公用手指轻弹酒壶说："这是唐代杜牧的诗。我吟一首：'高楼椅玉梯，朱槛与云齐。顾盼亲霄汉，谈谐息鼓鼙。洪河斜更直，野雨急仍低。今日陪尊俎，唯当醉似泥。'"

王媛文脱口而出："这是唐代卢纶的《奉陪侍中登白楼》。"

张三道："你们二位甭说这饮酒诗了。我出个主意，我说个历史人物，你们各说出这个人物的一首诗，哪个说不出，就罚哪个的酒。"

罗瘿公道："这个主意不错。"

王媛文也道："就请三爷说吧，我先吟。"

张三道："暴君夏桀王。"

王媛文望着油灯出神。张三将两腿一盘，用两个手指捏开了一个核桃，把白生生的核桃仁塞进嘴里，嘻嘻笑道："我用这长烟袋磕三下，如果到第三下还诌不出，那可就罚酒了。"

王媛文未等张三敲烟锅，吟道："昏醉孤灯伴玉眠，细腰宫里粉盈翩。朝歌忠曲难逢耳，宫幔谄言易腹餐。纳色便生拒政史，伴花必定疏良贤。鹿台不见帝王业，轶事后庭有遗篇。"

张三又道："妲己。"

罗瘿公咳嗽一声，吟道："脉脉含羞似落花，扶摇直入帝王家。颊如梨蕊三分秀，腰若玉晴七尺滑。凝眸常浮暗香气，含笑惊落满树花。深山古寺疑无处，海客墙上见女娲。"

张三敲打敲打烟袋，又道："聂政。"

王媛文笑笑，吟道："萧瑟秋风看棠棣，花开花落几年华。秦淮夜雨年年泪，土井春花日日嗟。仗剑高歌除鬼魅，横眉洒血壮生涯。离魂更有离魂女，祭祠杏花有酒家。"

张三点了点头，掰开一个榛子，呷了一口酒，又道："孔夫子。"

罗瘿公吟道："弟子三千莫空谈，教学有方满口悬。厄于陈蔡不嗟食，笑指卫王岂思官？清傲高谈书世界，孤零不耻诲人篇。春秋掌上明千史，诸子百家圣领先。"

张三捏了一颗花生米放在嘴里，又道："孟尝君。"

王媛文飞波流盼，笑道："门客三千盛名传，虾鲜酒美马车喧。文章亦有真才子，武技高明街市瞻。狗盗鸡鸣成佳话，三窟兔狡乐陶然。将心比心同甘苦，天下谁不赞冯獾！"

张三道："张良。"

罗瘿公道："秦皇搏浪起风波，落泊公侯图报国。俯身拾鞋得妙策，笑谈平乱奏高歌。功成自有洁身隐，大业何尝一梦柯。飞鸟已无良弓匿，携妃遁世唱狂歌。"

张三暗暗点头，又道："屈原。"

王媛文抢着回答："汨罗江水任东流，一曲离骚江上头。雅淡书香伴橘颂，朦胧国色九歌忧。放逐江浦无人问，跌撞天门血满头。饮恨而亡随江去，郢都不见使人愁。"

张三不禁叫好，又道："曹操。"

罗瘿公呷了一口酒，慢悠悠吟道："评说虚妄实可惜，揭晓红白今论及。削发护田挟献帝，昂首驱沙迎文姬。平定谁知赤壁泪，相拥空叹二乔急。宁叫我负天下人，乾坤扭转靠神机。"

张三拍手叫妙，又道："诸葛亮。"

王媛文眉毛一扬："一生遗憾恐隆中，三顾茅庐始有名。新野火攻退飞虎，长江借风笑卧龙。七出祁山有师表，几度中原无败名。羽扇纶巾谈笑往，梨园自古借东风。"

张三道："陶渊明先生。"

王媛文吟道："处世飘潇瘦骨头，诗书满腹付东流。几番颠沛辞官场，五斗不揣入荒丘。有意采菊东篱下，无愁衔桂北风流。古风几首有新意，望断桃源云客愁。"

张三吐了吐核桃皮儿，又说："隋炀帝那老儿。"

罗瘿公道："龙船灯火下扬州，桂子莲花两岸收。臣子三千拥车辇，娇童一万露娇羞。欺国欺父先欺母，称帝称王更称侯。霸者可惜随流水，长安千载使人愁。”

张三搔搔头皮，笑道：“你们这二位肚子里墨水还真不少，我出了这许多诗头也没有难倒你们。我再出几个，若难不倒你们，这酒只有罚我喝了。”

他捶了捶腿，道：“醉酒的李白。”

王媛文道：“飘若浮云到处吟，天真烂漫诗语真。云游吴楚笑摘月，浪迹长安荡诗魂。夜闯浙江惊天姥，朝登五岳壮夷门。安能折腰事权贵，宦海不如诗海深!”

张三叫道：“真有你的!”

他望望罗瘿公，说：“吟诵‘朱门酒肉臭，路有冻死骨’的杜甫。”

罗瘿公不慌不忙地说：“嶙峋瘦骨总凄凉，言语惊人吟断肠。三吏行凶百姓苦，三别车马锦书香。茅屋惊栗秋风惧，蜀道仓皇老马狂。依旧岳阳江上冢，几番漂泊与惆怅!”

张三又道：“苏东坡。”

王媛文道：“常将豪放比长江，洒洒脱脱千万行。赤壁沉戈犹见影，新城雨锁更苍茫。三苏古体惊千古，一赋狂歌落地狂。把酒苍天问明月，已疑魂鬼到故乡。”

张三道：“陆游。”

罗瘿公道：“放翁满腹爱国篇，剑北剑南读不完。瓜雪夜渡常泫目，山西夕地落花烟。军戎抱岁操戈晚，金错卧床非常闲。壮志未酬常扰梦，王师北定盼书传。”

张三道：“李清照。”

王媛文道：“杏花烟雨枕烟阁，怒指金兵为报国。征雁归来胭脂瘦，胡狼南侵雪丝多。擎杯不忍看黄蕊，掩袖难堪望红罗。头戴南冠非老朽，诗肝词胆壮山河。”

张三道：“文天祥。”

罗瘿公道：“动地惊天正气歌，酒楼街巷叹声多。孤身虎穴栽北树，弹指龙潭望南国。昂首不改旧面目，捻须依旧新干戈。府学祠内锁烟雨，秃笔原来纪念多。”

张三又说：“曹雪芹。”

王媛文道：“落叶西山总是秋，咸菜有味拌窝头。风流才子辛酸泪，团扇佳人伤感酬。一曲红楼驱烛影，千支秃笔隐家羞。雪芹不见红楼见，高踞文坛第一侯。”

张三想了想：“我说一个还活着的人，康有为。”

罗瘿公道："有为不为太伤心，几次公车上国门。湖广春风招才子，筠菘夜雨念英魂。入宫变法言七变，下野保皇已一樽？南海先生堪可笑，凄凉青岛已黄昏。"

张三无可奈何地说："你们才思敏捷，我已黔驴技穷，我输了，该罚酒的是我。"说着，端起酒壶，一饮而尽，接着又端起另外一个酒壶，又一饮而尽。一会儿他支持不住，便倚到椅上。

罗瘿公见他醉了，便扶他来到后房，服侍他睡了。王媛文见天色已晚，告辞回府。

罗瘿公看了一会儿书，因惦念张三，便赶到后房来看他。走进房间，只见炕上空空，张三已不知去向。

第九回 淑女阁更夫笑贵妃 漓江斋李三戏何六

原来张三并没有醉。他一次有二斤白酒的酒量，今晚只喝了一斤有余，被罗瘿公扶到炕上后便假装睡觉，见罗瘿公出去，一翻身下了炕，推开门，走出了罗家大门，朝北而来。

此时，繁星满天，万籁俱寂。他来到地安门附近的一座华贵的府邸。那朱门大敞，张灯结彩，四个侍卫手持兵器站于两旁，朱纱灯笼上高悬一个金黄的"荣"字。

张三宛如山猫，猫着腰悄无声息地来到北墙根，拾起一块问路石，向院内扔去，听听没有动静，便将后背贴住墙壁，"噌噌噌"壁虎游墙，到了墙头。他四下一望，见右边一座佛楼可居高临下，观察全宅，于是顺墙摸上了佛楼，隐在脊后探看。这宅院果然气派，前后六进院落，每进都有正房九间，东西厢房各五间。院落与院落之间都是非常讲究的垂花门，院内各栽着翠竹、牡丹、丁香、玫瑰等花卉竹木。最后面是一座花园，园内小桥流水，杨柳环岸，秀阁朱亭，影影绰绰，假山半腰一股流泉喷泻而下，罗锅桥边还有一个小戏楼，典雅别致。

张三正在观望，忽闻一股骚气。他转到佛龛之后，见那儿有个雪白的大瓷瓶，足有二尺多高，上前看了看，里面全是尿。他四下看看，才发现地上食物狼藉，供祭佛爷的糕点、水果、果脯散了一地。

张三正在纳闷，猛觉一股劲风袭来，赶快抽身，只见一个身量短小的人一招"纵身摘果"，朝他扑来。那人见扑了个空，接着一招"饿猴上树"，身体立起，略为前探，右手朝张三抓来。

张三挪展身子，那人连连抓空，发出细微的声音："哪个黑道上的?"

张三一招"童子拜观音"，双手一拱，将那人推了个踉跄。接着他嘴一张，喷出一股酒气。

那人又惊又喜，脱口而出："原来是张三爷。"

张三定睛一瞧，居然是“燕子”李三。

张三笑道：“你这鬼小子怎么又跑到这儿来了?”

李三叹了口气：“大过年的，人家都张灯结彩，燃鞭放炮，我无家可归，就躲在这荣府的佛楼之上，听个热闹。”

张三问：“上次你在恭王府里拿的珠宝分给众乡亲没有?”

李三回答：“分是分了，可都不敢脱手，官府查得太紧。”

他上上下下地打量了张三，摸摸后脑壳，嘻嘻笑道：“这大过年的，三爷怎么跑到这佛楼上凉快来了? 这上面冷风嗖嗖，连佛爷都冻得直哆嗦呢!”

张三说：“你这小子少贫嘴，今儿个中午，荣禄这老儿抢了个闺女，又不知在干什么坏事。”

李三说：“荣禄最近死了一个爱妾，那爱妾原是南京秦淮河上的一个歌妓，荣禄爱不释手。前几日爱妾患病丧命，临死前对荣禄说，死后守在黄泉之下，孤单单一个人寂寞害怕，要找个贴身丫鬟陪着。可巧，那女人以前的丫鬟正回湖南老家探亲，听到这消息躲起来了。那女人已死了几日，荣禄又怕尸身臭了，急得无奈，于是派人在东单抢了一个正要过门的新娘子，顶替那个丫鬟给爱妾殉葬。”

张三急问：“那新娘子现在何处?”

李三支吾道：“恐怕是已灌了水银了。”

张三一听火冒三丈，劈胸揪住李三，骂道：“你怎么见死不救?”

李三带着哭音：“不是不救，论偷盗，我的功夫在京城里数一数二，可论武功，真刀真枪地干，我就差多了。”

张三说：“难道这荣府里还有什么高手?”

李三道：“可不是，荣府里去年来了一个绰号叫‘小银枪’何六的教头，是荣禄从外地请来的，住在东单西裱褙胡同。他使一双镀银的小短枪，枪法极精，人们都叫他何六爷。”

张三问：“新娘子现在何处?”

李三说：“荣禄爱妾的尸身停在淑女阁，新娘子可能也在那儿。”

二人溜下了佛楼，出了垂花门，来到后花园，穿过一丛丛雪松，上了罗锅桥。

李三一指前头：“那个楼阁就叫淑女阁。”

张三望去，在疏枝中簇拥着一个小楼，两侧有几座厢房。

二人来到楼前，张三见楼额有个金匾，上书“淑女阁”三个镏金大字，两旁有一副联子，上联是：窈窕淑女君子好逑；下联是：万贯智男佳人仗夫。

二人进了阁楼，果然见堂内有一黑漆棺木，在昏暗油灯下摆放着木人纸马，香车挽幛，屋内香火徐徐。来到左右厢房，并无那个被抢来的新娘子的踪影。这时，但听门外一阵脚步声，有个巡夜的更夫提着个灯笼一瘸一拐地走来，一边走，一边哼着淫秽的小调。

张三悄声对李三说："咱们不妨问问他。"二人掩到门后，那个更夫还未进门，一股酒气先卷了进来。张三心想：这老头大过年的还不喝点儿好酒，灌了一肚子劣酒。原来张三是喝酒的行家，凡是有喝酒功夫的人，天南地北，好酒劣酒喝过不少，所以喝酒的人只要打个酒嗝儿，他都能辨别出好劣来。

那更夫进了门，把灯笼和木鱼搁在一边，慢慢踱到棺木前，打了个哈欠，自言自语地说："大过年的，老爷们都享清福去了，少爷少奶奶们打牌的打牌，逛窑子的逛窑子，我这老么咔哧眼的也该寻个乐……"说着，费力揭开棺木上盖："哎哟，娘子，您过年好呀！老爷不陪您，我陪陪您。这小白脸好俊俏，就像是玉捏的瓷儿雕的，您活着时正眼都不瞧咱爷们一眼，那风流眼尽盯着漂亮公子哥和有钱有势的大老爷！唉！你们这些女人好势利哟！"说着扬起结满老茧的手，"噼噼啪啪"朝那女尸的脸上打去。

李三在门后听着听着，忍不住笑出声来。老更夫一听以为遇见了"鬼"，身子一软，"扑通"一声跪了下来。"少奶奶，你怎么显了灵?！我老刘头这辈子可没做亏心事呀！我就觉得事情不公平，灌了点儿马尿，才多说了这些话，您要是不爱听，那我就拿回去……"说着，磕头不止。

李三要取笑那老头，张三怕吓坏了老头，连忙止住他，闪身走了出来。

老头猛不丁看见一个壮汉出现在面前，吓得酒也醒了，连忙叫道："爷们，怎么，您是盗尸的?"

张三说："老头，您甭害怕，我们是来救人的，荣禄那老儿白天抢了个闺女在哪儿?"

老头瞅瞅外面，小声说："在荣爷的房屋里。"

这时，李三也闪了出来，问："灌了水银没有?"

老头道："还没有，荣爷还想打她的主意呢！那姑娘真是可怜，死活不肯。"

张三问："荣禄住在哪间房里?"

李三说："这个我知道。"

张三撕了一段挽幛，将老头绑在一根木柱上，老头嚷道："我可不是为这娘儿们陪葬的，你为什么绑我?"

张三道："先委屈你一下。"

老头更急了："这大过年的陪个死尸，多不吉利。"

张三不由他分说，把他的长衫撕下一块来，塞在他嘴里。老头嘴尽管动弹，可是话却连半句也说不出来。

张三“嗞嗞”两声又扯下老头的两块衫布，一块递给李三，一块自己蒙在脸上，说：“遮掩着点儿，咱们快去救那姑娘。”

李三有点儿迟疑：“那‘小银枪’何六……可是厉害。”

张三一瞪眼：“走吧！”

二人来到荣禄的房前，顺着窗户一瞧：荣禄穿一件水绿色镶黄绣团的袍子，紫红色坎肩，正在屋内焦急地踱来踱去。一个颇有姿色的少女赤身裸体正眼泪汪汪地缩在炕角。

荣禄说：“你若是随了老夫，便不让你给少奶奶陪葬，老夫纳你为第九房少奶奶，每天吃好的，喝好的，山珍海味，绫罗绸缎，宝马香车，一呼百诺……”

那少女抽泣着说：“我是有丈夫的女子，刚刚嫁了人，街里街外谁不知道？况且那婆家也是有仁有义之人，我怎能失信于人。”

荣禄说：“世上哪里真有‘仁义’两个字，‘仁义’都是文人墨客编造出来的。俗话说，人往高处走，水往低处流。你怎么不捧黄金杯，非要抱一个大屎盆！唉，真是妇道之见！”

那少女抬起头来，缓缓说：“您是有身份的人，您家里那么多俊俏媳妇，怎么偏偏找上我？”

荣禄嬉笑一声，凑到少女面前，说：“我就是俗！俗话说，宁在花下死，做鬼也风流。我就稀罕你这朵野花。”说着，用他那满是皱纹的手在少女身上乱摸……

张三在窗外看得真切，再也按捺不住，一起身，将窗棂“咔嚓”一声齐齐切断，窜了进去。他一把揪住荣禄，扬手一掌，荣禄大叫一声，昏厥于地。

此时李三也冲了进来。少女惊魂未定，在炕上“簌簌”发抖。

张三说：“我们是来救你的！”

他见那少女有些面熟，问道：“你叫什么名字，住在哪里？”

少女哭道：“我叫佳韵，家住东单栖凤楼……”

张三猛然想起，上次在西四赵家大院救的妇人中就有这个姑娘。

张三说：“你不能回家，这些恶奴是不会放过你的。你在外面还有没有亲戚？”

佳韵回答：“在天津有个老姨。”

张三搔搔头皮：“佳韵姑娘没有衣裳可怎么办？”

李三道：“没关系，我去偷。”说完，转身出门，来到三套院。

只见西厢内灯烛通明，人影晃动，李三凑过去一瞧，原来是荣禄的四房小妾在玩儿纸牌，旁边有丫鬟端茶伺候。

李三来到东厢，那房唤作漓江斋。他凑到窗前一闻，有脂粉气，知是小妾的住房，闪身走了进去。

屋内漆黑一团，伸手不见五指。李三摸索向前，先摸到一个八仙桌，又摸到一个梳妆台，再一摸，心中一喜，原来是一个衣箱。他打开箱盖，顺手挽了一个包袱，扯了几件衣裤裹在包内，往肩上一扛，抽身便走。

就在这时，只听炕下有人叫道："身手倒挺利落，只是有来无回了。"

这一句话把李三吓了一跳，头上顿时出了一层汗。

他往后急退，只见眼前一亮，一双银枪朝他脑门戳来。

他大叫一声："哎呀，不好，'小银枪'何六!"

此人正是"小银枪"何六。

原来何六刚才与荣禄的小妾们玩儿纸牌，玩儿着玩儿着，忽觉有人踩他的脚，他往下一瞧，是荣禄第七房小妾桂林春。

他看一眼桂林春，正见她含情脉脉，眼神像是在说话，小嫩嘴微微一翘。何六晚上酒喝多了点儿，心想：这桂林春一定是守着荣禄那糟老头子没什么意思了，看我何六年轻英俊，有心勾搭我，我真是有福之人，何不圆了这个梦。想着想着，觉着喜丝丝，美滋滋，也踩了桂林春一脚，借口喝醉了，离开众妾，走进了对面桂林春的房间，藏到床下，眼巴巴等桂林春返回卧房。左等右等，只听对面房内喧声不绝，就是不见桂林春的影子，他有点儿烦躁。一会儿，听见门外有轻轻的脚步声，这脚步极轻，因为何六趴在地上，才听得真切。他想：凡是女子走路极轻，却也是常理，哪里知道是李三进来盗衣。

何六的心"怦怦"直跳，他想：这尾漓江小嫩鱼就要到嘴，也该尝尝腥味儿了。可是后来他闻出气味不对，没有脂粉味，反倒是一股酸臭气。因李三夜行晓宿，长年漂泊在外，衣裳很少洗，久而久之，自然有这种气味。

何六见来的不是桂林春，而是偷盗之人，怒不可遏，于是从床下跳了出来。

原来荣禄曾云游天下，以巡视为名，特意从南京、苏州、杭州、桂林等地挑选了四名美貌姑娘为妾，各自为她们取名为金陵花、桂林春、虎丘女、西湖妹。金陵花就是近日病逝的那个女子。刚才桂林春用脚踩何六的意思是想和他结盟，在纸牌上斗倒虎丘女和西湖妹，何六却自作多情，误解了她的意思。

李三当然不是"小银枪"何六的对手，他且战且退，退到四套院时，大叫一声："'小银枪'来了，三爷快救我!"

何六正在气头上，耍起那两柄银枪上下翻飞，逼得李三大汗淋漓，一直退到四套院的屋角。

这时，何六右手那柄枪还未落下，只觉右臂一阵酸疼，不禁脱口而出："穿掌通力功，想必是'醉鬼'张三爷到了。"

张三在他身后呵呵笑道："正是。"

何六一转身，双枪朝张三咽喉戳来，叫道："今日让你也尝尝我'小银枪'何六爷的枪法。"

张三一招"狸猫上树"，跳到一边，对李三说："还愣着干什么？快带佳韵姑娘走！"

李三急忙来到屋内，见荣禄仍在昏迷。他把包袱抖开，找出几件衣服扔给佳韵，叫道："快，穿上衣服。"

佳韵穿好衣服，李三背起她，出门而去。

张三见李三背着佳韵逃走，放下心来，与"小银枪"何六认真斗起来。何六见张三的下盘功夫极好，盘腰卧腿，左右旋转，其快如电，于是专攻他的上盘。

张三自知不能久留，使出"翻掌铁裆功"中的"蹲砖千斤坠"、"铁腕钢指"等绝技，把何六逼得连连后退，又锁住何六双枪，使他无法进身。然后一招"落步栽花"，削去他的双枪。

张三笑道："相斗莫如亲嘴。"话音未落，已在何六面颊上印了一口。

何六叫道："三爷，兄弟认输了！"

张三放开他，何六跳到一边，一招"金蛇抖腰"，上了房梁，哈哈大笑道："张三，你瞧瞧你少了什么？"说完，转眼不见，笑音绕梁。

张三低头一瞧，腰内烟袋不见了，想是何六所拿。于是一抖身也上了房，举目四望，见有个黑影顺着东边一条胡同疾跑，他知是何六，大步追了过去。

那黑影朝东跑了几条胡同，倏然不见，张三影影绰绰见他好像进了一座大杂院，那院门已塌了半边，院墙颓废，房上长着一尺高的蒿草。

张三进了院，见有几个小孩子正撂跤玩耍，还有的在放鞭炮。

他看见左侧还有一个门，走了进去，这是一个小院，只有一户人家，靠北有三间房，院内放着木马、杠铃、石墩等物。

张三凑到窗前朝里一看，见炕上坐着一个瘦瘦的人，大冬天赤裸着上身，露出青筋硬肋，没有胡须，双目如电，正是东善扑营跤师"小影壁"。他正盘着腿对一个十来岁的少年说话。那少年秃脑壳，戴一个镀银的项圈。

"小影壁"对少年说："古代跤术理论家调露子所撰《角力记》中说：'人生之气犹大泽焉，平时沙弥焉，大风鼓之巨浪起，小风吹之细文生。若角力之气，中等风作波浪摇也，非适非小，大近于怒，小存于嬉，竞力既角技，非嬉非怒，此角力是两徒搏也。'记住，友三，这是摔跤的含义与风格。"被称为友三的少年点点头。

"小影壁"又说："战国之时，稍讲比武之礼，以为戏乐，而秦朝更名为角抵。到了汉代，有许多广场，表演角抵之妙戏。三国鼎足后，曹操大力宣扬角抵，除用于练兵，还列入百戏之内。在晋代相搏、手搏、相扑并称，流行于长江流域。至隋代，角抵于端门，天下奇技、异技毕集，终日演练。唐代跤术已发展到较高的水平。唐敬宗、唐庄宗、唐文宗等都喜爱摔跤，当时出现李存贤、蒙万赢、李清洲等摔跤能手。宋代，摔跤更为流行。岳飞把它用于练兵。他在雁门各关口长期抗击金兵时，遗传下来有雁门跤风。宋代的女子也可参加摔跤比赛。明代万历年间出版《万法宝全》，绘有古跤图样，摔跤已列于六御之内，为军队中心训练之艺。清朝各位皇帝均大力提倡摔跤，在领侍卫府设有相扑营，现在又改为善扑营，这是宫廷的摔跤队。”

少年插嘴说：“就是师父现在参加的善扑营。”

“小影壁”点点头：“善扑营一般设摔跤手三百多人，由八旗兵选拔而成，后来也有汉人参加，由都统、副都统管辖，下有翼长。”

少年说：“您和南城的‘小辫王’宛八爷不都是翼长吗？”

“小影壁”点点头，又说：“善扑营分左右两翼，东营在这附近的交道口南大街大佛寺内，西营在西四北小护国寺内。宛八爷在西营执教，我在东营执教。”

他喝了一口茶，又说下去：“跤手称为布库，京人又叫扑户，分头、二、三、四等，第四等是候补三等布库，满语叫搭辛密。你师叔‘小银枪’何六最近就被授予头等布库。”

张三听到这里，长吁了一口气，暗想：原来“小银枪”何六跟这里有瓜葛，何六一定藏在这儿了。

“小影壁”还在说着：“善扑营平时任京中守卫，御试武进士时充当执事。每年清帝照例去承德狩猎后，大宴少数民族功臣，在避暑山庄举办摔跤表演，并在宫中养心殿看摔跤，名为料皂。还于腊月二十九日在储秀宫中过除夕，接福迎祥宴请外客，称为客皂。清帝及各王公还经常看本营与外客摔跤。皇宫对跤手规定，许赢不许输，比赛后根据成绩予以奖励。每年正月二十九日在中南海紫光阁大宴功臣时，也要有摔跤表演，并于此日为布库拔升等级。常胜的摔跤手由皇帝赐名为御布库。”

少年问：“以前都有哪些名跤手？”

“远的不说，就说近的，乾隆、嘉庆年间有神跤、海秀二人，道光、咸丰年间有关文，同治年间有大祥子、周大惠、何五、于四虎、钩子李和倒跤虎等著名摔跤家。当今之世，有‘小辫王’宛八爷、‘小银枪’何六、二双子、陈七毛、德顺、纪四和蔡福子等。”

少年笑着：“当然也有师父您啦！”

“小影壁”笑道：“友三，我考考你，当今都有哪些跤派？各流派有什么本事?”

少年想了想说道:“有以保定为中心的保定摔跤,以北京为中心的北京摔跤,以天津为中心的天津摔跤。保定摔跤擅长用撕、崩、通等方法摔倒对手,长于以小制大。北京摔跤继承了善扑营的遗风,因为是在满人中间开展,又称为满人摔跤。这种跤法是凭借力量把对手摔倒,动作比保定摔跤缓慢,力量胜过技术。这种摔法的架势比保定摔跤的小,所以也称小架势,动作较为刚猛。‘鼻子李’李瑞东先生也精通此跤。”

“小影壁”又说:“友三,我教给你的跤术口诀记牢了吗?”

少年点点头。

“你背给我听听。”

友三将头一偏,说道:“中国跤术顶天高,技艺精湛有高招。手眼身法皆严谨,打闪纫针速进招。声东击西不厌诈,速战速决争一毫。机智灵巧反应快,见景生情讲略韬。跤衣穿好带扎紧,两者对圆风格高。雄赳姿态威风凛,扣胸紧臂尻莫翘。遍身跤劲神贯注,手尖方能出好招。搭臂瞬间查动静,斗智摸脉试盾矛……”

少年一口气背完口诀,“小影壁”点头称赞,倒了一杯茶递给他。

张三正在观望,就听“小影壁”在屋内笑道:“敢情是张三爷到了,进屋喝杯茶吧!”

张三一听,不由颤了一下。

待他进了屋,“小影壁”下炕说:“张三爷,哪阵香风把您给刮来了?”

张三说:“‘小银枪’何六拿了我的烟袋。”

“原来师弟又捅了娄子了。”

“谁说我捅娄子了?”话音未落,何六大摇大摆走了进来。

张三见他换了一身黑布衫,背后背着那双小银枪,腰里掖着的正是自己的烟袋。

他正欲说话,何六对“小影壁”说:“师兄,刚才张三口出狂言,说摔跤的打不过练拳的,什么宛八爷、‘小影壁’,一个是饭桶,一个是粪勺!”

“小影壁”一听,气得发颤,脸上红一块,白一块。

少年在一旁说:“师父,我师叔一定是喝多了,人家都说宛八爷与张三爷最要好,他怎么能贬宛八爷呢?”

何六说:“师兄,信不信由你,你瞧,人家这不找上门来了吗?”

何六为何使这招激将法?原来他看斗不过张三,所以挑动师兄“小影壁”与张三斗艺,他知道“小影壁”是直脾气,一激就起火。

“小影壁”登时变脸,说:“张三,这就是你的不对了,人家都说你神出鬼没，身怀绝技，今日我倒要领教领教。”说着上前来抓张三，就要使小得合勒跤法。

张三一闪身，“小影壁”抓了个空。

张三说：“‘小影壁’，都说你跤法变幻无穷，身如影壁，挡人有技，今日我也要观赏观赏，现在你就使功力。摔跤的讲究近身，近不了身使不开跤法，你要是能近我身，我就不在北京混了。”

“小影壁”叫道：“你可不要食言。”说着使用“声东击西”法，用双手上下来抓张三。

张三一闪身，不见了。“小影壁”左右瞧瞧，不见他的影子。

他来到屋外，只听屋内张三说话：“‘小影壁’，我在这儿呢!”

“小影壁”返回屋内，只见张三端着杯茶，盘腿坐在顶柜上，正笑呵呵喝茶呢。

“小影壁”叫道：“你好自在。”说完，一脚踢去，张三一闪身，那脚踢在墙上，掉下几块墙皮。

少年在一旁叫道：“师父，张三从窗户出去了。”

“小影壁”来到院里，四下瞧瞧，并无张三的踪迹。他走了两圈，叫道：“张三，你这酒篓子，又躲哪儿去喝去了!”

这时，只见墙沿下有个酒篓子动了动，酒篓子里传出张三的声音：“‘小影壁’，三爷在这儿磨牙呢，也不说给师父弄点儿好酒喝。”

“小影壁”疾步跑过去，正要飞脚踢那酒篓，只见那酒篓腾地弹起，张三酒淋淋飞了出来，稳稳落到房上，笑道：“这酒没劲儿，地窖里可有好酒?”

“小影壁”叫道：“咱们不带上房的，你有种就下房来!”

张三连连点头，说：“好，好!”一抖身，飘然而下，又落到一排秃秃的向日葵杆儿上。

“小影壁”暗暗叫好，上前又去抓他。张三一抖身，又落到地上。

这时“小银枪”何六跟了上来，叫道：“师兄，我来帮你。”说着，从东面来围张三，张三左突右冲，“小影壁”和何六还是抓不着他。

“小影壁”对一旁瞧着出神的少年道：“友三，来，你也来围张三。”

少年点点头，一招“燕子钻云”，窜起五尺多高，张三悄悄转身，没想被他扯下了一小块衣襟。

张三暗暗叫道：“这小子好俊的功夫，真有出息。”

此时，何六又围了上来，张三想：长久下去会有疏漏，不如先去掉一位。于是旋风般转到何六身后，在他身上轻轻一掸。何六猛觉一麻，肚子疼痛，急欲大解，于是叫一声：“我要去茅厕。”说着，提着裤子朝院后跑去。

张三见走了何六，胆子更壮，在“小影壁”和少年之间穿来穿去，穿梭间对少年格外提防。

何六来到院后一道夹道内的茅厕，正解手间，忽觉屁股一凉，伸手去摸，见有块炭迹。正在惊疑，但听张三嘻嘻笑道：“何六爷，物归原主了，谢谢你孝敬爷们，帮助爷们保存了一会儿烟袋。”说完不见了。

何六急忙去摸腰间，张三的那杆长烟袋也不见了。

他从茅厕出来，急忙赶到院内，见“小影壁”和少年仍在追逐张三，暗暗赞道：“张三真是名不虚传。身手真快。”

就在师徒三人追逐张三之时，只听院外传来一阵“咚咚”的脚步声，一个洪钟般的声音传来：“你们师徒大过年的捉迷藏玩儿啊！”

那人膀大腰圆，浓密眉毛，两只大眼睛宛若两盏灯笼，熠熠发光。

第十回 义和团北京显神威 克林德东单遭击毙

张三一见，又惊又喜，叫道："原来是宛八爷。"

来人正是"小辫王"宛八爷宛永顺。

宛八爷喜道："你怎么跑到这儿来了?"

张三把如何见到荣禄带人抢女、自己与李三荣府救人一事叙了一遍。

"小影壁"听罢，一拍大腿："哎呀，原来张三爷是伸张正义，快请屋里坐。"

一行人来到屋里，"小影壁"让少年给众人沏了茶。坐定后，他一捅何六的鼻子："你怎么偷偷跑去给荣禄那老狗当保镖，也不给我招呼一声。"

何六叹一口气："我娘病了，卧炕不起，善扑营里挣的那点儿银子不够花的，没法子，打去年就到荣府里干点儿保镖的营生。"

"小影壁"气得发抖说："你给谁保镖不成，给那个恶贯满盈的老鬼当差，你要是再待在荣府，就不要再来见我这个师兄。"

宛八爷从怀里掏出一大把银子，递到何六手里，说："做人就要做出个德性来，别让人戳后脊梁骨！你先把这点儿银子收下，给大婶子买点儿可嘴的吃，明儿个我让徒弟给你再送银子去！是不是住在西裱褙胡同?"何六感激地点点头，收下银子。

沉默了一会儿，何六说："明儿个一早我就到荣府去辞了差使。"

宛八爷一扶何六的肩膀："这就对了！咱们穷，也要穷出点儿志气来，不能做那为虎作伥的事儿！瞧人家姑娘有多惨，大过年，又结婚，本来双喜临门，没料到遭此大祸，险些为死人陪葬。"

何六脸一红，支支吾吾道："我也不知深浅，既在矮檐下，怎敢不低头。"

"小影壁"恨恨地说："师弟，贫贱不能移啊！就是刀搁到脖子上，也不能低头！"

宛八爷把话儿岔开，聊了会儿过年逛庙会的事，然后又转到善扑营的事务上。

张三望着少年，用手抚摸着他的秃脑壳，赞道："好伶俐的孩子，我看这孩子有出息。"

"小影壁"露出笑容，看看少年，说："他家姓沈，是卖外伤药和大力丸的。他小名友三，家里穷得掉渣儿，没钱学艺，整日里从天桥赶到大佛寺看摔跤。我瞧这孩子机灵、实在，身子骨儿又棒，就收他做了徒弟。"说着，"小影壁"对沈友三说："友三，给三爷表演一段。"

沈友三站到张三面前，朝他恭恭敬敬作了一个揖，说："张三爷，晚辈班门弄斧了。"说完，在地上接连打了几个"掉毛"，又稳稳地落在地上，众人齐声叫好。张三高兴地拍着沈友三的肩膀，啧啧称赞道："是根栋梁之材，好好练，有出息。"

"小影壁"说："张三爷，你也露一手让徒儿瞧瞧，如何？"

张三一摊手："当着这么多高人，我怎么能现眼。"

宛八爷道："嗨，三爷，你是我们的大哥，论岁数，论功夫都比我们高，你就露一手吧。"

张三四外看看，问："你这有西瓜吗？"

"小影壁"笑道："三爷想必是喝酒喝糊涂了，把冬天当成了夏天，这大冬天哪里来的西瓜？"

张三道："只要是瓜就行。"

"小影壁"道："瓜倒是还有一个，我存了个大南瓜放在窗沿底下。友三，你给抱来。"

沈友三应着出去，一会儿抱了个沉甸甸的南瓜进了屋。

张三接过瓜，在手心上掂了掂，又问："有香没有？"

"小影壁"从抽屉里找到一捆香，张三从中扯下一根，在油灯蕊上一绕，点燃了香，一手抱着南瓜，一手持香，说："诸位，请仔细瞧。"

他持香朝南瓜一捅，香头戳进南瓜，随即抽出，香头丝毫未损，南瓜现出一个窟窿。

宛八爷、"小影壁"、何六、沈友三瞧了，目瞪口呆。

"小影壁"连连说："三爷的功夫真是名不虚传，今日算领教了。"

几个人亲亲密密又叙了一会儿，张三告辞回罗家。刚到罗家大院，只见罗瘿公火急火燎地跑来，一把拽住张三，埋怨说："你出门也不招呼一声，这黑灯瞎火的，醉醺醺又跑到哪儿去了？"

张三听了，哈哈大笑，说："我听外头鞭炮热闹，去寻几个烟屁，真是喜死人了！”

这年春天，慈禧在一些大臣的支持下，决定利用义和团钳制洋人，于是下令放义和团进城。义和团运动很快在北京发展为燎原之势。人们结伙聚众，千百成群，择地操演，声称为助清灭洋，专与洋人教堂为难。北京邻近州县的义和团首先进入北京城内，他们把教堂围住。

五月上旬，顺天府、冀中各州县的义和团也陆续从哈德门入京，其势很大。义和团一街一坛，或两街一坛，既而一街三四坛，并以乾、坎两字为别，乾字遍体俱黄，坎则红，每团多则数百人，少则百余人。东城于谦祠内的义和团坛口是北京城里第一个乾字团，他们头包黄布，裤脚裹黄色布带，共有一百多人。到了初夏，北京的义和团坛口达到一千余处，人数达十万之多。

李存义也随义和团从天津赶到北京，直隶义和团首领张德成率领三千人义和团开进北京，并把团部设在“大刀王五”的源顺镖局。于纪闻、于云娘父女也参加了义和团和红灯照。

六月四日，英、俄、法、日、德、美、意、奥八国调四百多名洋兵进驻北京东交民巷。六月十日，英国海军中将西摩尔又率八国联军一千一百人开往北京，中途被义和团和清军打败，狼狈逃回天津。

此时北京形势剑拔弩张，义和团开始攻打教堂。各国公使把在京洋人和各教堂教士及中国教民集中到东交民巷和西什库教堂，并占领邻近使馆的肃王府和民宅，修工事，设岗哨，准备顽抗，同时袭击义和团。六月十五日，各国公使馆擅自划定使馆区，规定东交民巷、前门、南御河桥、中御河桥、台基厂、东长安街和王府井大街，不准中国军民往来，并派洋兵看守。全副武装的洋兵巡街挑衅，他们打死帅府院附近庙内的义和团众数十名。过了几日，比利时使馆又开枪打死义和团七十人，英、美、日巡逻队在一个庙里打死义和团四十六人，德国公使克林德也率随员打死义和团七人。六月十九日，清总署为避免事态扩大，照会各国公使，限他们二十四小时携眷属离京。

张三非常支持义和团，但他并没有参加。他想如果在暗中支持义和团，恐怕对其帮助更大。为了支持和策应义和团起事，他辞去马家堡把总之职，力争调到了哈德门一带任治安巡察。然后全家搬到东城洋溢胡同一所宅院居住，这个宅院是于谦祠堂的后身。

这天上午，张三上街巡察，他来到东单牌楼前，正巧遇见神机营章京恩海率队巡街，恩海向张三打招呼说：“张三爷，乔迁之喜也不请我喝二两。”

张三笑道：“有空儿你就来，我不是那种穷在闹市无人问，富在深山拒交情的人。”

恩海望着街上川流不息的义和团团民和百姓，兴高采烈地说：“老佛爷看样子要对洋人宣战了，那些洋人也甭在咱中国建教堂作威作福了！”

张三说：“咱们中国人扬眉吐气的时候到了，让洋人也瞧瞧，咱们中国人不是好惹的！”

此时，从南边急匆匆来了一顶轿子，轿夫是两个教民，后面跟着两个德国兵。一个过路的老妇躲闪不及，被撞倒在地上。

恩海见状大怒，叫道：“轿内是什么人，快停轿。”可是那轿子没有停下。恩海大步赶上，抓住轿夫的肩膀，轿子方才停下。

轿夫气喘吁吁道：“这是德国公使克林德先生的轿子。”

恩海怒声道：“轿子撞伤了人，要停下！”

这时，轿帘一掀，露出一个洋人的脑袋，他面色蜡黄，浮现骄横的笑容，正是克林德。

克林德说：“你们政府已照会各国公使在二十四小时内离京，否则不负保护之责，我要到你们总理衙门提出抗议！”

恩海说：“你的轿子撞伤了这个老妇人，你们应该带她看伤。”

克林德蛮横地吼道：“我没有那么多时间，我要赶路！”

恩海拔出手枪，厉声说：“在中国的土地上，轿子撞伤了人，就要停下来带受伤的人瞧伤。”

克林德将手一举，张三在一旁见势不妙，轻轻将恩海推到一边。

“砰！”枪声响了，克林德先发了一枪，子弹擦着恩海的耳际飞了过去，打在东单牌楼的柱子上，溅起一串火星。

恩海怒不可遏，举起手枪向轿内开枪，克林德惨叫一声，死在轿内。

那两个洋兵持枪围住恩海，但惧于神机营士兵人多，不敢开枪。

恩海大声说：“你们不要枉送性命，回去告诉你们使馆，克林德先生在街上寻衅，并首先开枪，被我神机营击毙，我是神机营章京恩海！”

那两个洋兵无奈，只得放下枪，此时抬轿的教民已跑得无影无踪，两个洋兵只好抬起轿子仓皇朝南飞奔。

张三说：“这个克林德血债累累，死有余辜，他不知屠杀了多少义和团民众。”

恩海说：“我是自卫，他拒捕遭毙，罪有应得。”

第二天，慈禧下诏宣战，并命庄亲王载勋、协办大学士刚毅担任义和团统帅。不久，义和团和清军联合作战，焚烧了灯市口东教堂、姚家井教堂等，并开始攻打东交民巷使馆区。他们很快攻占了奥地利、荷兰使馆，还宣布东交民巷改名为“切洋鸡鸣街”，因《推背图》中有“金鸡啼后鬼生愁”一语，“交民”与“鸡鸣”二字谐音，故将交民巷改为鸡鸣街。以后义和团和清军又攻占了比利时、意大利两个使馆，并从翰林院放火焚烧英国使馆，而后又攻占了肃王府家庙的敌炮台。

这天晚上，围攻东交民巷使馆区的战火暂时息了下来，由紫禁城里往外打的炮弹也停了。这一天，大炮足足发了一百四十七响，打中使馆区里兵营、馆署的不过七八发，其余的不是落在空地里，便是射在城墙上。哈德门一带的城墙，被轰得千疮百孔。

月亮升得很高，虽然没有听到乱枪的声音，可是路上一个行人也没有。无数的尸首横七竖八躺满了东交民巷附近的大街小巷，其中可见一些身穿军服的洋兵和胸前钉有“坎”字遍体红衣的义和团团民。地上大小旗帜狼藉：红色尖旗上，写着“奉旨义和团练”、“义和神拳”等；黄色长方旗上，多半写的是“助清灭洋”的字样。此时，东交民巷作战的双方都在歇息，这暂时的沉寂孕育着一场更为激烈的战斗。

而北京城里仍有几处燃着大火，被烧的是灯市口和勾栏胡同一带的教堂、洋房以及顺治门外的教堂等，老百姓们都倚门观望，脸上露出笑容，暗暗称赞这一把把火烧得痛快。

此时在紫禁城宁寿宫里，慈禧望着京城里的烛光，露出阴险的笑容。她虽是一个女人，可不是一个平庸的女人，她想利用义和团这一民众运动，一面钳制列国自鸦片战争以来的嚣张，一面巩固清朝皇室在国内日见沉落的统治。她作威作福惯了，当然不能忍受列国的欺凌，她随时随地寻觅报复的机会，因为她不仅要在中国人面前顶天立地，也要在列国洋人面前耀武扬威，成为不可一世的女皇。直到此时，她对义和团始终抱着模棱两可的态度，一面她需要利用这股力量钳制洋人，另一面她也要防止这股力量让她翻船。天津裕禄、聂士成一再传来谎报，北京端王载漪、庄王载勋、军机大臣荣禄等人的欺骗，使她感到不多用国家兵饷，利用义和团举旗攻击洋人，是一种妙策。可当她见义和团和清兵屡攻不下使馆区，心中开始暗暗着急，她该怎么办呢？

义和团进攻东交民巷使馆区，使馆区洋兵损失的兵力已达三分之一，但由于七个使馆连成一片，公推英使窦纳尔将军为总司令，联合死守，加上清廷内部有人屡屡破坏，义和团、清兵和洋兵作战处于拉锯状态。

这天晚上，张三正在家中为义和团久攻不下东交民巷使馆区着急，有人敲他的门。

张三推门一瞧，只见来人头包黄布，身穿黄衣，胸前一个“乾”字，浑身血污，左胳膊上缠着白布，吊在胸前。

张三叫道：“哎呀，原来是存义，快进屋。”

来人正是“单刀李”李存义，连日来他也参加了攻打东交民巷使馆的战斗，昨天在攻打肃王府炮台的战斗中负了伤。

李存义一屁股坐在炕上，气愤地说：“朝廷真是可恶，今日一早他们派人在北御河桥竖立‘钦奉懿旨，力护使馆’的木牌，慈禧那老贼已下旨停止进攻使馆，义和团正被调离东交民巷前线。荣禄也给清军下了命令，让他们不要猛攻。总署大臣庆亲王奕劻致函各国公使，称中国自应加派队伍，严禁团民再向各国使馆放枪攻击。我们被人家卖了！”说着，潸然泪下。

张三问：“王五兄那里不知如何？”

李存义说：“刚才听杨班侯讲，义和团一万多人和清兵包围了西什库教堂，因教堂洋兵众多，火炮太猛，已有多时没有攻下。”

张三说：“我们到那里去帮助他们。”

李存义点点头：“攻打西什库教堂的义和团指挥部就设在西四的砖塔胡同。”

西安门内天主教北堂，是一座高耸挺拔的哥特式建筑，高达三十多米，比清宫太和殿还高；顶端由一座挺秀的尖塔组成，门和窗的上部饰有用汉白玉雕成的尖拱形花边。堂内装饰讲究，共有三百六十一根巨大明柱和四十八组尖形拱肋；正面是耶稣主祭台；大堂四周有大小不一的八十扇花窗，镶嵌着五光十色的彩色玻璃。大堂后边有一座可供四百人活动的唱经楼，堂院内还有两座黄色玻璃瓦顶、红漆圆柱、斗拱飞檐、饰以彩绘的中式亭子。

北堂最早建在中海西畔蚕池口。光绪十一年，慈禧太后要修葺中南海，她顾忌坐落在此的北堂塔楼太高，人在它的顶部就能望见宫苑内的活动，因此下令让其搬迁。

北堂由法国传教士参照巴黎圣母院设计建筑，内有意大利名画家格拉迪尼的绘画。京城里除了北堂之外还有宣武门内左侧的南堂、王府井八面槽天主教东堂、西直门天主教西堂、东直门内东正教堂等著名天主教堂。北堂在此时是洋教士盘踞的重点，各国洋教士在义和团进城之前，已在堂内储存了大批火炮、弹药和粮食、蔬菜，一些小教堂的洋教士也蜂拥来此。因此虽然义和团调集了一万多人攻打这个教堂，但迟迟没有攻下。

张三和李存义先来到西四南大街丁字路口的砖塔胡同，这是北京最古老的胡同之一，创建于元代，在元、明、清三朝，是“勾栏”、“瓦舍”地带，梨园脂粉书香不绝。胡同东口有一座八角形、七级密檐式青灰色砖塔，名为“万松老人塔”。万松老人是金元两朝极负盛名的佛学大师，元代丞相耶律楚材就是他的弟子。万松老人圆寂后，人们为他建造了这座朴素别致的砖塔。这里还做过神机营所辖右翼汉军排枪队的营地。

义和团的指挥部就设在万松老人塔下的一座宅院里。张三和李存义来到院内，只见义和团团众三三两两正坐在槐荫下歇息，有的负了伤，正在包扎伤口，有的正破口大骂朝廷。

这时，有个白巾缠头的大汉从屋内走出来，张三一看，正是于纪闻，于是叫道：“于大哥，王五在哪里？”

于纪闻一见张三，喜出望外，一把握住他的手：“哎呀，张三爷，原来是你！王五爷正带着源顺镖局的弟兄与义和团一起攻打西什库教堂呢！”

张三急问：“教堂那边怎么样了？”

于纪闻叹口气：“洋人和教民仗着洋炮洋枪死守，咱们的弟兄伤亡很大。”

张三皱皱眉：“要用火攻呢？”

于纪闻道：“附近民房密集，若用火攻，肯定要殃及百姓。”

此时屋内传出声音：“原来李存义兄弟到了，快快请进。”

一个神采奕奕的中年人走了出来。张三一瞧，认出他就是直隶义和团首领张德成。

李存义赶快迎了上去，又把张三介绍给他。张德成说：“慈禧改变了主意，撤去大批攻打东交民巷使馆区的义和团弟兄，清兵又佯攻，使馆区哪里有希望能攻下来？幸亏攻打西什库教堂的义和团和源顺镖局的弟兄卖死力，要不然就垮了。”

李存义问：“攻打西什库教堂的还有多少弟兄？”

张德成回答：“不到一万人，有一部分弟兄撤去守卫广渠门了。”

张三说：“我看西什库教堂只宜智取，不宜强攻。”

张德成问：“兄弟有何高策？”

张三说：“我先到西什库教堂那里看看。”

李存义留在张德成那里，于纪闻带张三穿过几条胡同，来到西什库教堂外。这里枪声、喊杀声混成一团，教堂四周已被义和团围住，他们发起几番进攻，都被洋兵用密集的子弹阻住。

教堂正面的沙包前，王五正挥舞着大刀，指挥源顺镖局的弟兄们冲杀。一排子弹射来，几个镖师倒在地上，王五急红了眼，大声骂道：“你们这些洋孙子，有种的放下那铁玩意儿，真刀真枪地跟爷爷干！”说着，跳出战壕又朝前冲，却被于云娘拽住。

于云娘穿了一身红衣红裤，头扎红头巾，手持一口宝刀。

她叫道："王镖头，快趴下！"

教堂内又射出一串子弹，于云娘狠命扑倒在王五身上。

阵枪射过，王五揉揉眼睛，见趴在自己身上的于云娘一动不动，鲜血"滴滴答答"落在自己的脸上，知道事情不妙，慌忙来推于云娘。

只见于云娘双目紧闭，脸色苍白，额角和后背涌出了鲜血……

"云娘！云娘！"王五的叫声惊动了刚来此处的于纪闻和张三，他俩不顾一切地扑上去，但见王五抱着奄奄一息的于云娘缓缓走来，鲜血染红了王五的裤子。王五的眼泪扑簌簌落在于云娘脸上、身上。

于纪闻扑上去，大声叫道："云娘！云娘！"他伸手抢过自己的女儿。

于云娘似乎感觉到了父亲怀抱的温暖，吃力地张开了眼睛，嘴角露出几丝微笑。她喃喃地说："爹……把女儿埋到黄土高……原……"话未说完，双臂无力垂下来，停止了呼吸。

于纪闻发疯般地把于云娘放下，然后抽出宝剑，大喊着："杀洋毛子！杀洋毛子！"朝教堂扑去。王五恐他有失，也一挥刀奔了过去，义和团弟兄、源顺镖局的镖师们也潮水般地涌了过去。

张三抱起渐渐冰冷的于云娘的尸身，眼泪"刷刷"地落了下来。

多么好的回族姑娘，她正在青春年华，正是蓓蕾初绽的时节，却离开了人世。她没有享受过母爱，没有享受过人世间的爱情，就这样悄然逝去，临去之时还怀恋着黄土高原之上的故乡……

于纪闻、王五等人终于冲破了洋教士设置的铁栅，冲到第一排持枪射击的洋兵面前，洋兵惊惶失措，嗷嗷乱叫，与于纪闻等人厮杀。

王五接连砍倒两个洋兵，看见于纪闻被一个洋军官缠住，一个洋兵躲在沙包后面向他偷偷射击。

他大吼一声，扑了上去，一刀削落了那个洋兵的脑袋，然后又旋风般来到于纪闻面前，一刀捅死了洋军官。

于纪闻杀得眼红，一跃而起，又朝前冲去。

他跃过了壕沟，来到短墙下。

这时，在教堂东墙的一个洞口伸出一支洋枪，法国武官恩利保录端枪瞄准了于纪闻。

于纪闻拼命攀上了短墙，几个教民在他宝剑的攻势下纷纷逃窜。

"砰，砰，砰！"枪声响了，罪恶的子弹射中了于纪闻的胸膛，他摇晃了几下，倒下了。

王五在后面看到于纪闻中弹倒下，赶忙来到义和团大炮阵地，抱住一门唤作“无敌大将军”的大炮，愤怒地发炮。第一发炮弹掀掉了大堂的三个尖顶，第二发炮弹正打在法国武官恩利保录躲着的东墙内，恩利保录惨叫一声，被炸得血肉横飞。

王五连发炮弹，张三在炮声中冲上前去把于纪闻的尸首抢了回来。

众人见于纪闻父女俩牺牲，非常悲痛，大家把他们的尸体送到牛街清真寺，按照回教礼俗，由阿訇为他们沐浴、祈祷。之后，王五让源顺镖局的两个镖师送他们的灵柩回了宁夏故乡。

王五和张三等人这几日都没有吃好饭，他们都为于纪闻父女俩落泪，又苦苦思索着攻打西什库教堂为他们父女俩、为许多牺牲的义和团弟兄报仇的办法。据王五说，西什库教堂的主教樊国梁在义和团进京前，就曾秘密给法国公使写信，请求公使派兵前往北堂保护。他更几次亲赴公使馆请求派兵，有一次干脆坐在公使馆门前，声称不派兵就不走。当时仅从城内外躲进西什库教堂的教士教民就有三千多人，法使馆还派了法国武官恩利保录率领三十名法兵开入北堂守卫。之后樊国梁又请来意大利水兵十名，加上外国传教士，西什库教堂共有七十多个全副武装的洋人。法兵在西什库大门两侧各置枪眼六口，日夜守备，又派教徒沿着西什库教堂周围墙根深挖壕沟，以防义和团埋地雷。他们还在内堂构筑短墙，在外墙之内，以木板搭架，挑选青壮年教徒六百人，手持花枪，守卫四周要塞。

义和团为攻教堂在其四周设立了大炮阵地，在东边旃檀寺前的空地上、南边惜薪司胡同口、西安门城楼上，都安有以杉木为架的大炮；在北海南门、西皇城根、北皇城处，也安有大炮，纷纷轰击教堂。同时，义和团还向教堂发射土火箭，在火箭尾部系上传单，上面写着：“只将樊国梁交出，余皆无罪”等内容，并有捉拿洋人的悬赏条款。

王五还告诉张三，教堂内的粮食奇缺，前几天一个洋兵头目率领士兵刚冲出教堂到外边搜寻食物，就被义和团打得抱头鼠窜，那个洋兵头目也中弹身亡。昨天又有一个洋兵头目出来寻粮，结果被打伤眼珠。教堂周围的居民也积极协助义和团，断绝对教堂的粮食、蔬菜等食物供应，同时捉拿教堂中外出寻粮和求援的人，送交义和团惩处。但清廷内部却一直有人和洋人眉来眼去，时而派人向教堂送菜送粮，时而又催促义和团拼死攻打，要紧关头却又不供给义和团急需的军火等物资，同时又指使部属寻找借口屠杀义和团首领及士兵。清军虎神营翼长那成轩，将发给义和团的火药混进粗纸灰；清军步兵统领阿捷臣，无端诬陷义和团一个精通炮术的神炮手是奸细，杀害了他。此外还命令清军在攻击西什库教堂时，用木头当炮弹，放空炮，佯装进攻，以蒙骗义和团。正是这些导致了义和团数万人轮番攻打区区西什库教堂长达六十余天，而久攻不克，反而白白牺牲了众多的优秀战士。

王五说到这里，声音嘶哑，一拳擂在桌子上，将茶杯震碎。

张三喟然长叹说：“怪不得几万人攻打这么一个小小的教堂这么费劲儿，原来是这么回事。咱们堂堂中国坏就坏在窝里斗上，洋人一来，蹦出不少小汉奸，哼，真该让他们上西天！带几个弟兄挖个地道进去，先探探虚实，然后埋些地雷把教堂炸它个大翻个儿!”

王五喜形于色，说：“这倒是个好办法。”

第十一回 埋地雷炮轰西什库 发兽性洗劫北京城

皎月高照，繁星眨眼，炎夏的北京城没有一丝风，天热得发烫，草打着卷儿，蝉儿不肯歇息，依然扯着嗓子苦鸣。西什库教堂此刻寂静得连零零碎碎的枪声也消逝了。这时，在教堂的北面沙包后出现几个人影，原来是张三正带着几个义和团弟兄挖地道，挖了十余尺，遇到了壕沟。

张三等人跨过壕沟继续朝前挖，又挖了一百多尺长，他们琢磨着已挖到了教堂祭台东侧。

祭台三面皆有汉白玉栏杆绕护，台的正中及左右有三起台阶。教堂正面有长一丈二尺、宽四尺多的汉白玉一方，镌刻着耶稣像。大堂正面两旁，有中国式黄亭各一座，内藏中国皇帝圣谕石碑。堂中明柱三十六楹，皆是美国运来的桧木。柱基石皆为汉白玉，柱顶俱镂菘菜叶形，玲珑可观。堂之正身，有十二个双尖洞牖，高约三丈，蔽以五色烧花玻璃，灿烂夺目，有几处已被炮火击碎。祭台雕镂精致，金碧辉煌，正祭台外又有九座配台，油漆描金，也很艳丽。

张三正在观望，忽见祭台一侧躺着十几个人，他悄悄朝台上走去，走近一瞧，那些人面黄肌瘦，原来是饿死的教民。由于教堂内粮食奇缺，除了洋兵保证供应外，其他人只得吃马料、树叶，因而饿死的人日益增多。

这时，教堂门“吱扭”一声开了，张三慌忙躲到台后，只见一个身穿黑色教袍，胸佩十字架的修长老者面容憔悴，步履艰难地走了进来。他缓步来到耶稣像前，微闭着浑浊的双目，扬手哭道：“主啊！请你救救我们这些忠实的奴仆吧，我们弹尽粮绝，没有援兵，面对刀枪不入的拳匪，无可奈何。主啊！西什库教堂的主教樊国梁向你祈告！”

张三一听，心头一震，心想：原来他就是主教，正是天赐我良机，捉拿这个老贼，为于家父女和牺牲的义和团弟兄复仇。他转念又一想：我先戏弄一番这个老贼，取个乐，岂不快哉？

想到这里，张三飘然上了祭台，躲于台后，扯着嗓子粗声粗气地说：“我是神明的主，我体谅你们的虔诚，我知道你们没有了食物，你们可以互相吃大粪，因为这是主赐予你们的天屎！”

樊国梁听了，大惊失色。他朝上瞧瞧，还是那个耶稣像，还是那个祭台，他感到恐惧，恐惧得心“怦怦”跳，脸上、脊梁骨冒虚汗，腿打战儿，又加上连日失眠、紧张和疲惫，他的神经有点儿错乱，他发疯般地大叫：“主来了！主下来了！主拯救我们来了！主的奴仆们，快来啊！”他这一叫，引来了许多洋兵和教民。

张三见势不好，三蹦两蹦从祭台上下来。

“有拳匪！”几个洋兵发现了他，举枪朝他射击。

张三一招“偷身换影”，跳进洞口，洞下几个义和团团民迎了上来。张三道：“快引爆地雷。”没想到几个洋兵跟着跳了下来，张三挥刀砍倒最前头的一个洋兵，然后朝后撤来。那几个义和团团民有点儿慌了，扔下地雷就跑。

张三顺手拾起几个地雷，跑了几步，搁在地上，待洋兵追近，张三一抬手，几支飞镖飞了出去，前头的一个洋兵中镖倒下，挡住了后面的洋兵。

张三趁势点燃了地雷引线，然后朝后跑去。

“轰！”一声巨鸣，地雷引爆了。由于偏离教堂大堂，只有上面的仁慈堂被削平，数十间房屋被震塌。睡在仁慈堂内的二百多名教民全被炸死。此时，一直守候在教堂外面的义和团趁机再次发起猛烈的攻势。

教堂内副主教林懋德带领残存的洋兵和教民武装顽固抵抗，由于工事坚固，清军大炮没有配合，义和团发起的这次袭击又没有成功。

这天下午，义和团大首领张德成把王五和张三请到屋内，他说：“攻打教堂的炮弹都光了，神机营又不肯给，我想请你们二位去找庆亲王奕劻，请他拨一些炮弹过来。”

王五问：“庆亲王现在哪里？”

张德成道：“听说是在赛金花那里，赛金花就住在东城土地庙下坡三号。”

王五说：“我认识这个地方，那里离我的新家很近。”

王五和张三走到土地庙下坡时，已是晚上，他们远远地看到一乘官轿，打了四盏宫灯，由半副仪仗领着路，匆匆而去。

义和团和清兵布在街上的岗哨看到宫灯上的红字：“庆郡亲王”，都知道是奕劻的大驾，便没有查问。

轿子来到一座华丽的住宅前，这才缓了下来。一会儿，轿子抬了进去，门便霍地关上了。

漆黑的一条冷静胡同，仍旧归于漆黑冷静。

这是一幢漂亮的小洋楼，被梧桐树和海棠花掩盖着。轿子在前厅停住，庆亲王奕劻走了下来，他看到碧绿的纱窗上透出来的灯光，露出轻松的笑容。

两个丫鬟赶紧打起了素青色的湘帘，把他让了进去。游廊里吊挂着花草，大瓷花架上摆着珠兰。架上的一只鹦鹉，鼓起了嘴巴，提高了喉咙，一口地道的京腔，叫了起来："赛二爷，赛二爷，有客来了，有客来了。"

"用不着你多嘴!"娇音婉转，早有一位打扮得极其素净的丽人儿笑吟吟迎了出来。她头发梳得油亮，身穿一件宝石蓝的衫子，宽袖口上镶着金丝，下身一条水绿色镶鸳鸯图案的裤子，蹬一双彩蝶儿贴面的小粉鞋。

"今儿来晚了些，让你久等了。"奕劻小声说。

"没有什么。"赛金花把他扶到客厅的沙发上，然后把沏好的茶递过去。

奕劻接过赛金花递给他的一盅杭菊茶，呷了一口，往凉榻上一躺。一个小巧玲珑的丫鬟递上手巾，让他自己抹着汗，然后站在凉榻的后面为他掌扇，另一个丫鬟立在旁边装水烟。

奕劻吸了一口，把一股白烟喷到赛金花脸上，她趁势一躲，坐到奕劻身边。

"老佛爷好像改变了主意。"赛金花问。

"可不是，老佛爷有点儿后悔了，后悔不该放义和团进京城。本来想利用他们钳制洋人，没想到偷鸡不成反倒蚀了一把米，洋人的大军就要到了。"

"大批洋兵进了城怎么办?"赛金花有点儿忧郁地盯着那只宜兴小茶壶，又抓了一把雀舌、几朵杭菊，放在壶里。

奕劻的脸上浮起了一层轻薄的微笑："那你们这些女人还不得犒劳三军。"

赛金花生气地打了奕劻一个巴掌："你尽没正经儿的，那我可怎么办?"说着站了起来。

奕劻用三角眼瞟了一下赛金花扭动着的屁股："你周游过欧洲，见过德皇，又会德语，洋兵还能亏待了你?大不了重操旧业!"

就在这时，奕劻的保镖进来传话："有两个义和团团民要见你，说有要紧事情。"

奕劻不耐烦地一摆手："什么要紧的事情?老爷今晚没工夫，明天再说吧。"

"不行，这事非常重要。"话音未落，王五和张三已走了进来。

奕劻打量了他们一眼，问道："你们是哪里的义和团?"

王五说："我们是攻打西什库教堂的义和团，炮弹没了，大首领张德成要我们找你要炮弹。"

奕劻眨眨眼睛："老佛爷已下旨不让你们攻打教堂了，八国联军几万洋兵已经开到北京城外了！”

“哎呀！火！火！”赛金花忽然嚷了起来。外面真的起了火，在这内室里能看到很旺很亮的火苗，好像只隔了一道墙。原来这是中了八国联军的炮弹起的火。

中国的京城失守了！日、德、奥、意、俄、法、英、美的八国联军，在一九〇〇年（庚子）年八月十四日（阴历七月二十日）的黎明攻进了北京城。

第二天清晨，慈禧携光绪皇帝在清宫侍卫尹福、李瑞东等人的护送下仓皇逃往西安。

数万名洋兵涌进北京城，大肆屠戮义和团团民和百姓，火烧了庄王府，仅聚集在庄王府的义和团殉难者就有一千七百余人。

八月十七日，联军统帅部作出决定，特许军队官兵在北京城里公开抢劫、奸淫三天！

天坛斋宫，这个祭天的神圣之地成为美英军队的统帅部，数千中国妇女被关押到这里，在圜丘坛上任洋兵蹂躏。

清宫禁卫军早已仓皇逃走，义和团团民大部战死，只有张德成率领的少数义和团部队撤出了北京城。

张德成在临走时再三劝王五外出躲避一下，以后再图大业。但王五摇头说：“大丈夫宁可立着死，绝不苟且偷生，我不能眼看着同胞遭屠杀。”他坚持留下来率领镖师与洋兵进行英勇的斗争，保护源顺镖局所在的西半壁街一带免遭浩劫。

程廷华等武林高手也隐匿在花市一带，与侵略军展开游击战。

此刻张三也暂时躲在家中，以治安巡察的身份掩护义和团转移，并设法保护无辜的百姓。

在义和团的突围战中，张三的好友杨班侯手持大刀冲进敌阵，一连砍杀数个洋兵，然而逐渐寡不敌众。在危急之际，他运用太极提放功夫，气一提，身子腾空而起，两足轻巧地踏到一个洋军官坐的马屁股上，手起刀落，把洋军官砍下马，自己驱马朝通州退去。没想到半路里又杀出洋兵马队，把他盯住，紧追不舍，他被迫退入林中。

洋兵马队连放几排枪后，见毫无动静，便派几个洋兵下马朝树林中搜去，可是过了一袋烟的工夫，这几个洋兵都没有回来。于是洋军官立即命令放火烧林。火势倚仗风势，烈焰腾空，映红了半边天。杨班侯不知生死。

张三这几天心情非常沉重，他一生中从来没有如此沮丧过，眼看同胞遭受屠戮，他从心里流血。他所居之地每日都能听到女子的惨叫声。八国联军攻占北京后，焚毁了于谦祠内的义和团神坛，把于谦祠堂所在的西裱褙胡同，作为他们关押、蹂躏中国妇女的处所。裱褙胡同的西口，竖立了铁栅栏，有洋兵把守，防止妇女逃逸。裱褙胡同东口为出入之路，也有洋兵守卫。八国联军官兵入内游玩，随意奸宿。

这天早晨，张三带着几名兵勇跟在一个德国兵巡逻队后面巡视，街上满目疮痍，不时见死尸横卧路上，张三满腔悲愤，心想：这些狗日的八国联军，早晚我要收拾它几个！

这一队人走进东单土地庙下坡的一个豪华的小洋楼，带路的汉奸“小胡子”说：“这里八成窝藏有义和团的余匪。”

德军少尉当即掏出手枪，闯进院里。

张三也跟在后面。

小楼的院内古木参天，翠荫笼盖，花繁径曲。

这时，只见赛金花身着粉色旗袍走了出来。

德军少尉一见赛金花，魂飞天外，上前就要去抱她。

赛金花操着熟练的德语问：“你是哪个部队的？叫什么名字？”

少尉一下子愣住了，问：“你怎么会说我们德国话？”

赛金花嫣然一笑：“我还见过你们的德皇和俾斯麦首相呢！”

少尉一听，慌得松开了手：“真的？”

赛金花又用德语说：“你们的统帅瓦德西将军跟我是老朋友了，我们在欧洲时很要好，我这里还保存有瓦德西将军送给我的名片。”说着，她从怀里摸出一张精致的名片。少尉接过去一看，上面果然有瓦德西的名字。

少尉立即给赛金花敬了一个军礼，说道：“对不起，打扰夫人了，我回去一定禀报瓦德西将军。”

这时，那个小胡子汉奸挤了上来，对少尉耳语说：“旁边那院里有一个花姑娘。”少尉朝赛金花又敬了一个礼，带人退了出去。

小洋楼住宅的隔壁是个四合院，东屋的黎家有个闺女正当豆蔻之年，这时还在睡梦之中。

德军少尉一脚踢开房门，姑娘顿时惊醒，见洋人立在床前，吓得浑身乱颤儿，忙用被子蒙了脑袋，把被角压得紧紧的。

德军少尉见姑娘眉清目秀，云鬓蓬松，香腮似雪，不由魂摇神荡，满脸淫笑，伸手把被子往下一拉，露出姑娘仅穿着的大红兜肚。

德军少尉一看，又惊又喜，把手枪往腰里一掖，张开毛茸茸的大手，就在姑娘身上乱摸。

姑娘蜷缩起身子，惊恐地喊叫着，向床角躲去。

德军少尉兽性大发，将姑娘抱到床边，就解军裤。

张三在门外看见，不由得怒火中烧。他跑进屋内，向德军少尉一脚踢去。德军少尉吃了一惊，撒开姑娘，回头一看，原来是一名中国巡警，不禁勃然大怒，掏出手枪，“砰”的一声向张三打来。

张三一闪身，子弹从他耳畔呼啸而过。

“砰”，德军少尉又放了一枪，张三又灵活地躲过。

德军少尉大为惊讶，他平生还未见过这样的避弹绝技。

张三往前一纵，窜到德军少尉跟前，一把抓住他右腕，只一攥，德军少尉“啊”的一声，翻身跪在了地上。

张三眼中闪烁着不可遏止的怒火，举起右掌，就要向德军少尉砸下去。

但他转念一想：现在是八国联军的天下，我如若打死了他，自己难脱干系事小，洋人恼怒起来，不仅会给姑娘家带来不幸，而且附近的老百姓都要遭殃，我不能莽撞……他的手举到半空又停住了。

这时，德军少尉用左手从衣兜里摸出一只哨子，“嘟……嘟……”吹了起来。

不大工夫，一群德国人呼啦啦跑了进来。

为首的是一名上尉，他用手枪对着张三，“哇哩哇啦”地叫喊。

张三知道是问他为什么打德军少尉，便放开少尉，指指已经钻回被窝的姑娘。

德军上尉走到床边，掀开被角看了看，姑娘又浑身哆嗦地乱喊起来。

联军统帅部曾有规定，为报复义和团和清军官兵的反抗，八月十七日至十九日特许官兵公开抢劫、奸淫三天，一律不问罪，三天之后不准公开抢劫和奸淫中国妇女。

上尉见此情形，已知就里，为了维护表面军纪，伸手打了那个德军少尉一个耳光，然后将他带走了。

一行人出了这个院落，又来到对面的一个院落，继续搜捕义和团团民。

张三看着那个小胡子汉奸走在后面，刚要迈进门槛，上前将他肩膀一扳，低声道：“你跟我来!”

小胡子见他怒气冲冲，不敢不听，战战兢兢问：“三爷，你叫我干啥?”

张三厉声说：“你跟我来就是了。”

小胡子随他又走进刚才那个院落，来到黎家姑娘的房间，那个姑娘惊魂未定，正在穿衣服。

张三问：“你为什么还不逃走?”

姑娘说：“街上尽是洋人，我怕。”

张三又问：“你家里还有什么人吗?”

姑娘泪汪汪地说："只有一个老父亲，昨天上街买菜，被洋兵杀了。因为父亲扛着一根扁担，洋兵还以为他是义和团的余党。我只有躲在这间屋内，不敢离开一步。我每天都听到邻近的西裱褙胡同里那些姐妹哭天喊地的悲号，真是害怕极了。"

张三说："不要害怕，每天晚上我让我孩子给你送饭来，你最好有一个躲避的地方。"

姑娘说："在这屋子的顶棚倒有一个藏处。因为昨日听到姐妹哭叫，睡不着觉，直到天明才蒙胧睡着，没想到洋兵闯进来了，没有来得及藏进顶棚。"

张三将小胡子扯到姑娘面前，姑娘睁大了眼睛，仔仔细细盯着他，然后她的目光落在了他的脚上。只见小胡子穿的两只鞋不一样，一只鞋是新的，蓝布面，另一只鞋是旧的，青布面，沾着泥土。

姑娘转身从屋里摸出一只鞋，这是一只男人的鞋，也是新的，蓝布面，跟小胡子的那只新鞋一个样。

顿时姑娘泪如雨下，扑到张三的怀里，抽噎着说："他昨天晚上来这里污辱了我，我抓住了他这只鞋……"

张三圆睁双目，怒斥小胡子道："怪不得今天一早就带洋人来这里……"

小胡子吓得筋酥骨软，"扑通"一声跪在地上，嘴里喊着："三爷饶命!"

张三一把提起他，当胸一掌击去，这罪恶累累的洋奴才，立刻耷拉下脑袋死了。

张三对姑娘说："本来我是带他向你赔罪的，没想到他还污辱过你。"

姑娘跪到张三面前，感激地说："大叔，您真是我的救命恩人!"

张三连忙扶起她："每一个有血性的中国人都应该这样做。"说完，背起小胡子的尸身，出了屋门，来到后院。他见那里有个废弃的茅厕，就把尸身往茅厕里一丢，又推倒了一面墙，将尸首掩住。

张三收拾了汉奸小胡子，仍然怒气不止。

他想：刚才那德军少尉决不会善罢甘休，我须先下手为强，于是又朝前追去。

他走出喜鹊胡同，走过芝麻胡同，终于又追上了那伙洋人。

他远远地瞄着。时近正午，机会终于来了。他见那德军少尉又单独闯进了一家院落，便很快地跟了进去。

这是一座空旷的院落，人早就躲光了。

张三神不知鬼不晓地到了那德军少尉的身后，猛出一掌闪电般击在他的后心。那少尉连喊都没来得及喊一声，"咕咚"倒在地上，口中涌出鲜血。

张三把尸体拖到后院。原来这个胡同叫四眼井胡同，由于此院有四眼古井而得名，张三来过这里，所以知道后院有井。

他把尸体扔进一口井里，俯下身往里瞧了瞧，这时只听有人唤他："张三爷，我在这儿呢！"

张三回头一瞧，另一口古井里伸出一个脑袋，原来是李存义。

张三又惊又喜，连忙扑过去，问："存义，你怎么躲在这里？"

李存义吃力地说："我受伤了，没有撤出城，本想去找你，来到这里，正见洋兵追捕，才躲到此处。"

张三扶着李存义上来，见他的胸前有一片血迹。

李存义说："我饿坏了，有吃的没有？"

张三说："你先等着。"

他回到洋溢胡同家中胡乱裹了一包袱窝头，又夹了几个咸菜疙瘩。

张氏问他："你这么火急火燎的，又去哪儿？"

张三说："李存义受伤了，就躲在四眼井胡同，我先去给他弄点儿吃的，晚上再想办法把他弄到咱家。你给他腾出一间屋子。"说完，出了家门，又来到四眼井胡同那个院落。

李存义吃了张三拿来的窝头，来了气力。

张三说："今晚我把你先带到我家，等你养好伤再送你出城。"

李存义点点头，接着叹一口气："这次咱们败得真惨，上了慈禧那老贼的当。从天津来的八国联军虽有几万人，可咱们的军队和义和团比他们多十几倍哪！人家洋枪一开，咱们的人马就散了，慈禧带着光绪皇帝逃走了，可这里的老百姓遭了大殃。"

张三也黯然失神地叹道："我就不信咱中国人打不过外国人，八国联军进了北京，这可是北京人的奇耻大辱啊！好端端的天坛，那是皇上祭天的地方，却架上了洋人的大炮，成了洋人寻欢作乐的地方。天安门的石狮子啊，你睁开眼睛瞧一瞧吧！"张三说着说着，"呜呜"地哭起来。

李存义劝道："张三爷，留得青山在，不怕没柴烧，咱们把眼泪擦干了，以后重整旗鼓再跟他们干！"

晚上，张三把那个德军少尉的衣服剥了下来，让李存义穿上，乘着天黑，混过了洋兵的耳目，来到他的家中。

张氏已把西屋收拾干净，让李存义住了进去，又请了对门一个姓遇的老中医为他包扎了伤口。

过了一个多月，李存义的伤势有些好转，张三和张氏露出了笑容。

这一天晚上，李存义来到张三的屋里，说：“我每天听旁边那条胡同的中国姑娘哭叫，心都裂了，咱们不如想个办法救救她们。”

张三说：“我也琢磨好几回了，只是想不出个好办法，就是把她们从洋人的魔爪下救出来，又往哪里藏呢？要知道她们不是一个两个，而是几十人哪，北京城门守得那么紧，这么多姑娘怎么能混得出去？”

李存义问：“现在城内还有多少弟兄？”

“死的死，逃的逃，听说‘眼镜程’、王五还在城里，只是听不到他们的音讯。”

张三沉吟一会儿，又说：“实在不行，我去请几个朋友帮忙，他们虽然不是义和团的，但确是靠得住的朋友。”

李存义问：“都有谁？”

张三说：“宛八爷、‘小银枪’何六、‘小影壁’，他们都是善扑营的跤手。现在不知道他们躲在何处，我想他们不会出城。”

这时，只听窗外有人朗声道：“当然不会出城。”

张三吃了一惊，赶忙出屋，正见宛八爷“噌噌”地走来。

张三笑道：“说曹操，曹操就到。”

宛八爷说：“张三爷，我正来找你喝闷酒，没想到碰到这么一档子事。你们商议救人之事，我都听见了，我能再请一些善扑营的弟兄帮忙。救走的妇女可以先藏在东总布胡同的白衣庵里，那里有一些尼姑，洋人一时还不敢放肆，能藏上百人。你想这么多洋兵，也不可能总赖在北京城里不走，朝廷肯定又会赔许多白花花的银子。等洋人一滚，妇女们再出来。”

张三将李存义介绍给宛八爷，说：“事不宜迟，明天夜里咱们就动手。”

宛八爷问：“守卫西裱褙胡同的洋兵有多少？”

张三说：“我早已细细观察过，有五十多人，都是德国兵。白天来此奸宿的可就多了，少说也有三四百人，晚上守兵和奸宿的估计也有一百多人。洋兵一到晚上一般不敢出来，怕遭了暗算。这里是于忠肃祠堂的后身，从这院里越墙过去，就是于忠肃祠堂，然后就到了西裱褙胡同。一些妇女集中关在祠堂里，看来咱们只能救这里的妇女，其他零散的妇女可就没有办法救了。”

李存义说：“能救多少救多少，不过这样一来，你这里就暴露了，你的家眷要马上转移。”

张三叫过张氏，把救妇女和让家人转移的意思说了，张氏连声说：“救苦难姐妹出虎口，我一百个赞成，明天一大早我就带孩子们躲到马家堡亲戚家去。”

张三说：“喜鹊胡同小洋楼东边的大院东屋顶棚上还藏着一个姑娘，今儿个白天险些让洋人糟蹋了，你一会儿给她弄点儿吃的，明儿也给她带出去。”

张氏说："我现在就去看她。"说着进厨房去了。

张三说："事不宜迟，我马上去找'眼镜程'和王五，明日晚上就动手。"

张三来到哈德门外花市上四条"眼镜程"开的"程记眼镜行"，只见店铺狼藉，尘土飞扬。他来到里院，不见程廷华踪影，正要返身归去，只听有人轻轻唤他："张三爷，张三爷。"

张三回头看去，空墙颓壁，不见人影。抬头一看，枣枝被风吹得"飒飒"直响。

他来到墙前，又听有人叫他："三爷，我在这儿呢。"

张三再一抬头，正见程廷华笑吟吟立于屋顶之上，威风凛凛，手握一柄春秋宝刀。

张三一纵身也上了屋顶，低头一瞧，屋顶有一洞口，原来下面有一段宽三尺的夹壁墙，墙内放着食物、杂柜，有两个瞭望小孔。这是程廷华为防匪患特意建的藏身之处。

程廷华笑道："三爷无事不登三宝殿呀！"

张三啐口唾沫："你这鸽儿笼子似的一块地儿，还称三宝殿呢，别气我肝疼了。"

程廷华说："三爷这巡察当的好威风啊！"

张三说："你别嘲讽我，我有急事找你。"当即把合伙救妇女一事讲了。

程廷华说："我一定参加，只是再找别的兄弟就难了。攻打东交民巷使馆失利后，弟兄们死的死，逃的逃。我一直和孙禄堂等人在这一带偷袭洋兵，三天前大家跟俄兵巡逻队干了一仗，都打散了，也不知道孙禄堂他们躲到何处，失去了联系。"

张三说："你一个人去帮忙就行，明晚到我家会齐，还有李存义、宛八爷等人，夜里三更动手。不过，你们八卦掌师兄弟还有谁能找到？"

程廷华说："大师兄尹福为慈禧和光绪帝保驾到陕西去了，别的弟兄不知下落。"

张三说："你去就行，我再去找王五。"

一提到"王五"二字，程廷华的眼泪"刷刷"地流了下来。

第十二回　东河沿王子斌就义 河泊厂程廷华牺牲

八国联军进北京后，“大刀王五”带领源顺镖局的弟兄们转入地下，神出鬼没地与洋兵展开斗争。他劝慰邻里们说：“有我王五在，就不允许洋鬼子到这里来横行霸道，你们不要怕。”西半壁街一家姓石的人开的店铺被俄兵抢劫，王五听说后，率领镖师奋不顾身与俄兵厮杀，手杀数十人，保护了石家转移。阴历九月初三，由于邻居混混儿的告密，大批德兵和俄兵包围了源顺镖局，正在后院商议抗敌的王五和四位义和团首领被围在里边。经过一场血战，他们未能突围，终于被捕。当王五被押解行走在大街上时，他对路旁的老百姓高呼：“大丈夫不能报效祖国，以死殉国无憾!”

他们被捕后，被送到设在前门打磨厂的德军司令部里，受到严刑拷打，但是无一人屈服。

王五的妻子王章氏听说赛金花与八国联军统帅瓦德西有交情，便找到赛金花请她设法营救王五，但也无济于事。不久，王五等人被枪杀于前门东河沿。

王五就义时安然端坐在一个木椅上，脸对着德兵的枪口，面不改色，一字一顿地对德兵说：“真正的中国人，都是有骨气的，你们杀了我王五一个，但是杀不尽千千万万个中国人!”

德兵们连开了三次排枪，王五才倒在血泊中。

围观的百姓没有一人不垂泪。

王五的妻子王章氏和养子王少斌闻讯后，悲恸欲绝，按照回民的习惯，把王五安葬于北京西三里河回民公墓。

张三听完程廷华这悲壮的叙述，不禁昏厥过去，醒来时已躺在程廷华屋内的炕上。

程廷华咬牙切齿地说：“中国要不是一盘散沙，他们洋人能一个个耀武扬威地开进来吗？朝廷引狼入室，酿成国祸，以至如今不可收拾。义和团几十万亡魂是不会闭目的，王五大哥也不会闭目，血债要用血来还！”

张三点了点头。他缓缓起身，来到窗前，望着那皎洁的月亮，喃喃自语：“你瞧这月亮有多干净，多明亮，可是这大地上满是鲜血啊！这血迹斑斑，将写下洋兵的滔天罪恶，也将写下中国人的反抗和呐喊！”

傍晚，程廷华把那柄春秋宝刀擦得锃亮，藏于长袍之中，走出家门到洋溢胡同去找张三。走到河泊厂胡同，迎面过来一队德国巡逻兵，他们见程廷华膀大腰圆，神采奕奕，起了疑心，非要搜身。

程廷华知道自己难脱虎口，未等德兵近身，“呼”地亮出春秋宝刀，一道寒光，两个德兵的脑袋“骨碌碌”掉在地上。

德兵们看到这情景都惊呆了，没等他们明白是怎么一回事，程廷华又挥舞春秋宝刀，“噗噗”捅倒两个德兵。然后，他一招八卦绝技“脱身换影”，纵身一跃，跳到河泊厂胡同四十六号院的房上。就在他欲向另一个房屋的屋顶跳过去时，德兵的一阵排枪把他射倒。程廷华身中数弹，血染屋顶，壮烈牺牲。

张三和李存义等人等了多时，未见程廷华到来，非常焦急。此时，宛八爷、“小银枪”何六、“小影壁”带着善扑营的十几个跤手也陆续到齐。

已是三更半夜，张三说：“‘眼镜程’是讲信义的朋友，他一定出了事，咱们不要等他了，立刻救人吧。”

李存义等人也同意，当下让“小影壁”带两个弟兄留在张家策应，张三、李存义、宛八爷、何六等人越过于忠肃祠的后墙来到祠内。

祠内有个法兵正在放哨，张三悄悄绕到他身后，一掌结果了他的性命。宛八爷等人来到北面的奎光阁，探头一瞧，这是个两层小楼，里面关满了被押来的女子，足有七八十人。这些女子不敢高声啼哭，只是默默地落泪。她们精赤条条，正围着几个火盆取暖，有的面色焦黄，瘦骨嶙峋，一看便知道是穷人家的女儿；也有的丰腴肥美，云鬓散乱，一看便知出身显贵或官宦之家。木桌上的神龛中还供着于谦牌位，上呈“热血千秋”四字匾额。原来法兵一是为了奸淫取乐方便，二是生怕她们逃遁，三是唯恐她们自缢，因此索性剥光了她们的衣服，但在这寒冷的冬天，又怕她们冻死，便在屋内生了火盆。

宛八爷找到张三，问：“这些女子都光着身子，怎么带出去呢？”

张三说：“我去找衣服。”说着他来到东厢，只见屋内亮着红烛，一个法兵军官正俯身剥脱地上一个中国少女左手手指上的翡翠戒指。

那少女奄奄一息，双眼微睁，手里还攥着一件华丽的兜肚，兜肚上绣着鸳鸯戏水的图案。一串珍珠被挣得断了线，一粒粒地洒了一地，到处乱滚。她身体微胖，但很有风韵，好像是个出身官宦之家的女子。法兵军官从她那半僵的纤纤玉指上剥脱了好一会儿，竟剥脱不下来。他索性顺手抄起一柄刺刀，切断了少女的那根手指，终于取下那枚碧绿的翡翠戒指。

张三冲了进去，一掌打翻法兵军官，趁势骑了上去，左右扬手，打得他脑浆溅出。

他一回头，见那旁边屋内密密麻麻堆满了女人的衣饰，有的被扯得破烂，有的沾上了血污；有绫罗绸缎，也有布衣麻片。

张三招呼李存义过来，让他盯着前院的洋兵，然后和何六等人把衣服抱到奎光阁里。

那些妇女看见他们进来，有些慌张，三五成群地挤成一团。

张三和蔼地对他们说："姐妹们，我们是来救你们的，你们快穿好衣服，暂时先转移到白衣庵去。"

那些妇女听了，有的激动得哭了，有的战战兢兢地穿衣服，也有的对张三他们说："大哥，这些天我们可遭罪了，这些狼心狗肺的兽类，哪儿有这么糟蹋女人的，谁家没有女人?!"

一个贵妇人模样的女子穿好衣服走过来，对张三说："咱们中国兵怎么都是吃闲饭的？人家烧了咱们北京城，咱们就不能烧他们的白宫、冬宫?"

还有一个姑娘哭诉道："他们还把两个怀了孩子的姐姐开了膛。"

张三守在于忠肃公祠的后墙下，看着所有妇女翻过了院墙，才叫过李存义，两个人最后跳过墙。一行人出了洋溢胡同东口，悄悄过了闹市口，来到东总布胡同的白衣庵。"小影壁"等人早已跟白衣庵的住持月朗法师打了招呼，一行人鱼贯入庵。

尼姑们把这些妇女安顿在后院地窖内。

这时天已微明，宛八爷、"小影壁"、何六等善扑营的人先从白衣庵后门溜了出去。

李存义想离开北京到直隶沧州朋友家，张三听了不甚放心。

李存义说："我的伤已好，活动自如，可以出城了。"

张三道："城门口都查得很紧，不如在白衣庵内先住一天，晚上再翻墙出去。"李存义有点儿犹豫。

月朗法师说："张三爷的话有道理，存义兄弟不如先住一日，晚上我送你出城。"

张三因惦念程廷华，于是辞别了众人，出庵而去。

张三来到花市四条，远远看见许多洋兵包围了河泊厂，正在挨个搜查过路行人。他急忙进了四条胡同，询问了一个掩门观望的老人，那老人告诉他程廷华就义的经过，张三听了如巨雷轰顶，眼前一黑，扶住了院墙。

短短几天，张三连失两个好友，怎能不使他悲痛呢？他是一个不易动感情的刚直汉子，多少风风雨雨，沟沟坎坎的岁月，他默默无声地忍受着贫寒和痛苦。流离失所，忍饥挨饿，遭人奚骂，他没有流过泪；苦练功夫，头破血流，筋骨受伤，他也没有流过泪。可是如今失去了这两个亲如手足的朋友，他的眼泪簌簌而落。

“大刀”王子斌，一个多么豪爽刚直的汉子！他开朗的笑声仿佛还响在耳边。有一次张三的孩子得了重病，可他手头拮据，没有那么多钱请医生。王五听说后亲自送来五百两银子。王五走镖，有时请张三帮忙，两人同床而卧，促膝谈心，共剪窗烛，互诉甘苦。

“眼镜程”程廷华，真是一个功夫高超的硬汉，他英俊潇洒，喜欢说俏皮话。张三平时进城总愿意到“程记眼镜行”喝上两盅，两个人举杯论英雄共演轻功绝技，各显身手，好不亲热。有一次张三到“程记眼镜行”未遇程廷华，听说他在通州武馆授艺，于是又冒雪风尘仆仆赶到通州与程廷华会晤。程廷华的妻子怀有身孕时，买不到鸡蛋，张三便从家中端来沉甸甸的鲜鸡蛋。可是如今这两位好友都英勇牺牲在侵略者的洋枪下，一位端坐椅上，面对侵略者枪口，慷慨就义；一位受朋友之托，赶来营救火坑中的妇女，与侵略者拼搏，牺牲在乱枪之中。

白天张三躲在一个朋友家，晚上他又来到河泊厂，他要为程廷华报仇。此时河泊厂一带人烟稀少，也无洋兵。他一打听，才知道包围此处的洋兵也在下午撤离。刚才程廷华的亲属已把他的尸首搬走。张三三步并做两步赶到“程记眼镜行”，可是里面空无一人。

张三又赶到前门大街。他两眼茫茫，望着那熟悉的店铺，寻觅着往日的繁华。鳞次栉比的店铺早已关门，街上行人稀少。他来到西半壁街源顺镖局。镖局的匾额已无踪影，镖旗旗杆也被拦腰折断。张三上前去拍那紧闭的大门，一会儿，传来“踢踢蹋蹋”的声音，一个白发苍苍的老头开了门。

张三问：“王五家还有什么人吗？我是张三。”

老头用呆滞浑浊的老眼上上下下打量了张三，吃惊地叫道：“哎呀，是张三爷，您身子骨还结实？王五死后，这镖局已经关闭，镖师们各奔他乡，王五的养子王少斌跟他娘王章氏逃到乡下去了。”

张三问：“那个叫混混儿的还在附近住吗？”

老头一听，几颗残存的牙齿咬得铿铿地响：“他呀，向洋人告密，害了王五爷，眼下得了一笔银子，整天泡在八大胡同妓院里。”

张三来到珠市口大街上，天宇缀满繁星，如细碎流沙铺成的银河斜躺在青色的氛围中。月亮无精打采地露出苍白的脸庞，它仿佛不愿窥望这羞辱的古城，时而躲到厚厚的云层中，有时用那幽冷怜惜的目光，映照着疏松的树枝和凄凉的街巷。忽而，似在天末那边，传出残庙微弱的木鱼声。

张三沮丧地在街上走着，盲目地走着，任冰冷的风侵袭着他修长瘦弱的身躯。他已三天未沾一口酒了，目前只有酒能使他清醒，使他恢复理智，使他振奋。这时，一股黄酒的飘香传了过来，他抬头一看，猛然想到梁振圃开的黄酒馆。

黄酒馆已经关门，张三一纵身上了房，见那南房还有亮光，他一个“倒挂金钟”吊在屋檐上，往里一瞧，这一瞧吃惊不小，险些掉下房来。

这时，屋内亮烛忽地被人吹灭，紧接着几个人跳了出来，此刻张三已飘然落地，叫道：“‘小辫梁’！我是张三。”

那前头的一个壮汉正是“小辫梁”梁振圃。原来八国联军侵占北京后，清廷官吏大都逃命，刑部大狱里的犯人借机炸狱逃跑了，梁振圃也扭断镣铐跑了出来。此刻他逃到黄酒馆，先与弟子李国泰等人团聚。

张三听了梁振圃一番叙述，担心地说：“你不能在北京久留，还是到乡下躲一躲吧。”

梁振圃说：“我们正商议如何出城呢，我要到冀县老家去隐居。”说到程廷华、王五殉难，大家非常悲伤。

梁振圃叫人摆上酒席，张三早已饿乏，闻到这香甜美酒和菜肴，狼吞虎咽地大吃大喝起来。

梁振圃气呼呼地说：“我原以为咱们中国的地头蛇可恶，没想到那些洋兵比这些地头蛇还可恶，拿咱们中国人不当人。”

李国泰说：“白天听一个朋友说，慈禧已派了李鸿章和奕䜣与洋人议和，商议赔款的事。她还下令将义和团‘严行查办，务尽根诛’。八国联军和清军在北京、天津一带已开始镇压义和团。前一段，我听人说，有几百名义和团团民攻下怀柔县城，占领了县衙，杀了知县。”

张三听了，高兴得一拍大腿：“那一定是张德成大帅他们干的。”

叙了一会儿，张三又问向洋兵告密的混混儿的下落。李国泰告诉他，混混儿一直住在八大胡同甘雨楼内，与妓女打得火热。张三报仇心切，他辞别梁振圃等人，一人朝甘雨楼走来。

已是夜半，北京，这古老的城市，像银色河床中的一叶浮萍，漂泊游离，夜风中带有些腥味。一些雪白的纸钱飘飘扬扬抛向空中，给北京城更增加了悲哀的气氛。张三来到八大胡同甘雨楼，只见静寂无人。原来八国联军进北京后，到处烧杀淫掳，妓女们也怕丧失性命，纷纷逃散。

张三正要往出走，听见有间屋里传出鼾声。他走进去一瞧，正见混混儿搂着一个妓女睡觉。原来甘雨楼鸨娘临走时将钱财埋在一口缸下，恰巧被这个妓女撞见。八国联军进北京后，这妓女躲在一个亲戚家，一伙奥兵饿狼般闯进其家，打死了那个亲戚，将她轮奸，临走时还在她肚子上扎了一刀。她忍着伤痛进了甘雨楼，自己寻了些伤药，又偷出鸨娘藏的那笔钱财。因为她不知道外面形势如何，不敢妄动，便一直躲在甘雨楼后院。

混混儿向德兵告密后，王五被捕，他一直怕源顺镖局的人报复，便携了钱财跑到八大胡同寻妓女取乐，没想到撞见了这个妓女，二人合计好一起逃走。可是带一个女人上街又不妥当，于是便暂时躲在此处偷生。

张三一见混混儿，不禁怒火中烧，拔出刀来，一刀剁下了混混儿的脑袋，扯过一件衣服裹了搭在肩后，一溜烟出了甘雨楼。

张三往西北走，来到西三里河回民公墓。在公墓一侧，他终于寻到了王五的坟墓。那墓碑崭新，墓前放着花圈，还有残存的香火。

张三把混混儿的人头扔到王五墓前，跪下来，哭道："子斌大哥，张三祭奠你来了，害你的混混儿已被我除掉了！子斌大哥，你死得英雄，死得壮烈，死得光荣！你是武林的楷模，是武术界、镖局的师表！你在九泉之下瞑目吧！"说着，痛哭不已。夜风抽打着张三的身子，把他的哭声吹向四方。松林飒飒而响，仿佛发出轻轻的叹息。夜更深了。

张三因惦念李存义，第二日下午又赶到东总布胡同白衣庵。白衣庵建于明永乐年间。当时有个吏部尚书的女儿叫慧贤，她自幼博览群书，尤其喜爱佛教典籍，平时又常到北京的广化寺烧香请愿，结识不少僧人。之后云游天下，见那普陀山、五台山、九华山、峨眉山风景秀丽，禅声梵语不绝，十分羡慕，遂起了出家之心。慧贤先在五台山出家为尼，后因念家人，又回到北京。她向当时的官吏、喇嘛、僧尼和教徒募捐修建了这个白衣庵，从此以后便香火不断，直至今日。

白衣庵有大雄宝殿、伽蓝殿、钟鼓楼及云堂、厨库、寮房等，佛龛背后有一幅极为名贵的壁画，是明代一些名画家所绘。前院有一座明万历九年甲子冬至太监们立的楞严经幢，幢上记载着瓦匠、石匠、雕花匠、妆銮匠、戗金匠、捏塑官、画官等的题名。大雄宝殿前有一口高六尺交龙纽的大铜钟，钟身下半部铸有五百多位建庵助缘人的姓名，钟身上半部和钟内铸满经咒。后院有一个慧贤堂，堂内供奉着第一任住持慧贤的泥塑。

月朗法师告诉张三，李存义在昨日夜里已安全出城，到沧州去了。受难妇女们还在，只是粮食比较困难，已派人到智化寺募粮去了。因为智化寺离禄米仓很近，八国联军进北京之前，禄米仓的大批粮食已被转移到智化寺的地窖内，以防被洋兵抢劫。

张三又问："刚进城那阵子，庵内的姐妹没有遭到危险吗?"

月朗法师叹一口气："庵内值钱的东西都给洋兵抢走了，几十个姐妹躲在地窖里，只有我一个人在上面望风。洋兵们进来时蜂拥而上围住了我，正当他们动手动脚时，有个军官走了进来。他可能有点信佛教，阻止了洋兵们的无礼行为。"

张三与月朗法师叙了一会儿，便走进大雄宝殿。皎洁的月光泻在殿内壁画上，壁画上画有观音、文殊、普贤三尊菩萨像。中间的水月观音，半身裸露，肩披轻纱，胸佩璎珞，肌肉柔美，表情温和。她微笑着坐在莲花彩座上，背后立着善财童子。文殊、普贤菩萨服饰华贵，仪态万方。文殊骑着白象，手持红拂；普贤握着宝项，骑着白鹿。天上飘着美丽动人的飞仙，地上在云烟缭绕中隐约而现牡丹、月季、菩提、芭蕉等。画面神气缓缓，祥云团团，满壁风动，栩栩如生。

张三看得呆了，伸手去摸画上的芭蕉。

"不能乱动。"一声吆喝，一个年轻尼姑款步走了过来。

"哟，原来是张三爷!"话音方落，"咯咯"的笑声又起，宛若银铃。

张三细看这尼姑，活泼泼的，秀媚的双目，飞波流盼，瓜子脸，弯弯的双眉，嫩腻腻的薄脸皮，态度爽朗。

"怎么，张三爷，真是贵人多忘事。罗瘿公家对酒吟诗，难道忘了吗?"张三仔细一看，原来是王金亭的女儿王媛文。

张三惊得张大了嘴巴："你怎么跑到这儿来了?"

王媛文嘴一撇，俏皮地说："勉入尼庵暂栖身，我这是缓兵之计。"

原来王媛文有个姑姑住在附近，八国联军入北京后，她正在姑姑家，没有来得及跟父亲出走，于是混入白衣庵，藏在地窖内。刚才她和白衣庵的尼姑到智化寺运粮，回庵后看见了张三。

王媛文说："张三爷，你跟宛八爷等人救出西裱褙胡同的被囚妇女，此事已轰动京城。可是如今在天坛还关押着上千妇女，这事可怎么办?"

张三说："天坛驻扎着大批美兵和英兵，还配有大炮，如果没有相当的兵力，是无法救出那里受难的姐妹的。"

王媛文说："我倒有一个主意，就看三爷有没有这个胆量?"

张三盯着王媛文问："你有什么好点子?"

"联军统帅瓦德西近日跟名妓赛金花打得火热，正住在中南海的仪銮殿里，因为瓦德西的统帅部就在那里。你要能说动赛金花，劝她说服瓦德西放了天坛被囚的中国妇女，岂不是做了一件大好事。”

张三想了想，说：“我见赛金花那婆娘风骚得很，未必能帮这个忙。”

王媛文笑道：“那就要看三爷的手段了。”

更已深，夜已沉，北京城归于一片沉寂。此时已是初春时节，天下起细雨，忽晴忽落，把空气洗得清凉、温馨。北京的四合院里，桃花开得最早，淡淡的粉色在风雨里摆动，发出声响，像哭泣，像叹息，又像是哭诉，好像柔弱的小姑娘，打扮得简单而秀气，却有满腹的委屈事。大街小巷，杨柳的柔条很苦闷似的聊为摇摆；灰色的云好像懒婆娘的围巾，遮住了皓皓明月。冬雪早已消融，光裸、潮湿、温暖的土地从雪衣下面袒露出来，满怀着希望。它休养了整整一个冬天，希冀着不再看到人世间的恐惧，充满了新生的渴望。但是一阵阵沉重的皮靴声，仿佛踏在它的胸口上，使它战栗，而雨水也就是它的泪水，从屋檐上像珠帘似的滴落下来，在地上叩出清脆的声响。

中南海内，也同样发出这样的声响。在金代这里是离宫的西园，叫西华潭。元世祖忽必烈迁都后，改建中都城为大都城，这里成了皇宫的西宫。明人改为太液池，又称金海。清代，南海、中海、北海，统称为西海子，列为禁苑。中海与北海以金鳌玉桥为界，中海与南海以蜈蚣桥为界。慈禧重修西苑竣工，中南海成了她听政游乐之所。仪銮殿位于中海西门内，建于光绪年间，是慈禧的寝宫。八国联军侵入北京后，联军统帅瓦德西将此地作为统帅部。晚读轩主人曾有诗曰：“十年紫陌逐芳尘，眼底风光日日新。一曲霓裳天上乐，后宫闲熬白头人。”

张三绕过洋兵的重重哨所，来到仪銮殿前时已是很晚。他倚着窗口朝里一望，只见赛金花身穿薄薄的湖蓝色旗袍，斜躺在沙发上，脸上涂着重重的脂粉。另一沙发上，有个五十多岁的德国将军叼着雪茄正与她交谈。

张三想：那个德国将军一定是瓦德西了。

赛金花轻佻地一跷腿，说：“瓦德西先生，想我们在欧洲相会时，你滔滔不绝，絮絮不休，纵论世界风云，使我都听呆了。”

瓦德西扔掉烟头，顺手拿起一串鲜灵灵的荔枝，往嘴里塞了一颗，说：“我不过是小题大做，是想讨你的欢心，邀你这个东方美人跳舞。我与你相处的那段时光，使我终生难忘。”

赛金花嫣然一笑，用纤纤玉手拢了拢秀发：“现在咱们这段时光难道不能使你神魂颠倒吗?”

瓦德西说：“战火中偷情，心情总是不能安宁。你别看联军在北京城里作威作福，其实一看到你们中国老百姓那一双双充满仇恨的眼睛，我就从心里发抖。我是一个喜欢历史的军人，要知道，没有任何一个民族，一个国家是靠武力征服的！我远离家乡，远离亲人，远离祖国，来到东方征战，感到落泊、凄凉、寂寞，没想到今生今世在北京城里能再次见到你。那天，那个军官向我报告说在一座小楼里遇到一个会说德语的中国贵妇人，我一时没想到是你，我从没有听过赛金花这个名字，我记得那时你的名字叫傅彩云。”

赛金花“咯咯”笑得更响了：“曹梦兰、傅彩云、萧兰兰、赛金花、赛二爷都是我。我问你，你那时只是一个普通的军官，怎么当上了统帅?”

瓦德西得意地从一个抽屉里拿出一个锦盒，那锦盒精致漂亮。他打开锦盒，里面现出一个东西，上面刻着“帅笏”二字。

瓦德西笑道：“还不是靠我心毒手狠，作战勇敢，杀人如麻，德皇才把这个帅笏授予了我。”

赛金花凑上前去，把那帅笏放在手心里掂了掂，赞叹道：“还是金的呢。”

瓦德西把帅笏放进锦盒，又装进抽屉内，嘻嘻笑道：“时间不早了，咱们在慈禧这龙床上再睡个好觉，明日一早我还要召开联军统帅会议，商议接受慈禧赔款之事。”说着挽着赛金花那雪藕似的双臂，来到床前。

赛金花脱下湖蓝色的旗袍，露出粉白如酥的身体，她风度翩翩地转了一个圈，如醉如痴地说：“我一生最爱的就是你这种出类拔萃的军官。我在欧洲的那个舞会上第一次见到你就心旌摇荡，不能自持，但命运使我们刚刚邂逅就分离了，没想到如今又遇上了你……”

瓦德西听到这里，被深深地感动了。一踏上中国的国土，他的心就发抖，他生怕埋在这古老陌生的国家。看见他的士兵杀死的那一个个尸首，面对那一双双充满仇视的眼睛，此时此刻，他是多么需要一个懂得西方语言和生活方式的女人的宽慰啊！他张开双臂，情不自禁地抱起赛金花，在屋内兴奋地转着，转着。猛地，他像扔小鸡一样把她扔到龙床上，然后像恶鹰一般凶狠地扑了上去……

张三此时已来到仪銮殿西侧的一个神厨，他想放火，趁乱盗走帅笏，以救天坛妇女。没想到刚进神厨，只见一个人影一闪，紧接着烈焰飞腾，已有人放火。火仗风势，风助火威，不一会儿，映红了半边天。

仪銮殿内龙床上，正在鱼水共欢的瓦德西和赛金花顾不上穿衣服，赤裸着身子从床上滚下来。瓦德西抱起赛金花，从窗口跳了出去……

这时，一队队洋兵闻讯赶来，有的救火，有的救人。

瓦德西抱着赛金花急忙避到旁边的紫光阁内。瓦德西猛然想起帅笏，忙叫洋兵去抢。

洋兵们冒险闯进仪銮殿，打开抽屉，帅笏已经不见。

第十三回　重获帅笏叹服信义　同病相怜饮酒论诗

仪銮殿的这把火，烧死了一名德军提督。瓦德西和赛金花侥幸活命，惊魂未定，暂住紫光阁内。

瓦德西丢失了帅笏后，焦虑不安，觉得在德皇面前不好交代，在七国统帅面前也丢了面子。故这几日他没有出门，每日与赛金花在园内借酒浇愁。

这一天晚上，瓦德西和赛金花正在紫光阁内长吁短叹，床下猛地爬出一个人来。赛金花见这人高高的个子，穿一件黑布褂，有些面熟，不禁吓了一跳，慌忙躲到瓦德西身后。

瓦德西伸出手就要掏枪，却被来人那柄宝刀横在脖颈上。那人掏出一个锦盒，正是装有八国联军帅笏的那个锦盒。

瓦德西叫道："你别杀我，你要什么我给你什么，我藏的金银财宝价值连城。"

来人呵呵地笑道："我不但不杀你，而且还要把这只锦盒还给你。"

瓦德西一听，身子一软，瘫倒在地上，磕头如捣蒜："你要什么财宝？"

来人缓缓道："我只有一个请求。"

"是什么？"瓦德西和赛金花几乎是异口同声。

"让你下一道命令，放了关押在天坛的妇女，让她们安全出城。"

瓦德西连忙点头道："我一定照办。"

来人道："如果你明日放了那些妇女，那么这个锦盒就会在明日晚上出现在你的办公桌上。"

第二天，瓦德西果然下了一道命令，让驻扎在天坛的美军和英军释放了那些受难妇女。妇女们下午便陆续出了北京城，晚上瓦德西在紫光阁附近埋伏了重兵，他决心抓住那个使他大为羞耻的中国人。

紫光阁在宝光门北，明武宗时叫平台。台高数丈，上建黄顶小殿，左右各四间，覆盖黄瓦。接栋稍下，覆以碧瓦，南北垂接斜廊。悬级而上，面若城墙壁，下临射苑以观射，此处以后又称紫光阁。每年五月明代皇帝在此观龙舟，看御马监勇士跑马射箭。明代诗人文征明曾专门写诗颂道："日上宫墙飞紫埃，先皇阅武有层台。下方驰道依城尽，东面飞轩映水开。云傍绮疏常不散，鸟窥仙仗去还来。金华待诏多头白，欲赋长扬愧不才。"清代沿用紫光阁旧名，在门前种植桃杏，芳香满园。康熙年间，每逢八月十五在此召集二旗侍卫大臣比武论剑，"队引花间人，镳分柳外催。"乾隆年间，清兵南征北战，屡战屡捷，乾隆皇帝便在阁内绘功臣图，刻御制诗。以后每逢正月十九日，清代皇帝便邀集群臣进紫光阁，设宴款待，炫耀武功。

瓦德西在紫光阁两侧及阁内埋伏了神枪手，又在射苑内布置了火炮，专门等候张三。

时值夜半，仍然见不到张三到来，瓦德西有些困倦，便携了赛金花到紫光阁寝宫内。他先令卫兵搜查了整个寝宫，并未发现可疑的迹象，桌上也未见到那个锦盒。

瓦德西心想：我是被那个人骗了，他见天坛的妇女已放，怎么还会把帅笏还给我呢？如此失信的人到处都有。恍惚中他倚着赛金花睡着了。

一阵香风拂来，那是园中红杏的清香。瓦德西从梦中醒来。他揉揉惺忪的睡眼，只见赛金花已睡在一边，嘴里说着梦话。他招呼了几声，两个卫兵悄然而进。

"发现那个人了吗？"瓦德西问。

卫兵回答："什么动静也没有。"

瓦德西瞅一眼桌上，啊，桌上放着那个锦盒。他欢喜若狂地扑过去，把它放到胸口，颤抖着打开了盒盖，只见那颗金灿灿的帅笏端放其中。

他脸一红，暗自叹道："天下竟然还有这么讲信义的中国人。"

原来张三并没有走远，他在仪銮殿顶凿了一个窟窿，躲进天花板中。白日他听见洋兵向瓦德西报告已放了天坛被囚的妇女，但因见瓦德西在周围布置了重兵，一直没敢出来。

半夜里，张三撕下一根布条，将锦盒系好徐徐放在寝宫内的办公桌上，然后溜之大吉。

张三救了天坛被囚妇女后，心中宽慰许多，可是如今他却无家可投。由于张三的宅院也被洗劫一空，这几日他变换衣装，夜行晓宿，时而宿在荒庙，时而宿在王府一隅，躲避着洋兵的追捕。他想起"大刀王五"、"眼镜程"程廷华、于纪闻、于云娘父女俩以及杨班侯等好友，也想到了张策、李存义、李瑞东、尹福等见义勇为的武林朋友，还想到了宛八爷、“小影壁”、“小银枪”何六等跤场上的朋友。不禁感慨，天底下像我张三这样的人不计其数，他们有的慷慨就义，青史有名；有的默默而死，未留姓名；有的背井离乡，参加反抗黑暗的斗争；有的受尽屈辱，勉从虎穴暂栖身。我遇到的这点儿挫折和困难又算得了什么呢？

这天晚上，他走到什刹海岸边。虽是春日，什刹海已失去往日魅力，湖水默默地淌着，仿佛有话说不出来，也不回头，只一个劲儿往前赶。天又下起潇潇细雨，远远望去，那王府院、四合院、店铺、古庙等被雨遮掩，变得朦胧了，只有几处高点儿的宫院殿宇，露出了些微的青黛。银锭桥孤零零地横在那里，露出淡青色的可爱的清新。烤肉季的门紧紧地闭着，没了生气，只有那旗帜在风里飘展，在雨里闪耀。

雨不停地落着，张三近前的桃树、梨树上，都发出淅淅沥沥的雨声。湖面上荡漾着无数密密麻麻、闪亮的小小圆涡，湖边的芦苇上缀满了晶莹闪动的水珠。雨水顺着张三的衣衫、头发流下来，扑到他脸上，好像扑粉一样。他感到一阵凉意。

他来到鼓楼大街上，望着在雨中战栗的鼓楼，想起了大年初一烤肉季的聚会。

罗瘿公，这个文采翩翩的才子，此刻他在干什么呢？

借着微弱的烛光，他摸到罗瘿公的家。走进那熟悉的院落，觉得死一般的沉寂，往日幽雅、宁静的气氛失去了，一切都是乱糟糟的，衣物狼藉。显然，这里也没有逃脱洋兵的洗劫。

张三颓然走进他与罗瘿公饮酒的房间，只见灰尘满壁，杂乱不堪。

他正欲离去，忽见西墙壁的书柜一移，露出罗瘿公的脑袋：“张三爷，原来是你？”

张三定睛一瞧，正是罗瘿公。

罗瘿公把书柜移开，跳了出来。他形容憔悴许多，身穿一件满是尘土和油污的青布袍子。

他咯咯一笑：“咱们真是同病相怜，想不到张三爷也是这么寒酸，破衣破帽，瘦骨嶙峋。”

张三苦笑了一下：“原来你躲在这里，怎么没出城呀？”

罗瘿公正色说：“这是我的家，我的国，我的国和家在这里，我为什么要出去。”说着把书柜挪开，露出一个洞口。

他笑道：“这是我们罗家的藏书室，没想到现在倒有了用场。我白天就躲在下面看书，晚上才出来。”

张三随了他下去，只见是个十来尺宽，四十来尺长的地下室。四壁摆满了书柜，空间有个临时搭起来的木床，床前有个硬木茶几，茶几上摆着几瓶酒，小碟儿里的花生米都蔫儿了。

张三坐到床上，床“嘎吱嘎吱”响起来。

罗瘿公哭丧着脸道：“人生有酒须当醉，一滴何曾到九泉。我也不问你近日的遭遇，你也甭问我近日的遭遇，咱们同舟共济。你就住在我这里，这个地方无人知晓。”

张三问：“那吃什么呀？”

罗瘿公指着墙角的两口缸：“我存了两缸的玉米面，咱们熬粥喝，就是没有蔬菜，不过也凑合了。”说到这儿，他的眼睛泛出光彩：“这几日我读了不少议论喝酒的著作，又长了不少见识。”

“是吗？”张三来了兴致，刚才的凉意一下子全消失了。

罗瘿公“咕嘟嘟”给张三倒了一大缸子白酒，自己干脆拿瓶子喝。

张三道：“没有下酒菜，有榛子、核桃没有？”

罗瘿公说：“厨房有不少山核桃，可是崩崩硬！”一会儿，他把一篮子山核桃拿了来，张三捡了两颗大个儿的，崩崩两声，都捏碎了。两个人共饮。

张三酒喝多了，脸越发青白。罗瘿公喝了几口，小白脸红得像灯笼。

张三说：“这些日子你都瞧了哪些喝酒的书，给咱扯一扯。”

罗瘿公说：“先说一段诗仙李白的故事，他的作品至少有六分之一谈到饮酒。他隐居时饮酒，求仕时饮酒，得意时饮酒，失意时饮酒，宾朋相聚时饮酒，独自一人时饮酒，有钱时饮酒，无钱时典当什物还要饮酒，暮年甚至将悬在腰间的心爱宝剑摘下来换酒喝。他在给妻子的《赠内》诗中写道：‘三百六十日，日日醉如泥。虽为李白妇，何异太常妻。’他做客他乡时写的《寄东鲁二稚子》诗中有‘南风吹归心，飞坠酒楼前’，仍忘不了酒。人们称他‘醉圣’，他自称是‘酒中仙’。他死于急性脓胸症，也有酒精中毒的原因。”

张三说：“后人也有说李白穿着锦袍，坐着小船在采石江中游玩，傲然自得，旁若无人，因为大醉，到水中捉月而死。”

罗瘿公说：“总而言之，他的死都与酒有关。后人写李白的志、传、诗文集作品，都说到他与酒的缘分，如‘沉湎至尊之前，啸傲御座之侧’，‘夜郎归未老，醉死此江边’，‘李白斗酒诗百篇’。另外，杜甫喝酒好像也不亚于李白。他从十五岁起就是一位酒豪，以后也是‘得钱即相觅，沽酒不复疑’、‘朝回日日典春衣，每日江头尽醉归’、‘径须相就饮一斗’，直到‘数茎白发那抛得，百罚深杯亦不辞’、‘浅把涓涓酒，深凭送此生’，真是死而后已！他的死，据我考证，可能也与酒有关。大历五年，杜甫避难到耒阳，被大水所阻。后来县令在大水中找到了他，并送去酒和牛肉，以示慰问。杜甫吃了变质的牛肉，加上喝了酒，以致中毒而死。虽说杜子美之死，也有说是吃饱了撑死或是淹死的，但都不否认杜甫嗜酒的事实。”

张三又捏开一个山核桃，往嘴里一送，三嚼两嚼，咽了下去，说：“我听说唐代有不少文人喜欢喝酒。”

罗瘿公缓缓地说：“杜甫在《饮中八仙歌》中，除了李白，还提到七个才子。书法家张旭，相传他在大醉之后，呼叫狂走，而后落笔，或以头发濡墨而书，酒醒以后自己看了也觉得写神了，他的草书叫狂草。人们称李白的诗、裴旻的剑舞、张旭的草书为三绝。有个叫贺知章的官员呼李白为‘谪仙人’。有一次与李白饮酒，贺知章竟解下身上配饰物金龟换酒，使李白念念不忘，曾写下‘金龟换酒处，却忆泪沾巾’的诗句。曾任左丞相的李适之，很喜好宴请宾客，常常与人夜里饮酒，白天仍照常办事，他的酒量很大，杜甫形容说：‘饮如长鲸吸百川’。焦遂据说口吃，说话不清楚，可是喝醉酒后，高谈阔论，声音响亮。还有美貌潇洒的‘举觞白眼望青天’的崔宗之，‘道逢曲车口流涎，恨不移封向酒泉’的李琎，‘醉中往往爱逃禅’的苏晋等。白居易有一篇《酒功赞》说：‘吾尝终日不食，终夜不寝，以思无益，不如且饮’，意思是说饮酒比吃饭更少不了。贾岛常在除夕取一年所作诗歌，祭之以酒肉，说‘劳吾精神，以是补之’……”就在这时，只听上面有瓦罐破碎的声音，仿佛还有人在走动，罗瘿公脸吓得惨白，手指也哆嗦起来。张三贴壁听了听，悄悄来到洞口，轻轻地搬开书柜。

原来是一只大猫叼着一条鱼跑进屋来，正躲在床边嚼着，张三叫一声：“是只猫。”扑了上去。那只猫见有人来追，丢下鱼，窜出了屋子，张三也追了出去。

大花猫“噌”地上了房，飞快地跑着。张三将腰带一紧，顺着竿子，三爬两爬也上了房顶。他紧追不舍，脚踩在房瓦上一点儿也听不见声响。一直追了三个院落，张三猛扑上去，如同老鹰抓兔子一般迅速，猫“喵喵”叫着，成了他的俘虏。

张三抱着大花猫，笑眯眯的，仍踏着房脊回到罗家房上，纵身跳下，如一片树叶轻轻落地，脸不红，气不喘。

此时，罗瘿公也走了出来，说：“张三爷真是好身子骨，比猫还灵哩!”张三笑了笑说：“捉猫、抓雀、逮兔子是我小时候的游戏。”

他把大花猫抱进地下室，罗瘿公说：“你还挺喜欢小动物。”

张三用脸亲着猫说：“这只猫也怪可怜的，你瞧它瘦骨头，以前怕是一只富贵猫，赶上这动乱年头，也受了不少委屈，它的主人可能远离京城，也可能已经死了。”

张三端起酒缸给猫喂酒，那猫一闻见酒味“喵喵”叫着，用舌头舔着酒缸沿儿，张三更喜欢了。他把猫抱起来，用胸膛暖猫的身子，那猫依顺地偎在他的怀里。他又掰开山核桃喂它，猫贪婪地吃着……

罗瘿公又说开了酒的故事：“魏晋文人，无论‘建安七子’还是‘竹林七贤’，无不嗜酒。竹林七贤中的刘伶，纵酒放达，有时赤身裸体在家饮酒。客人来了讥笑他这种举动，他说，我以天地为房屋，房屋为衣裤，你们为什么跑到我的裤子里来了！他常乘着鹿车，带着酒，令人拿着锹随他出门，走一路，喝一路，说：‘如果我死了，就地埋掉就是了。’他的妻子见他如此嗜酒，哭着劝他戒酒。刘伶说：‘我自己戒不了酒，只能向鬼神发誓才能戒掉，请赶快准备敬鬼神的酒肉吧。’他的妻子很高兴，立即在神前供上了酒肉，要刘伶来祝誓。刘伶说：‘天生刘伶，以酒为名，一饮一斛，五斗解酲。妇人之言，慎不可听。’祝罢，大吃大喝，直至醉倒。阮籍是竹林七贤中另一名才子，他家邻居有一个小酒店，女店主的容貌很美，阮籍常去喝酒，醉了就倒在女店主旁边酣睡，也没有什么调戏行为。他听说步兵营厨善酿酒，储酒数百斛，就请求去做步兵校尉。司马昭为儿子司马炎求婚借助于阮籍，阮籍既不愿意，又不敢公开拒绝，只好大醉六十天，使司马昭无开口的机会。阮籍的母亲死时，别人来通知他，正逢他下棋。对弈的人劝他不要下了，他硬要争个结局。棋下完后，饮酒三斗，大叫一声，吐血数升。按当时的礼俗，居丧是不能饮酒的，而阮籍却照样饮酒如故，甚至在司马昭的宴会上，也饮酒食肉，毫不顾忌。司马昭的谋士钟会，每次欲加害阮籍，都因阮籍喝醉了酒而无法罗织罪名。据《世说新语》记载，阮籍等人饮酒，不用普通杯斟酌，而用大瓮盛酒，围坐痛饮，遇有猪挤过来拱着鼻子喝酒，也毫不在意。”

张三咂吧咂吧嘴，说：“我听说东晋大诗人陶渊明先生也喜欢喝酒。”

罗瘿公说：“陶渊明的曾祖父陶侃是一位出身寒微的士人，据说陶侃的母亲，为了招待一位客人，不惜剪发去换酒菜。后来通过那个客人的推荐，陶侃才逐渐显达，以功封长沙郡公。可是在那‘上品无寒门，下品无世族’的时代，这位长沙郡公也仍被人瞧不起。到了陶渊明出生时，家道已经衰落，生活艰难。而陶渊明却性情刚直，看不惯官场中尔虞我诈、胡作非为，因此终身不得志，只作了州祭酒、县令等小官，而且时间都不长。他在仕途上的最后一站是做彭泽县令。所以当这个官主要是为了归隐之后有酒喝，有饭吃。上任后他就下令叫手下人利用公田种糯米，作为酿酒的原料。之后陶渊明不愿为五斗米向乡里小人折腰，弃官而去，种下的糯米，也颗粒未收。辞官以后，他过着躬耕的生活，偶有名酒，无夕不饮。当时有个名气很大的庐山东林寺高僧慧远，曾邀陶渊明去作客。陶渊明回答说，如果东林寺内可以饮酒，我就去。寺庙里是不能饮酒的，但慧远却破例答应了。晚年的陶渊明生活越来越贫困，受灾时经常断炊，但他仍然少不了喝酒，友人来看他，留下钱周济他，也被他拿去买酒喝。”

张三叹道："陶渊明真是一个有骨气的文人，他借酒浇愁，借酒洗去庸俗之气，真是可叹可敬！"

罗瘿公又说下去："宋代朝廷推行酒类的专卖政策，取得大量财政收入，因此，饮酒之风极盛。苏轼的酒量路人皆知，他自认为天下人饮酒没有超过他的，可是他却实在没有多大的酒量。他说：'予饮酒终日，不过五合。天下之不能饮，无在予下者。'但他喜欢看别人饮酒，平日家中总是宾客盈门，客来了，没有一次不饮酒。他说：'见客举杯徐引，则予胸中为之浩浩焉，落落焉，酣适之味，乃过于客。'他不仅爱酒，还动手酿酒，他写过一篇《东坡酒经》，专门讲他的酿酒法。遗憾的是他造的酒味道不那么好，在黄州时，大家喝了他酿的蜜酒，常常拉肚子。他还把一个酿桂酒的方子刻在石头上，埋在罗浮山的一座桥下，说谁要是找到了，如法炮制，喝了可以升仙。而他自己却并不炮制喝了升仙去，而甘历人间坎坷，累遭贬谪，无怪乎人们谈起苏东坡，都会大笑。南宋女词人李清照出身名门，是一位贵族小姐，十八岁与太学士赵明诚结婚。她能饮酒，她的词中有'常记溪亭日暮，沉醉不知归路'，'昨夜雨疏风骤，浓睡不消残酒'；'东篱把酒黄昏后，有暗香盈袖。莫道不消魂，帘卷西风，人比黄花瘦！'这种悠闲、风雅的生活情调，正是心满意足无忧无虑的醉酒！后来她失去了心爱的图书、金石，同时也失去了志同道合的丈夫，写出'三杯两盏淡酒，怎敌它晚来风急'，'故乡何处是，忘了除非醉'，甚至'谢它酒朋诗侣'，表达了她辞乡别土、破国亡家的哀愁。"

张三听到此处，慨然说："女才子原来也有喜欢喝酒的，看来酒能通才气，酒能提精神，酒能扬斗志，酒能胜胆怯，酒真是好东西！"

他捧起大花猫的脸，孩子似的问道："你说对不对呀？"

大花猫"喵喵"叫着，仿佛赞同地点头。

罗瘿公说："刘禹锡还有诗：'暂凭杯酒长精神'，曹操也有诗：'对酒当歌，人生几何？'"

张三笑道："我也诌一句，泪眼问酒酒不语，只因身在酒缸中。"

这一宿，张三与罗瘿公喝得大醉，蒙被大睡，一直睡到第二天中午。此时，春雨已停，院内杏树、桃树，落花纷纷。张三忽地想起，那日仪銮殿之火，究竟是何人所放呢？他想起白衣庵中的王媛文，莫非是这个姑娘暗中助我？

晚上，张三辞别罗瘿公来到了白衣庵，只见庵门紧闭，阉内传出红杏的清香，淡淡的，使人闻了忘情。经过一天一宿春雨潇潇的洗礼，这香味是那么清新，清新得使人心醉，和北京城里目前沉闷恐惧的气氛很不协调。

张三看见旁边有棵老槐树，攀了上去，来到庵内，却见空无一人。

他想：莫非尼姑们已经歇息。于是悄悄走进大雄宝殿，忽觉脚下被软绵绵的东西绊了一跤，低头一瞧，溶溶月下，赫然是一具尸首。他拖出那具尸首一瞧，不禁大吃一惊，原来是月朗法师。

月朗法师双目紧闭，僧袍上染着鲜血，胸前中了两枪。

张三从西厢里取了蜡烛，在殿内一照，地上横七竖八地躺着十几具尼姑的尸首，鲜血淋漓。张三想：庵内一定来了大批洋兵，那么是谁走漏了风声呢？

他手持蜡烛来到后院，见几棵古槐上吊着四具尸姑的尸首，她们一定是不甘受辱自缢身亡。

张三走进忆贤殿，一阵腥风吹来，地上也躺着几具尼姑尸首，个个赤身裸体。

张三眼前一黑，险些跌倒，心想：这些幽居禅院的青年女子，竟然也逃脱不了洋人的魔爪。随即他想到这些尼姑是受了牵连，感到一阵内疚。

他战战兢兢地来到后院的茅房，这是尼姑们临时搭起来的简陋茅厕，屋角的大缸已被砸破，现出一个洞口。

他沿着洞口下去，原来是一个大地窖，以前是尼姑们收藏珍贵文物的地方。一股血腥气扑鼻而来，张三看见地上挤满了妇女的尸首，密密麻麻。有的仰面而卧，有的仍然睁着双目，有的相抱而死，有的贴壁而立。

张三看得呆了，他平生从未见过这么残酷、悲壮的场面。

一百余年轻苦难的女子，都中了洋兵的子弹，无一侥幸逃生。

张三恍恍惚惚走了上来，蜡烛掉在地上，熄了。四周死一般的沉寂，月亮也躲进云层里去了。没有声音，没有光亮，没有生气。张三颓丧地坐在一块石头上。

这时，风中传来隐约的哭声。张三一惊，理智清醒了许多。他揉揉泪眼，仔细一听，那哭声仿佛来自前院。

他悄然来到前院，只见有个小尼姑正伏在月朗法师的身上哭着。

那小尼姑见张三走来，身子吓得簌簌而抖。

张三道："你不要怕，我是张三，是救那些妇女的人。"

小尼姑一听，止住了哭声，上上下下打量着张三，终于认出了他，伏到他怀里大哭起来。

小尼姑抽泣道："昨天下午，我正在寮房点香，忽然闯进大批洋鬼子。我吓得躲进了木柜。洋鬼子说法师窝藏逃犯，法师与他们争吵起来，洋鬼子开枪打死法师，接着就开始追赶、侮辱姐妹们。有些姐妹争先恐后地挤到忆贤殿上吊。有一伙洋鬼子闯进茅厕，砸碎大缸，冲进了洞口。姐妹们拼死抵抗，洋鬼子开枪把那些姐妹都打死了。地窖里的哭叫声惊天动地，真是惨极了！”

张三问：“那个叫王媛文的呢？”

小尼姑惶惑地摇摇头：“不知道，从你那天走后，她就不见了。”

张三又问：“这几日庵内都来了些什么人？”

小尼姑想了想，说：“没有见到什么陌生人来过。”

张三自言自语地说：“这就怪了，洋兵怎么会知道此处藏着逃难的妇女呢？怎么会知道这个地窖呢？想必是有内奸，那么内奸又是谁呢？”

第十四回 寻叛逆宛八爷显艺 杀贪贼隐身侠遗诗

张三决心寻到那个告密的人。他辞别了尼姑去找宛八爷。

宛八爷住在南城菜市口的一座四合院里，那院子不大，青瓦朱门。门口有副对联，左联是：较技传代久；右联是：摔跤流韵长。院内有棵歪脖枣树，乱蓬蓬的枝丫伸到院墙外。

张三叩门，一会儿，宛八爷的妻子伸出半个脑袋。

她一见张三，喜出望外，叫道："哎哟，敢情是三爷，快屋里坐。"

张三悄声问："八爷睡了吗？"

"他呀，从来就不这么早撂炕头，还在那儿琢磨摔跤呢。他倒不像你那么整天捧着个酒坛子！他是爱跤如命，有时做梦都是摔跤，说出来不嫌你寒碜。有一回他睡着睡着，把我当成了摔跤的，愣把我摔下了炕……"

这女人一打开话匣子，"哗哗"说个没完，像洪水一样，刀砍不断，那嗓门豁朗，震得墙瓦直颤悠儿。

张三知道她这个毛病，闪身进了门，径直朝正房而来。

屋内，宛八爷上身赤膊，露出一身疙瘩肉，那胸前的黑毛，直直立着。他正在教一个少年练跤，那少年十来岁，两只眼睛像山核桃，身子骨硬得像座小黑塔。张三在隆福寺庙会上见过他，知道他叫宝三。

宛八爷见张三进来，停下了架势，抹一把汗说："哟，三爷来了，快坐。"说着把旁边一个板凳端了过来。

张三火急火燎地说："八爷，我有急事找你。"

宛八爷一屁股坐在炕上，掏出烟袋，在桌上碎烟末儿里舀了一袋，问："什么事？"

这时，他的妻子端着一碗小叶茶进来，递给张三。

张三一仰脖子，把那碗茶一饮而尽，又递给那女人，笑着说："大妹子，再来一碗！”

宛八爷瞅瞅宝三，说：“这孩子嘴严得像罐头盒子，说吧！”

张三把白衣庵尼姑和受难妇女被杀一事讲了。

宛八爷听了，两眼发直，身子发抖，烟袋“吧嗒”一声掉了，宝三连忙捡起来。

“这是怎么说的，那些姐妹可真惨……”宛八爷声音打战儿，眼圈泛红。

张三说：“肯定是有人走漏了风声。”

“会是谁呢？那天我一共约了十二个跤手去，这些个跤手除了‘小影壁’、‘小银枪’何六以外，都是我叫的。他们之中有的是天坛的仆户，八国联军进驻天坛后，把他们撵了出去，他们恨透了洋人。”

“那些跤手中有没有不守规矩的？”

宛八爷沉吟了半晌，说：“倒是有那么一位，他叫冯瑛，是天坛的仆户，也是我的徒弟。平时喜欢找女人鬼混，抽白面。不过他的双亲都叫洋兵杀了。那日我约人时，他正巧来找我，就一起去了。”

张三急问：“他住在哪里？”

宛八爷道：“住在隆福寺翠花胡同六号……”说到这里，宛八爷忽然提高了嗓门：“要练真功夫，必须左右皆练，不能只练右边，不练左边，两边都练才能有虚有实，迷惑对方。我体重一百五十来斤，有个体重二百多斤的人，同我摔跤，不说别的，他的腰我都抱不过来。可是我使巧劲儿，借他的力为我的力，就把他摔倒了。”

宛八爷咳嗽一声，又说：“我先练硬功加力，像铁锁呀，石盘呀，然后又练软功，像皮条呀，绷子呀，把僵力卸掉化开，这就活了。只有软硬兼施，掌握分寸，才能把功夫练纯。”

张三见宛八爷忽然转了话锋，山狸猫似的眼珠显露出机警的目光，不由向外望去，只见窗户投下一个人影。

宛八爷又继续说下去：“我宛永顺活到如今，总算对得起祖宗，教出了一帮徒弟，指望着他们将摔跤技艺发扬光大。我看宝三这孩子有出息，甭看他身材不高，可是非常壮实，四肢强韧，只要你着了他的跤套，就出不来。打个比方，好比河里有一个旋涡，会游泳的人也要躲着它。宝三的手法好比旋涡，谁卷进去，就非败不可。‘小影壁’有个徒弟叫沈三，比宝三大一点儿，也是一块好材料。他善使绊子，机智灵活。他有一种摔跤功夫叫‘窝勾’，又叫‘麻花撇子’。来，我练给你瞧瞧！”说着，宛八爷来到屋外，张三和宝三也跟了出来。

宛八爷扬起右掌，照着院内一块巨石劈下去，“咔嚓”一声，那巨石分为两半。他用钎子将石头凿了个孔，中间穿上个杠子立起来，然后用腿把这个杠子缠住，用力往起一踢，那石头朝房上飞去。

房上跃起一个黑影，转眼即逝。

宛八爷赞道："好俊的功夫！"

这时，宛八爷的妻子从另一间房中出来了，她叫道："哎呀，你这个败家的，那是我压鸡窝的石头，你怎么给糟蹋了，哎！"

张三赶到翠花胡同时，夜已深了，春寒有些袭人。他来到六号小院，隔着窗户望去，只见那个跤手冯瑛正搂着一个娇娘，斜躺在湘翠烟榻上。那娇娘妩媚动人，顾盼多姿，穿着绣花蓝绸旗袍，裹着她迷人的曲线，玲珑剔透。

冯瑛微闭着眼睛，美滋滋烧着烟膏。不一会儿，淡淡的烟雾便罩住了烟榻。偌大的房间，静得出奇，只有"吱哩哩"的烧烟泡声，一闪一闪的红光从烟雾中透出来。

张三思忖：这冯瑛看样子形迹可疑，可是怎么能证明他是告密人呢？

张三又来到对面房内，里面有座一人半高的云南大理石屏，屏上远山苍茫，白云泱泱，疑似一幅写意的名画。屏后有多张软榻，每张榻上都有烟具。

张三心想：这里分明是个烟馆。他退出房间，又来到北房内。这是一间客厅，厅内布置着一套崭新的硬木家具，桌明几净，地上铺着华丽的地毯，壁上挂着一幅《怀素醉蕉》的写意画。这三间房的陈设与院墙及院门不太相称，看样子是新近装饰的。

张三又回头到西房探望，见屋内烛火已灭。他闻得一股血腥味，觉得不大对头，于是来到门前，轻轻一推，门开了。

他在黑暗中往前走了几步，只觉脚下一滑，跌倒在地上，手扶处觉得湿腻腻的，伸到嘴边，一股腥味，原来是血。他又来到烟榻前，伸手一摸，摸到两具冰凉的尸首，有一个梳着辫子，一个是光头。

张三急忙扑到桌前点燃了蜡烛，不禁大吃一惊，冯瑛和那个娇娘已倒在血泊中，他们的胸脯各中了一剑，鲜血汩汩而流。

张三心中一亮：这娇娘一定是白衣庵的尼姑，他们的死肯定与白衣庵的妇女被害有关，那么他们又是被谁杀死的呢？

他的目光落在屋角的木箱上，打开木箱，里面现出白花花的银子，足有几千两。

张三顿时醒悟：这一定是洋兵的赏银，那个跤手肯定勾结了白衣庵的尼姑向洋兵告密。而后两个人领取了赏银，合开了烟馆。

张三来到房顶，闻得一股脂粉气，心想："那杀贼之人定是一位年轻女子。"

他四下一望，见房梁檐头有块小砖头压着一张纸条。他抽出纸条，上面写着一首小诗：白云独自忧，衣袖裹轻瘦。庵寺多佛骨，仇恨太风流。今昔回顾久，日暮悲伤酬。已然落日时，报与几春秋？

张三细看此诗，认真推敲，发现这是一首藏头诗，那每句诗的诗头连起来是：白衣庵仇今日已报。

张三回到罗瘿公家中时，已是三更天了，大院内烛火全息，静寂无声。他来到罗瘿公的书房，轻轻挪开了书柜，地下室内空无一人，只有空床颓壁，地上古书狼藉。张三轻轻叫了几声罗瘿公，没有任何动静。他不敢在此处久留，决定立刻回马家堡。

张三赶到广渠门时，已是五更时分。他来到一处僻静的城墙下，三攀两攀，借着残墙破壁爬了上去，而后绕过巡逻的洋兵，翻过墙，又爬了下来，然后沿着土路朝马家堡疾奔。

回到马家堡住家，天已微明，张三不敢先奔家门，只在附近站着张望着。忽听背后有人呵呵笑道："张三爷，你那儿转磨哪？天还这么早，不回家给老婆子捂被窝去？"

张三听这声音耳熟，回头一瞧，是邻居洪老汉。

张三问："我家里人都好？"

洪老汉有些摸不着头脑，反问道："你家里有什么不好？"

张三不便对他多说什么，向自家院里走来。一阵狗吠让张三感到亲切，有点儿热乎乎的。因为这是他家的大黄狗在叫，这声音他已听了多年。他走进院子，轻轻叩门。一会儿，屋内烛亮了。紧接着，门开了，张氏披着件夹衣睡眼惺忪地走了出来。

"家里没事吧？"张三劈头就问。

"平安无事，天高皇帝远，这年头反洋人的多。可我心里一直像个吊桶，七上八下的。"张氏说完，眼圈一红。

张三心疼地说："大早晨天凉，快进屋吧。"说着推着张氏进了屋。孩子们还在炕上睡着，发出均匀的呼吸。

"听说洋鬼子贴告示抓你？那几天我连饭都咽不下。"张氏说着淌下眼来。

张三说："咱们的事再大也是小事，国家、百姓的事再小也是大事。宛八爷带着人帮我，救出了西裱褙胡同被关押糟蹋的几十个妇女，可是后来……"他把那些事叙了一遍。

"这些女人真可怜，依我说是命不好，庚子年坑娘们儿！"张氏深深叹了口气。

“你还迷信？还不是因为咱中国人像一盘散沙，没人糅合。五个手指拢起来就是个拳头，可是掰开了，‘咔嚓’一声就断，要不然洋人敢在咱头上拉屎撒尿？唉……”张三拔出烟袋，点着了，“吧嗒吧嗒”抽起来。

张氏捧起丈夫的半个脸：“看你风里来，雨里去，都瘦了。”又用手摸了摸他的腰：“骨头都出来了。”

张三笑道：“看你说得怪吓人的，几个月不见也不能瘦得像盏灯。天暖和了，穿的少了，就显着瘦俏儿了。”

“我给你做点儿吃的。”张氏挽了挽头发，到厨房去了。

一会儿，一壶热酒，一碟花生米，一大碗热汤面端了进来。热汤面上飘着两个鸡蛋花。张三又从炕底下的竹篮内摸出一把山核桃和榛子，津津有味地吃起来。

原来张三全家搬到城里洋溢胡同后，这个小院暂时由邻居住着，这次他们全家逃难回来，邻居又让出了房子。

张氏道：“这次回来多住些日子吧。”

张三喝了一大口面汤，气愤地说：“慈禧已派李鸿章、奕䜣跟洋人谈判，商量赔银子的事。我估摸着洋人的大批军队快撤走了，可是咱老百姓就更穷了。”

张氏叹道：“到什么年头都是咱老百姓倒霉，老百姓，老百姓，老败兴呀!”

张三把筷子一掷：“也不一定，天下是天下人之天下，何为一人之天下？有道是，得人心者得天下，失人心者失天下，我就不信咱老百姓老败兴!”

他的酒已喝了有七成，忽地想起一件心事，眼泪“吧嗒吧嗒”掉下来。

北京陷落已经一年了。

紫禁城内的九重宫阙，失去了光彩。天安门前仍旧挂着英、美、日、俄、法、意、德、奥各国的国旗，和满城白旗交相辉映。

整个都城好像是一具失去了灵魂的躯壳，空洞、虚无、死气沉沉。

正阳门外，大栅栏一带仍然是一片瓦砾，全城到处都是劫后的余烬，断瓦残垣，满目疮痍。

二十万义和团，在洋兵的洋枪洋炮面前，在慈禧的欺弄下，如鸟兽散。荣禄率领的武卫军，除了袁世凯的武卫右军远在山东外，都已土崩瓦解，溃不成军。然而北京城内还有枪声和火光，不屈的北京人仍在以各种形式对付八国联军，使敌人留下一具具尸体。

最可笑的是那些昔日耀武扬威的王公大臣，他们过惯了一呼百诺的生活，欺负本国人奸计迭出，残忍不堪，然而在洋人面前却默不做声，无可奈何。户部尚书启秀被日兵捉住后，每天挑粪、喂马，最后悬梁自尽而死。刑部尚书崇绮被德兵牵着辫子，像遛马一样在皇城内游街示众。怡王爷被俘后先驮死尸，后来又为联军官兵洗衣服。吏部尚书被法兵褪尽衣裤，赤身遭受拷打。其他王公大臣，遭受凌辱者不计其数。最可悲的是那些王府嫔妃、大臣妻女，平时都是金屋藏娇，可这时却任凭联军官兵奸宿，昔日的金枝玉叶，霎时间成了败柳残花，任人蹂躏。

即使是炎炎之夏，阳光普照，可北京人却觉得阳光是那么刺眼，热风扑得人喘不过气来。

此刻，南郊马家堡却像“世外桃源”，没有联军干扰，沉浸在乡野风情中。这几日张三一直闲在家中，借酒打发那愁闷无聊的日子。月色尚好时，正逢凉风习习，瓜棚豆架下便是好去处。青石板墁的地面，纹路勾得别致，似一笔泼墨，慢慢地湮去。马家堡的乡亲，或坐在杌凳上，或盘于蒲垫上，或席地打坐，或顺势朝架柱上倚靠。

张三拿了把大蒲扇也来到架下纳凉，他光着脊梁，往那竹椅上一靠，眯缝着眼睛，扑打着蚊子。对面张氏坐在小木凳上，借着月光一针一线地纳着鞋底。

夏夜的瓜棚下极富韵味，成了发布奇闻的地方。那一只只蒲扇“噼噼啪啪”敲打着打撞身子的飞虫，只要一人开腔，每天需上演的段子便一节一节地朝下讲，从从容容，有疾有徐，按部就班。其中不乏黄段子。说这种段子的人，津津有味，一边说，一边用色迷迷的眼睛瞟着平时惦记着的俊俏女人。婆娘们秉性好奇，芝麻粒大的一点事儿，要是让她们揣着，就像抱了个西瓜。村里的沟沟坎坎，枝枝杈杈，不会再让乡亲们亢奋，八国联军在北京城里的罪行成了这一年的主要话题，人们都把那一双双亮晶晶的眼睛盯在张三的身上。

张三此时不紧不慢地叙叨着，手在双肋中间一把一把地搓泥捻皮儿。他俨然是瓜棚豆架下的老“皇帝”，尽兴地羼些水分，形形色色地道来。

婆娘们好发议论，一个婆娘问：“那些洋鬼儿难道连王爷的老婆都敢折腾吗?”

又一个婆娘问：“听说他们连八十岁的老婆子都不放过，这可当真？这些杂种肏的，连闭经的女人也不放过。”

还有个婆娘悄悄说：“听说义和团都是玉皇大帝派来的，没见过洋枪洋炮那玩意儿。枪炮一响，一个个翻筋斗，飞到天上去了。”

张三说到八国联军残害中国人的悲惨处，那些婆娘发出嘘嘘的哭声，顿时这瓜棚下成了悲惨世界。但是听张三叙述到抗击洋鬼子的情节，婆娘们又在挂泪的眉梢儿绽出一抹微笑，抚慰而开心。

张三这些日子成了乡亲们注目的中心。那一个个乡亲就像一片片的云。瓜棚豆架下，成了憩息的港湾，你温馨了我，我温馨了你，浑然而融一体，朝朝暮暮相依，比那酒还甜，还醇!

这一天晚上，瓜棚豆架下的老“皇帝”被篡了皇位，村东头的私塾先生成了传布新闻的中心。

“哎，咱们的朝廷跟八国小鬼儿签了条约，赔款一亿两银子，把咱中国的金库都掏空了还不够，真丢人呀!”

重重的叹气声，众人兴致一落千丈，“怦怦”跳的一颗颗心蹦得更急了。“吧嗒”一声，张三手中的长烟袋被撅成了两截。

私塾先生叙的这段新闻并没有失实。过了几日，八国联军果然在北京城内消失了，慈禧太后又开始在养心殿垂帘听政了，天还是那样晴朗，老百姓还是像以前那样俯首帖耳地生活，日渐憔悴的光绪皇帝照样踯躅在中南海瀛台。可是国库却是一片空虚。

北京初秋，香山的红叶像一片血，模模糊糊。

又过了几天，张三打听到八国联军确实撤走的消息后，带着全家返回东单洋溢胡同居住。面对义和团运动的失败，王五、程廷华等好友牺牲，张策、李存义等不知下落，张三心情更加抑郁，他每日幽居家中，借酒浇愁。

这天上午，张三身着白色对襟儿短褂，左手提着那个竹鸟笼，右手握一杆新买的铜锅白玉嘴的长烟袋，又向东单唤做“大酒缸”的小酒馆走过去。

路弯树荫下几位老人见他过来，纷纷点头招呼：“三爷，得空儿啦，坐这里待会儿。”

张三笑了笑：“不介啦！我去喝一壶。”

此时一群在路边玩耍的小孩儿，一边喊着“三爷”，一边拥到张三身边，拉胳膊的，拽衣服的，活像一群小猴崽儿顽皮嬉闹。

一个淘气的小男孩伸手就向张三屁股缝戳去。张三轻运神力，两边屁股往里一紧，小男孩的手就似被老虎咬住一般，他连疼带吓出了一头冷汗，忙叫：“三大爷，我不敢了，饶了我吧!”

张三一松劲儿，小男孩的手指抽了出来，一边摇晃一边吹着风。

张三对小男孩说：“你小子淘气得出了圈，三大爷今儿个是叫你长记性，三大爷要用实劲儿，你的小指头就保不住了。”说完，又朝前走去。

这时，迎面急匆匆走来一个人，险些与张三撞个满怀，张三一闪身，那人惊喜地叫道：“张三爷，我正找你。”

张三抬头一瞧，正是罗瘿公。他身穿一身崭新的烟色缎袍，上面绣着碎玉白边，戴着一顶青呢瓜皮小帽。

“前些日子你躲到哪里去了?”张三把鸟笼放到了地上。

罗瘿公笑道：“我见你老不回来，觉得冷清，就躲到一个朋友家去了!”

张三拉住罗瘿公："走，到酒馆里喝点儿去。"

罗瘿公说："我正有事求你，我的朋友是文华殿大学士王文韶的儿子，人称寿少爷。八国联军来北京前，王文韶逃离了北京城，留下他在家看守。近日他家的白管家被人杀害，他为此哭哭啼啼，惶惶不可终日。我作为朋友不能袖手旁观，想请你前去护院，设法查找凶手。"

张三问："寿少爷家住哪里？"

"东四。"

张三和罗瘿公来到东四大学士府，寿少爷听说后迎了出来。

他穿一身蓝袍，黄坎肩，面容苍白，两只眼睛黯然失神。

互道寒暄后，三个人穿过山水影壁，走进客厅。

寿少爷吩咐仆人端上香茶，然后眼泪汪汪地说："家父外逃后一直没有音讯，不知是死是活，近日家中又遇祸事，跟随我们王家几十年的白管家几日前被人绑出去杀死了。"

罗瘿公说："白管家的尸首是在东郊豁子口发现的，胸前被刺了十三刀，非常惨。"

张三问："白管家生前可得罪过什么人吗？"

罗瘿公说："这个人还算正派，从不借主人之威欺凌下人，那日白管家外出也未带任何财宝。"

张三又问："白管家与外人有什么来往吗？"

寿少爷回答："他一般不出门，从二十岁起就追随父亲，终生未曾娶妻。"

从这天起，张三便宿在王府。寿少爷见他每日在府中喝酒玩牌，吆三喝四，没有一点儿破案的样子，渐渐疑惑起来，心内思忖：都说"醉鬼张三"武功人品都是京都一流，还被江湖上称为奇术家，我看他有点儿徒有虚名。瞧他那放浪的样子，有点儿像蹭酒喝的醉鬼。但因张三是好友罗瘿公举荐来的，所以他又不好发作，只好忍气吞声地观察着。

这天夜里，寿少爷闹肚子，他来到后院上茅厕，见张三住的房间亮着烛，心想：这么晚了，张三在闹什么鬼呢？他怀着好奇的心情来到张三的房屋窗前，探头一望，张三不在屋内，炕上的被褥凌乱。

他来到屋内，伸手往张三的被内摸去，只觉温温的。他转身出来，走到三进院时，只见张三正在一间房梁上朝里面张望。那间房屋没有亮烛，屋内漆黑一团，是仆人曹五和马六的住房。

寿少爷有点儿奇怪，屋里的人都睡觉了，张三看什么哪?

这时但听屋内传来“嘭”的一声，仿佛有一个重物落了地。

张三飘然落下，对寿少爷叫道：“曹五死了!”说完跑了进去，寿少爷也跟了进去，正绊在一具软绵绵的尸首上面。

张三点燃了蜡烛，只见曹五一头撞死在屋中柱下，寿少爷惊慌地问：“这是怎么回事?”

张三说：“曹五和马六就是杀害白管家的凶犯，马六跑了，我去追他。”

马六是湖南人，身量矮小，刚才跟曹五的一席话里透露出他是朝西南方向跑了，想逃回湖南老家。张三追出了彰仪门，借着黑天，运起“神行”功夫，往西南方向疾步走去。两旁树木“刷刷”地向后闪去，两耳中只闻“呼呼”风声，头后的辫子似一条钢鞭直直插在脑后。不大工夫，他就追到了长辛店。

长辛店是北京西南一个重镇，也是南北往来的交通枢纽。镇上几家旅馆虽在兵荒马乱的年月，也不显得萧条。

张三来到镇上，对镇北口的旅馆逐一打听，后来听一家旅馆的小伙计说，有一个操湖南口音的人刚刚住下。

张三来到此人住的客房之外，隔窗往里探望，烛光下一个小个子正心神不定地坐在炕沿上。他尖嘴猴腮，右耳垂上有一颗绿豆大的黑痣，穿着一件黑布衫，正是马六。

第十五回　口出狂言李六心虚　戏师教徒张三意诚

张三用力一推屋门，门插关儿“咔嚓”一声折断。

马六见张三闯了进来，知道在劫难逃，吓得“扑通”一声双膝跪地，捣蒜般地磕起头来，口中连声央告饶命。

张三伸出左手抓住马六的肩胛，像提小鸡似的把他揪了起来，说：“跟我到外面走一趟，免得连累店家。”

马六浑身似筛糠一般，哪里还有挪动半步的胆量。

张三半提半拖，将他带到镇外的一片野地，讯问他为何杀死白管家。原来曹五和马六平时赌博成癖，挥霍无度。他俩乘着动乱，当白管家外出时，将他挟持到东郊豁子口，妄图敲诈出一笔钱来。没想到白管家不但不给，反而将二人痛斥一顿，规劝他们学点儿本事走正路，不要做伤天害理之事。这二人见图财不成反遭呵斥，顿时邪火上升，用刀刺死白管家，弃尸于野外。

张三听到此处，用右手一捏马六的动脉处，马六登时一命呜呼。

张三割下马六带有黑痣的右耳，急速返回城中。

他半夜出城，走路、吃饭、打听、办事，往返八十里地，只用了几袋烟的工夫，真是神速。

寿少爷见张三回来，又惊又喜。张三把马六的耳朵交给寿少爷，并将前后经过叙说一遍。

寿少爷问：“你怎么探得凶犯的踪迹？我见你每日狂饮，还以为你早把破案之事忘到九霄云外了。”

张三呵呵笑道：“我张三不是白吃干粮的，我见白管家被杀一案有些蹊跷，觉得凶犯十有八九是在府中，于是每日白天装成大醉，夜晚却到府中每个人的房间仔细探察。因为听说我来护院办案，凶犯定然心中惊慌不安，睡觉也不安宁。果然不假，我见曹五和何六每晚嘀嘀咕咕，睡觉时左右翻身，长吁短叹。后来马六收拾行装，不辞而别。曹五吓得神经错乱，疯疯癫癫，以致一头撞死在屋中柱下。如此便真相大白，水落石出了。”

寿少爷听了，心中愈加佩服张三，于是留他在府内继续护院。张三在王家护院，府中从未出过事。

一天，有个曾少爷到王家串门，见张三大白天还睡在寿少爷的炕上，便对寿少爷说：“你们家太没规矩了，怎么打杂的在炕上睡觉，见了主人也不起来?”

寿少爷赶忙说：“这是护院的大师父，本事可大了！”

曾少爷却说：“你别上当了，如今有些护院全是蒙事，一点儿本事也没有。我们家护院的李六才真有本事，我叫他拨一两个徒弟来给你护院吧，聘这个人有什么用?”

两天后，寿少爷从曾少爷家串门回来。晚上，他拉张三同厨役一起喝酒。喝了一会儿，他已有些醉了，脸上红扑扑的。

他笑着对张三说：“曾家的护院李六问你的把式是跟谁练的？你练的是哪一门？叫你去拜望他。”尽管厨役在旁边给寿少爷使眼色，叫他不要说，但他说高兴了，也没有停嘴。

张三见李六如此狂妄，甚为恼火。他对寿少爷说：“我师父是谁，练的是哪一门，他管得着吗？他叫我去拜望他，就是不懂规矩。他要是拜着好师父，有传授，懂门儿，就不会有这样大的口气。”

他看了寿少爷一眼，又说：“你告诉他来拜望我。限他三天，我教训教训他。我们当着大家的面，谁是谁非，自有公论。过了三天期限，我自去找他，两人如何较量，大家就看不到了。”

寿少爷把张三的话带给李六，却迟迟不见李六前来。

第四天，寿少爷从曾家回来，对张三说：“得啦！三爷！您别闹了，曾家李六怕了你啦!”

张三说：“今天是第四天，我就去找他!”

寿少爷拉住张三笑道：“你还找他呢，这几天夜晚，曾家闹得不成样儿了。房顶上时常有人走动，砖头瓦块只管屋里砸，把那些康熙瓷、乾隆罐、贵妃碗打得七零八落。李六带着刀，指挥众徒弟找来找去，只见一条黑影窜来窜去，就是抓不着。李六到前院，黑影转到后院，李六赶到后院，黑影又跑到前院，追来追去，累得满头大汗，却怎么也追不上。”

寿少爷细细打量了张三几眼，继续说：“这闹事的不是贼，是故意作难的。李六看见那在房上飞来飞去的人，是大个子，蛤蟆腰，一身酒气，我猜准是你!”

张三呵呵笑起来：“这就怪了，这几天我可没动窝儿，你猜错了，不是我。”

寿少爷也笑着说：“得啦！得啦！我来讲情，你别闹了，人家的古玩器具，弄砸了怪可惜的。”张三说：“我又不会飞檐走壁，怎么是我？你别把屎盆子往我头上扣。”

寿少爷又到曾家，把话传给曾少爷，曾少爷不信，李六更是不信。二位来到寿少爷家，见过张三，张三与李六互相拱手寒暄，客气了半天。曾少爷见二人很是投缘，就对张三说：“你和李六过过招，让我们看看如何？”

张三便问李六：“六爷，他们让我们过招，你看如何？”

李六瞧张三大个子，蛤蟆腰，不由得浑身哆嗦。

张三说：“到曾家搅闹的不是我，我一直在这里没动窝儿。”李六的心放了下来，答应过招。

寿少爷、曾少爷以及家人围了一圈，齐来观看两家护院比武。二人拉开架势，李六拳脚生风，向张三招呼上了。而张三却只是闪躲避让，走起卓绝的内八卦躲闪步。

他忽前忽后，忽左忽右，李六拳拳落空，脚脚失势。

李六正打得高兴，忽觉背后被人踢了一脚，“咚”的一声，倒在地上。众人见后忍不住大笑。

曾少爷赶忙说：“李六爷快起来，向三爷请两个安，道个歉吧！”

李六朝张三拱手说：“李六有眼不识泰山，张三爷海量，恕我直言。”

张三急忙还礼不迭，对李六说：“六爷，快别这样说。我们把式匠为人护院都不容易，应该互尊互敬，深习本门技艺，不要菲薄它们就是了。”

光阴荏苒，转眼到了第二年夏天。这天张三正在屋内与寿少爷闲谈。门帘一挑，仆人领着一个少爷进了屋。寿少爷认得此人，他是北新桥一家姓胡的大户的少爷，叫胡旗。

胡旗叫道：“噢，张三爷在这儿呢，我有一事相求。”

张三站起来道：“有事尽管说吧。”

胡旗现出一脸愁容，说道：“连日来，我们家闹着一个飞贼，他窜来窜去，神出鬼没，用着二十多名打手也无济于事。老妈子去茅房，贼在房上往下扔砖头，溅得老妈子一身屎浆子。老妈子急了，在下边破口大骂，那飞贼在房上也骂。三爷，您帮助瞧瞧去。”

张三说：“你们请我去，索性暂时把那些打手辞掉，省得帮不了忙反而帮倒忙。”

胡旗连声应道：“就依三爷说的办。”

当天傍晚，张三来到胡家，只见前后两个院漆黑一片，屋里不点烛，窗户全用毡子毯子堵了个严严实实。

张三一问才知道，这几天那飞贼闹得厉害，打手降不住他，就出了这个主意。尽管这样，飞贼仍然来去自如，打手们也无可奈何。张三心中暗自好笑，立刻吩咐前后院烛火齐明，房门大开，堵窗户的毡子毯子全部撤掉，并让胡旗抚琴歌唱。他还吩咐，如飞贼来大家不要喊叫，外面厮杀谁也不许出来。一切安排停当，张三便躲在一个小屋里，目不转睛地盯住房上。

到了半夜，那贼果然来了，他从房上探看了半天，见院子里与往日截然不同，就没敢下来，悄悄溜走了。

第二天一早，张三上房查看了贼的来路和去路。

原来做贼也有暗道上的规矩，在来路和去路上，都摆着瓦片石子作为标志。张三一瞧心里就有了底。他记得少年学艺时，师父曾对他说，学武艺是为了伸张正义，切不可拦路抢劫、采花盗柳，穷死不得卖艺。如果将来生计困难，可去给人保镖护院。保镖是保哑巴镖，官商行旅与镖师约定会面地点，然后同行。半路上遇到劫道的，双方过过话，提名道姓，知道就抬手放过去，不然就得较量一番。而要护院捉贼，就必须懂得贼的规矩，懂规矩是为了捉贼，而不是做贼。张三知道这飞贼本领高强，不必苦心与其周旋。

第二天天一擦黑，张三两手抓住墙头，身子一卷，上了房顶。他的脚面可贴迎面骨，手足之力极大，纵上这丈余高的房子，自是轻而易举。他在一个烟囱后面隐藏起来，专等飞贼到来。

夜半，月光如水，繁星竞相眨眼。那飞贼果然又依原路溜来，蹲在房顶前半坡上朝下观望。张三悄无声息地扑到飞贼身后，一把抓住飞贼的后衣领，低声问道："朋友，你来了！"

飞贼大吃一惊，心想：今天可交待了。于是一动不动，也低声答道："朋友！我来了，你是哪一位？"

张三见他不回头，知道这飞贼是经过传授的名贼。因为倘若他一回头，按规矩就是打算动手。此时地势是前低后高，飞贼要动手，张三只需将脚一抬，他就会被踢得"骨碌碌"滚下去。

张三道了自己的名姓，谈起了行话。那飞贼忙说："久仰，久仰，你在这里，那我就走了，你高抬手吧。"

张三说："你可以先到舍下喝点儿酒，住几天，咱们约几个朋友凑点儿盘缠，你再走吧！"

"多谢了，怪不得'燕子'李三夸你讲义气，够朋友，今日得见，名不虚传！青山不改，细水长流，后会有期。"

张三低声说："朋友，怪对不住的。"一松手，那飞贼便头也不回地逃走了。

张三捉贼之事被胡旗等人一传，街巷皆知，越传越神。有人说张三能拔地而起十尺，有人说他一弹就上了房，会蹿房越脊，如履平地。

有个叫王福全的后生，是施纪栋的徒弟，他听说了张三的故事，不大相信，向别人说："甭听那些人瞎吹乎，我就不信张三有那么大的本事，难道他是属孙猴子的七十二变，能腾云驾雾？"

这些话传到了张三的耳朵里，但因为张三与施纪栋以兄弟相称，凭他的辈分不便直接找王福全论说，于是决定用手段问施纪栋一个教徒不严。

这一天，施纪栋正在朝内大街义和木厂内练功，旁边栽着一片向日葵，他的妻子陈嫒嫒正在收向日葵盘子。

施纪栋走起桩来轻盈稳健，快速沉实，长辫飞舞。张三悄悄来到此处，见他演练得法，暗暗称赞。

张三的手稍一摆，就见施纪栋的辫梢儿已拴在一棵向日葵杆上，施纪栋一使力，"咔嚓"一声，那向日葵杆齐腰折断，上半截仍然拴在辫梢儿之上。

这一下把施纪栋和正在一边聚精会神摘向日葵的陈嫒嫒吓了一跳。

施纪栋对张三一拱手说："三爷来啦，请别见笑。"

"哪里？功夫不错。哟，这么热的天还穿厚夹袍呀？"说罢，张三提起他的衣服下摆，手指一捻，厚厚实实的袍子出了一个大洞。

施纪栋知道是有人得罪了张三，于是赔礼说："三爷多多指教。"

张三道："岂敢，岂敢。"

陈嫒嫒一身紫花布裤褂儿，高高挽了头髻。此时她说道："三爷轻易不来，快到屋里和我那老头子喝两盅。"

张三轻轻一摆手："多谢嫂子，我今儿个还有点儿急事，不进屋了。"说完，"蹬蹬蹬"地走了。

过了几日，张三又听有人说，王福全仍在背后胡言乱语。

这天半夜，张三又来到义和木厂，纵身跃窗潜入施纪栋住房。施纪栋干了一天活儿，浑身疲乏，睡得正死，毫无察觉。

张三捡了施纪栋的一只跎云鞋来到屋外，把那只鞋放在窗台上，倒上煤油点燃后对屋内说道："鞋都着火了！堂堂八卦掌高手，连徒孙都管不好，不怕辱没了本门声誉！"此时，施纪栋已经惊醒，跑了出来，可哪里见得着张三的半点儿踪影。

他在院内望着房上发怔，猛然醒悟，张三不是故意捉弄自己，而是为了团结武林。一定是自己的门徒冒犯了张三，张三为了本门声誉两次"发难"，给自己留了很大的面子。此时他深感张三心诚意笃。他决定要查查徒子徒孙，是谁有违了师训。

过了几日，王福全偷偷跑到寿少爷家，找到张三，向他承认了过失。张三好言回敬。

第二年春天，杂树生花，飞鸟穿林，春色怡人。柔嫩的柳丝低垂在静谧的北京城护城河面，鹅毛似的飞絮漫天漫地地卷进城里，呈现一个白絮的世界。大学士王文韶从陕西回到了北京城，寿少爷全家顿时雀跃起来。张三自然得到这位老学者一番感谢之辞。

这天中午，张三正在大学士府歇息，忽觉有人搔他的耳朵，他眯缝着醉眼一瞧，是“燕子”李三。

李三穿一身树皮布裤褂儿，脚蹬一双跎云鞋，穿一双蚂蚁上山的袜子，腿腕扎成灯笼裤腿，脸上还抹了点儿粉，头上涂了点儿油。

张三思忖：这鬼小子打哪里来，怎么寻到这儿来了？

李三以为张三睡熟了，见旁边桌子上有一个酒壶，拿起来摇了摇，蹑手蹑脚端到张三面前，一滴一滴地朝他嘴里倒。

张三左脚一蹬，用右胳膊一抬，李三“噗”的一声摔出了门外。

张三跳起来叫道：“你瞧，炕塌了，还不快收拾炕。”

李三揉揉后腰，眨巴眨巴眼睛，站了起来，往炕上一瞧，原来张三左脚一用力，那炕洞塌了一大块。

李三“嘻嘻”笑道：“三爷，我李三可无事不登三宝殿呀！有事相求。”

张三问道：“佳韵姑娘怎么样了？”

李三埋怨道：“大过年的，我一直把她送到天津，天又冷，路又滑，你不知有多辛苦。”

张三笑道：“你小子哪里是省油的灯，你准是偷了人家的毛驴或马车送的，别卖乖了。”

李三嘴里嘟囔着：“那人家要背她，她不让背嘛！”

张三道：“你有什么事找我？快说。”

李三喜形于色地说：“东城有个叫白鹭的武术家，你知道不？”

张三摇摇头。

李三道：“他道德败坏，吃喝嫖赌无所不为，又自诩打遍京都无敌手。他有个胞兄早夭，只剩下一个孀居嫂嫂，住在东城赵堂子胡同，靠着以前的积蓄度日。白鹭每当赌输了钱，都要去找他嫂嫂要钱。我的一个朋友和他嫂子家是邻居，近日我一直住在这个朋友家。听到隔壁院里传出呼救声，跑过去一瞧，正赶上白鹭与他嫂子纠缠，白鹭威胁他嫂子说：‘你如果不把全部积蓄都给我，我就奸了你，败你一生的名声。’那妇人死活不肯给他钱，白鹭就强行脱下她的裤子，妇人大喊救命。我看见如此情形顺手拾起一块瓦皮，朝白鹭掷去，正中他的额头，霎时肿起一个血包。没想到白鹭身怀奇功，他用手一抹，那肿包顿时消失。他对那妇人说：‘我明天晚上还来，你如不把钱给我，我就真的奸了你！’说完，冲出门来，‘嗖’的一声蹿上房来。我急忙躲到一个房檐后。听他骂道：‘哪个不识好歹的，敢管我的闲事！’说着，接连踢了四脚，四片瓦被他踢飞。他又骂道：‘哪个断子绝孙的，躲在那里不敢出来，有种的，你出来！’我听了再也耐不住，跳了出来，他一见是我哈哈笑道：‘原来是大盗“燕子”李三！’我骂道：‘你这人面兽心的家伙，看我不把你这丑事张扬出去！’他一听，一拳打来，骂道：‘我非把你这燕毛拔下来不可，叫你成为秃尾巴燕子！’我俩打来打去，他用的都是狠功，我有些招架不住，没留神被他打中一拳。”说完，李三脱了衣裳，张三见他背后有一块巴掌大的紫印，已经淤血。李三接着说道：“我见打不过他，撒腿就跑，那白鹭轻功可比我差远了，我三钻两钻就把他甩了。”

张三抄起长烟袋，点燃了，吐出一团团烟圈，往雕花木椅上一靠，慢悠悠地说：“李三，你这是请我出山哪？”

李三见张三有点儿故意“拿糖”，也往旁边炕上一靠，一盘腿，没想正坐在刚才张三蹬塌的炕上，“扑通”一声掉了下去，嘴里塞了不少土块儿。

张三一见，笑得前仰后合。

李三从炕洞里爬出来，拍打拍打身上的土，顺手抄起放在桌上的酒壶，“咕嘟嘟”喝了一大口。他倚着门框，嘻嘻笑道：“张三爷，人家可挤对你了呢。”

张三摇晃着腿，漫不经心地问：“说我什么来着？”

李三道：“我一边走一边说：‘姓白的，我跟“醉鬼张三”是拜把子，我回去把他叫来，他身怀绝技，能把你给撅了！’你猜他怎么说，他说：‘“醉鬼张三”！不就是那个酒葫芦吗？他是天桥的把式，光说不练！他要来，我就让他这辈子喝不上酒了！’”

张三听到这里，把长烟袋一掼，站起来气呼呼地说：“这个无名小辈，竟然口出狂言，看我教训教训他。”

李三见激将法成功，喜得蹦了起来。

晚上，月明星稀，张三随李三来到东城赵堂子胡同。白鹭还没有来，那妇人满脸是泪，穿着一身雪白的布衫，手里攥着丈夫的遗物，正趴在屋内炕头哭泣。

李三在房上对张三道：“这个女人就是白鹭的嫂子。”

张三点点头，找到一个合适的藏身之处，等候白鹭的到来。

一会儿，只见那妇人解下腰带，挂在屋梁上，又搬来一个木凳，站了上去。

张三见她要寻短见，一张嘴，吐出一口长气，把那放在桌上的蜡烛扑灭。趁着黑间，一猫腰溜了下去，钻到屋内，伏在地上，拽住了那个木凳。

那妇人接连踢了几下木凳，木凳未动分毫，她十分诧异。

就在这时，一阵风卷过，白鹭疾步走了进来。

他叫道："你想好没有?"却一脚踩在张三背上。他吓了一跳，叫道："你怎么寻了短见?"

那妇人见他问得奇怪，心一慌，脚一软，跌了下来，正倒在张三身上。

张三一滚，站了起来，叫道："白鹭，天网恢恢，你难逃公道!"

白鹭一听，飞身来到院内，叫道："你是何人?"

张三也跟了出来，说道："我是张三，找你算账来了!"

白鹭笑道："都说你'醉鬼张三'功夫高，我可没见过，今天我倒要领教一番。"

张三说："那很好，咱俩走吧!"

屋内那妇人不知所措，李三溜了下来，对她说："张三爷要教训教训你这小叔，你不要害怕。以后你那小叔子恐怕不会再打扰你了，你不要寻短见，还是安安稳稳地过日子吧。"

那妇人一听，"扑通"一声跪地说："你们可不要杀他啊，杀了他，我在九泉之下可没脸见他哥哥了。我公公婆婆死得早，无人教养他，才养成了他这个德性。"

李三听了，心里一阵不是滋味，心想：这女人也太菩萨心肠了，你都叫他逼到这个份儿上了，还存这个心思。真是树林子大了，什么鸟都有。他气呼呼冲出门去追张三。

张三和白鹭跃过东城墙，来到一片小树林里。

白鹭说："咱们两个人互相在对方头上一击三掌，哪个功夫不成，哪个算倒霉。"说着捡起一块石头，画了个道儿，说："你要哪面?"

张三笑道："不用这么麻烦，你先出手吧。"白鹭也不客气，运足了气，伸出左掌，使劲朝张三头上击去。

张三的脑袋一动未动，眼睛未眨一眨。白鹭有点儿慌了，心想：我这掌非常厉害，击在一般人头上都要脑浆迸裂，可是张三却没事，他难道是铁头？他又使出祖传绝技，暗暗运气，眼见那左掌渐渐泛红，继而变紫，竟变得如同炭火一般，他又朝张三头上击来。

这次张三的眼睛眨了一眨，可是依旧无事。白鹭悄悄把刚才的那块石头握在手心，又朝张三头上击去。张三的头微微颤了一颤，头上连个包也没起。

白鹭无奈，对张三道："该你打我了。"

张三伸手朝他头上一按，白鹭登时觉得眼冒金星，踉跄了几步。其实张三只是使了三分气力。

接着张三又使出五分气力，举掌朝白鹭击去，白鹭头一缩，脖子有点儿错位。张三又一掌，白鹭只觉头上一麻。

张三道："你的功夫不错，练到这个地步很不容易，我只给你留点儿记号，希望你今后一定改恶从善，千万不要做丧尽天良的事情了。如果再不改过，我就叫你下肢瘫痪。"

此时，李三也赶了过来，他见张三轻易地放了白鹭，心中不解。

张三说："我对他的惩罚已经够重的了，至少他不会再去赌博和纠缠他嫂子了。"

李三仍是不解。张三又对白鹭说："以后你有什么困难，尽管来找我好了，我住在洋溢胡同。"说完，飘然而去。

直到第三天，白鹭才明白过来。这一天早晨，他刚刚从睡梦中醒来，睁眼一瞧，一切都是昏蒙蒙的，伸手不见五指，原来他双目失明了。他想起三天前张三说的那一番话，明白张三对他的惩处，心里懊悔万分。

不久，北京城里出现了一个盲道士，这道士衣衫褴褛，左手托着一个钵，右手拄着根马杆，沿街乞讨，他就是白鹭。

他无脸去找张三要钱，更没脸去找嫂子要饭。他在风中乞讨，在雨中呻吟，有时伸出长长的挂着虱子的手臂朝半空中举着，嘴里说着含糊不清的话。他在用自己的过错，向世人诉说善有善报，恶有恶报的真谛。有时他就畏缩在别人家的门洞里，像一条断了脊梁骨的病狗，每逢人家倒出垃圾杂物，他就扑将上去，捡出可吃的东西，胡乱塞在胸间。

张三每当在街上见到他，总是摸出一把碎银子扔给他。白鹭也不知他是张三，因为他再也见不到世间万物了，他只是像狗一样半跪着，嘴里吐出不清不楚的字眼，只有张三能听得懂那几个字：但行好事，莫问前程。

第十六回 南巡钦差谈虎色变 北上白衣妙手回春

这天上午，张三正在洋溢胡同家里喂鸟，就听胡同西口传来一阵吹吹打打声。他走出门口，张氏喜滋滋地从外头回来了："长桢，有个大官人接你来了。"

张三抹了抹手上的鸟食，不以为然地说："我跟那些戴顶戴花翎的官人无亲无故，哪里来的什么大官人？"

这时，几个差役走进院里，一位差役在门口喊道："钦差大人到。"紧接着，一顶官轿停在了门口，轿里走下一位官人。

那官人身着黑色官袍，戴着顶戴花翎，面庞清瘦，两目熠熠泛光。

"张三爷，还认得我吗？"他的声音浑厚、响亮。

张三一看，此人正是王媛文的父亲刑部侍郎王金亭，因他出面救过"小辫梁"梁振圃，张三对他颇有好感。

张三笑道："王大人肯屈大驾，来此寒舍，我实感荣幸。"

王金亭走进屋门，不客气地坐在一张木凳上，张氏赶忙端上一杯清茶。

王金亭说："我说话不愿绕弯子，此次来是想请张三爷出一趟公差。"

张三问："想必是王大人高升了。"

王金亭回答："浙江巡抚洪升私设公堂，欺压百姓，强抢民女，霸市欺行，有不少人投书朝廷揭发他的罪行。又因他挪用修缮西湖园林的经费，为自己的行宫大兴土木，惹恼了太后，朝廷派我为钦差，去杭州视情查办。"

张三说："洪升之事我在京都也有耳闻，他是靠镇压农民起义起家的领官。"

王金亭呷了一口茶，又接着说下去："洪升这个人不仅有武功，而且诡计多端。他有三个部属非常厉害，都是武林高手。一个唤做'铁扇子'洞庭先生，他的扇子功自称天下第一。一个唤做'铁辫子'盘龙，他的辫子很有功力，辫子缠满了钢丝，一甩，有万夫不当之勇。还有一位称作'江南第一妙手'解铁夫，他的夜行术、飞檐走壁法、壁虎游墙术、泅水术等都很有名。他身轻如燕，江湖人称‘南解北燕’，‘北燕’李三，‘南解’指的就是解铁夫。”

张三说：“洞庭、盘龙、解铁夫这三个人，当年我在四川、云贵走镖时，就有耳闻，但从未见过面。”

王金亭道：“如今朝廷任我为钦差的消息已传遍江南，洪升自然非常嫉恨，听说他派了大批刺客、武士在途中杀我，又有人说解铁夫已经到了北京。”

张三问：“那个解铁夫长相如何？”

王金亭摇了摇头：“我也不知道，只知他喜欢白日睡觉，夜间活动。对了，洪升那老贼还有一个美妾，武功非凡，叫玉蝉翼，原是天姥山上一个修炼极深的道姑。她使的一件短兵器非常独特，称为‘王母梳’，那兵器呈月牙铲形，四角有棱刺，梳法有刺、拉、扎、撩、劈、勾，还有十二根梳齿，非常厉害。”

张三问：“王钦差何日动身？”

王金亭说：“朝廷圣旨催我明日一早动身，经天津、济南、南京到杭州。我此次不声张，乔装前往，只挑了五名精悍心腹做护卫，也是便装。今日来是想请张三爷做我的保镖，不知你意下如何？”

张三说：“我对王钦差一向敬佩，上回你对我又有帮助之恩，我当然愿意前往，只是王文韶大学士那里我还担任护院之职。”

王金亭笑道：“我已经为你辞掉了那份差事。”

张三道：“那我收拾一下便随你去。”

当下张三收拾了行装，带了柄宝刀，辞别了家人，随王金亭回了府。

到了王府，王金亭吩咐家人挑选了一间干净房间安顿张三歇息。这房间在后花园的西侧，张三刚坐定，王金亭的女儿王媛文就笑吟吟走了进来。

王媛文说：“张三爷好自在呀，如今住在我家了。”

张三朝她一瞥眼，把二郎腿一跷，说：“我可是你家老爷用八抬大轿子抬来的。”

王媛文说：“哟，既然是这样，那我给您请安了。”说着鞠了一躬。

张三问：“你在白衣庵告诉我去找赛金花，可是后来你到哪里去了？”

王媛文嫣然一笑：“我还在庵里念经呀！”

张三用手指头狠狠戳了一下她的脑门：“你这鬼丫头，跟我装蒜，那洋鬼子大开杀戒那阵子，你在哪里？”

一听这话，王媛文眼圈一红，眼泪夺眶而出，默不做声了。

张三又问：“仪銮殿那把火是不是你烧的？”

王媛文急忙申辩说：“那可不是我放的火，那是一个宫女放的。”

张三听了，一怔，忙问：“是宫女？”王媛文连忙道了缘由。

原来那日张三离开白衣庵后，王媛文放心不下，便也化装跟随张三进入了中南海。

张三躲在仪銮殿偷听瓦德西和赛金花说话，王媛文也躲在旁边的一个暗处偷窥动静，并为他望风。

一会儿，王媛文转到旁边的神厨，正见一个宫女放火。

那宫女看见她扔下烛灯就跑，王媛文追上那宫女，对她说："小妹妹，我也是来报仇的。"

那宫女见她是汉人，又慈眉善目，放下心来。

王媛文说："我掩护你赶快逃出中南海，大火一起，大批洋鬼子就要来了。"

那宫女眼泪汪汪地说："我不想活了，咱们堂堂正正的一个中国，可是泥捏的？洋鬼子一来，给糟蹋成这个样子，我还有什么脸活在世上！我是服侍赛金花和瓦德西的宫女，我恨死了他们，不愿为他们卖命，再有，我……"

宫女脸羞得通红，一会儿又接着说："瓦德西那老鬼侮辱了我，我已有了三个月的身孕了。"这时，只见仪銮殿燃起了熊熊大火，许多洋兵叫喊着扑去救火，王媛文正往仪銮殿那边瞧，但听"扑通"一声，急忙回头，那宫女已经跳进了太液池。

王媛文见宫女壮烈殉身，立刻沿着野草丛生的甬路来到北墙边，翻身攀了上去，然后轻轻跳到外面。

之后几天王媛文没有回白衣庵，而是偷偷溜回了家。当时她家中已被封上，空无一人，她一个人躲在园子里不敢露面。

过了几天，她看到外面没有什么动静，便又来到白衣庵，正见白衣庵一片悲惨之状。其时正巧张三也来到这里，之后她便尾随张三来到宛八爷家，探听了虚实，并抢在张三之前，结果了跤手冯瑛和那个尼姑的性命。

张三听了王媛文的一番叙述，才消除了种种疑团。

王媛文说："爹爹此去杭州，我实是放心不下，做女儿的又不能前往，路上风急浪险，凶多吉少，还望张三爷多留心费神。"

张三笑道："你把心放下来就是了，有我张三在，就有你爹在，不必担心。洪升能有六个脑袋不成？这回王大人去，定要把那乱纷纷的案子弄个水落石出，替江南老百姓出口气。"

王媛文与张三叙了一会儿，告辞而去。

晚上，王金亭摆了酒宴，请张三入席，在座的还有王金亭的幕僚旧友以及那五个心腹护卫。众人在酒席上开怀痛饮，谈笑风生。

王媛文换了一件孔雀蓝色旗袍，鬓边簪着一朵鲜红的宝石珠花，衬着耳朵上两颗碧玉镶就的绿宝石耳坠儿，更显得红娇绿嫩，艳丽无比。她那鸭蛋形的小白脸喝了几杯酒后，变得红扑扑的，美丽动人。她薄薄的小嘴唇喋喋不休地动着，给客人们说些俏皮话，时常逗得人们捧腹大笑。

这时，有人提议猜谜罚酒，王金亭站起来笑道："猜谜是老一套，今日我们变一个花样，改猜歇后语。从我开始，我说歇后语的上半阕，旁边的人必须说出下半阕，谁说不出来，就罚谁喝酒！"众人齐声叫好。

王金亭想了想，说："张果老倒骑驴——"

紧靠在他右边的张三脱口而出："有眼不见畜生面。"

张三又说："屁股上画眉毛——"

右边坐着的王媛文，撅着小嘴埋怨说："瞧你出的这个上阕，叫我怎么接。"

张三笑道："你不接，就罚酒！"

众人应和说："对，不接就罚小姐的酒！"

王媛文赌气说："好大的面子呗！"众人哄堂大笑。

张三说："好，看你来一个雅点儿的。"

王媛文眼眸子闪了一闪，说道："杨六郎赦了杨宗保——"

旁边一个官人道："儿媳妇穆桂英吓的！"

众人又是一乐，紧接着说下去："孙猴子坐金銮殿——"

"不像仁君！"

"寻着和尚卖梳子——"

"不看对象！"

"石狮子的五脏——"

"实心肠。"

正该一个护院答时，他借故去茅厕退了出去，众人又接着说起来。

可是过了有一个时辰，仍不见那个护院回来。

王金亭让另一个护院去找，又过了一个时辰，那个护院也未见回转。

王金亭有些奇怪，说："真是奇怪，连去了两个护院都未见回来。"

张三说："我去看看。"说着，出了屋门，往后院寻来。出了垂花门，看见一个护院正站在院内，一动不动。

张三走过去，伸手一摸，那人身体冰凉，已经死了。

他上下打量那个护院，未见血迹。心想：杀手真是凶狠，竟然做得滴水不漏。一阵风吹来，张三酒已醒了一半。

他回头一看，只见另一个护院正偎在墙根下，似在酣睡。他上前一摸，气息全无，也已死去。

这时张三感到脖颈处有一股风袭来，急忙抽身，只见有个白衣少年笑吟吟站于身后，一伸右掌，直取他的左肋。

张三大叫一声：“你是何人?”往后退了几步，然后伸手去抓那白衣少年。

白衣少年也不言语，旋风般转到张三身后。

张三又退了几步，掏出烟袋，前后左右横扫了一阵，这一招叫“四季开花”，如若碰着对方，轻则重伤，重则身亡。

白衣少年踉跄几步，说了声：“绝妙。”那声音如同铜铃，悠扬悦耳。

张三又伸手去抓那白衣少年，少年伸出两只手，上下齐舞，如同千佛手，疾快有声，朝张三反抓过来。

张三叫一声好，一招“苍鹰俯冲”，直取对方下盘。少年暗暗弯腰，护住下盘，张三一招“童子拜观音”，用右手去探少年的上盘，少年又回护住上盘。

张三右手手持烟袋往前一探，少年轻轻叫一声“哎哟”，烟袋立时折为两截。

张三有点儿恼火，扔掉留在手中的半截烟袋，往起一跳，跳起三尺有余，用右手去锁少年的咽喉。少年迅雷般大吼一声，用头去撞张三的右手，没想张三的右手力大劲厚，“嘭”的一声，少年的冠巾飘然落地。

少年略吃一惊，抽回右手，伸出左手，去抓张三的辫子。张三一回身，那辫子流星一般朝少年卷来。

少年见其来势凶猛，轻轻一弹，退到旁边的矮房上，叹道：“比起我二哥的辫子功不在以下！”说着倏忽不见。

忽然猛听得前院客厅中有人大叫：“老爷死了！快抓凶手！”

张三赶到客厅，只见王金亭正被众人围着。他挤进去一瞧，心内明白，不由得浮起一丝笑容。

原来在王金亭坐的桌前插着三枚亮晶晶的梅花针。凡是使用暗器之人一般都发三、六行式，这三支梅花针齐射在桌上，由此可以断定王金亭并未中暗器。

果然，不多一会儿，王金亭假装苏醒过来。“爹，您怎么样了？身上哪点儿不适?”他装死竟然也瞒过了女儿。

王金亭微微睁开眼睛，一个护院端来一杯水服侍他喝了，他站了起来，笑道：“未出征，险些折了大将。洪升那伙人来得好快。”

张三走上前说：“刚才出去的两个护院也被他们杀了，使的是绵手掌，未见身上有血迹。看来来人不止一人。”

王媛文担心地望着王金亭，缓缓地说：“爹，还是把那钦差的差使辞了吧。”

王金亭一听，脸上现出愤怒的神色，说：“为民请命，伸张正义，惩恶扶弱，乃是我做官的宗旨。离开了这个旨意，我宁愿卸甲归隐，不在宦海浮沉浑浑噩噩地虚度年华，白拿老百姓的俸银，让老百姓的话儿戳穿了脊梁骨。你不要多说了。”

众人听了王金亭这番义正词严的议论，深受感动。

宾客散尽，王金亭回屋歇息，王媛文不放心父亲的安全，就在王金亭所住房间的外屋临时搭了一个木床，抱着宝剑睡了。

张三把护院召集起来，又挑了两个精壮之人充当王钦差的保镖，然后把他们分别派到各处，自己也回屋歇息去了。

回到屋里，他点燃了蜡烛，刚要脱衣睡下，只见枕头上插着一把尖刀，下面压着一个纸条。张三打开纸条，上面写道：醉鬼张三，回头是岸。闭居家中，为时不晚！

那字潇洒自如，十分娟秀。张三笑了笑，将纸条揉碎了，扔到一边，把那尖刀在手心上掂了掂，“咔嚓”一声，折为两截。

他思忖：今晚凶多吉少，不能脱衣睡觉，还是小心提防为好。于是斜倚着枕头，蒙眬睡去。

正睡着，忽听有人叫道：“着火了，着火了！”

张三跳起来一看，后花园火光冲天。他急忙跑到后花园，只见几个护院正忙着救火。

原来是后花园中的一座唤做“妙香斋”的楼阁起了火。

张三猛然想到，莫不是调虎离山计，王金亭大人不知性命如何。想到这里，身上出了一层冷汗，慌忙朝王金亭的住处跑来。

刚跑进二层院，猛听脑后风响，张三一侧头，一个飞抓掷了过来。他一侧身，扭住那飞抓的绳索，使劲一抖，竟把站在垂花门上的一个人拽了下来。那人精瘦个子，一身夜行衣装束，脸上蒙着黑布。

张三一招“猛虎掏心”，直取那人胸膛。那人闪展腾挪，疾如飞燕。

张三急问：“你是何人？竟敢夜间行刺？”

那人操着浙江口音道：“回头是岸！”

张三见他说出纸条上的话语，不禁恼火，使了个“白蛇吐信”，锁住那人的咽喉。

他连问三声，那人死活不说，他一使劲，那人顿时鲜血喷出。

张三见那人已死，径奔王金亭的房间，只见屋内外空无一人，外屋那张木床已经散塌。张三大惊，连喊数声：“王大人！王大人！王小姐！王小姐！”可是没有回声。

这时，一个护院跑来，张三问道：“可曾看见老爷和小姐？”

那个护院脸有血迹，气喘吁吁地说：“老爷被一个恶徒背走，小姐追去了。”

“往哪边去了？”

"往北跑了!"

张三冲出房门，朝北追来，出了安定门，果然见有两个黑点儿，一前一后。前面那个黑点儿正是一个恶徒，他背着王金亭疾走。后面那个是王媛文，手持一柄宝剑，拼命追赶。张三轻功绝妙，跑了一程，已追上王媛文。王媛文看见张三，又惊又喜，叫道："三爷跑得好快，爹爹被他们绑了，就在前头。"

张三点点头，闪电般追上去。眼看着就要追上，只听"哎哟"一声，那背着王金亭的恶奴一声惨叫，倒在地上。

王金亭一个"鹞子翻身"，平平稳稳地落于地面。这招功夫潇洒漂亮，张三见了也不禁叫绝。

原来那个恶奴以为王金亭是一介书生，没有武功，只管背着他疾跑。王金亭满腹机谋，也想乐陶陶地让他背着冲出包围圈。那恶奴本想争功，没想被王金亭半路锁住了咽喉，丢了性命。

张三掀去那恶奴的蒙布，见是一个极标致的后生，他撕开后生的衣服，见那胸膛上印着一个蓝色的"洪"字。

此时，王媛文也追了上来，她上下打量着父亲，问："爹爹，没事吧?"

王金亭呵呵笑道："没有伤半根毫毛，咱们赶快回去看看吧。"

三个人回到王金亭的府邸，只见大门敞开，府内鸦雀无声，后园的火也已熄灭，散发着烧焦的气味。

三人走进院里，王媛文连喊几声，也未见有护院出来。走进二进院，发现有两个护院倒在地上，王金亭俯下身来仔细查看护院的尸身，只见在他们后背都有五个小窟窿。他撕开护院的衣服，惊叫道："王母梳！想必是玉蝉翼也来了。"

张三一看，在护院白皙的后背上果然印着五个清晰的小黑窟窿。

他们又往前摸去，在屋里、院内和后园里发现了另外一些护院和杂役的尸首，共是二十一具，身上都有王母梳痕。

张三看了也觉浑身冷飕飕的。

王金亭说："护院已死，只有我和三爷一起启程了。"

王媛文说："我也去！与三爷一起保护爹爹。"

王金亭说："不行，你一个女儿家，在路上不方便，你不能去。"

王媛文涌出泪水，说："我在京都实在放心不下，爹爹，你还是让我去吧!"

张三也劝道："既然她执意要去，就让她去吧，可以让她女扮男装。"

王金亭听了，呆了半晌，滴下眼泪，对王媛文说："我们王家就你一根独苗了，你娘死得早，临死之前，特别叮嘱我要把你养大成人，你要有个好歹，让我怎么对得起你那在寒泉之下的母亲!"

王媛文抽泣说:"爹，那我不去了，你跟三爷去吧，我盼着你们平安回来。"

她又走到张三面前，"扑通"一声跪下，说:"三爷，我把爹托给你了，你们要多保重。"

张三扶起王媛文，说:"有我张三在，就有你爹在，有你爹在，浙江的老百姓就有盼儿!"

王媛文又说:"三爷在路上少喝酒，免得酒后误事。"

张三一听，倒笑出声来，说:"我这个人好怪，一喝酒就来神气，不喝酒反而没了精神。我有两斤白酒的肚量，一般是不会喝糊涂的，你放心!"

王媛文埋怨说:"人家是好心劝你嘛!"

张三连连点头说:"好，就听小姐的。"

东方吐出鱼肚白，一轮红日冉冉而升，张三和乔装的王金亭上路了。王媛文送了一程又一程才与他二人依依惜别。

走了一天，路上平安无事。第二天，张三保护着王金亭来到了天津。

张三还是头一回来天津，见人来人往，川流不息，一点儿也不亚于北京。只是天津跟北京的风格不同，北京是五朝之都，宫殿王府，红墙绿瓦，古木参天，楼阁迭出，而天津则民房简陋，小巷歪斜，只有租界洋房高耸。同时天津是北方重要商埠，海河边杂摊林立，吆喝声不绝于耳。

张三和王金亭走上一座桥头，望着滔滔的海河水。那海河水被阳光照着，泛出鱼鳞般的光彩。一条条停泊在岸边的渔船，东摇西荡。那些渔夫有的扎堆聊天，有的忙着修补渔网。有的渔船冒出袅袅炊烟，传出婴儿的啼哭。

张三知道天津是武林英雄藏龙卧虎、虎踞龙盘之地，不乏武林豪杰，诸如韩慕侠、张占魁、李存义、霍元甲等人，都是一流武术家。

两个人走到强子河边的海光寺附近，寻思找一个小旅馆歇息。只见寺内有一家工厂，厂门口有个五十多岁的小贩正挎着篮子叫卖花生。这时，围上来五个精壮汉子要买花生。小贩给他们称了花生，那伙人一起哄把篮子里的花生都抢光了。

小贩急道:"我家有八十岁的老母，还有老婆孩子，全靠我卖花生糊口，你们给我抢了，叫我一家子喝西北风吗?"那伙人睬也不睬他，跑进工厂躲了起来。小贩走到厂门口要找人要钱，门房连打带骂把他轰了出来，小贩一屁股坐在地上"哇哇"大哭起来。

有个壮汉路过这里，他上前把小贩扶起来，问道:"你哭什么?"小贩一五一十把经过情形诉说了一遍。

壮汉一听，顿时怒气冲天，对小贩说："走，跟我去要钱！"

小贩不敢去，畏缩着躲到后面。

壮汉说："不用怕，有我呢，他们不给钱，你就骂街，骂出事来我一个人顶着。"

小贩这才壮起胆子，又走到工厂门口要钱，门房照旧不理，小贩就放开嗓门骂起街来。

门房火了，大声喊道："你这个老小子胆子可不小，竟敢骂人，来人哪，快来打这穷小子！"

话音未落，"哗啦"一声，从里面冲出十来个彪形大汉，都是护厂队的人。

小贩一看情形不妙，扭头就跑。壮汉抢先一步，拦住众人说理。那些人不理睬他，直奔小贩。

壮汉出手极快，一伸手就撂倒了三个人，于是众人把壮汉团团围住，你一拳，我一脚，向壮汉袭击。

壮汉步法灵活，东躲西闪，边打边退，退到了强子河边。这样一来他不再是四面受敌，形成了三面应敌的阵势，以利反击。

张三见壮汉是个行家，暗暗称赞，只不知他使的是什么拳法。壮汉精神抖擞，越战越勇，使出了看家本领，只见他指东打西，左晃右旋，一眨眼工夫，那伙人又趴下三四个。

这时，有人回厂里又叫来不少人，都拿着洋枪。

原来这是洋人办的一家工厂。

壮汉一见立即脱下衣服当武器，施展空手夺白刃的功夫。六尺来长的枪筒子，被衣服卷着就脱手。壮汉打着打着，把所有的枪筒子都夺下来，统统扔进河里。

这帮家伙看得傻了眼，站着不敢动手了。有人把管事的叫了出来。管事的摘下眼镜一瞧，对那帮人一瞪眼："你们胡闹什么！你们不认识吗？这位就是小南河的霍四爷——霍元甲！快干活去吧！"

张三听管事的说出"霍元甲"三个字，仔细地打量了那个壮汉。只见他身材魁梧，虎背熊腰，面庞端庄英武，内里穿着件疙瘩绊对襟儿黑衣紧身练武装，腿上罩着一条蓝斜纹布灯笼裤，足蹬一双薄底踢死牛双鼻鞋，目光霍霍。

此人正是霍元甲。他是迷踪拳名家，天津静海县人。他因自小体弱，父亲霍恩第不让他学艺，然而他天性爱武，偷看父兄练武，获得了家传迷踪艺，并益以内功，旁参各派，此时功夫已臻化境。他今年三十六岁，在天津办药栈，收有弟子刘振声等人。霍元甲不仅以武功人品闻名全国，而且力挫俄国力士、西人奥比音及东瀛武术，更是遐迩九州。

当下，霍元甲把事情的经过叙了一遍，义正词严地要求工厂护厂队向小贩赔钱，管事的一一照办。小贩谢过霍元甲，高高兴兴地走了。

霍元甲正要离去，却被张三叫住。

第十七回 精武馆霍元甲抨政 清真寺单刀李掩犁

张三说："霍四爷留步。"

霍元甲回头一瞧，见是一个商人和一个高挑汉子，问："有什么事吗?"

张三说："我向霍四爷打听一个人。'单刀李'李存义。"

霍元甲一怔，问："你怎么认得他?"

张三笑道："他是我的朋友。"

霍元甲问："那你是何人?"

张三道："醉鬼张三。"

"噢，原来是北京的张三爷到了。"霍元甲眼睛一亮，"快请到药栈坐。"说着拉起张三的手，张三急忙把王金亭介绍给他。

霍元甲带着他们来到城南的药栈。药栈门额上书"以药会友"四个镏金大字，两旁有副对联，上联是：津门大侠绝技报国；下联是：霍公元甲以武会友。

药栈里的人一听说北京的"醉鬼张三"到了，纷纷涌出门外迎接，拱手施礼。

霍元甲的大弟子刘振声身穿夹袍和天青哈喇马褂儿，一脸勃勃英武之气，他拱手对张三说："张三爷来津门，兄弟高兴之极，望在津门小住，授予我们一些绝技。"

张三笑道："霍四爷声震海内，我张三岂敢，岂敢!"

他为了王金亭的安全，也为省却许多麻烦，因而未向众人透露王金亭的钦差身份，只说是个富商，因此人们对王金亭也未多加留意。

霍元甲满脸笑容，把张三、王金亭让进客厅，只见厅内白漆的天花板，棕紫色的护墙板，墙壁上挂着几幅山水画。画面上，远山如黛，孤雁翩飞，黄芦茂密，小船依依。室内陈设古色古香。一张油漆锃亮的八仙桌，上摆山石盆景，文房四宝；两把太师椅，铺着红毡；屋正中摆着一张桃心花木小圆桌，四周有几张小巧玲珑的紫檀木圆凳；屋角有个硬木花架，上面栽着一盆苍翠欲滴的天冬草。

霍元甲见众人坐定后，说道："张三爷来天津有何贵干?"

张三道："我与这位王先生借道天津，到浙江绍兴去做一桩绍兴酒的买卖。"

霍元甲"呵呵"笑道："张三爷一向保镖护院，如今也做起买卖来了，真是同路不曾识啊!"

张三笑道："无非是养家糊口，聊以生计罢了。"

而后谈及国情，几人都摇头叹息。

霍元甲慨然道："庚子赔款之事，国力太弱，洋人更加有恃无恐，朝廷加了不少苛捐杂税，地方官吏借此敲诈勒索，百姓苦不堪言，怨声载道，国门鼎沸。"

张三说："可惜义和团遭到镇压，那么一股爱国之师也难逃慈禧老贼的魔爪。"谈及义和团，张三又想到李存义，于是又向霍元甲打听李存义的消息。

霍元甲说："李存义如今在保定开了一个万通镖局，前几日他有个徒弟在天津一家回民肉铺买肉，因为秤杆上高低的小事，与卖肉的争吵起来。那徒弟仗着自己有武艺，抢了人家的秤杆。你想想，没有了秤杆，人家还怎样做买卖，江湖上有句术语，这叫'踢摊子'。肉铺主人一看找碴儿的来了，在屋里再也坐不住了，站出来说：'喂，朋友，你仗恃什么这么横儿?'李存义那徒弟说：'全凭单刀李三个字吃饭。'说罢，摔下秤杆，扬长而去。人家回民是最讲团结的，不轻易招惹是非，这次逼得人家告诉了他们清真寺的教长阿訇。这阿訇一听是李存义的人存心找碴儿，也不甘示弱，马上派人到保定万通镖局，给李存义送去请帖，约他今日中午到清真寺赴宴。"

张三一拍大腿："好，今日可以在清真寺会到李存义了。"

这时，刘振声走了进来，对霍元甲说："师父，酒宴已准备好了。"

霍元甲对张三和王金亭说："我今天中午给你们洗尘，正值青黄不接之时，蔬菜欠缺，准备了一点儿对虾、海参，你们品尝一下。"

吃完饭，霍元甲陪张三、王金亭来到那个清真寺。到了门口，只见两边回民雁阵排开，凛凛然，宛如铁塔。李存义还没有来。人们眼巴巴望着正南的马路。

一会儿，马路上尘土飞扬，三匹火炭般的枣红马飞驰而来。马蹄下卷着旋风。前头那匹马上坐着李存义，中间那匹马上坐着一人，年逾花甲，脸色红润泛光，一缕美丽浓密的长髯，潇潇洒洒，迎风拂动，显得骨气雄健，正气浩然。最后面那匹马上驮着一个黑脸少年，生得眉宽额广，一双明眸闪闪如电。

"郭云深大师!"霍元甲脱口而出，迎了上去。

李存义后面那位骑马人正是形意拳大师郭云深。

郭云深是直隶深州马庄人，是李洛能的高足，形意门之杰。他功夫精纯，有

“半步崩拳打遍天下”之称。

李存义、郭云深也认出了霍元甲，他们一齐滚鞍下马，李存义说：“元甲也来凑热闹?”

霍元甲一指远远在树下观望的张三：“你看谁来了?”

李存义惊喜地奔过去，一把拉住张三的手说：“哎呀，张三爷，你怎么来了?”

张三仔细打量了李存义，说道：“一别三年，你胖了许多，怎么，今日来赴鸿门宴?”

李存义笑道：“以武会友嘛，我的徒弟惹了祸，师父还不得兜着?”

张三又把王金亭介绍给他，他们二人道了寒暄。

郭云深对霍元甲道：“我听说清真寺的阿訇请存义赴宴，恐怕他有个闪失，都是同乡人，我又是长辈，不能不管，因此也赶来了。”

那边，张三、李存义、王金亭走了过来。

李存义指着张三对郭云深说：“郭先生，这就是我的好友‘醉鬼’张三爷，他路过此地，也赶来凑个热闹。”

郭云深朝张三一拱手：“张三爷，中国的奇术家，郭某耳闻已久!”

这时，后面那个少年把三匹马拴在一棵槐树上，也走了过来。郭云深指着那少年对众人说：“这是我新收的一个徒弟，叫王芗斋。”

霍元甲说：“郭老先生年过花甲还收徒，真是一腔热血，献身于武术事业，可敬可钦!”

郭云深说：“这后生功底极好，以后必能成大气候。他聪颖好学，是深州魏家村人，我们是同乡，他又主动热诚求艺，我岂有不收之理?”

李存义也说：“我教过他几招，发现他心领神会，一点就透，真是奇才!”

一行人走到清真寺门口，让人进去通报。一会儿，出来一个回教徒，对李存义说：“教长只准你一个人进去，你的那些朋友不能进去。”

霍元甲说：“我们是来瞧热闹的，不是来帮忙的，又不吃你的酒席，找个旮旯一待不就得了，怎么不让进去?”

教徒回答：“这是教长的指令，我只能传达。”

李存义说：“众位英雄就在门外耐心等候，我去去就来，如有不测，我朝天扔一支飞镖，你们再动手不迟。”众人只好依从了他。

李存义昂首阔步地走了进去，两侧的回教徒一齐扬起刀来，为他形成了一条“刀路”。这清真寺十分气派，红亭绿瓦，苍松翠柏，楼阁嵯峨。李存义大步流星地走进正厅，大阿訇身穿伊斯兰教袍，阔脸雄目，笑呵呵迎了上来。“李先生果然来了，真是讲信义之人，请，请!”

大阿訇把李存义请进正厅，让他坐下。李存义见酒席非常丰盛，有烧牛蹄、红烧牛肝、烤羊肉串、煮羊肺、烹炸牛肚等菜肴，酒席上还坐着一些天津伊斯兰教的头面人物。

大阿訇站起来，朗声说："今日保定万通镖局总镖头'单刀李'李存义先生到本寺聚会，是伊斯兰弟兄们的福分，我们表示欢迎！"

大厅掌声雷动。

大阿訇又说："现在宴会开始。"话音未落，立即响起一片刀叉撞击之声。

大阿訇拿起一根银镶乌木筷子，叉起一大片牛心，好像钢钎穿的糖葫芦一样，对李存义说："我先敬李先生一味菜！"说着猛向李存义的嘴边送来。

李存义一看，这是"投石问路"，其实是在试他的胆量。他趁势把嘴一张，用细米白牙咬住了大阿訇飞快刺来的筷子，一下子把银镶头咬掉，再往起一站，猛地一动气，"呸"的一声向五尺外的白瓷痰盂吐去，只听"当啷"一声，把那细瓷痰盂砸去鸡蛋大小的一块。接着他就势一猫腰，"噌"地从靴筒里抽出一把雪亮的匕首，从大八寸盘里，穿起一叠三片牛肝，照着大阿訇的面门刺来，说："教长！在下也敬你一味菜！"说完手到，紧逼大阿訇嘴边。

大阿訇也早有准备，猛地把嘴一张，上去把匕首咬住，李存义一抽再抽，也没有抽出匕首。

这时，大阿訇自己从嘴里取出匕首，呵呵一笑，双手把匕首还给李存义。李存义脸上红一阵白一阵，他接过刀，不好意思地重新插入靴筒，继续坐下来喝酒。

酒过三巡，菜过五味，大阿訇把长袍一甩，又一抱拳说："李先生，请到院子里来领教领教吧！"

李存义知道他是在叫阵，一抱拳说："好！好！奉陪！"一个箭步窜到院心，利落，干脆。在座的懂行的里手知道这是花拳的招数。

一会儿，两个人交了手，大阿訇上前一掌向李存义打来，李存义躲闪不及，连连后退，一直退出丈余才稳住脚跟。

等他吃透了对方的招数，脚跟站稳，没等对方卷土重来，他便施展了"猛虎扑羊"的招数，抽冷子一个"虎扑"，扑向大阿訇。大阿訇侧身躲过，紧接着李存义来一个扫堂腿，把大阿訇扫了个趔趄。

作陪的客人见二人交手打了个平局，知道二虎相斗，必有一伤，便一齐上前分别阻拦说："二位住手，都领教过了，请回到席上喝酒！"

二人都想下个台阶，闻听此话，便回到酒席上。

大阿訇笑道："真是不打不成交，李先生的功力深厚，一般人中了我那一掌，都受不了。"

李存义答道："我这也不是什么金钟罩、铁布衫的功夫。"他从胸前摸出被大阿訇打碎的铁犁盆子说："我的功底便是它呀！"

原来李存义事前打听到大阿訇的铁砂掌十分厉害，他想：浑身上下有骨架的地方还可以招架一阵子，唯独小肚子最软，经不起一掌的功力。他到镇上溜达，看到货摊上摆着一个犁盆子，是剖面圆形带弯儿的安在犁铧上翻土用的厚铁片。他看后心中一亮，这玩意儿正好可以做护肚子的铠甲。于是他买了一个，比武时扣在小肚子上。

大阿訇听完他的叙述，不禁哈哈大笑。他拍着李存义的肩膀说："想不到李先生有勇有谋，真是智勇双全啊！"

李存义说："我还有几个朋友在门外，是不是也请他们进来？"

大阿訇问："他们是谁？"

李存义说："直隶形意拳大师郭云深老先生，北京'醉鬼'张三爷，天津小南河霍元甲先生，郭云深老先生的高足王芗斋，还有张三爷的好朋友王先生。"

大阿訇喜形于色道："原来都是英雄好汉，快请进来！"

一会儿，两个教徒引着郭云深、张三等五个人健步走了进来，大阿訇连忙请他们入座，几个人畅谈友情，非常高兴。

直到太阳快落山的时候，张三、李存义等人才与大阿訇作别。霍元甲本想请张三、王金亭回药栈歇息，李存义则执意请他二人到保定府去。张三见他盛情难却，便答应了。霍元甲只好与他们依依惜别。

保定城里，春雨密如离愁。

雨点落在屋顶上，淅淅沥沥，响个不停。街巷凉爽起来了，散发出雨水的气味。碧绿的青菜叶好像刚刚撒了油一样，闪闪发光。不是蜜桃收获的季节，可是却有细心的人用土法储存的深州大蜜桃招揽市人，蜜桃泛着晶莹的珠光，粉嫩黄润，散发清香。

雨停了，街巷凹地汪着一摊摊的水，反射出来的亮光，远远望去，如同地上铺了一块一块各种形状的玻璃。

万通镖局里，镖师们急切地盼着总镖头李存义回来，因为今日凌晨发生了这样一件奇怪的事情。他们起床时发现衣服都不见了，找来找去也不见下落，他们只好半裸着身子畏缩在床上。后来有个镖师凑了些银两，穿着条大裤衩，失魂丧魄地跑到一家当铺，向铺主好说歹说，才买了一堆破旧的衣服，其中不少是死人穿过的衣服。有了这些衣服，镖师们才算安下心来，起了床。后来一个镖师在井里发现了他们的大堆衣服，都已污秽不堪。

这是万通镖局有史以来所遭受的最大的一次耻辱。

正当镖师们望眼欲穿地盼着李存义回来时，却从北边来了一男一女，男人戴着一顶破旧的竹笠，身材瘦如竹竿，肩膀宽得出奇。他推着一辆独轮车，车上坐着一个女郎。女郎上身穿一件宝蓝色镶白花的紧身斜扣纽布衫，细腰身，系一条黑色百褶长绸裙。团团一张脸蛋，淡淡敷了一层南粉；颧骨略显的两颊，轻轻晕了一点胭脂；额头上的刘海齐着纤细弯曲的眉毛，高高拱起；两只银杏型的眼睛黑白分明，顾盼之间更觉得眼波欲流。那女郎把脚翘在车扶手上。她的脚又尖又小，用带子缠得像锥子一样。

一个镖师嘻嘻笑道："多么漂亮的三寸金莲，如果有谁敢上去握握她的小脚，我就请谁喝酒！"

一个红脸镖师说："这有什么难的，瞧我的！"说着几步赶上去，伸手去握女郎的小脚。

几个镖师看着，禁不住放声大笑起来。

可是没想到，那个镖师的手刚触着女郎纤细的脚趾，便忽然浑身打起寒噤来，举着的右手也放下了。

小车依然"嘎吱嘎吱"地走着，女郎回过头来嫣然一笑，又转过头去，轻盈潇洒。

几个镖师赶忙上前扶那个红脸镖师，那镖师满脸通红僵在那里，任众人推撞也不肯动弹。

众人无可奈何，都急出了一身汗。

这时有人喊："总镖师回来了！"

大家回头望去，见李存义、张三、郭云深、王芗斋、王金亭风尘仆仆，走了过来。

镖师们七嘴八舌向他们叙说了今早丢衣和红脸镖师受厄之事。郭云深来到红脸镖师面前，仔细瞧了瞧，用手指在他手指上抚摩一阵，红脸镖师登时活转了，脸上也有了血色。

郭云深叹道："那女子真有脚力，很少看见这么好的用脚点穴的功夫。"

红脸镖师低头一瞧，摸女郎小脚的手指尖有一粒黑点儿。

李存义微吟一会儿，说："一定是镖局里的弟兄们得罪了谁，仇家来了！"

张三和王金亭心里明白，没有吱声。

李存义安排众人住下，张三和王金亭同屋，郭云深师徒俩住在隔壁。

之后他又摆下酒席，为客人洗尘。

酒足饭饱，李存义让人从地窖里取出一篮清香的深州大蜜桃，请众人吃。张三拣了一个，张口欲咬，猛见桃皮上有一层薄薄的霜，并闻到一种异味，忙说：

"大家先别吃!"

此时王金亭已先咬了一口，众人忙问何故。

张三说："这蜜桃有股药味，不知是什么东西?"

李存义听了不悦，因他与张三是多年好友，又不好说什么，脸上微微泛红。

这时，只听王金亭叫一声痛，忙用双手按着心口，头上滴下大粒的冷汗。

张三大叫："坏了，蜜桃有毒!"

郭云深拿起蜜桃，仔细瞅了瞅，自言自语地说："可能是砒霜。"

李存义急得不知如何是好，王芗斋却不慌不忙走上前，说："赶快舀一大碗粪汁来!"

一个镖师拿起一只空碗，来到茅厕，伸腰舀了一大碗，又回到屋里。王芗斋赶紧接过来，按着王金亭的头，说："王先生，且忍一忍。"

他把粪汁给王金亭灌下，王金亭喝了粪汁，猛觉恶心，"哇"的一口，把刚才吃下的东西全吐了出来。众人觉得气味难闻，不禁掩鼻。

王芗斋说："先生请先到屋里歇息。"说着扶着王金亭回屋去了。

郭云深说："我这徒弟什么都行，不但武术有造诣，医学、文学、生物等知识也很渊博。他经常在自家的桃园里帮助大人们干活，浇水、捉虫、除草，有时还琢磨桃子怎样才能长得大，结果多。后来他反复试验，竟然打破了一些传统的嫁接法，用自己的新办法给桃树剪枝、嫁接，使桃树大获丰收。"

李存义赶快来到藏蜜桃的地窖。窖内共有五筐蜜桃，他拿起几个看了看，上面都有薄薄的一层霜。他又拿了一个桃子来到院后的猪圈里，把桃子塞进猪的嘴里。一会儿，那头猪打了几个滚，口吐白沫，一蹬腿死了。

他急忙令人把那五筐蜜桃全抬到镖局后面的野地里埋了。

他追问那个拿桃的镖师："近日还有谁进过地窖?"

镖师支支吾吾地说："没有见谁进去过。"

李存义又问："你到地窖里，门可关着?"

那镖师想了想，摸了摸脑袋，喃喃道："门明明锁着……"

李存义又来到地窖里仔细查看，他走着走着，忽见地面上有一支玉蝉，是妇人的头饰，拿起一闻，有一股浓浓的胭脂气。

他把那支玉蝉头饰给众人看，张三一看吃了一惊，思忖道："洪升的小妾玉蝉翼竟然追到了这里，这女人好狠毒!"

李存义对郭云深道："想是有人找上门寻仇来了。"

郭云深捋了捋飘动的白胡，呵呵笑道："兵来将挡，水来土掩，谁敢到这里找碴儿，叫他有来无回。可是话又说回来，要是咱们的人无理侵犯了人家，咱们也要评评理，不能护短。"

王芗斋说："师父，张三爷和王先生初到保定，还没有吃上咱们的大蜜桃，我回一趟家，带上一筐好桃回来，让他们尝尝鲜。"

郭云深点头答应。李存义找来一匹白龙马，王芗斋骑马飞驰而去。

当晚，张三、王金亭和郭云深宿在万通镖局。张三深恐洪升的人再来骚扰，不敢熟睡，没有脱衣，只枕着宝刀在炕上躺着。

上弦月已升上西天，张三猛听得院内有脚步声。

他轻轻舔破窗纸，往外一望，有个人影一晃不见了。

他悄悄从后窗爬出来，上了屋顶，四处一看，只见院内一口老井后面伏着一个女子。那女子一身皎素，面容美好，身材袅娜，显得弱不禁风的样子，正朝张三住的房间窥望。

张三所住房间相邻的一间屋内，窗前烛影摇曳，郭云深正坐在桌前阅读书籍，那矮小的身影一颤一颤的。

张三暗暗感慨，心想：郭老英雄这么大年龄，还孜孜不倦学习，精神可嘉，只是不知道他是刚刚睡醒读书，还是半宿未睡而读书。那女人可能是因为看到郭云深未睡，因此不敢造次。这时只见那女子扬一扬手，把一个铜环抛向三四丈高的空中，之后又抛另一个，使两只环遇合在一起，发出清脆悦耳的声音。两环相套如连环式，连扔连合，九环相连在一起形成九连环。

郭云深咳嗽了一声，缓缓走出屋。张三再瞧那女子，不知何时已走脱，老井旁空无人影。

郭云深抖擞精神，望着淡淡疏月，长啸一声，练起了形意拳。

其形意拳是典型的直隶派，主体是五形拳和十二形拳，庄严、整肃、豪快！五形拳体现了金、木、水、火、土五行说，分为劈拳、钻拳、崩拳、炮拳、横拳；而他练的十二形拳更有特色，龙形、虎形、熊形、蛇形、鸟形、鹰形、马形、鹞形、猴形、燕形、鸡形和鼍形，惟妙惟肖，神韵十足。

张三曾听人说，明末清初的山西壮士姬际可曾在终南山访名师，得到《武穆王拳谱》，以后传给陕西靖远总镇大都督曹继武，曹继武又传给山西祁县的戴龙邦，而戴龙邦传给了河北的李洛能。据说李洛能曾在山西祁县遇见戴龙邦的儿子戴文雄、戴文俊，经比试败于二人，于是拜了戴龙邦学形意拳。十年后四十七岁的李洛能返回故乡教授形意拳，成为直隶派的开山鼻祖，人称"神拳李"。郭云深是直隶深州西骒庄人，他性格激烈，好与人比试，初投李洛能时，李洛能不喜欢他的性格，不肯教他。后来，他在李家当杂工，就偷着学拳，但只学会了崩拳。李洛能得知郭云深学拳专心，遂将全部形意拳都教给了他。郭云深一生当中逢比武都使用进半步的崩拳，并立于不败之地，所以人称他"半步崩拳打遍天下”。他在深州曾因捕贼有功，受到知府奖赏，可是后来遭到报复，反而被害，坐了三年监狱。知府问他：“云深，你的功夫荒废了吧?”他答道：“没有荒废。”说完这句话，就用虎拳击墙，墙即应声倒地。原来郭云深在三年监狱中仍带手枷坚持了练功。

这时，只见郭云深又开始演练燕拳，他身体姿势低得几乎着地，一气钻出，越过井台。忽然井下猛地伸出一只王母梳。郭云深一抖身，远飞而去，稳稳立于地面。

张三细瞧，地上有两只梳角。

原来那女子躲在井中。这时她从井中一跃而出，挥动王母梳直取郭云深。

郭云深问：“你是何人？竟敢三更半夜来此行盗?”

女子冷笑道：“难道不认得浙江‘飞蝴蝶’玉蝉翼吗?”

郭云深笑道：“原来你是浙江巡抚洪升的小老婆，快回家抱孩子去吧。”

玉蝉翼又气又急，骂道：“你这郭老头，练的什么畜生拳，吃我一梳!”说着舞动王母梳上下翻飞，朝郭云深刺来。

郭云深不慌不忙，退了几步，使出半步崩拳，一个进击，玉蝉翼右臂中了一拳，踉跄几步。

郭云深正想上前，只听一声呼哨，一把大蒲扇突然横在他面前，一个背驼腰弯的精瘦老头不知从什么地方钻了出来。他两眼通红，脸色像枣木案板，秃顶，盘着一条灰色小辫，满脸核桃般的皱纹，眼眶干瘪，冷冰冰，咄咄逼人。那大蒲扇上有一幅水墨画，画面烟波浩渺，轻舟张帆，沙雁飞回，芦苇丛生。张三思忖：这老头是谁，我应该助郭老先生一臂之力。

第十八回　尚云祥飞钱助云深　王芗斋奔马救金亭

只听郭云深呵呵笑道："原来是洞庭先生到了！"

来人正是洪升的神机军师洞庭先生。洞庭露出焦黑的牙齿，嘻嘻笑道："原来老先生也是给钦差大人来保镖的。"

郭云深不解其意，问："你这是什么意思？深更半夜你们闯入镖局为的何事？"话音未落，旁边的玉蝉翼手持王母梳猛地朝郭云深后心刺来。

张三大叫一声："郭老先生，小心背后！"

只听"当啷"一声，一枚铜钱飞来，不偏不倚正中玉蝉翼手中的王母梳，那王母梳一歪，刺了个空。

张三手握宝刀，一招"白鹤穿林"跳了下来，横在玉蝉翼面前。

郭云深叫道："张三爷，你这铜钱真有功力！"

张三说："这铜钱不是我打的。"说着，举刀朝玉蝉翼劈来。

玉蝉翼一招"偷叶藏桃"想绕到张三身后，张三变换身形，晃得玉蝉翼无法近身。

玉蝉翼暗暗称奇，从头上摘下一枝玉簪，想找张三的空隙袭击，但未能得手。

张三的刀法刁钻，这刀法唤做八卦刀，是他年轻时跟"白马李七侯"的手下人所学。李家祖传的单刀，门路精奇，招数奥妙，与八卦门中的刀术不同。张三当年学这趟刀术时，是用自己的"六合大枪"的套路相换的。

张三舞动宝刀愈战愈勇，玉蝉翼手握玉簪在一旁暗暗着急。她将身一抖，"哗啦啦"把一大把铜环抛向半空，发出清脆悦耳的声音。

有人在一旁高叫："小心九连环！"

张三刀一横，护住头部，那一个个铜环撞在刀片上，"噼噼啪啪"落了下来。

那铜环都是用熟铜制成，状似镯子，落到地上，盘旋飞转，功力不减，撞在人的身体上，必定骨折，可见玉蝉翼的内功深厚。

刚才在一旁叫嚷的是“单刀李”李存义，此时他已率领镖师们赶到。

张三一招“鹰击长空”，跳过铜环，挥刀直取玉蝉翼。

李存义挥动单刀叫道：“张三爷，我来助你!”

张三说：“不用助我，你快去助郭老先生，他已年过七旬，我一个人就能收拾这婆娘。”

李存义听到墙外喊杀连天，连忙跳到院外，但见郭云深正与洞庭斗做一团。洞庭手中的那柄大蒲扇非常厉害，上下左右翻飞，呼呼有声，扇扇子的疾风，阵阵袭人肝脾，暗暗泛冷。郭云深双拳齐掼，左右相迎，二人斗得难解难分。

郭云深若在年轻时与洞庭比武，肯定要占上风。可是如今他年纪已大，斗到此时已出了一身热汗，再经洞庭那把大蒲扇一扇，全身发冷，渐渐气力不支。幸亏房上藏着一人不时往下拨弄铜钱解围，要不然恐怕难以维持局面。洞庭带来的几个侍卫在四面呐喊助威，给洞庭更增加了几分胆气。

李存义见此情形，立即挥刀冲了上去。

李存义原名存毅，原字肃堂，后改名存义，字忠元。他为人厚道，轻财好义，自幼爱好武术，学过各派拳法。他的师父是深州的形意拳大师刘奇兰，他也跟着郭云深学过形意拳。光绪甲午年，李存义曾在刘坤帐下教士兵练武，讨贼屡建奇功，就在行将升职之时，他却毅然辞了职。他与在北京开源顺镖局的“大刀王五”、“眼镜程”程廷华、张三等人过往甚密，成为挚友。李存义常年以保镖为业，护卫商队运行，一旦遭到强盗袭击，他即持单刀干净利索地击退，所以江湖人称“单刀李”。后来，强盗们只要知道是李存义在跟从商队护卫，就不再袭击。以后李存义又参加了义和团奋勇抗击八国联军，天津廊坊激战，“单刀李”大名远扬，他曾挥动一把单刀连续杀了八名法兵。八国联军入侵北京后，他在北京坚持抗战，受伤后在张三的掩护下逃脱重围。不久前又在这保定府办了万通镖局。

只见他挥刀直取洞庭，洞庭不慌不忙，用扇架住他的单刀，“嘎吱”一声，单刀击在扇上，可是那扇子却并未破损。

李存义心想：他这把扇子肯定是铁扇，扇骨可能是钢丝所制，不会是一般的大蒲叶扇。

郭云深是仗义之人，他不愿两人斗一人，觉得面子上不好看，于是退下来，在一旁观看。

洞庭带来的侍卫中有几个不怕死的，以为郭云深败下阵来，想捡个便宜，一齐挥动手中兵器冲了上来。

郭云深使出蛇形拳，一会儿“白蛇吐信”，一会儿“青蛇贯日”，不到一袋烟的工夫，一连打死了四个侍卫，剩下的侍卫见势不妙，一哄而散。

万通镖局内，张三与玉蝉翼斗得正酣，张三使出“进步鸳鸯连环腿”和“翻掌铁裆功”，渐渐占了上风。这时他所住的房间忽然亮了烛，张三一看，暗暗叫苦，心想：这钦差大人好不糊涂，外面贼人蜂拥而来，杀的就是你，你怎么倒把蜡烛点起来亮相呢？

渐渐窗前现出一个年轻妇人的身影，只见她不时地在眉头上抹针。

忽然，她手一抬，在窗户上刺了一下，“嘶”的一声，玉蝉翼的白裙扯下半尺长的一块白布条。

玉蝉翼大惊，张三也觉得奇怪。那影子又一抬手，玉蝉翼的白裙又扯下一块白布条。

玉蝉翼又羞又怒，叫道：“贼贱妇，有本事快出来，为何躲在暗处弄手脚？”

屋内那妇人不声不响，只管一心一意地在眉头上抹针。

张三一招“翻身踩子脚”，朝玉蝉翼踢来。玉蝉翼心神不定，心思又分在屋里，没提防臀部挨了一脚，顿觉疼痛难忍。

这时忽听她一声轻唤：“解先生来得正好。”

一股风袭来，张三回头一瞧，北京王金亭府中见过的那位白衣少年翩翩而至。那少年也不说话，两只手灵活多变，朝张三扑来。

张三舞动宝刀来战白衣少年。玉蝉翼趁机躲开，径奔屋内，去寻王金亭。但听屋里一阵厮打之声，蜡烛扑灭。

院外，李存义与洞庭斗得不分胜负，郭云深在一旁观战，不时出声为李存义提点。此时，房上躲藏的那人再也按捺不住，一招“燕子钻云”跃了下来，径奔洞庭。他手一挥，洞庭的大蒲扇顿时现出三个小窟窿，洞庭惊得后退几步，一收铁扇，叫一声：“后会有期！”一拱手，扬长而去。他手下的那几个侍卫也呼哨而散。

郭云深仔细看这个后生，见他枣红色的脸庞，一双机敏的眼睛，铁扇面似的胸膛，穿着一件树皮色的上衣，一条肥腿蓝裤，裤脚用鸡肠子系住，露出一双大脚。李存义对郭云深道：“他是我的徒弟尚云祥！”郭云深一眼就喜欢上了这个后生。

尚云祥朝郭云深鞠了一躬，说：“郭老先生受惊了。”

郭云深见他的右手有三个手指淌着血，知道他刚才戳扇时受了伤，赶快扯下自己身上的一块衣襟为他包扎伤口。

尚云祥，字霁庭，山东乐陵人，年幼时曾跟随父亲到北京经商。他一面帮助父亲管理，一面从武术家马大义学武，精通工力拳。之后他在比试中败于形意拳的李志和，于是又投奔李存义学形意拳。后来尚云祥关闭了商店，到五城兵营当了侦探。他的功底异常深厚，使人吃惊。前几日他拜别李存义回到山东乐陵探家，昨日晚上才赶回万通镖局。半夜时，他听见房上有动静，于是起身藏在房上。刚才那铜钱就是他在房上发的。

郭云深、李存义、尚云祥三人来到院里，正见张三与白衣少年酣战。郭云深笑道："那不是'江南第一妙手'解铁夫吗？"

那白衣少年一听，扭过头来，看见郭云深等三人进来，不敢恋战，一个"鹞子翻身"，上了房顶，转眼即逝。

郭云深叹道："这个解铁夫，家境贫寒，只因七旬老母被洪升困在普陀山，只得随了洪升，为他卖命。"

张三等人来到王金亭屋内，只见地上丢着一支玉簪和一缕秀发，后窗大开，王金亭不知去向。张三见状大惊，跃出后窗，众人跟着跃了出去。

来到保定城外，还是未见王金亭的踪迹。

张三见路旁有几个樵夫坐在土坎上歇息，于是上前问道："你们有没有看见有个先生路过此处？"

一个樵夫说："半个时辰以前，我们看见有一个女子背着一个先生跑了过去，在她后面，还有一个女子紧紧追赶。后面那女子叫道：'快把人放下，不然飞镖打死你！'前面那女子气喘吁吁，一声不吭，只管拼命朝前跑。"

张三说："前面那女子一定是玉蝉翼，她背着的人定是王先生了。可是后面那个女子是谁呢？"

他想起刚才在屋内抹针的那个年轻妇人，心想：她一定是路见不平，拔刀相助的侠女。

几个人又朝前奔去，只见前面道上尘土飞扬，有三匹马飞驰而来。一匹白龙马上坐着的是王芗斋，马后驮着一人，正是王金亭。另一匹黄镖马上坐着一位中年汉子，约有四十五六岁，连鬓胡须，面容严峻，两只眼睛像两个银铃，穿一身青色袍子，身材魁梧。还有一匹乌枣马上坐着一个神采奕奕的青年，面容憨厚，高挑的个子，身材瘦削，穿一身湖蓝色袍子，杏黄坎肩。

李存义喜得大叫："原来是占魁贤弟来了！"

黄镖马上的中年大汉勒住坐骑，飞身下马。

此人正是大名鼎鼎的形意拳名家张占魁。张占魁，字兆东，是直隶河间人。他初学秘宗拳，后从刘奇兰学形意拳。他平生喜爱游历，不久定居于天津。当时天津社会秩序混乱，坏人横行无忌，性格无畏的张占魁几次置身险地，均化险为夷，终于征服了坏人，使天津平稳了，张占魁的大名也闯出来了。之后他到了天津营务处，专门干捕捉强盗的营生。在天津学形意拳或八卦掌的人，几乎不是张占魁的徒弟，就是李存义的徒弟。

乌枣马上的那位青年叫韩慕侠，天津人，是张占魁的著名弟子。张占魁与李存义情同手足，李存义比张占魁大十七岁，二人仍以兄弟相称。李存义与天津清真寺大阿訇比武时，张占魁和韩慕侠恰巧在山东办事，便想顺便会一会李存义，没想在路上遇见了郭云深的弟子王芗斋，于是偕伴而来。

刚才三个人正行间，忽见一个女子背着一个男人匆匆跑来，张占魁打趣地说："我只听说有男人抢女人的，可从未听说过有女人抢男人的，何况抢的又是一个老头，这事真是稀罕！"

韩慕侠朝后面一指："后面又跑来一个女人！"

张占魁哈哈大笑："你瞧瞧，是不是，这男人的媳妇不干了，追了来。"

王芗斋定眼一瞧，前面那女人背的正是张三爷的朋友王先生，觉得事有蹊跷，于是策马拦在中间，喊道："你这婆娘，快把王先生放下！"

那女人听了，大吃一惊，看见三个汉子策马拦在中央，不便发作，哄骗道："这是我的夫君。他得了急病，我带他去找郎中。"

王芗斋骂道："你这狐狸精，那王先生是'醉鬼'张三爷的朋友，怎么成了你的夫君。你分明是编瞎话。"

那女人正是玉蝉翼，她见被王芗斋揭穿，索性一纵身，上了小路。

王芗斋顺手拾起放在马后筐里的一个桃子，朝玉蝉翼掷来。玉蝉翼左脚一蹬，将桃子蹬飞，王芗斋又掷了一个桃子，玉蝉翼右脚一蹬，又将第二个桃子蹬飞。

王芗斋有点儿火了，一拍马屁股，那匹白龙马腾空而起，"哒哒哒"几下，飞上了土岗子。经过玉蝉翼身边时，王芗斋一弯腰，将王金亭抱了过来。

王金亭此时已醒，就势坐到王芗斋身后。玉蝉翼见势不妙，一纵身，窜上了坡顶，转眼不见了。

王芗斋再看后面那个女人，见那女人也上了另一个山腰，远远地仅能望得见一个小红点点。

王金亭向大家道了来龙去脉，张占魁道："恐怕李大哥那里凶多吉少，咱们快去万通镖局。"于是众人策马，疾驰而去。

张三见王金亭安然无恙，一直悬着的那颗心才算落了地。李存义将众人相互介绍一番，因张占魁的师父是刘奇兰，刘奇兰和郭云深都是李洛能的高足，所以张占魁叫郭云深为师叔，韩慕侠叫郭云深为师爷。张三此时也不再隐瞒，向大家道明了王金亭的钦差身份，并把浙江巡抚洪升为非作歹、王金亭立志除贼一事叙了。众人都佩服王金亭的凛然正气，争着要为王金亭保镖。

张三说："已经劳累众位了，我已于心不忍。王先生此去江南，人太多了反而扎眼，我张三一个人就可以了，以后有事免不了劳烦大家。”众人见他说话诚恳坚决，也就不再强争。

王金亭说：“我正在屋里熟睡，睡梦中忽觉有人在我头上猛击一掌，以后便人事不省，醒来时已在王芗斋的马上。众弟兄搭救之恩，我王金亭不会忘记，滴水之恩，必当涌泉来报！”

张占魁说：“王大人不要说外家话，武术界谁不知官场上有个深明大义、仗义疏财的王金亭，要不是您当年上下联络，‘小辫梁’梁振圃早就成为刀下鬼了，哪里能够安安稳稳地在老家冀州开德胜镖局？我们谢您还谢不过来呢！”

这边郭云深对李存义说：“我看你的徒弟尚云祥才能过人，很想把崩拳绝技传授给他，你舍得把他让我带走吗？”

李存义说：“云祥聪明过人，武术功底又好，人称‘铁足佛’。我看他是形意门后起之秀，您老相中他，就把他带走吧。”

尚云祥急忙过来给郭云深叩头，郭云深叹道：“我郭云深已有了两位最出色的弟子，一个是王芗斋，一个是尚云祥，他们两个人日后定能在武术界独树一帜，为我中华武术争光！”

王芗斋见师父夸他，有点儿不好意思，急忙来到白龙马前，解下桃筐，拿出桃子塞给张三，张三道：“大家一起吃吧，有的半夜未睡，有的赶路疲乏。”他咬了一口大蜜桃，觉得香喷喷，甜滋滋，呵呵笑道：“这才是名副其实的深州大蜜桃啊！”

众英雄回到保定城万通镖局，李存义吩咐杂役摆下几桌丰盛酒肴，为众人洗尘压惊。酒足饭饱，已是太阳立竿不见影的时辰，张三和王金亭辞别众人，又上路了。

几天以后，张三护送王金亭又来到山东济南府。进了城，家家泉水，户户垂杨，比那北京城更觉有趣。两个人觅了一家唤做云居楼的客店，将行李卸下，付了车价酒钱，胡乱吃点儿晚饭，也就睡了。

次日清晨起来，吃些点心，王金亭说：“江苏丹徙有个刘鹗先生在《绣像小说》半月刊上发表了《老残游记》的小说，把济南府的大明湖和趵突泉说得神乎其神，咱们去瞧瞧如何？”

张三说：“既来之，则安之，就去观赏一下风景，再赶路不迟。”

两个人步行至鹊华桥边，雇了一只小船，荡起双桨。朝北不远，便到了历下亭前。下船进去，入了大门，便是一个古亭，油漆已大半剥蚀。亭柱上悬着一副对联，上写杜甫的诗句“海右此亭古，济南名士多”，下写着“道州何绍基书”。亭子旁边有几间闲房，寥寥寂寂。复行下船，向西荡去，又到了铁公祠畔。祠内供奉的是明初大将铁铉的牌位。当年燕王朱棣起兵与建文帝争夺帝位时，铁铉曾坚守济南，屡次打败朱棣的南征军队，后来朱棣攻陷南京，自立为明成祖，铁铉被残杀。

二人到了铁公祠前，朝南一望，只见对面千佛山上，佛寺僧舍，尼庵金塔，与那苍松翠柏，飞红流翠，高下相间，相映成趣。更有数只沙雁在那里盘旋低回，仿佛唐代吴道子的一幅山水画，做了一架数十里长的屏风。

正在叹赏叫绝间，忽听一声渔唱。低头看去，那大明湖澄净如同镜子一般，嫩溜溜的雪藕，俏亭亭的莲蓬，紫娇娇的荷花，绿依依的莲叶，绿萋萋、紫艳艳、白皎皎的一片，令人心醉。几个白衣秀士悠闲垂钓，一尾小船泊在岸边，无人问津。那千佛山的倒影嵌在湖里，清清楚楚，如同一幅水墨画；那楼阁树木，更有一番神韵。这湖的南岸，上去便是街市，却被一层碧绿的芦苇密密遮住。正值夏日，卖蒲扇的吆喝声，打破了湖山的沉寂。祠堂大门里面楹柱上有副对联，写的是“四面荷花三面柳，一城山色半城湖。”张三看了，暗暗点头道：“真正不错!”

进了大门，正面便是铁公祠堂，朝东是一个荷池。绕着曲折的回廊到了荷池东面，有个圆门。圆门东边有三间旧房，门上有个破匾，上题“古水仙祠”四个大字。祠前一副破旧对联：一盏寒泉荐秋菊，三更画船穿藕花。

二人进了祠堂，正见一位五十多岁模样的老秀才，一脸的蜡烛色，瘦弱得像盏枯灯，穿一件旧宁绸二蓝图的夹袍，元色长袖马褂儿，蹬一双宝蓝色短靴，那短靴被水湿了帮子了。那老秀才正端着块端砚，右手持着毛笔在壁上题诗。张三心想：历代在此题诗的都是名流，你一个穷酸书生，也敢在此班门弄斧，真是不自量力，这不是分明在破坏文物吗?

再看那诗句写的是：“大明湖上一徘徊，两岸垂柳荫绿苔。大雅不随芳草没，新亭仍傍碧流开。雨余水涨双堤远，风起荷香四面来。遥羡当年贤太守，少陵嘉宴得追陪。”落款是江苏凡徒刘鹗。

王金亭一见，惊喜地叫道：“你就是刘鹗先生?”

那刘鹗缓缓回身，上下打量着王金亭和张三，操着江苏口音问道：“你们二位是……”

王金亭道：“我是刑部的王金亭，这位是张三爷，是随我到南方办公事的。”

刘鹗那皱巴巴的脸上现出了笑容。他说：“原来是王大人和张三爷，真是千里有缘来相会，无缘对面不相识。我写的那部《老残游记》，已在《绣像小说》半月刊上登了十三回，后因身体不适，暂时搁笔。如今《天津日日新闻》又约我续写，所以我又来漫游这泉城，搜集一点儿素材，接着写下去。”

张三见刘鹗的辫子与众不同，比一般人的粗些，盘缠在脖子上。

王金亭又问：“铁云先生舍下何处?”

刘鹗说："云居楼内。"

"哎呀，我们同住一处，还是近邻呢！"

刘鹗说："我昨日深夜才来此店内。二位是初游泉城吧？"

王金亭点点头。

刘鹗笑着说："我已是十游泉城了，那我来做向导吧。元朝的于钦在《江波楼记略》中写道：'济南山水甲齐鲁，泉甲天下'，而诸泉之冠趵突泉则被有些名人称为'天下第一泉'，为泉城七十二泉之首，此泉与大明湖、千佛山合称济南三绝。"

王金亭说："请先生同我们一起游趵突泉吧。"

刘鹗点点头，三个人过了水仙祠，上了船，荡到历下亭的后面。两边荷叶荷花将船夹住，擦着船"嗤嗤"作响。那水鸟被人惊起，格格价飞。那水盈盈的莲蓬，不断地绷到船窗里面来。

张三随手摘了几个莲蓬，分给大家吃，大家一面吃着，一面随船到了鹊华桥畔。

上了岸，三个人找个饭馆吃了一些香喷喷的三鲜馅儿水饺，就来到西门桥南边的趵突泉。

泉池近似方形，有一亩地宽阔，四周有精雕石栏。池内的三眼甘泉汩汩有声，仿佛是翻滚着三堆白雪，翻上水面有二三尺高。这三股水，均比吊桶还粗。池内泉水湛蓝湛蓝的，游鱼历历可数，璀璨的阳光一照射，鱼儿仿佛都悬于绿得醉人的空气之中。池子北面是个吕祖殿，殿前搭着凉棚，摆设着四五张桌子、十几条板凳卖茶，以便游人歇息。

有个窈窕女子也倚着栏杆观泉，她身穿一件淡绿印花布褂儿，红布大脚裤子，眉似春山，眼如秋水，两腮纯厚，如帛裹朱，从白嫩里隐隐透出红来。

王金亭、张三随着刘鹗喝了些茶，出了趵突泉后门，向东转了几个弯，寻着了金泉书院。进了二门，便是投辖井，相传是陈遵留客之处。再往西去，过一重门，便是一个蝴蝶厅，厅前厅后均有泉水围绕。厅后有许多芭蕉，绿油油的，一碧无际。西北角上，芭蕉丛中有个方池，不过两丈见方，就是金线泉了。

刘鹗说："这个金线泉，刚才看到的趵突泉，南门外的黑虎泉，抚台衙门里的珍珠泉，唤做四大名泉。"

他又指着泉水说："你们瞧，那水面上有一条线，仿佛游丝一般，在水面上摇曳，看见了没有？"

张三侧着头，弯下腰看去，只见水面上又出现刚才那个女子，她也踅到池子西面，弯了身体，侧着头，在朝下观望。

王金亭叫道："看见了，看见了！这是什么缘故呢？"

刘鹗说："下面有两股泉水，从池底两边上涌，由于两股泉水的承压力不同，力量相抵，在水面相交时就形成了一根水线。太阳光一照，水线游移不定，如飘浮在水面上的一根金丝。"

张三皱着眉头说："我怎么看不见？"

刘鹗拉着他来到西面："游人要想看清楚这条金线，必须面朝太阳才行。"

张三来到那女子旁边，朝泉下望去，果然见有一根金线游离。

三个人出了金泉书院，顺着大路南行，过了城角，是一条街市，一直往东，便到了南城外头。护城河水湛清，河里水草蓝幽幽，有一丈多高。走着走着，看见河岸南面，有几个大方池子，一些妇女坐在池边大石上捣衣，嘴里哼着小曲。再过去，有一个大池，池南几间草房，原来是个茶馆。

几个人进了茶馆，茶倌笑吟吟端上茶水，那茶壶是本地人仿照宜兴壶烧的，倒也雅致。

张三朝窗外望去，只见刚才那个女子也姗姗而来。

张三问："这女子为何总跟着我们？"

刘鹗神秘地一笑："她孤身一人，搽抹得如同银人，我看八成是本地的暗娼，我们不去管她，只管喝茶。"

王金亭问："那黑虎泉在什么地方？"

刘鹗道："你伏到这窗台上朝外看，不就是黑虎泉吗？"

王金亭往外一看，原来是自己脚下有一个石头雕的老虎头，约有二尺余长，倒有五六尺的宽径。那老虎口中喷出一股泉来，劲头很足，从池子这边一直冲到池子那边，然后转到两边，流入护城河去了。

他见夕阳西下，缕缕金辉照射泉水，鳞鳞泛光，别有一番风韵，便踱出屋外，来到护城河边观看。

张三继续与刘鹗闲谈，从扬琴谈到山东梆子，又谈到山东的四平调、五音戏。正谈得兴起，忽听"扑通"一声，张三扭头望去，王金亭已不在河边，刚才那个女子正朝城西飞跑。张三见势不妙，飞快冲了出去。

冲到护城河边，只见王金亭在河面上露出半个脑袋，正在苦苦挣扎。张三不由分说，也"扑通"跳进河中，依仗着少时学得一身好水性，拼命游到王金亭面前。他的手还未触到王金亭，只见王金亭如游鱼一般，被什么东西托着，缓缓来到岸边，然后又被重重抛起趴在岸上。

张三只看见两只纤白的嫩手，他又惊又疑，游了过去。由于河水湛清，他看到一个妙龄少女，身穿蓝褂紫裤，像一尾鱼滑脱开去，留下细碎的水花，水花落后，那少女不见了。

张三连忙爬上岸来，刘鹗已扶起奄奄一息的王金亭。

刘鹗着急地叫道："这是怎么搞的？王大人定是被那女子推下去的，找不着窝主，何必下这种毒手？"

张三扶着王金亭来到茶馆内，接过茶房递过的一杯热茶，服侍王金亭喝下。

王金亭缓缓醒来，说："背痛。"

张三撩起他的长衫，见那背上有一个紫红印，心里顿时明白：这女子定是洪升派来的刺客，或许就是玉蝉翼装扮的。

张三取出伤口止痛膏给王金亭贴好，叫来一辆马车，扶王金亭上去，他和刘鹗坐在旁边，马车穿街过巷，一会儿到了云居楼。

张三向马车夫付了钱，背起王金亭来到客店内。刘鹗找了一个郎中过来给王金亭瞧了瞧，开了一副药方，又张罗着到药铺配齐了药，回来叫店家去煮。

一会儿，店家端着煮好的汤药进来。张三接过装着汤药的大碗，就要给王金亭服下。忽听"嚓"的一声，一粒石子飞来，不偏不倚，正中那汤药碗，碗片四裂，汤药洒了张三一身。

张三有些气恼，飞步出门，只见一个人影在对面一闪就不见了。

张三攀扶着上了房，那人已不见踪迹，在一棵古槐上有一支飞镖压着一张纸条。张三取下飞镖，展开纸条，上面写着一首小诗：流连大明湖，饿余水饺糊。是泉难辨水，假娼盘龙图。

张三看了半天，也看不明白，他想：刘鹗先生是个有墨水的人，不如去请教他。他一个翻身下来，回到屋里。

王金亭气色见好，正在炕上咳嗽，刘鹗在一旁怔怔发呆。

店家说："剩下的汤药也不见了，真是奇怪，云居楼开办二十多年，也没有发生过这样的奇事，莫非来了贼人？"

张三把那小诗递给刘鹗，说："刚才我去追贼人，看到树上有一张纸条，打开一看，是这首小诗，我看不明白，请先生给讲解一下。"

刘鹗看了小诗，脸上青一块，白一块，他说："这首小诗还真有一段来历哩……"

第十九回　云居楼翻掌驱盘龙　秦淮河晒腹笑夫子

只听刘鹗缓缓说："这'流连大明湖'一句，就是指被大明湖秀丽的景色所迷醉，流连忘返。'饿余水饺糊'是说如果在游历中肚子饿了，可以在鹊华桥的小店吃点香喷喷的水饺。'是泉难辨水'一句是说泉城泉眼太多，是泉水、河水、湖水、雨水、雪水都辨不清楚。'假娼盘龙图'一句是说有的乡间女子扮作娼妓，把自己打扮得花枝招展，盼望着每年皇上选妃时，能够选中自己，到后宫享那荣华富贵。"

王金亭听了，微微冷笑，说："刘鹗先生，可别忘了白居易的《上阳白发人》，元稹的'寥落古行宫，宫花寂寞红。白头宫女在，闲坐说玄宗。'"

刘鹗笑道："这可也有女子想当赵飞燕、杨玉环、叶赫那拉氏呀！"

晚上，王金亭感觉身体好了一些，倚在炕上睡着了。张三见他睡了，心里觉得安稳了许多，也睡下了。

刘鹗在云居楼二楼的一间屋里安歇了。

睡至半夜，张三被人推醒，睁眼一瞧，原来是王金亭。王金亭指指屋外，张三听到一阵"嚓嚓"的脚步声。

一会儿，门闩被人轻轻拨开，刘鹗蹑手蹑脚走了进来，他来到张三面前轻轻叫道："张三爷，张三爷！"

张三假装睡熟，没有回答。刘鹗又叫王金亭："王大人，王大人！"王金亭双目微闭，也没有回答。刘鹗眼里现出凶光，将盘好的辫子散开，用力一抖，朝王金亭甩来。

张三早有准备，抄起枕旁的宝刀，猛地上前架住刘鹗的辫子，只听"嚓"的一声，溅起火星，原来这辫子内有钢丝缠绕。

"'铁辫子'盘龙！"张三大叫一声，一个"鹞子翻身"跳下炕来。

来人正是盘龙，他化装成《老残游记》的作者刘鹗，在大明湖水仙祠题诗哄过王金亭和张三，以后便寻找时机杀王金亭。他与玉蝉翼商议好企图在趵突泉将王金亭推下泉池，但没有找到良机。那个一直尾随他们的女人就是玉蝉翼。在黑虎泉边，她终于找到机会，趁王金亭独自一人在护城河边徘徊之时，突然一掌将其打下河中，然后逃去。

而后“铁辫子”盘龙见王金亭被救起，又想出计策，在汤药中掺了毒药，没想到正在给王金亭服药时，却被隐身人打碎药碗。他见时机一再错过，于是想趁王金亭和张三熟睡之时将王金亭害死，没想到又被他们发现。

王金亭一直没有睡着，他已识破了盘龙的真面目。之前他已觉得刘鹗可疑，一直到张三拿着小诗请刘鹗猜解时，他在一旁听出了真机。“流连大明湖，饿余水饺糊。是泉难辨水，假娼盘龙图。”这四句诗的诗头谐音是“刘鹗是假”第四句诗中又有“盘龙”二字，那么眼前的这个刘鹗就是浙江巡抚洪升帐下的“铁辫子”盘龙了。王金亭又想起一直尾随他们的那个女人，从趵突泉到金线泉，从金线泉又到黑虎泉，一直到把他推下河中……这里面一定有大阴谋，有一伙人在暗害他，那一伙人必是洪升的同党。那么在河中救他的那个女人是谁呢？打碎药碗、飞镖遗诗的那个人又是谁呢？这真是一个谜，他越发觉得“刘鹗”可疑，这个“刘鹗”不像是那个潇洒飘逸的文士刘鹗，他很可能就是那个盘龙。想着想着，王金亭出了一身冷汗，直到听到有人撬门，他推醒了张三。

盘龙见诡计已被识破，亮出了“铁辫子”的真功夫。他一步跳到院内，张三也跟着跑出来，持刀来战。

盘龙的铁辫煞是厉害，挥舞起来如同铁鞭，“呼呼”有声，他几次想锁张三的咽喉，都被张三用刀格开。

张三施展轻功，绕过铁辫，两人转得如同走马灯一般。

张三用刀去挑盘龙的上盘，盘龙一侧身，铁辫一甩，将张三的宝刀一卷，抛向空中。然后一个进步，用铁辫去扫张三的头。

张三一纵身，跃起三四尺高，那铁辫缠住了他的左腿，他只觉一阵疼痛。盘龙见已得手，用力一甩，若是平常武士，早被抛到半空中摔得粉身碎骨。可是张三的根基深厚，又善吐纳导引术，能使身体升降自如，体肤可以坚硬如铁，也可以柔软如绵。尽管盘龙使尽吃奶的气力，可是张三一动未动，宛如铁塔一般。盘龙见不能带倒他，一个骑马蹲裆式，使尽全力用双掌向张三胸部击来。张三手快，早已一掌掼出，一招“童子拜观音”，这是他的翻掌铁裆功中的一个招式，正打在盘龙的胸膛。盘龙一个踉跄，眼前一黑，险些跌倒。就在他低头的一刹那，他卷了辫梢，从张三左腿撤出，几步来到院墙前，一纵身，负痛逃去。

张三也不追赶，来到王金亭屋内，只听王金亭叹道：“险些上了这个假刘鹗的当，此地不能久留，咱们赶快上路吧。”

张三望望外面的天色，说："王大人，天还未亮，你半宿未合眼，肯定非常疲倦。我已睡了半宿，我来替你守夜，你先睡上一觉，待天亮再赶路不迟，那伙强贼也不会马上来的。"

王金亭见拗不过他，便脱了衣服，安心躺下，一会儿便打起呼噜来。

张三听鸡叫三遍，才唤醒王金亭，两个人来到前房，吃了一些点心、面粥，匆匆上路了。

日夜兼程，一个月后他们来到了南京城里。时至傍晚，正是秦淮河夫子庙举办庙会之际。王金亭和张三先到秦淮河畔钞库街寻了一个客店住下，然后信步游来。

钞库街有个媚香楼，是明末秦淮名妓李香君的宅院，那媚香楼坐北朝南，前门临街，后厅临河。临街是一堵青砖墙壁，两侧是双扇朱漆大门。

王金亭说："这媚香楼是名妓李香君的故宅，如今也算是名胜古迹了，咱们不妨进去瞧瞧。"

张三随他进了朱门，只见院落结构别致，小巧典雅，穿过甬道，是个严整的天井，三进房屋之后的花楼河厅有雕镂精细的梁坊。抚栏推窗，整个秦淮河展现在面前。但见大小船只灯火齐明，江水辉映，如火龙穿行。岸上，观灯、赏景，人如潮涌，酒肆茶楼，送客迎客，生意兴隆。从东水关至中华门一带，笙歌不断。歌楼舞榭，骈列两岸；画舫游船，纷集其间；歌声酒器，粉影婵娟。

王金亭诗兴勃发，吟道："楼船灯火照无眠，闹在秦淮两岸边。多少风流伴粉影，歌飘千里已如烟。"

他转过头来问张三："你知道吴敬梓那首《沁园春》词吗？"

见张三没有回答，他随即吟道："记得当时，我爱秦淮，偶离故乡。向梅根冶后，几番啸傲；杏花村里，几度徜徉。凤止高梧，虫吟小榭，也共时人较短长。今已矣！把衣冠蝉蜕，濯足沧浪。"

王金亭停止吟词，侧耳细听。只见那细吹细唱的船游来，声音凄清委婉，动人心魄。两边河房里住家的女郎，穿了细纱衣服，头上簪了茉莉花，一齐卷起湘帘，凭栏静听。灯船鼓声一响，两边帘卷窗开，河房里焚的龙涎、香雾一齐喷出来，和河里的月色烟光汇成一片，望之真如阆苑仙人、瑶宫仙女。

王金亭有些沉醉，问张三："你知道秦淮八艳都是谁吗？"

张三道："我只知有李香君、董小宛、陈圆圆。"

王金亭道："还有柳如是、马湘兰、卞玉京、顾媚和寇白门，当时天下才士都以争识她们一面为荣。李香君因为身材娇小玲珑，时人称她为'香扇坠'，郑板桥为她赠诗说：‘生小倾城是李香，怀中婀娜袖中藏。何缘十二巫峰女，梦里偏来见楚王。’她不畏强权，为人正直，真是难得的女子！”说着，叹惜不已。

张三问：“这河为何叫秦淮河呢？”

王金亭道：“秦淮河古名龙藏浦，以后又称淮水。相传秦始皇南巡时，听说这里有王气，曾经开凿方山，以破王气，‘秦淮’也因此得名。秦淮两岸自古以来是名族朱门的栖身之地，后人所谓‘朱雀桥边野草花，乌衣巷口夕阳斜。旧时王谢堂前燕，飞入寻常百姓家。’王谢指的是东晋权贵王导、谢安两大家族。南北朝时信奉佛教成风，晚唐诗人杜牧有‘南朝四百八十寺，多少楼台烟雨中’的诗句。在秦淮两岸也建有建初寺、道场寺、瓦宫寺和安乐寺等著名梵刹。明太祖朱元璋下诏，在秦淮河上点燃水灯以祭奠阵亡军民，从此秦淮两岸和水面上又增添了灯市和灯船的盛景。”

王金亭看着夫子庙前川流不息的人群，感叹地说：“古往今来的文人墨客多爱在秦淮河畔驻足，留下许多优美的篇章。晚唐诗人杜牧有‘烟笼寒水月笼沙，夜泊秦淮近酒家。商女不知亡国恨，隔江犹唱后庭花’的诗句；清代文人孔尚任有‘梨花似雪草如烟，春在秦淮两岸边。一带妆楼临水盖，家家粉影照婵娟’的诗句。”

张三指着夫子庙说：“王先生，我们到那里吃一点江南小吃，饱一饱肚子。”

王金亭点头，二人徐徐来到夫子庙。夫子庙又称孔庙，堪称“十里秦淮”的明珠。庙前以秦淮为伴池，筑堤环抱，称为月牙池。河的南岸是一座大影壁，红墙黑瓦，被称为孔庙的“万仞宫墙”，是海内最长的影壁。

二人走进夫子庙的第一道大门棂星门，这是帝王祀孔时通过的甬道。走进大成殿，殿内有孔子的牌位。大成殿后的明德堂是举子们金榜题名的地方。夫子庙东边的贡院是考场，有两万多间号舍，中间有一座明远楼，登高可以看到贡院全貌。夫子庙广场上的奎星阁内供奉着神像。

王金亭说：“每逢大考之年，这里香火尤盛。可是明末清初，这里成了青楼林立的烟花世界，那时来赶考的考生，大半是纨绔子弟，考前考后，闲暇之余便在此寻花问柳。夫子庙的威严早已被椒蓝红粉淹没，真成了徒有虚名的至圣先师文宣王。真是‘都是主人，且领略六朝烟水；暂留过客，莫辜负九曲风光！’”

二人来到大成殿两侧的东市和西市，这里是石板小路，狭长巷子，两边是“青砖小瓦马头墙，回廊挂落花格窗”。二层店铺，一溜排开，门楣上花花绿绿的店匾、市招、彩灯，形形色色，一应俱全。那算卦的、摆摊的、测风水的、卖破烂的、修理雨伞的、卖板鸭的，吆喝声不绝，人来人往，好不热闹。

张三见有几个秀才模样的人把一些字画摆在地上，其中有一幅画是“怀素醉蕉”。他知道唐代的大书法家怀素也喜欢喝酒，有时醉酒卧在家乡的芭蕉林里，在芭蕉叶上写字题诗。他非常喜爱怀素这个人物，喜欢他豪放不羁，便走过去问那些秀才："我想买'怀素醉蕉'这幅画，多少钱？"

秀才们哈哈大笑，其中一人道："你问问怀素吧。"说罢几个人又大笑起来。

王金亭赶快拉过张三，小声说："人家这是在晒字画，不是摆摊出售。今天白天的太阳一定很好。古代有一个天贶节，宋真宗还在泰山脚下的岱庙建造过一座天贶殿。"

张三问："这个贶是什么意思？"

"是赐赠的意思。"王金亭回答，"各地民间都利用六月六日这一天曝晒衣褥和书画，六月六，家家晒红绿，又称为晒龙袍。在江南经过了黄梅天，藏在箱底的衣物容易发霉，取出来在阳光下晒一晒，可防霉烂。文人墨客也在这一天晒书和字画，以免蠹虫蛀蚀，许多藏书楼也这样做。这一晾晒衣物、书画的习惯至今仍在，也不限于六月初六这一天了。"

二人又见旁边有个胖大书生，嘻嘻笑着，露出大半个鼓鼓的白肚皮，口中念念有词："读书破万卷，不用藏书屋。凡人晒衣物，我晒腹中书。"

王金亭说："你看这位夫子自觉满腹诗书，恐怕霉烂，也晒一晒呢！"

张三甚觉好笑，说："这江南的怪事还真不少！"

王金亭说："六月六也是佛寺的翻经节，传说唐玄奘到西天取经回来，不慎将所有经书丢落到海中，捞起来晒干了，方能保存下来，因此寺院也在这一天曝晒藏经。有一些信佛的妇女，每年此日也到寺庙里翻念经佛，认为翻经十次，来生就可以转作男身。来，我请你吃盐水鸭。"王金亭指着旁边一个饭馆，张三随他走了进去。

这家饭馆唤做永和园酒楼，以淮扬风味闻名。一楼大厅内高悬"永和园"三个金字录书牌匾，顾客兴高采烈会餐，议论丛生。

店家笑呵呵将王金亭、张三请到二楼，隔窗可以欣赏秦淮河的风景。

店家问："二位来点儿什么？这里最受欢迎的是桂花鸭，是南京著名特产，腌制期短，现作现卖，现买现吃，可鲜嫩哩！"

王金亭问："这桂花鸭就是南京有名的盐水鸭吗？"

店家点点头，一甩毛巾："你闻闻，此时正是农历八月，桂花袭人，据南京《白门食谱》一章记载：金陵八月时期，盐水鸭最著名，人人以肉内有桂花香也。"

王金亭说："那就来一只桂花鸭，外带两盘鸭肝，准备两瓶好酒，此外这里还有哪些风味？"

店家回答："这里还有什色点心、荠菜烧饼、开花馒头、蟹黄包子、萝卜丝烧饼、五仁馒头、水晶包等。"

王金亭说："那就再来一斤蟹黄包子。"

一会儿，店家端来两瓶茅台酒、一盘盐水鸭、两碟鸭肝和一斤蟹黄包子，两个人肚子已饿，狼吞虎咽地吃喝起来。

张三拽下桂花鸭的大腿，一嚼，肥而不腻，口味鲜美，兼有咸味，香酥可口，心想：这盐水鸭果然名不虚传，比北京的烤鸭更有滋味。

店家忙乎完了，坐在一边抽烟。

王金亭问："这南京城里都有哪些风俗？"

店家"吧嗒吧嗒"抽着烟袋，兴趣十足地慢慢数来："每年元旦早晨，开门大吉，先放爆竹三声，意思是可解一年的疫疠，叫做'开门爆仗'。仪征人还特制一名叫'满堂红'的爆仗，表里一色鲜红，燃放后纸花铺地，灿若云锦，满堂瑞色。大年初一那一天，各家堂屋中央置一大圆炉，终日烧炭火不灭，名叫'欢喜团'。炉火上架设铜锅，煨红枣汤或莲子羹等，举家尝食，并以饷客，叫做'欢喜过年'。正月十五闹花灯，每家必备荷花形灶灯一盏，挂在灶前，表示对一家之主灶君的敬意，象征民以食为天。这一晚南京下关有龙灯会，各要道口扎起五光十色的牌坊，以悬灯谜猜测为乐；家家晚餐食汤圆；女子在元宵的皎月下相率夜行，以求腰脚的强健，且必须经历三座桥梁而止，叫做'走三桥'。正月十六日上城头游荡，俗传日在城头上行走一周可驱百病，叫做'走百病'。"

张三呵呵笑道："南京女子在月下相率夜行，倒有点儿像是练轻功，上城头游荡又像是在练登攀之术。"

王金亭笑道："张三爷总是喜欢把这些风俗跟武术联系起来，你快让这位小老弟说下去。"

那店家深深吸了一大口烟，徐徐吐了出来，浓烈的烟草味在空中飘荡，驱散了桂花的清香。"正月过去，'红杏枝头春意闹'，正是江南的美好时辰。春日载阳，以二月初一为太阳的生日，家家尽食太阳糕。"

"太阳糕是什么玩意儿？"张三问。

"太阳糕就是一种夹糖糕，五个一叠，上面挺一只一尺来高的白面捏小鸡。此风盛于清初，据说是明代遗民为纪念明末皇帝崇祯而假托祭太阳星君而设计的，寄托着清兵入关以后广大汉人的故国之思。二月二，家家接女儿，这一天又是中和节，民间则说是龙抬头，又是土地爷的生日。南京人有句俗谚说：'二月二，龙抬头，家家接女诉冤仇'。是说有的女子在婆家受公婆、丈夫、小姑、小叔的闲气，抑郁不解，需要回娘家住上几天诉诉委屈。农历二月是花之候，三月是花之盛。农历二月十五是花朝，就是百花生日，这一天家家都要种花，庭园之中一切未开花木都要挂红着彩，用红布系在花枝上，或系在木棒上插入花盆，表示祝贺百花诞辰，求良辰美景，花木繁盛。"

王金亭说道："其实为花木挂红一举，始于初唐的武则天。李汝珍先生的长篇小说《镜花缘》中说，武则天登上女皇宝座后，在一个严寒的冬日，因目睹腊梅盛开，忽发奇兴，写了一首催花诗：'明朝游上苑，火速报春知。花须连夜发，莫待晓风吹！'命令所有花卉都要非时开放。各花果然承旨。次日武则天游上林苑时，天时甚为暖和，池冰都已解冻，陡然变成初春光景。见时满园青翠，红紫迎人。武则天大喜过望，吩咐宫女给这些花木挂红，有的还悬上金牌以示奖励。独有牡丹迟迟不开，武皇甚不满，命燃炭火烧炙其枝梗，方才开放。武皇余怒未息，罚将御苑中几千株牡丹尽行挖掘移植于东都洛阳，以示贬斥，洛阳从此成为'牡丹之乡'。其中一些为炭火炙枯的牡丹余枝流落于淮南卞仓，以后卞仓的枯枝牡丹便成为了名贵异种。店家，你接着说下去。"

店家说："清明时节风和日丽，柳绿桃红，群莺乱飞，是郊游踏青之机，南京人多于此时游雨花台、牛首山。各家各户还插柳于门，女子簪柳于发髻，人们以柳叶七片泡茶，说喝了可以明目。此外还要放断线风筝，有意无意将线扯断，让风筝随风飘荡，据说此种断线风筝可以带走放风筝人一年中所遇到的晦气哩！清明前一天叫寒食，是为了纪念春秋时期晋文公的忠臣介子推的。这一天，大家概不举火，不吃熟食，只进一些干粮充饥，直到清明日的中午才重新炊饭。"

王金亭叹道："介子推真是一条好汉，晋文公重耳当年流浪时，介子推割股啖君，把屁股上那么一大块肉割给重耳吃，真算是忠臣。当晋文公得势后，派来宝马轿车来接介子推出来当官，他坚辞不受，带着老母躲进深山。重耳烧山唤他出来，他宁可抱着老母一同烧死，也不领取桂冠，真是个清高仗义的男子汉！"

店家又接着说下去："清明过后是立夏，天气日益暖热，万物欣欣向荣。南京人以豌豆煮饭作糕，坐在门槛上吃，认为这样做就可免于在炎炎之夏工作时会打瞌睡。五月五日端午节，南京龙舟竞渡于秦淮河上。龙舟宽不超过一步，长约二丈，彩屋三层，高五六丈，飞行水上，倏忽往来，雪浪摇空，彩旗眩目。夜则燃灯数百盏，金鼓大作，如巨鳌腾空，火龙出海，画船箫鼓，竟日通宵。南京的端午竞渡一是为纪念屈原，二是为了纪念伍子胥。春秋时期吴国的伍子胥受黜自杀投江的故事家喻户晓。八月十五中秋节，孩童在院中陈列许多泥制的菱藕瓜兔等小盆景供月，家家吃月饼、烧芋艿、煮藕粥、煮熟菱等。九月初九重阳节，是登高之日，人们喜欢登高饮菊花酒，传说可以去病。"

就在店家介绍南京各时风俗之时，楼上走进一个老先生。那老先生瘦骨嶙峋，拿一件破烂蓝衫，挂着一个大黄葫芦，背一个大蒲扇。

张三见这老先生面熟，一时又记不起来。那老先生进来后来到窗前，一语不发，只是瞧着窗外的夜景。

酒席撤去，店家又端上茶水，他笑着对王金亭说："这茶叶是有名的碧螺春茶，是我国十大名茶之一，是吴县所产，已有一千多年的历史。早先，东山人朱正元在碧螺峰的石缝里发现几株野茶，香味特异，便采集回来。慢慢野茶发展为家茶，并成为向宫廷进献的贡茶。”

张三抄起宜兴小茶壶给王金亭倒了一杯，又为自己倒了一杯。他见那碧螺春茶叶色泽澄绿如碧，外形蜷曲如螺，条索纤细，茸毛遍布，银绿阴翠，幼嫩整齐；呷一口，清香沁人，甜滋滋的，不禁赞道：“好茶，真是好茶!”

这时店家走到那位老先生面前，问道：“您老来点儿什么?”

老先生缓缓转过身来，说道：“吃过了，来这酒楼上散散心，看看风景。难道不吃不喝就不许来吗?”

店家见他有点儿“杠头”，扫了他一眼，下楼去了。

老先生看了一会儿景色，来到王金亭面前，从怀里摸索出一个油乎乎的布包，摊在桌上，打开一瞧，是一种植物。

张三不知这植物的名称，王金亭却说：“这是宜兴百合，享有太湖之参的美称，是主治痨病咯血、虚烦惊悸等病症的食品。”

老先生拉过一条木凳坐下，说：“我想用这宜兴百合换几杯茶喝。”

张三见这老先生行动诡秘，有点儿警觉起来，他用脚踢踢王金亭，示意王金亭注意。可是王金亭仿佛没有理会，笑着对那老先生说：“不用客气，宜兴百合还是请老先生收好，要喝茶尽管喝好了。”

那老先生也不客气，抄过茶壶，站了起来，将茶壶举在空中，离茶杯有四尺多远，茶水的水柱从茶壶中涓涓而出，都倒在杯内，滴水未洒。

张三暗自思忖：这老先生有来头，我也要给他点儿颜色瞧瞧。

他抄起茶壶，往空中一抛，茶壶翻了几个个儿，又平稳地落于桌上，滴水未洒。那老先生看了，微微冷笑，把大蒲扇解下来，一挥扇，那茶壶又落在蒲扇之上。顺势又一扇，王金亭和张三面前的茶杯已盈盈欲溢。

张三笑着打开茶壶的壶盖，用一个手指头顶着自己面前的那只茶杯，走到厅柱前，迅疾地爬到顶壁上，然后一歪茶杯，茶杯里的茶水又倒回茶壶里，滴水未洒。旁边几个桌上的游客看得目瞪口呆，有的还鼓掌叫好。

老先生冷笑一声，问王金亭：“这位老相公，我考你一考，我国扇子产生于何时?”

王金亭说：“晋人崔豹的《古今注》上讲，羽扇之制，起于殷世高宗时，恐怕在我国殷代就出现扇子了。最早的扇子，主要是用来障面的。《宋史》上记载，古代帝王侍臣执扇用以障尘蔽日，侍臣立于帝王两侧，渐渐成为一种威仪。起初，障面只作帝王专用，后来传到民间，改做短柄，但主要还是用来障面，尤其是年轻女子用以遮羞。唐代诗人王建有这样的诗句：‘团扇，团扇，美人并来遮面。’”

老先生听了，满意地点点头。王金亭又说下去：“最早的扇子都是用羽毛制成的，又称羽扇，以后出现了竹扇、葵扇、骨扇、纸扇、蒲扇；就形质讲，有纨扇、折扇等。我国汉代纨扇开始兴盛，纨扇多为圆形，又称团扇。这团扇是用丝织的绢素制成。当时有一首《怨歌行》说：‘新裂齐纨素，皎皎如霜雪。裁为合欢扇，团团似明月。出入君怀袖，动摇微风发’。这说明纨扇已很流行而且制作精致。随着造纸业的发展，又出现了纸面团扇。”

老先生问：“那折扇呢？”

王金亭回答：“折扇古时又称聚头扇、聚骨扇、撒扇，折叠扇子起源于高丽国，南北朝时传入我国，明清时大兴。以扇骨而言，多为竹制，但也有用红木、紫檀、檀香木、乌木、象牙等材料制成的。有些扇骨上还刻着字画。扇面有用毛、绢帛和纸制作，也有芭蕉叶、麦秆、竹篾、蒲葵等制作的，像先生的这柄扇子就是用蒲葵制成的。”

“是吗？”老先生眯缝着眼睛，把大蒲扇递过来，说：“你说的可不对，你摸摸这扇面……”

王金亭没容多想，伸手一摸，只觉冰凉。这时，只听“嗖”的一声，一支飞镖疾射下来，射在扇上，却没有穿透，反而落在地下。

老先生将扇子一收，“嘿嘿”冷笑两声，走到窗前，将身子一缩，从窗口跃了下去。

张三惊叫一声：“‘铁扇子’洞庭先生！”

第二十回 夫子庙他乡遇故知 普济寺法雨施诡计

张三如何认出这老先生是“铁扇子”洞庭呢？原来那日在保定府万通镖局夜战，张三隐约见过洞庭的面目，刚才又见有人飞镖击中蒲扇，可是未曾穿透，说明扇内有铁片，故才认出那老先生就是“铁扇子”洞庭。

这时急匆匆从酒楼楼梯处走上来一个少年，那少年穿一身青衫，戴一顶瓜皮小帽，皮肤白皙，清眉秀眼。

少年快步来到王金亭面前，叫道：“爹爹，铁扇上有毒！”

王金亭凝眸一瞧，正是自己的女儿王媛文。

“你……你怎么来了？”他惊讶地说。

王媛文皱着眉头说：“父行千里女儿忧。女儿恐怕爹爹路上有闪失，所以一路偷偷跟来……”

原来王媛文在父亲和张三离京后，偷偷带了包裹，一路乔装打扮暗暗跟随。在保定府万通镖局的那天晚上，她见“铁扇子”洞庭行动可疑，跟踪他到了一个小巷，正见浙江巡抚洪升的美妾玉蝉翼、“江南第一妙手”解铁夫正召集部属商议攻打万通镖局的阴谋，她躲在房上听了个一清二楚，然后先来到万通镖局的房上，投了问路石。一会儿，洞庭率领着二十多个侍卫围住了镖局。就在郭云深与洞庭酣斗、张三与玉蝉翼对打之际，王媛文悄悄溜下房来走进王金亭和张三的住房。她见父亲睡得正香，不忍叫醒他，一直在旁边守候护卫。后来她见张三与玉蝉翼打得难解难分，便倚在窗前，亮了蜡烛，在烛下挑针，扯破了玉蝉翼的衣裙。之后解铁夫来助玉蝉翼，玉蝉翼趁机脱身，溜进王金亭的房间，与王媛文对打。混战中，玉蝉翼一掌将王金亭打昏，王媛文见情势危急，背起父亲，从后窗跳出，玉蝉翼也跳出后窗紧追不舍。

王媛文背着父亲跑了一程，娇喘吁吁，玉蝉翼越追越急。正巧遇见王芗斋、张占魁、韩慕侠三人飞马而来。王媛文一路上见过王芗斋，知道他是郭云深的弟子，因此当王芗斋策马来追王嫒文时，她顺势将昏迷的父亲让王芗斋抢走。

在山东济南府，王嫒文暗随王金亭和张三游历大明湖和诸泉，并在大明湖畔暗中看见玉蝉翼与盘龙接触，窥听了他们的谈话。在黑虎泉，她见玉蝉翼扮作暗娼将父亲打进护城河，情急中舍身跳进黑虎泉，一直潜游将父亲救上岸，又暗中遁去。在云居楼，王嫒文在房上投石打破“假刘鹗”盘龙的毒药碗，然后在树上投镖留诗，揭破了盘龙的诡计。而后她又跟随父亲与张三来到南京城里，并一直在秦淮河夫子庙附近观看动静，在人群中她又认出扮作穷酸老先生的洞庭。在乐和园，王嫒文从楼梯处看到张三正贴柱表演茶水回壶的绝技时，洞庭偷偷从怀中摸出药膏，在大蒲扇上一抹，心知他在扇上下了毒。于是在洞庭挥扇时，她疾发一支飞镖。王金亭不知底细，伸手在扇上一摸，中了扇毒，而洞庭见阴谋得逞，跳窗落水而逃。

此刻张三见到王嫒文又惊又喜，当听她说王金亭中了毒时，赶快过来探视。只见王金亭颜色未变，笑着道：“我没有中毒啊！”

王嫒文着急地说：“我明明看见洞庭在扇上抹了毒药！”

张三要摸王金亭那只摸扇的右手。

王嫒文急道：“张三爷，你不要摸爹爹的手，上面有剧毒。”

王金亭笑得更响了，说：“嫒文，你胡说些什么呀！我还没责怪你呢，你怎么不听爹的劝告，一个人跑到南京来了呢！”

王嫒文认认真真地说：“爹，我说的是真的呀！”

张三见王嫒文急得要哭的样子，有点儿相信了，说：“王大人，咱们还是请个郎中来看看吧。”

三人回到客店，张三叫王嫒文服侍王金亭，自己出门去找郎中。他问了几户人家，都说在夫子庙东街有个药铺，那里有个老郎中。

张三急匆匆来到夫子庙东街，正走着，猛地撞着一个人。那人是个中年汉子，北方人装束，穿一件青色小褂儿，蓝布裤子，打着绑腿。他皮肤呈枇杷色，骨骼结实，眉眼伶俐，流露出一种讥笑的神气。

张三抬头一瞧，顿时眉眼笑成一条缝，大叫：“张策兄弟！”

那中年汉子正是“臂圣”张策。张策也认出张三，朗声笑道：“原来是张三爷，你怎么到了这里？你我同岁，怎么你是兄，我是弟呢！”张策说着，开怀大笑。

张三问：“阔别几年，烤肉季聚会后，你到了哪里？”

张策叹道：“一言难尽！八国联军打北京之前，我就出了北京城，一直飘摇在外。我到过山西、陕西、甘肃，以后又回了老家直隶香河县。在老家憋闷了几年，想到这江南逛一逛，顺便找点儿杂活儿做做。”

他又问道："这几年你在哪里？总待在北京吗？"

张三把这几年的遭遇说了，又叙了如何为王金亭保镖到浙江办案，路遇洞庭等恶徒以及王金亭摸扇中毒等事。

张策道："我学过几年中医，学武术时师父又教了我如何鉴别创伤和防治之法，你不用找郎中了，我去瞧瞧！"

张三带张策来到客店，见王金亭脸色煞白，斜倚在炕头，王媛文正急得淌泪。张策过去摸了摸王金亭的脉，脸上渐渐渗出冷汗。

张三问："怎么，有危险？"

张策缓缓道："这是着了一种非常危险的毒，叫做蒲葵毒，是用普陀山上的锡矿泉水和蒲葵制成，顺着指甲缝能渗入体内。人着了此毒，开始没有感觉，毒性发作后身上发冷，轻则二十天，重则十天会慢慢冰冷而死。"

王媛文一听，急得落下泪来，颤抖着问："先生，难道就没有解药吗？"

张策说："据说普陀山普济寺的法雨长老有这种解药，唤作白果丸，现在只有去找他了。"

张三沉吟一会儿，说："媛文留下照料王大人，我想洪升的余党一时不会再来骚扰。我和张策兄弟到普陀山走一遭，索到白果丸来救王大人。"

张策说："救人要紧，我们即刻就动身。"

张三和张策往东疾行，来到海边，雇了一条渔船，奋力朝南划来。渔船行驶了三天三夜，这一天清晨，只见前面出现一个美丽的海岛，岛上风光秀丽，洞幽岩奇，古刹琳宫，云烟缭绕。

渔夫高兴地指着那海岛，说："那就是普陀山了，这是海天佛国，又是东方的天涯海角。"

渔夫把船靠了岸，张三把船隐到一个巨礁之后，摸出一把银两交给渔夫，说："你先在这里待一会儿，我们到普济寺，一会儿就回来，你再送我们回去，到时再给你银两。"

渔夫点点头，身子靠在礁石脚下，掏出烟袋锅抽起烟来。

张三和张策走上山来。普陀山与安徽九华山、四川峨眉山、山西五台山并称为我国四大佛教名山，此山被称为世外桃源、蓬莱仙境和南海胜景。普陀山有室皆寺，有人皆僧。明代徐如翰诗云："山当曲处皆藏寺，路欲穷时又遇僧。"普济寺、法雨寺、慧济寺是普陀山三大名寺，此外还有大乘庵、悦岭庵、杨枝庵、紫竹林禅院和梅福庵等。普陀山层岩危嶝，奇石壁立，潮音洞、梵音洞、朝阳洞、观音洞、灵佑洞等洞壑幽胜，别有趣味。山上奇岩怪石各呈姿态，有熊罴上山、牛羊饮溪等石，有的危而不坠，有的欲坠若扶，有的崩石若斧，陡立如门。

有人曾把普陀山和西湖相比：“以山而兼湖之胜，则推西湖；以山而兼海之胜，当推普陀。”

普济寺在白华顶南，灵鹫峰下，为山中供奉观音大士的主刹。

张三和张策穿过御碑亭、海印池和八角亭等，沿着庄严路走了三里，来到大圆通殿之前。有个和尚迎了出来，张三向他说了来意，请他禀告法雨长老。

一会儿，那和尚下来，说道：“长老在藏经楼内，请你们进去。”

三个人穿过钟楼、天王殿，来到藏经楼内，只见有一个六十多岁的老者，披着火红的袈裟，手里握着念珠，口中念念有词：“直为探奇过上方，居然台殿水中央。到知海岸真孤绝，遥望瀛洲亦渺茫。石洞寒潮鸣梵呗，竹林明月放圆光。鲸波一洗烽烟息，仰见慈云遍八荒。”

长老瞟了张三一眼，又吟道：“漫说当前一寺红，凌云楼阁两相同。九龙殿已偕山老，五凤门尤对海雄。佛古尚能施法雨，僧勤竟少出家风。廊回槛绕疑无路，只听钟声打半空。”

张三见长老停顿，刚欲施礼说话，只听长老咳嗽一声，徐徐吟道：“缘岩度壑各担簦，翠合奇环赏不胜。竹内鸣泉传梵语，松间剩海露金绳。山当曲处皆藏寺，路欲穷时又遇僧。更笑呼童扶两腋，溯风直上最高层。”

法雨长老吟罢，又咳嗽一声，才问：“二位远道而来，为的何事呀？”

张三回答：“我有个朋友中了蒲葵毒，生命垂危，听说您这里有解毒的白果丸，特来求丸。”

“你那朋友叫什么？”

张三说：“叫王金亭，是朝廷的钦差大臣，到浙江来查巡抚洪升的罪行。王大人是当今的海瑞，乔装私访至此，不想误中了洪升帐下一个叫‘铁扇子’洞庭的毒扇，现卧床不起，请长老看在浙江百姓的份儿上，恩赐白果丸一颗。”

法雨长老听了，微微一怔，转而大笑说：“佛家以慈悲为怀，我不能见死不救，但白果丸是普陀山的名贵药材，只能待明日法会，当着众僧之面赐予你们。”

张三说：“多谢长老。”

法雨长老对旁边站着的那个和尚说：“快带他们到迎松斋歇息，明日一早请他们参加法会，不要怠慢了。”

那和尚带他们来到后面一座僧楼，只见上书“迎松斋”三个金字。

和尚把张三和张策让到里面，请张三住西屋，张策住到东屋。

张三见屋内布置齐整，有金幔翠纱，绵裘彩被，硬木桌椅，名人字画等，真正雅致。张策又把渔夫请了上来，他与渔夫同住东屋。

这一天，那和尚依照法师吩咐，带张三、张策游了法雨寺、慧济寺、多宝塔、正趣亭、杨枝庵、大乘庵、海天佛国石、金沙、观音跳等名胜古迹，准备的午饭和晚饭都非常丰盛。直至很晚，三人才入睡。

张三躺在床上翻来覆去睡不着，他想着自从跟随王金亭南下后，在燕赵之地，齐鲁之邦，金陵帝王之乡遇到的坎坷、风雨，百感交集。想到王金亭一个正人君子，一心报效国家，却遭此暗算，不禁黯然失神。想到浙江百姓在洪升的淫威下，苦苦挣扎，有人被逼得背井离乡，沿街乞讨；有人含羞自缢身亡；有人在水牢中受尽煎熬；有人靠卖血度日……他自觉责任重大，不禁暗道："张三啊张三，你生为北京一壮士，死亦为燕赵之鬼魂，岂能栽倒于艰辛危难之中？"

他的眼前又浮现出王金亭苍白悲怆的面容，王媛文悲痛欲绝的眼神。想到张策兄弟仗义救人，为朋友两肋插刀的肝肠，不禁感慨万分。想着想着，昏昏睡去。

正睡间，只觉身子往下沉，他睁开双眼，发觉那床正往下掉，而自己全身已被绳索绑住，他挣脱不开，大叫一声："张策兄弟！"

那床下沉到地下洞穴内，上面的天花板又自动合上，四周漆黑一团，伸手不见五指。

张三自知中计，心中叫苦不迭，几次想起身，却动弹不得，他痛苦地大叫："张三啊张三，想不到你也有今天！王大人可叹死在我张三手里！"他的声音撞击着洞壁，发出响亮的回声，回声过后，他听到远处传来隐隐的哭声……

那哭声凄切、悲怆，令人心碎。这是谁在哭？是哪个老妇人？为什么哭得这么伤心？

听着这哭声，张三觉得两眼发酸，想哭，又哭不出来。这哭声把他带回遥远的故乡，那直隶束鹿简陋的茅舍。这哭声多像是娘的声音，也是这样凄切、悲凉，这样动人心魄！

一八六二年，直隶束鹿赶上旱灾，酷日当空，田地出现裂缝，人们叫苦不迭。有的农家被迫背井离乡，卖儿卖女；地主老财乘机敲诈勒索，穷人生活陷入绝境。

这一天傍晚，张家村一户普通简陋的农舍里传出婴儿的啼哭，这哭声响亮、动人，划破了寂静的田野，给闷热的天气增加了清新。

屋内一盏破油灯下，干了一辈子农活儿的庄稼人张老汉眼巴巴地望着刚刚生产的妻子，说不出话来。他的妻子面容憔悴，脸色像菜叶子。她淌着眼泪望着刚刚出生的小生命，那男孩长得瘦弱，小嘴狠命地张着，像要吸吮什么。女人无力地抬起布袋似的奶子，塞到孩子的嘴里。孩子拼命地吸吮着，猛然他好像觉得受骗了，小脸抽搐着，发出一阵啼哭。

张老汉叹了一口气，目光又落在守在炕头上的两个男孩子身上，他们都光着腚，面黄肌瘦，目光呆滞，一高一矮，一前一后，悄悄地瞧着刚出生不久的小弟弟。

张老汉慢慢来到妻子面前，用满是老茧的手抚摸着妻子乱蓬蓬的湿发，颤声道：“这年头，地都晒出了窟窿，逃荒的像赶集，弄不好老大和老二都养不活，这小的咱们就别要了。搁到村头大路上，他要有福气，赶上个善主儿，兴许还能活下来……”说着淌下泪来。

那女人默默地点了点头，木然地俯下身子亲了亲孩子的脸蛋，把他交给丈夫。张老汉一咬牙，一跺脚，抱起孩子，飞也似的撞出门外。

“呜呜……”女人的哭声号得人心慌。

“哇，哇……”孩子的哭声把人们的心都提到了嗓子眼儿上。

过了有一袋烟的工夫，张老汉失魄丧魄地回来了。他倚在门框上，一声不吭，只是大口大口喘着粗气。

一个中年妇女风风火火地闯进来，一手抱着刚才那个孩子，一手拎着半篮子榆树叶窝头，骂道：“你们好狠的心肠哟，再穷也不能扔孩子啊！”

中年妇女把篮子放到炕上，用脸亲着孩子的小脸蛋，喃喃说道：“多好的男孩，瞧，这眼睛真有神，有我这个婶子在，就不许你们抛下孩子，咱们再穷也要保住孩子，要死就都死在一起，死个痛快！”

张老汉夫妻俩望着孩子，眼泪“吧嗒吧嗒”往下淌，像断了线的珠子。

这孩子随后取名为长桢，字寿亭，因为排行老三，小名张三。

张三长到七八岁，爬房上树打水漂，样样都会。他用绷勾子打鸟，鸟没有不往下掉的。他在河边打水漂，一粒石子打过去，能溅起十来个水花。他上树赛狸猫，一丈多高的老槐树上有一个鸟窝，他“噌噌噌”两条小腿一蹬，一会儿就抱下几颗鸟蛋来，点上柴枝一烤，小嘴一吹，嚼巴嚼巴，嘿，喷香！

张三长到十二岁时，村里来了两个买卖人，都姓李。一个粗粗壮壮，憨憨厚厚，叫“深州李”。另一个白白净净，活活泼泼，叫“冒州李”。两个人做的都是烟叶的买卖。张老汉为人实在，见他们暂时无地方住，就收拾了南面一间摆放杂物的房子，腾给两个买卖人住。

两个买卖人都有功夫，“深州李”不用肩膀挑水桶，只用一只拳头撑着扁担，两只水桶晃晃悠悠，水花却不溅一朵。“冒州李”不用斧头砍柴，大手一挥，那木头“刷刷”地起着木花。

小张三看得呆了，大眼一眨不眨。他给他们两个做了几个倒立，两只脚踩在墙上，小肚皮绷得像牛皮，小脸通红。

做完倒立，他拉着“深州李”和“冒州李”的手，央求说：“你们教教我吧。”

两个买卖人见这孩子厚道、聪明，身子骨又厚实灵活，就一口答应了。

原来“深州李”的师祖是明朝张氏、马氏、赵氏三位武将。这三位武将都是爱国君子，有满腹抱负，不愿降清，而隐居于四川峨眉山务农为生，并在一起切磋武功。后来他们三人将各自所学的武功融为一体，统名为“普通把式”。

“深州李”把师祖的看家本领都传给了张三。其中一种叫“穿掌通力功”，这种功夫练成后周身的力气可以贯通，是练好武术的最初根基，也可以说是“母功”。另一种功夫叫“三皇吞气功”，是一种比较深奥的特殊吐纳导引术。这种功夫练成后，内脏坚实，骨骼肌肉强壮，能使身体升降自如，体肤坚硬如铁，也可以柔软如绵。

“冒州李”擅长散手、拳术、兵器，他的师爷曾受业于乾隆年间的绿林豪杰“铁罗汉”窦尔敦，有“金钟罩铁布衫”的硬功。“冒州李”也把功夫都传给了张三。

三年后，张三的功夫大长，两位师父也因挂念家乡，告辞而去。张三与两位师父依依相舍，凄凄切切，一直送出五十多里。

临别时，两位师父再三叮嘱：“咱们学武的人，做人要堂堂正正，要为穷人多积德性。学贼的本事是为了擒贼，不是为了做贼。当国家需要时就要挺身而出。另外，山外青山楼外楼，学艺无止境，千万不要骄傲自满，要兼收并蓄，汲取众家之长于一身。”

张三将师父的话牢记心头，勤学苦练，为了掌握武术理论，又苦读了几年私塾，粗通了文墨。二十岁后，父亲被老财逼死，家庭生活陷入困境。因为他不愿到镖局去做镖师，自己又没有资金开办镖局，干脆就独自一人去招揽保镖生意。张三孤身保镖，走南闯北，出没于云贵川陕一带山林，在当时成为江湖美谈。

有一次，张三保镖走到河南柘城县附近的一个集镇上，听当地居民说有一位少林寺僧人寄居在一座土地庙内，武功精深，但不轻易传人。他就停住镖车，请客商暂住旅店，一人来到土地庙中。他见那位僧人虽已年迈，但身体雄健，脸色红润，精神旺盛，心知此人定是一位高人，忙执弟子之礼，并说明来意。

僧人说：“咱们俩交手较量一番，我要看看你的武功如何。”

张三知道此人高深，于是连称：“不敢，不敢。”

僧人大笑，说：“你不要害怕，我对你是善意，因为你来投师，我不得不测试你的武功。我们双方较技，任你用招打我，我不还手，你看如何?”

张三就以撞腿的招数向僧人进击。这一招数是大李师父所教，上用拳齐击，下以左腿斜踢对方小腹，而且是短拳小架势，拳与腿尽是绷撞之寸力，这是他最得意之招。

但在眨眼之间，那僧人不见了。

张三急回头，见僧人的双掌正在他的腰部两侧停住。

他甚是惊异，连忙求教。

僧人又哈哈大笑说："好，好，你的技艺不错，但有一点缺欠，现在我给你补添一些手法。和人交手时一定要有下盘功夫，身形矮下，盘腰卧腿，胸脯接近地面。前后左右旋转，其快如电，以引手单掌扇击对方额面，转身撮腿，接着变翻跺子脚，再转身加顿挫之绷掌或拳。身形起伏不定，全身俱是绷撞之弹力。更要在运动中出手，不能停顿，真假虚实使对方莫测。不要破对方的招数，也不要搪架，要闪对方之手脚，使对方失去出击目的。"

张三听了，叹服不已。他找到保镖的那位客商，与其商议暂在此镇盘桓数日，跟僧人学些绝技。客商见路上平安，没有耽误日期，便答应下来。

张三与僧人师父相处数日，学了不少功夫，之后告别僧人而去。

有一次，张三为一个客商保镖来到四川境内峨眉山下，见一个老道姑疾步行走。那道姑身穿灰色布道袍，头戴观音帽，面部有若童颜，足蹬云履，腋下夹一只黄色布包。

张三见这老道姑决非等闲之人，忍不住停下观望。老道姑转眼即逝。

张三暗暗称奇，与客商拐过五谷，正见前头萋萋荒草中，那老道姑正对一个石碑作揖，碑前余香袅袅。

这山谷风景秀丽，正值清明时节，远山如黛，云烟缥缈，山寺月庵掩映在云烟之中。一泓泓温泉，一道道飞瀑，发出轻盈的水声；杂花生树，黄莺悦耳，野趣横生。张三有些口渴，伸手解下酒葫芦，"咕嘟嘟"喝了一大口，然后沿着草径来到老道姑面前。只见那石碑上刻着一行镏金小字："八卦掌祖师董海川之墓"。

张三早闻八卦掌祖师董海川老先生的威名。董海川师从毕澄霞道长，博览武术典籍，兼取众家之长，创立八卦掌，弟子遍京都，已仙逝十年之久。可是为什么董老先生的墓碑又出现在这峨眉山里呢？这老道姑又是何许人也？为何为董老先生扫墓？

忽然，那老道姑转过身来，张三细观之，见她面庞残留佳韵，鱼尾纹已袭上眼梢儿和额门，眼角挂着几滴晶莹的泪珠。

老道姑朝他一伸手，说："借酒来。"那声音悦耳动听。

张三把酒葫芦递给她，她默默接过，抬手朝碑座扬去，酒"哗啦啦"洒在碑上。老道姑将酒葫芦还给张三，张三正聚精会神地注视着碑字，未曾接着，那酒葫芦刚要落地，老道姑伸出左脚，轻轻一弹，酒葫芦抛起一人多高，张三下意识伸手接住酒葫芦。

老道姑双手合拢，恭恭敬敬在碑前鞠了一躬，口中念念有词。张三听不清楚，仅听得最后一句话："海川，安息九泉吧！"

张三欲走，却见老道姑用手一指他说："你为何不练这种功夫?"说着将身体弯下，双臂弯曲，以肘部互相交替进击。肘随身变，姿势各异，快如风车一般旋转。

张三暗忖：这老道姑如何知道我的功夫，她所演练的不知又是何种功夫?

他见老道姑示教，行礼致谢道："多承道姑指教。"

而后全神贯注，照示练了一遍。

老道姑道："你好聪明，一学就会。"说完，飘然而去。

此后张三再也没有见到这位老道姑。

之后，张三娶了张氏，在北京马家堡居住。

一日，他在西四同和居酒楼遇到一位喇嘛，那喇嘛谈吐风雅，性情温和。二人开怀痛饮，高谈阔论。但所谈的都是各地风土人情，毫不涉及武术。分手时，喇嘛对张三说："你明日中午到黄寺找我，我们在寺中喝酒谈心更有趣，你一定要来。"

翌日，张三打酒买菜，按时赴约。饮酒时，喇嘛对张三说："我是西藏拉萨大昭寺的黄衣喇嘛夏鲁，为逃难来到北京黄寺。西藏拉萨布达拉宫的红衣喇嘛萨迦为了独霸西藏，搜罗西藏死士，结为死党，排挤其他寺院和教派的喇嘛。萨迦红衣喇嘛有挟持班禅活佛之野心，想使西藏脱离大清朝廷，十三世达赖大喇嘛愿与朝廷友好，但无奈势孤力单，萨迦则势力益厚。那萨迦武艺高强，死士成群，还想并吞西藏武人的拳谱，据为己有。我有祖传的'翻掌铁裆图'，上面画有绝技的练法，非常宝贵。"说着，他从怀里取出一个小木匣，打开后从里面取出一个画卷，展开一看，所画的尽是一些不同姿势的小人，旁边还有藏文说明。

夏鲁喇嘛说："我见你为人正直，而且知道你武艺高强，就把这'翻掌铁裆图'给你了。"

张三说："这可是你的祖传之宝啊!"

"我在北京黄寺一住就是三年，非常想念乡人。近日听说萨迦在西藏诛杀异派，挟制班禅活佛，横行霸道，我决定回西藏，结集旧友，共抗萨迦，不让他的野心得逞。但我此去，不宜带这'翻掌铁裆图'，以免落在萨迦手里，因此送给你保存。我也想将这藏人武功传给汉人，以结汉藏永世友好之谊。"张三听了，非常感动，于是深谢夏鲁，收藏了"翻掌铁裆图"……

却说张三正在普陀山普济寺洞穴中辗转反侧，回想着那如烟的往事，忽听顶壁有动静，有人在上面爬来爬去，小声叫道："张三爷，张三爷……"

第二十一回　触机关救出张长桢　挟娇女逼迫法雨僧

张三侧耳细听，像是张策的声音，于是叫道："张策兄弟，我在下面，有铁链子锁着我呢！"

上面那个人正是张策。原来张策在西屋睡觉，正睡间，猛听张三在对面屋内大声叫他，他惊醒过来，只见几条铁链从床下甩出，正朝他扔来。他大叫一声，挣脱出来，那锁链没有锁住他，只把那个渔夫锁了个结实。紧接着，那床慢慢下沉，沉到下面洞穴内，而后床板又复合上。

张策正在惊疑，猛见一个女子手持宝剑，领着一伙僧人闯了进来，僧人们凶神恶煞，个个手持兵器。

那女子娥眉横翠，粉面生春，满头珠翠，花金缕细，手持一柄峨眉宝剑。张策没想到在这满山皆僧的海天佛国还有这么一位妙龄女子。

那女子恨恨说："贼人何处逃？快不跪下！"

说着，一招"仙人指路"，朝张策胸口刺来。

张策往旁边一闪，破窗而出。那女子带众僧追了出来，接着又一招"湘子挎篮"，用宝剑去挑张策的左侧。张策施展"白猿献果"，用手指戳了那女子的左臂，女子顿觉左臂发麻，舞动宝剑左右翻飞，众僧高举火把，一齐攻来。

张策见硬打不行，发一声喊，跃过墙头，飞跑而去，那女子和众僧紧紧追赶。

张策正跑着，忽见旁边巨石上飞下一人。那人施展鹰爪功，猛扑过来，张策一招"白猿钻洞"躲过，随即施展开自己独创的劈挂通臂拳，与那人酣斗起来。

溶溶月下，张策见那人身披火红袈裟，面目凶恶，认出他就是法雨长老，不禁骂道："你这老秃儿，人家向你要白果丸治伤救人，你为何下此毒手，设下圈套？"

法雨长老"嘿嘿"冷笑，一甩袖子，一股疾风呼地扑来。

张策左右腾跃，如同白猿，一会儿跳于顽石之上，一会儿窜于树上，一会儿跳于法雨长老身后，时不时击打长老几掌，弄得法雨长老左右环顾，只是抓不到他。

原来张策精通的通臂拳属猴拳类，早在明代戚继光著的《纪效新书》中，猴拳就被列为“古今名家”之一。据闻，白猿通臂拳系战国时代孙膑所创，少林通臂拳是李镜源所创，五行通臂拳系清末北京白云观韩老道所创。通臂拳发拳是劲由背发，经肩和肘而圆滑地达到手指，背和肩也配合肘臂发功，故称通臂拳。授拳时按照金、木、水、火、土五门阶段依次进行，土门是最高的秘传，据说包括有奇门遁甲这种隐身法。劈挂通臂拳是张策所创，就是把通臂拳和劈挂拳结合在一起，发劲刚猛。张策年轻时曾受业于韩老道，拜其门下苦学数载。壮年时北走关外，南至齐鲁，闻名大江南北，踪迹所至，声誉大振。

因他心中惦念张三，不愿与法雨纠缠，虚晃几拳，又往山上跑去。法雨长老追了一程，不见了他踪迹。

他绕了几个圈子，又转回到普济寺后院。先投了一颗问路石，未见任何动静，于是便潜身到张三的房内，在地上寻找开启洞穴的机关。

摸着摸着，见那床角有个木轮，他转动木轮，两块三尺多长的石板慢慢移开。

他叫道：“张三爷在里面吗?”

张三叫道：“在，在，只是被铁索绑着，动弹不了。”

张策手摇木轮，不能离开，于是从怀里摸出一柄短刀，扔了下去。张三用嘴接住。这刀乃是一柄宝刀，有削金剁玉之能。张三用嘴叼刀三划两划，那些铁索都被齐齐削断。张三往上一跃，上了居室地面。

张策手一松，两块石板又复合上，没有任何痕迹。

张三说：“长老对咱们恨之入骨，这里面定有原因。我在下面时总听见一个老妇的啼哭，莫非是‘江南第一妙手’解铁夫的老母亲？不如先抓一个和尚问问。”

张策说：“张三爷说得有道理，先摸摸虚实，再作计议。”

二人来到天王殿前，见东边有个甬道直通僧房，正巧有个巡更的小和尚一瘸一拐而来。张三神不知鬼不晓劈胸抓住那小和尚，把他拽到僻静处，低声问他法雨长老与洪升究竟有什么关系，又问他“江南第一妙手”解铁夫老母的下落。

小和尚告诉他，洪升和法雨长老是师兄弟，他们都是福建南少林寺云海法师的弟子。二人学艺下山后，一个入了仕途，最终爬到浙江巡抚的宝座，另一个则遁入普陀山寺院，杀了住持，成为这海天佛国的“皇帝”。两个人狼狈为奸，遥相呼应，时有来往。洪升把掠夺的金银财宝都藏在法雨寺内。去年春天，洪升为了收“江南第一妙手”解铁夫为帐下死士，强抢了他七旬老母，押在普陀山最高之处慧济寺雷祖殿下的地穴内，由法雨长老看押。解铁夫是个孝子，几次闯普陀山救母都被法雨长老击退，最后无奈，勉强随了洪升。

张策又问：“山上有个使峨眉剑的女子是何人?”

小和尚瞧了瞧四周，说：“她叫玉蝉娇，是洪升的小妾玉蝉翼的姐姐。那女子是贪财之人，见法雨长老藏有巨银，便与长老混居一处，众弟兄都敢怒而不敢言。”

张三问：“他们居住何处?”

小和尚回答：“在法雨寺九龙殿后的一个花园里。”

“来，你给我们带路，如果有个闪失，我们就对不住你了。”

三个人沿着蜿蜒小径，盘旋而上，过了海会桥，沿着玉堂街疾走。玉堂街周围古木参天，极为幽静。三个人进了法雨寺，穿过影壁、天王殿、玉佛殿，走进圆通殿。原来九龙殿在圆通殿内，是从南京明故宫迁移而来。其外观金碧辉煌，殿内宏制巧构，顶端穹隆成拱圆形，正中悬挂着一个大珠球，四周悬着八根坚椽，每根椽都雕着昂首舞爪的蟠龙，围着顶盖中央的苍龙。九龙飞舞，争抢珠球，栩栩如生，真是巧夺天工。

小和尚引着张三、张策来到九龙殿后的一个小花园。这花园十分古怪，依山递进，层层叠建，楼阁、花木、奇亭、怪石依次而上，仿佛步入天宫。南侧有个楼阁，上书“飞天阁”三字。

小和尚说：“那就是长老和玉姑娘的住处。”

张三和张策翻身攀上了飞天阁，施展“倒挂金钟”之功，往房内一瞧，只见玉蝉娇独自一人倚在床边，坐立不安。她身穿一件乳白旗袍，镶着紫边，踏着一双锦屐，两只长长的耳环荡来荡去，脸上卸了脂粉，白得像水中嫩藕一般。

张策悄声对张三说：“这婆娘恐怕正等着法雨长老前来就寝。我倒有一个主意，咱们先擒住这个婆娘，然后用她要挟法雨长老交出白果丸和解铁夫的老母。”

张三点点头。

张策又悄声说：“我先进去，她出来时你设法用点穴法治服她。”

随后张策破窗而入，张三隐到门后。

玉蝉娇正在灯下等法雨长老，猛见张策从窗而入，吓了一跳，叫道：“你好大胆，竟敢闯入飞天阁!”

张策一个单晃掌，直奔玉蝉娇面门，玉蝉娇一闪身，扬出一枝飞镖。

张策眼快，闪过飞镖，又一个斩首拳，双拳直掼玉婵娇。

玉蝉娇退到墙边，一个飞腿朝张策蹬来，没想锦屐飞了出去。

张策采用劈挂通臂拳中的勾搂手、摔掌、撩阴掌，逼得玉蝉娇喘不过气来。

她一只赤脚步行困难，于是使一招“穿花插柳”，奔出门外。

张三隐在暗处，瞅准她的穴位，轻轻一点，玉蝉娇身上立时不能动弹。张三就势将她捆了，与张策二人押着她走下楼。

法雨长老布置停当，回到法雨寺，正撞见张三、张策押着玉蝉娇而来。那长老平时将玉蝉娇视为掌上明珠，如今见她被擒，又恼又急，大声叫道：“勿伤她的性命!”

张三说：“只要你交出白果丸和解铁夫之母，我们就放了她。”

法雨长老深叹一口气，说：“吾弟洪升危哉!”说完，从怀中摸出一个锦盒，从盒内拿出一个亮晶晶的药丸，顺手一扔，张三用手接住。

法雨长老道：“这就是白果丸，你们拿去吧。”

张三说：“还有解老太太呢?”

法雨长老一声呼哨，寺后跑来两个僧人。

法雨长老对他们说道：“你们快去慧济寺把那个老妇人背来，交给这两位壮士。”

两个僧人飞跑着上山去了。

法雨长老问：“借问两位尊姓大名?”

张策说：“我是直隶香河人张策，他是北京的‘醉鬼张三’。”

法雨长老苦笑一声，叹道：“难怪，原来闯寺的是两位武术名家。”

过了一会儿，那两名僧人回来，一个僧人背着个衣衫褴褛的老妇人。只见她面容憔悴，身体虚弱。

法雨长老对那个老妇人说：“这两位好汉如今带你出去，算你有福气!”

老妇人双眼冒火，朝法雨长老啐一口唾沫，骂道：“你这老秃驴，真缺了大德！我见了我儿，非要叫他报这个仇!”

张策上前背了老太太，法雨长老道：“现在该放玉姑娘了吧?”

张三说：“渔夫还在你们那个地穴里。”

法雨长老又叫僧人放出渔夫。

张三说：“等我们上了船，就放了玉姑娘。”

法雨长老有点儿不耐烦，但是无奈只得点头答应。

一会儿，那个渔夫惊魂未定，也被僧人带了过来。

一行人来到岸边，渔夫上了渔船，操桨扬帆，张策背着老妇人也跳了上去。张三见船离了岸有七尺多远，将玉蝉娇推到法雨长老的怀里，将身一纵，如同飞鱼，稳稳立于船尾。

法雨长老一扬手，五枚梅花针飞来。张三将宝刀一架，“叮叮当当”，那些梅花针纷落水中。

小船如离弦的箭向北驶去，张三朝法雨长老一拱手，呵呵笑道："谢长老借药之劳，真是赔了老妇人，又白炼了药丸，多谢了！"

法雨长老站在岸边，又羞又愧，又气又恼，眼前一黑，栽倒在玉蝉娇身上。

小船乘风破浪，朝北疾驶，几天后进入江苏境内。一行人来到南京城里，径奔秦淮河边的客店。

王媛文正等得心焦，忽见张三、张策背着一个老妇人进来，又惊又喜。

张三叫道："王大人有救了！"说着从怀里摸出白果丸，塞进王金亭嘴里，王媛文又给爹爹灌了几口白水。

到了半夜，王金亭悠悠醒来，看到张三，眼睛里溢出泪花。

张三问："大人感觉好点儿了吗？"

王金亭点点头，叹道："就像进了阎罗殿逛了一遭，只觉昏沉沉的。"

张三把张策介绍给王金亭，又把如何深入普陀寺向法雨长老索药一事叙了一遍。王金亭拉着张策的手，感动得不知如何是好。

王媛文服侍解老夫人到隔壁睡去了。

张策、张三连日来又困又乏，也守着王金亭睡了。

太阳一竿子高的时候，他们被秦淮河边的吆喝声惊醒了。

张三揉揉惺忪的睡眼，站了起来，只见王金亭也能支撑着下地了。

张策早已醒来，正倚在窗前读书。一会儿，王媛文搀着解老夫人也进了屋。

解老夫人听说儿子解铁夫在洪升帐下办事，气得发抖。

这时店家端进两笼屉水晶包，热气腾腾。张三拿了两个先递给解老夫人，又拿了两个给了王金亭，几个人狼吞虎咽般吃起来。

饭后，张三问张策去向何方，张策说："洪升老贼武艺高强，帐下武士众多，又有'铁扇子'洞庭、'铁辫子'盘龙、玉蝉翼以及'江南第一妙手'解铁夫等高手协助，恐怕除之不易，我决心帮助张三爷除掉这个奸贼。"

解老夫人说："我去劝说我儿子杀了洪升那老贼，为浙江百姓申冤！"

张三沉吟说："我看也只能智取，不可强攻。另外还要找到洪升作恶的证据，以便除掉洪升申报朝廷，免得洪升死党卷土反扑。"

众人点头称是。这时，只听"咚"的一声从房上掉下一个人来。

那个人滚到解老夫人脚下，跪地便拜，叫道："娘，您老人家受苦了！儿子该死！"

解老夫人定睛一看，上前打了那人几个巴掌，那人屹立不动，任其掴打。

张三凝眸一瞧，那人正是“江南第一妙手”解铁夫。

原来解铁夫受洪升委派，前来打探王金亭的消息，并盗取他的钦差印信，故今日一大早便伏在客店房上偷看。刚才看到自己的老母亲突然出现在屋里，大吃一惊，跌下房来。

解老夫人把张三、张策如何救她一事讲了，然后戳着解铁夫的脑门儿说：“娘要你杀了洪升，为浙江百姓申冤！”

谢铁夫叩头说：“儿赴汤蹈火，在所不辞！”

张三说：“你先把老娘安顿好，再去不迟，我们随你同去杭州府。”

解铁夫落下几滴眼泪，说：“我也是出于无奈，做人的良心我还是有的。洪升强抢民女，贪污公款，霸占工厂、钱庄、店铺，私设公堂，受贿欺上的行为，我历历在目，我也看不惯，但既在矮檐下，怎敢不低头？我一路上看到王钦差和张三爷的凛凛正气，渐生敬佩之心，实不愿再为洪升那老贼卖命。”

张三问：“只不知洪升作恶的证据有多少？”

解铁夫回答：“证据如山，可洪升那老贼已毁了不少，但是还有一些在玉蝉翼手里。那些证据都是一些士人、商贾、市民、农夫检举他的状纸，洪升为了报复那些告状的人，所以没有毁掉。”

解铁夫将解老夫人安顿在南京城里一个亲戚家里，然后带着王金亭、张三、张策、王媛文四人直奔杭州府。一路上解铁夫在后面假意跟踪王金亭等四人，且站且走，以免遇到洪升的爪牙被看出破绽。

一行人经过上海，来到西子湖畔的杭州府。虽是深秋，西湖仍旧花木成荫，睡莲横铺，曲桥回旋，岸石参差，烟岸高柳，晴光潋滟；南山一带，红枫锦绣，半染轻黄，绝样风流；数百里外的天目山诸峰，逶迤东来，如飞如舞。那苏堤春晓、两峰插云、柳浪闻莺、花港观鱼、曲院风荷、平湖秋月、南屏晚钟、三潭印月、雷峰夕照、断桥残雪、六桥烟柳、九里云松、灵石樵歌、冷泉猿啸、葛岭朝暾、孤山雪霁、北关夜市、浙江秋涛、梅林归鹤、宝石凤亭、吴山大观、天竺香市等景色，不知使多少古往今来的游客流连忘返，遗下书香。北宋著名词人柳永有一首《望海潮》，词中写道：

> 东南形胜，三吴都会，钱塘自古繁华。烟柳画桥，风帘翠幕，参差十万人家。云树绕堤沙，怒涛卷霜雪。天堑无涯。市列珠玑，户盈罗绮，竞豪奢。
>
> 重湖叠清嘉，有三秋桂子，十里荷花。羌管弄晴，菱歌泛夜，嬉嬉钓叟莲娃。千骑拥高牙，乘醉听箫鼓，吟赏烟霞。异日图将好景，归去凤池夸。

浙江巡抚府在街市中心，解铁夫恐白日不好行动，将王金亭等带到西北的孤山上，几个人商议如何动手。商议停当，解铁夫便先回洪府去了。

王金亭等人正在山腰歇息，忽见一个樵夫身背沉甸甸的木柴而来，口中唱道："西湖湖水清哟，泪水流不停哟，湖边有条虫哟，名叫洪升。洪升心肠狠哟，恶贯满盈哟，抢市又抢女哟，罪恶数不清！"

樵夫经过王金亭等人面前，重重叹了一口气。

王金亭问："小老弟，你有什么心事？"

樵夫看了他一眼，说："你这做买卖的人难道不知道巡抚的厉害？收利十成，须交他七成，如若不交，打进水牢，熬煎而死，没人收尸呀！"

王金亭问："洪升如此霸道，老百姓如何不反？"

樵夫看了看四周，叹道："我爹就是因为带着乡亲们造反，结果被洪升抓住，被钉死在木板上游街示众啊！"说完，他抹了一把泪水，走远了。

晚上，解铁夫从巡抚府出来到孤山找王金亭等人，他说："普陀山的法雨长老已派人来告诉洪升，说已交出白果丸和我娘。洪升逼问我是否见到我娘，我说没有。他又问王大人下落，我说到南京府没有寻见……"正说着，张策手一扬，躲在一棵桂树后偷听的一人应声倒下。

众人跑过去一瞧，是个身穿夜行衣的人。

解铁夫借着月光看了看，说："这是洪升手下的一个贴身保镖，看来那老家伙已对我起疑心了。"

王金亭说："事不宜迟，最好能先找到洪升作恶的证据。"

解铁夫想了想，说："玉蝉翼现已回府，我看不如先去找她，因为那些告状的状子都在她那里保存，我有一个主意……"

皎月如水，静静地泻在西子湖上，湖畔的房舍、花木、街市都像蒙上了一层轻纱。街上静悄悄的，巡抚府内，杂役、护院除了值星的都已歇息。后花园一间绣楼内，玉蝉翼在烛下照镜理妆。一般女子都是在早晨起床后理妆梳发，可是玉蝉翼却养成了早晚理妆的习惯。她在镜里端详着自己白皙的瓜子型脸庞，轻轻地搽抹着淡淡的红粉。她换了一件藕荷色带白牡丹图案的旗袍，高高的云鬓上斜插着一支野百合花。连日来的奔波，几番跟踪王金亭与强手的鏖战，使她疲惫不堪。回到杭州后，她痛痛快快地洗了一个澡，又美美地睡了一天，此刻她正兴高采烈地等着洪升与她共叙夫妻之情。她非常清楚，在她出走的那些日子里，洪升不知又和多少吴娃越女共享床第之欢，可是那又有什么办法呢？自古男人多是多情物，只凭自己的管束又怎么管得了呢？她想起一首词：“莫攀我，攀我太心酸；我是曲江池边柳，这人攀了那人折，恩爱一时间……”

正想着，门外响起一阵急促的脚步声，她的心喜得“怦怦”乱跳，急切地等待着……

门开了，一阵风吹来，蜡烛灭了。

一个人轻轻地走了进来，玉蝉翼惊问：“你是谁？”

那人回答：“我是解铁夫呀，你怎么会不认识。”

玉蝉翼惊慌地推开他，嗔怪地说：“你怎么来了？洪升知道了要杀了你！”

解铁夫说：“人家要杀洪升的头呢！王钦差都到了杭州府了，率领着大批卫士，清宫大内也派来了高手。”

“真的吗？”玉蝉翼惊惶地问。

“可不是，连总管尹福、武术教头‘鼻子李’李瑞东都来了呢，他们包围了巡抚府，洪大人已经溜了。”

玉蝉翼骂道：“这个老狐狸，溜得倒快！”

解铁夫说：“洪大人托你保存的那些状子都搁在哪儿了？还不快毁掉?!”

玉蝉翼说：“你不提我倒忘了，在这圆鼓凳里。”她指着旁边的一个圆凳。

解铁夫点燃了蜡烛，见那桌子旁边有个圆鼓型的木凳。他用手一劈，木凳被劈为两半，有一叠状信落了出来，原来木凳里面是空心的。

解铁夫把那一大摞信叠好，急忙揣进怀里，呵呵笑道：“玉蝉翼，你死到临头，还有何话说？”

玉蝉翼愣了一愣，支吾道：“你，你怎么……”话音未落，张三闯了进来，一掌劈去，玉蝉翼一闪身，朝窗外一跳，双脚还未着地，早被一人拦腰抱住，只闻一股脂粉香，原来王媛文已在楼下等候多时。

玉蝉翼挣脱不开，双掌齐劈，王媛文只觉一股风袭来。这时张三跳下楼来，宝刀一挥，玉蝉翼脑袋“噗”的一声被削了下来，血溅了王媛文一身。

张策隐在月亮门黑暗处观察着洪升的动静。这时只听一声鸟叫，这正是张策暗示洪升来了的暗号，众人连忙藏好。

一会儿，洪升身穿杏黄锦袍，戴着顶戴花翎，兴冲冲地走进垂花门，上了绣楼，径直跨进玉蝉翼的房间。一进屋，顿时愣住了，屋内王金亭身穿钦差锦袍，高举钦差印信，正义凛然，怒声喝道：“大胆奸贼洪升，以权谋私，坑害百姓，强吞公财，私设水牢，欺上瞒下，罪该万死，众人还不快拿下！”

洪升嘿嘿冷笑：“你就是王金亭吗？这可是我洪升的领地，连太后都惧我三分，你竟敢诬告我这许多罪状，你……你有什么证据？”

解铁夫从旁边闪了出来，掏出那一叠状信：“这些状纸都有名有姓，我也是见证人，还不快去京都问罪!”

洪升气得发抖，哆嗦着指着解铁夫说：“你吃我的喝我的，到头来反而恩将仇报，真是天理难容!”

解铁夫说：“为民除害才是天理!”

洪升扭头便跑，却被张策、张三一边一个按住。王媛文取了绳索，将他绑了个结结实实。一行人押着洪升出了巡抚府。

王金亭来到杭州府上，把印信交与杭州知府看了。那知府是个混饭吃的官吏，平时不敢惹洪升，是属夜猫子的，只睁一只眼，闭一只眼。眼见朝廷派的钦差大臣来到，又见洪升被五花大绑，眼泪涟涟，也来了精神，慌忙把王金亭请到上座。

王金亭令人将洪升打入死牢，将那状纸一张张审阅，派张三、张策等人查明了原委，又击鼓三天，号召人们揭发洪升的罪行。

接下来几日，杭州府公堂告状人川流不息，百姓拍手叫好。

王金亭向朝廷写了状子，派了一个可靠的人骑马送到北京。过了几日，朝廷圣旨到，责令将洪升押往京城。

王金亭令人把洪升关入木枷车，雇来一条大船，顺着京杭运河由杭州启程溯流而上。

这一日，大船进入直隶境内。王金亭眼见快到京都，非常高兴，令人在舱内摆下酒席，与张三、张策畅怀大饮，王媛文在船头观看着岸上的秋景。

这几天王媛文格外高兴，她被张三和张策的英雄行为深深感动了。她自小生活在深宅大院中，在诗书琴棋的文化氛围中长大。她喜爱武术，经常玩枪弄棒，小时跟广化寺的法师学了一些剑术轻功。可是她从未出过远门，没有离开过京城一步。中国有多大，江河有多广，山岳有多高，她全然不知。她只知道中国有五岳四湖，上有天堂，下有苏杭；只听说桂林山水甲天下，而这些也只局限于书籍知识和父亲的叙谈。这次父亲南下办案，她知道路上险象环生，心里像吊着一只水桶，上下打转。她爱父亲，了解父亲，父亲是一个正直的官吏，凭着自己的聪慧和勤奋，考上举人，考中进士，以后又官任刑部侍郎。可是父亲的正直敢言，抗上为民的行为和性格，却让她担忧。历史上总是忠臣受戮，奸臣得道，风波狱、岳飞碑、于谦泪、袁崇焕血……她喜欢历史，那些忠臣悲剧的阴影一直笼罩着她，这使她联想到父亲。这次父亲南下冒险为民除害，有张三爷保镖，她的心放下一半，可是仍有些余悸。父亲临行前的那天晚上，洪升的同党骚扰家宅，使她增加了恐惧。她决心走出京都，暗随父亲，保护父亲，尽一个女儿的责任。

王媛文见那岸边黄芦成行，嫩苇摇曳，远山朦胧，大雁列阵，心中感到舒适，浑身充满了欢乐。她想大笑，她也想大哭，总之，她想痛痛快快地，无拘无束地，就像那大雁，在蔚蓝的天空飞翔；她又憧憬着变成一朵白云，自由自在地飘浮，拥抱这蓝天……

就在此时，她发现芦苇丛中冲出十数只小船，箭一样朝大船驶来。她刚要叫喊，几支利箭齐发，她只觉胸前一麻，眼前一黑，栽入河中。

第二十二回　群雄协力贼落运河
张三打眈马坠深涧

张三正陪着王金亭喝酒，猛听得“扑通”一声，有人落水，叫声“不好”，站了起来，赶快钻出船舱。刚一露头，乱箭如雨，船头船尾的渔夫和护卫都不见了，王媛文也不见了。

张三对王金亭和张策说：“我们被强盗包围了！不知是哪个山寨的?”

王金亭瞧了瞧船尾舱，洪升正瞪着眼睛，在木枷车内张望着，谛听着，充满了希冀。

张三抄起宝刀，和风车一般转动起来，那些利箭被撞得乱飞开来。

这时驶来的小船已靠拢大船，有几个大汉抢上船头，挥舞着铁叉、大刀等兵器冲了上来。

张三发一声喝，攀上船桅来了一招“顺风扯旗”，双脚齐发，一连把几个大汉踹入河内。

张策抄起王媛文放在舱内的宝剑从船舱里冲了出来。

又有一个人跳上船头，那人背着一只手，右手摇着一把大蒲扇，嘻嘻笑道：“张三爷，久违了!”

张三一看，正是“铁扇子”洞庭。

船尾也跳上一人，那人双脚刚一落船，船尾颠簸了一下，水花四溅，他恨恨道：“叛徒解铁夫在哪里？还不快把脑袋交出来!”

张三一听声音就知道是“铁辫子”盘龙。

他大喝一声，横刀朝洞庭劈来，洞庭朝下一躬腰，将扇子往上一挡，张三的刀劈了个空。洞庭又一挥扇，张三只觉眼前冒金星，扇骨扫到了他的右臂。张三有点儿恼火，缠头贴肩抹，劈刀不到头，一招左虚步抱刀，走矮式，又变手拧转、云手走虎形，一脚踹中洞庭的腰部。洞庭踉跄了几步，又挥扇上前，一招“公主扬扇”，朝张三狠命扑来。

这边，张策挥动宝剑来战盘龙。盘龙用牙咬住辫梢儿，瞅定张策，一扬辫子。张策往起跳了三尺多高，那辫子打中桅杆，桅杆“咔嚓”一声断了。桅杆落地，竟砸死一名强盗。

王金亭躲在船舱里面目睹这场恶战，心有余悸，他又瞧一眼木枷车内的洪升，洪升正“嘿嘿”冷笑。

此时大船四面被十余只小船围住，船上的人都是洪升的余党，有的手持兵器，有的张弓搭箭，但因盘龙、洞庭与张三、张策混战一团，谁也不敢放箭。

正在难解难分之际，只见又从芦苇丛中驶出一只小船，船头上有一人高喊：“贼人勿伤吾友!”

那人五十多岁，身材魁伟，相貌堂堂，身穿一件青布袍子，手持一根大竹竿，后面有个后生正拼命划船。

那小船驶近大船，船头上那人一亮竹竿，“呼啦啦”，那些小船上的强盗被扫倒七八个。有人搭箭朝他射去，也被他用竹竿扫飞。

张三一见那人，喜得大叫一声：“‘小辫梁’，你如何来了?!”

来人正是“小辫梁”梁振圃。他返回直隶冀州乡里后，开办了德胜镖局。刚才带着两个徒弟路过此处，正见王媛文中箭倒在岸边，急忙救了她起来。听了王媛文的叙述，才知张三等人正陷入困境，于是叫徒弟照料王媛文，自己带了另一个徒弟，找到一只小船，前来救援。

张三见梁振圃不期而至，添了气力，猛出一刀，格开洞庭的蒲扇，一掌朝洞庭小腹劈来。洞庭见梁振圃来助张三等人，有点儿分神，一疏忽，被张三劈中小腹；只觉一阵疼痛，手中蒲扇落地。张三眼快，一脚将蒲扇踢入河中。

洞庭没了蒲扇，等于没了兵器，有些心慌，虚晃一招，就要落水而逃。张三一纵身，一扬刀，将洞庭拦腰劈作两半，血染河水，红了一片。

这边，梁振圃已跳上船尾，用大竹竿朝盘龙后心戳来。盘龙早有防备，朝旁边轻轻一跃，竹竿戳了个空。张策与梁振圃认识，他叫道：“振圃来得正好!”又挥剑去砍盘龙。

这时，前面又驶来一条大船，船头立着几个彪形大汉，簇拥着两个年长之人。

张三一见，心想：坏了！又有强盗来了!

那大船越驶越近，船中央竖着一面黄龙旗，迎风猎猎而飘。

船头上站着的那些人面目可辨，个个身穿清袍。当中那二人，一个圆脸翻鼻，胡须灰白，神采奕奕。另一个清瘦炯目，老气横秋，一团正气，手握状元笔。

张三认得这两人，他们是清宫护卫武术教头、四品带刀护卫“鼻子李”李瑞东和清宫护卫总管、“铁镯子”尹福。

盘龙见清宫大内高手赶到，慌了神，拔腿欲走，却被“小辫梁”梁振圃横竿拦住。盘龙使尽全力，挥辫如雨。梁振圃也不示弱，将辫子一甩，两条辫子缠在一起，上下翻腾，斗得难解难分。忽然，梁振圃将辫子抽出，一歪身，一辫抽在盘龙脸上，登时起了一道血痕。张三从背后一刀结果了盘龙的性命。

清宫护卫发一声喊，个个奋勇扬刀，很快就把洞庭、盘龙带来的强盗杀得大溃，一时尸横小船，血肉横飞。

尹福跳上王金亭所在的大船，朝王金亭一拱手说：“钦差大人受惊了。朝廷派我们南下迎接大人回京，因为在天津遇到强盗，才耽误了时辰。请大人上船!”

王金亭黯然失神，喃喃说：“我的爱女媛文不知下落……”

梁振圃忙把救王媛文一事讲了，尹福令护卫乘小船前去将王媛文接上了大船。梁振圃因还有公务，便与张三、尹福等人依依作别。

众人押解着洪升，乘船朝北京驶去。

张三远远看见“小辫梁”梁振圃久久地立在小船船头，犹如一尊泥塑，一动不动，心里涌起一股离愁。

大船又行了一程，张策也与众人告了别，他要回家乡香河探望亲人。张三、王金亭等人依依不舍，再三与他道了谢意。

浙江巡抚洪升早已在慈禧那里失宠，慈禧此回阅读了王金亭呈上的奏本及状纸，当即颁旨将洪升押往午门外斩首，并奖赏了王金亭及张三等人。此时，张三早回到东单洋溢胡同家里了。

一九〇八年，光绪皇帝和慈禧太后相继去世，年仅四岁的爱新觉罗·溥仪登基，改国号为宣统。朝廷为了安抚边疆各省，派钦差到各省颁发诏书。由于见王金亭办事干练，上番下江南擒拿乱贼洪升有功，于是再次降旨任王金亭为钦差，到西藏十三世达赖喇嘛处下诏书。

王金亭此行又请张三保镖，张三欣然答应。此外，王金亭又挑选了十个精壮保镖随行。

王媛文见有张三护送父亲，又觉西藏之行是送诏书，不似浙江之行凶险，因此没有暗中跟随。

北京至西藏遥遥万里。一行人日夜兼程，翻山越岭，备受艰辛。走了几个月，进入四川境内，只见千山万岭，绵延起伏，山峰巍峨，怪石嶙峋，险象丛生。这一天行至川藏交界的鸡鸣关，山路似曲尺盘状，向上看，绝壁乱石崩云，令人目眩；向下看，山涧深不可测，令人心惊。山路无人修整，踩上去，石头骨碌碌往下滚。

王金亭在马上叹道："此处白云可摘，真不愧是'蜀道难，难于上青天!'这是什么地方?"

一个四川向导回答："回大人，这地方叫鸡鸣关，险得很哩!"

"前面有驿站吗?"

"有，翻过这道山梁就是。"

"好，大家小心行路，到了驿站再好好歇息。"

一行人在崎岖的山路上小心翼翼地走着，紧张得喘不过气来，谁也不敢往两边看。唯有张三喝醉了酒，正坐在马上打盹儿。

人马行到一处曲尺般的拐弯处，突然，张三的坐骑后蹄一下子踏空了，只见他连人带马向后一仰，一起往山涧里滚落了下去。众人一片惊呼。

"不好了，张三爷坠涧了!"

大家停下来，战战兢兢往山涧里瞧，只见白云缥缈，望不见底。

王金亭闻听此言，慌了神，在马上打着战儿，心"咚咚"乱跳。

"唉，张三爷一生豪杰，死得可惜!"

"这山涧直上直下，深不见底，救都没法救呀!"

"这会儿，张三爷的尸身恐怕早已摔成肉酱了。"

王金亭听了这些议论，只觉眼前一黑，朝后一仰；一个保镖眼快，连忙上前抱住了他。

王金亭昏昏沉沉，也不知如何到了前面那个驿站。他躺在驿站屋内的炕上发怔，随从给他打来洗脚水，他把脚泡在水里，热水都放凉了，他仍然没有知觉。

随从劝他说："大人，人谁没有一死?病死、老死、饿死、摔死、打死、气死，终有一死。您说八卦掌的祖师董海川是不是大英雄?到头来还不是坐在太师椅上死了。霍元甲是迷踪拳名家，力挫日本大力士，算是盖世英雄了，可刚四十二岁，就被日本人下毒药毒死了!还有清宫护卫总管尹福，当过光绪皇帝的武术教师，人称'铁镯子'，可是几个月前也病死了。张三爷身怀绝技，是武术界名人，又是您的挚友，他死得可惜，可是人终归是死了，您又不能叫他活转过来。别太伤心，别把您的身子弄坏了。"

王金亭叹了口气，将双脚提起，上了炕，又叫来一个随从，让他顺原路再找一找，如能找到张三的尸首也行。

他又在屋内为张三树了一个牌位，燃上香，拜了三拜，方才睡去。

第二天一早，随从还没有回来，王金亭顿觉希望破灭，因身负重任，不敢在驿站中耽搁，只好挥泪上路。

一行人行了四日，这一天天渐渐黑下来时，只见前面有灯火闪烁，王金亭忙问向导是怎么回事。

向导回答："前面已进入西藏地界，那儿有一个镇，唤做西门镇，我们可以在那里歇息。"

那灯火越来越近，可以看见一群人正快步朝这边走来，前面一匹马上坐着一个头领，到了近前，他下了马，带着众人纷纷跪下。

王金亭一瞧，他们个个都是藏民装束。

那个头领叩头道："给大人请安！"

众人一片附和："给大人请安。"

有两个年轻漂亮的藏族女子手捧哈达，献给王金亭；王金亭临行前在礼部学了藏族礼仪，也回了礼。

他觉得奇怪，于是问："你们怎么知道我来了呢？"

那头领粗通汉话，答道："回大人，您府上一位姓张的武士三天前就到了这里，他今天特意让我们来迎接大人，我们已在这里等候多时了。"

王金亭一听，有些纳闷，心想：姓张的武士是谁呢？

头领引王金亭等人走进集镇，来到一座华丽的宅院前，只见张三正坐在台阶上，手里举着一个马鞍说："请大人恕罪，我本应前去迎接大人，又怕大人疑我是鬼，所以不敢冒昧。我这次落崖丢了大人的马，只把这马鞍带了回来。"

王金亭听了，不由放声大笑，连声说："张三爷真是好功夫。"

头领说："大人一路辛苦，我备下几桌酒席为大家洗尘，大人，请！"他又引众人来到客厅，只见酒菜丰盛，猪牛满席，还有青稞麦的馒头、肉包子等。

头领请大家坐了，举起酒杯说："今日王钦差来到我们这穷乡僻壤，是这里的福分。王钦差一路辛苦，我这杯酒为您洗尘了。"说完一饮而尽。

头领又斟了一杯酒，来到张三面前，说："张三爷是内地的大武术家，悬崖落马，却安然无恙，不知是何等功夫？"

原来张三的坐骑立蹄不稳摔下去后，他只觉两耳生风，急剧下降，下面一片漆黑，周围是一片云彩，湿乎乎的。他的头脑还算清醒，立刻意识到，顷刻之间自己不跌成肉饼也会被马压死。他急忙一纵身，将双脚从马镫里脱出，用尽平生之力，一蹬坐骑，向右上方涧壁蹿纵过去。忽然，他觉得有什么东西挂了他一下，他立刻用悬指功一抓，一下子抓住了一棵古松。他顺着古松攀到一块凸起的石崖上，定睛一看，不由渗出一身冷汗，心中叫道："好险啊！"往上看，陡峭的山峰不见山顶，往下瞧，阴森森的峡谷飘浮着一层雾气。定了定神，他便向谷底爬去，别看他在空中时无计可施，可一抓住绝壁，就能大显身手。几十丈高的崖壁嵯峨嶙峋，把他的手指蹭破了，只一会儿的工夫，他就爬到了谷底。他在乱草丛中找到了那匹白马，卸下马鞍扛在肩上，而后施展蜈蚣跳、虎行等功夫斜攀上了山。他一路上飞奔，绕过驿站，一直来到这个藏民集镇，通报了情况，然后就扛着马鞍，坐在大门口等着王金亭前来。

大家听完张三的一番叙述，都惊叹不已。

张三笑道："如果没有当年师父教给我的悬指功、蜈蚣跳等本事，我恐怕早就葬身谷底了。"

头领说："都说中原武术非凡，拳派丛生，我也想领略一下张三爷的功夫。"

张三点点头。

一行人来到院内，头领的妻子、女儿也出来观看。

张三伏在地上，身子一纵就蹿出二三丈远，然后轻轻一弹又跳到房上。接着他上下蹿跃，前后腾飞，轻如狸猫，矫似白猿。头领看了赞叹不已，说："内地功夫果然名不虚传！"

当晚一行人便宿在头领家里，王金亭等人因连日疲劳，很快就呼呼睡了。张三不愿这么早睡觉，拿着一瓶酒、一只猪蹄，倚在炕头上，吃口肉，喝口酒，悠闲自在地哼着小曲。

一会儿，进来四位藏民，都是青年壮汉。

一个藏民说："张三爷还没睡，是不是想家了？我们陪您喝两杯。"

张三笑道："那自然好。"说着支起一个小炕桌，藏民们拿来酒肉，几人一齐喝起来。

四个藏民持叉起舞于席前，叉声朗朗，寒光闪闪。忽地四人同时发一声喊，将叉飞出，四条叉直奔张三的面门。

张三不躲不避，只轻举两手，以指拨叉，"铿"的一声，四叉分别插入四壁，颤颤发抖。藏民们面面相觑，而后一起跪地说："张三爷身怀绝技，我们只想试试，绝无他意。"

张三含笑点头，毫不介意，扶他们起来，大笑道："来，吃肉！"

一个藏民用匕首插了一块肉来敬张三，张三竟用嘴去接，"哧"的一声，将刀尖咬断。然后鼓气一喷，刀尖插于桌面，四藏民齐声叫好，说道："果真是奇士，我等今日大开眼界了！"

几人继续饮酒，突然烛光陡息，满屋漆黑。四个藏民手掏利刃向张三劈来。只听"咔嚓"几声，桌椅俱裂，随后屋内声息全无。

一个藏民冷笑说："好了！好了！掌灯吃肉酱面吧！"

烛光复明，却见张三手执酒杯，安坐炕头之上，神色自若。

四人正欲逃跑，张三拾丸，连挥四次手臂，那四人接连倒地身亡。

这时张三猛听王金亭屋内有动静，大喝一声："何人?"飞快出屋，正见一个黑影一闪即逝。

张三奔进王金亭的房间，点燃蜡烛，见王金亭在炕上熟睡，诏书却滑落地面。想是有人来偷诏书，听见张三大喊，慌乱中逃跑而没有得手。

此时头领及众保镖被惊醒，披衣起来出屋来看，张三道了缘由。

王金亭也被惊醒，见诏书握在张三手中，不知何故。

张三说："有人想偷诏书。"

众人来到张三屋内，见地上躺着四具尸首。

头领俯下身，仔细看了看，摇摇头说："他们不是本地人，从肤色、衣着来看，像是拉萨人。"

张三自言自语地说："奇怪呀，那么他们怎么知道我们来了呢，又为何要偷诏书?"

王金亭说："看来征途艰险，我们还是小心为好。"

第二天一早，王金亭等人启程，头领带人送了一程又一程。

一行人骑着头领送的骠马，日夜兼程，跋山涉水，历尽艰辛，经过昌都、洛隆、通麦、松多等地，两个月后终于来到拉萨。

达赖大喇嘛住在布达拉宫内。布达拉宫位于拉萨古城之西，在布达拉山上。布达拉为观音圣地普陀洛伽的梵语译音，意思是航行解脱海岛之舟，表示观音持航以普救众生。布达拉宫始建于公元七世纪，而后在公元十七世纪，五世达赖喇嘛罗桑嘉措建立政权后，他的经师说根据各代王朝制度，如果没有一个各宗本的首府，政权就不会巩固。于是公元一六四五年三月二十五日，布达拉宫重建奠基，历时三年竣工，以后历代达赖喇嘛又不断加以扩建，使布达拉宫成为金光闪耀的琼楼玉宇。

布达拉宫的红宫主体包括历代达赖的灵塔殿和各类佛堂。其中五世达赖灵塔和塔殿位于红宫四层西侧，塔殿有五层楼高，正中安放着高十四余米，保存有五世达赖遗骸的巨大灵塔，两旁陪衬以八座银质佛塔。灵塔塔身用金皮包裹，珠宝镶嵌。灵塔殿之东的集会大殿是五世达赖的享堂。大殿四周绘满五世达赖的生平和业绩的壁画。东壁绘有五世达赖觐见顺治皇帝图。大殿内悬挂着乾隆皇帝御赐的"涌莲初地"金字匾额。匾下有达赖宝座，称为无畏狮子大宝座。六世达赖喇嘛仓央嘉措坐床时，就是登上这个宝座的。旁边还有十世达赖喇嘛的灵塔、法王洞、殊胜三界殿等，十分华美。法王洞在布达拉山顶，左右两侧配有两座小白塔，传说松赞干布曾在此长期居住过，里面有他和文成公主等人的彩塑。

紧邻红宫之东的白宫，内有历代达赖喇嘛居住的宫殿、摄政王和达赖经师的寝室、集会大殿等。日光殿位于白宫顶层，分东西两座，为达赖喇嘛的寝宫。其中东大殿是达赖喇嘛举行庆典和宗教活动的地方，达赖坐床、亲政、册封都在这里进行。大殿四壁，有“猴子变人”、“金城公主照镜”等壁画，色彩斑斓。

白宫以东是东欢乐广场，每年藏历十二月二十九日，藏人要在这里举行盛大的跳神活动。如今欢迎大清王朝宣统皇帝的钦差大臣王金亭的盛大仪式也在这里举行。

这一天上午，阳光灿烂；东欢乐广场，人山人海，气氛热烈。十三世达赖大喇嘛亲率经师、群臣、兵丁来到广场，他身穿红貂翎眼袈裟，周身绣白团仙鹤，下摆系着三蓝丝穗子，套着一件深褐色缎面貂爪红绸，上边绣着金红灵芝草，脚穿丝紫宁绸平金寿字五寸木底鞋。

王金亭在张三等人的陪同下，健步来到广场，他手捧诏书，朝十三世达赖大喇嘛深深地鞠了一躬。此时佛乐齐鸣，人们欢呼雀跃，两名俊俏的年轻藏族少女上前献过哈达。

王金亭心情激动，将诏书递了过去；十三世达赖大喇嘛微微笑着，伸手来接。

这时只听一声炸雷般的大叫：“这个达赖喇嘛是假的！别给他诏书！”

张三一听，呼地上前抢过诏书，只见数骑快马卷着黄尘驶进广场，为首的一骑马上坐着一个黄衣喇嘛，手持一柄月牙铲。话到人到，他一纵身，将王金亭提了起来，卷到身后马上。

张三定睛一看，那黄衣喇嘛正是十几年前在北京黄寺遇到的那个夏鲁喇嘛，他年老许多，额上添了一道深深的刀疤。

张三不容多想，急忙把诏书揣进怀中。

“十三世达赖喇嘛”一招手，两旁兵丁蜂拥围了上来。

张三抽出宝刀，左右开弓，先撂倒了几个兵丁。

随即保镖们和夏鲁喇嘛及其随从也挥动兵器与那兵丁们混战起来。

广场登时大乱，看热闹的藏民四散溃逃。“十三世达赖喇嘛”的兵丁、经师越聚越多，将张三、夏鲁喇嘛等人围在核心。

夏鲁喇嘛大叫：“快朝东南方向突围！”说着他将月牙铲一挥，杀死两名兵丁，朝东南疾驰而去。

张三也要随他撤去，忽见一个喇嘛，肥肥胖胖，手持一根木杵朝他打来。

张三一挺宝刀，击飞了他手中的木杵。

旁边，“十三世达赖喇嘛”一扬手，一个金钹飞了出来，正中张三手中的宝刀刀锋。张三只觉手一麻，宝刀脱手。

张三没了宝刀，只得挥拳与红衣喇嘛相斗。

一个喇嘛忽然绕到张三身后，双手提住他的两臂，一下把他甩出丈外，正落在布达拉宫的石阶上；张三起身，众人震骇，只见其坐处，阶石已裂。

张三见那个喇嘛扑过来，微伸两指轻轻朝他的腕部一点，那个喇嘛顿觉半身酸麻，“扑通”一声摔倒在地。

他低头一瞧，腕部青紫，痛彻心脾，豆粒大的汗珠顺着脸流了下来。

张三正欲杀向东南，“十三世达赖喇嘛”将手一拦，两手一抬，飞出两个金钹，朝张三后脑袭来。

张三猛听金属声响，连忙低头，那两只钹盘旋一阵，猛地合上，发出铿锵之声，落于地上。

张三心想：要不是躲得快，脑浆早已喷溅，真是危险！

“十三世达赖喇嘛”笑道：“北京‘醉鬼张三’功夫果然俊俏，我倒要会一会。”说着，施展出喇嘛拳中的六路宗手。

那六路宗手是飞鹤手、弥勒手、兜罗手、运星手、拿脉手和化脉手，手法变化多端，呼呼有声，如同风车般旋转。

张三心想：你有你的千变万化，我有我的一定之规。他施展走马灯般的轻功绝技，走来走去，躲开对方的六路宗手的轮番攻击。

“十三世达赖喇嘛”见六路宗手不能制服张三，又使出喇嘛拳中的三十二手飞云抓，六十四点刚槌头及二十四种腿击法，可是都被张三用躲闪之功避过。

这一场恶斗，直持续至中午。

喇嘛拳属勇猛之功，实费气力，而张三只是轻轻躲闪，却没费什么气力。

渐渐“十三世达赖喇嘛”身子虚飘，大汗淋漓。

张三笑道：“长老，再来点儿绝活儿，让咱张三瞧瞧！”

“十三世达赖喇嘛”一翻身，单指撑地，使出“一指禅”功。

张三正看得出神，只见那“十三世达赖喇嘛”双腿一横，“噗”的一声，由于用力过猛，又兼多时劳累，竟将手指折断了，顿时他疼得“哇哇”乱叫。

张三见来了机会，一纵身，一掌过去，使足了平生之力，正好击中“十三世达赖喇嘛”的睾丸，他惨叫一声，气绝而亡。

第二十三回 袁世凯握兵篡权位 吴炳湘重银遣拒辞

本来夏鲁喇嘛已保护王金亭冲出了重围，此时听说那个假扮十三世达赖喇嘛的政敌萨迪已死，心中大悦，精神大振，又挥铲杀了回来。

由于萨迪的兵丁大多是真正的十三世达赖喇嘛的部属，只因受萨迪胁迫，才无奈跟随了他。故萨迪一死，他的部属和兵丁大乱，纷纷溃逃。有些正直的官兵对萨迪恨之入骨，但怯于他的淫威，敢怒不敢言，如今见萨迪被张三劈死，个个扬刀朝他的亲信杀来。

张三与夏鲁喇嘛会合一处。夏鲁喇嘛站在石阶高处，挥铲叫道："如今萨迪已死，我们要迎出十三世达赖喇嘛，请他重新登位。萨迪的人马听着，如果你们愿意投降，可以饶你们一条性命，既往不咎！"

那些萨迪的余党听了夏鲁喇嘛的这番话，都纷纷放下兵器，跪地投降，一场混战，至此结束。

原来萨迪用武力胁迫十三世达赖喇嘛退位，将他囚禁在布达拉山上的法王洞内。夏鲁喇嘛回到西藏后，被萨迪迫害，只得带着亲信过着流离失所的生活。前几天他听说大清王朝派钦差前来送诏书，于是带着随从，冒着生命危险来揭发萨迪的阴谋。没想到护送大清钦差大臣的竟是十几年前在北京结识的"醉鬼张三"。

众人把十三世达赖喇嘛从法王洞里迎出来，达赖喇嘛浴罢，容光焕发，一洗几年来的耻辱，穿上华丽庄严的佛服，来到了东欢乐广场。人们从四面八方涌到广场上，一时间欢声雷动。

王金亭恭恭敬敬地手捧诏书，献给这位真正的西藏之主。夏鲁喇嘛也名正言顺地成为达赖喇嘛的忠实侍臣。至此，西藏与大清朝廷一时修好，以后年年进贡。

张三和王金亭万里迢迢回到北京后不久，中国爆发了辛亥革命，清王朝被推翻。随后，孙中山先生在南京宣誓就职，就任中华民国临时大总统。孙中山通电各省改用阳历，并以临时大总统就职之日作为民国建元的开始。一九一二年二月十二日，宣统皇帝退位，授予袁世凯全权组织临时共和政府。次日，孙中山向南京政府临时参议院提出辞职。十五日，临时参议院选举袁世凯为临时大总统。次年十月六日，袁世凯以数千名军警冒充“公民团”包围国会，胁迫议员投票选举他为总统。十日，袁世凯在北京故宫太和殿就任正式大总统。袁世凯这个由天津小站练兵起家的野心家，在戊戌年维新党人面临绝境时，用维新党人的鲜血换取了慈禧太后的重用，用谭嗣同等戊戌六君子的鲜血奠定了自己的政治地位。以后他又把魔爪伸向清宫太和殿的龙椅。武昌起义爆发后，革命军乘胜北征，袁世凯倚仗握有重兵胁迫孙中山下台，终于成为中国政坛上举足轻重的人物。袁世凯的倒行逆施，背信弃义，引起全国许多革命党人和爱国人士的不满和愤慨，有的志士潜入北京城企图谋杀这个窃国大盗。革命党人张先培、杨禹昌、黄之萌等曾在东华门投炸弹企图炸死袁世凯，但没有成功，随后三人被捕遇难。通州革命党人密谋举事刺杀袁世凯，也因有人告密，致使蔡德辰等七人被捕遇害。同盟会革命党人彭家珍行刺袁世凯没有成功，仅炸死军咨使良弼，彭家珍也当场牺牲。还有一次，当袁世凯坐轿子通过菜市口时，有人朝他扔炸弹，可惜炸弹未响。种种刺杀活动使袁世凯深感不安，他迫切地感到需要有得力的保镖来保卫他的生命安全。

袁世凯少年时放浪不羁，玩黄雀、斗鹌鹑、斗蟋蟀、酗酒、纠缠妇女，无所不为。他还学得一手花拳绣腿，经常招惹是非。他的仆人偶尔误踏一下他养的黑毛小狗，就会遭受他的鞭打，几乎致死。他曾为争夺一只小狗酿成械斗，造成一死数伤。后来袁世凯跟一个名叫刘甲的河南人学习武术。刘甲自称是少林寺弟子，在河南一带卖艺，见袁世凯登门求教，便提出约法三章，要袁世凯向天发誓：一，不饮酒。二，不近女色。三，学成不妄杀人。袁世凯满口答应，但是第一天刚开始学练，第二天夜晚便宿于娼寮，弄得全身筋骨疲惫，困卧数日。而后没学几天，袁世凯便借口父亲阻拦，辞别刘甲而去，依然混迹赌场，酗酒、赌博、嫖妓，无恶不作，所到之处，鸡犬不宁。

如今袁世凯要找一个武林高手当他的保镖，也为了借高手之名来震慑那些刺客、杀手。这一天，他在中南海居仁堂内，找来京师警察厅总监吴炳湘。

袁世凯问：“如今都有哪些著名武术家，他们之中谁的功夫最厉害？”

吴炳湘歪着脑袋想了想，说：“有个‘单刀李’李存义正在保定府开万通镖局。有个被称为‘臂圣’的通臂名家张策，武艺高深，家喻户晓，但现在不知去向。八卦掌、形意拳高手孙禄堂如今去了上海。形意拳名家刘奇兰现在已年迈，在直隶深州老家隐居。直隶河间的张占魁、天津的韩慕侠功夫都好，但也不知去向。”

袁世凯呷了一口龙井茶，感兴趣地问：“那个给奕䜣王爷保镖的‘螃蟹马’到哪儿去了?”

吴炳湘说：“这人这几年一直没有音信。还有个八卦掌高手‘小辫梁’梁振圃正在直隶冀州办德胜镖局。”

“就是那个大闹马家堡，杀死十六人的家伙吗？算啦!”

吴炳湘望着书桌上的毛笔想了一会儿，又说：“有个被称为‘神腿’的武术家，叫杜心武，是湖南人，现在正给黄兴保镖。”

袁世凯不耐烦地一摆手，说：“不要说那些废话了。”

吴炳湘结结巴巴地说：“杨氏太极拳的高手杨澄甫、吴氏太极拳的高手吴鉴泉都到了湖北，慈禧太后生前的保镖李尧臣去了广东。”

袁世凯一戳吴炳湘的脑门儿：“你呀你，说点儿着边儿的。”

吴炳湘想了想，说：“郭云深有个弟子叫王芗斋，年轻力壮，很有前途。”

“他在哪儿?”

“不知道。”

“混账东西。”“啪!”袁世凯一个巴掌打歪了吴炳湘的警帽。

吴炳湘捂着嘴巴，支支吾吾地说：“对了，‘燕子’李三!”

袁世凯气呼呼地一捶桌子，茶叶末儿溅了吴炳湘一脸。

“噢！我引狼入室，叫他偷光我的东西!”

吴炳湘一拍脑袋，眼睛里露出惊喜的目光：“啊！我怎么这么糊涂，怎么忘了他?”

袁世凯眼睛一亮：“谁?”

“醉鬼张三!”

袁世凯搔搔头皮，喃喃道：“我怎么也忘了这个奇术家。”

吴炳湘说：“大江南北，谁不知道这位张三爷！可是他目空一切，高傲得很，恐怕请不动。”

袁世凯胡子一抖，叫道：“怎么，我难道还请不动一个耍把式儿的?”

吴炳湘说：“有钱能使鬼推磨，我多使点儿银子，试试看。”

第二天一早，一辆华丽的马车停在东单洋溢胡同张三家门口，两个警察敲开了黑漆大门，张三的妻子张氏慌忙走了出来。

吴炳湘从马车里出来，端着一盒珠宝朝张氏嚷道：“袁大总统要请张三爷当他的保镖，这真是你们张家的福分，这是大总统送给张三爷的礼物。”

这时，只听西屋传来张三的呻吟声。

吴炳湘走进西屋，只见张三头上蒙着条毛巾，捂着被子躺在炕上哆嗦呻吟不已。

吴炳湘问："张三爷怎么了？"

张三从被子里露出半张脸，有气无力地说："吴总监，劳……劳您大驾，怎么今日也屈尊陋巷……"

吴炳湘说："袁大总统看中了你，想请你当他的保镖。"

张三咳嗽两声，哭丧着脸说："事赶不巧，我近日患了疟疾，卧炕不起，实是不能担此重任啊！"

张氏也走过来说："我这老头子得的这疟疾，传染了袁大总统如何得了？还是另请高人吧！"

吴炳湘叹了一口气，说："唉，真是不巧，没想到三爷得了重病，那告辞啦！"说完，又端着珠宝匣子，匆匆出门，坐上马车头也不回地走了。

待他走后，张三一踢被子，呼地坐了起来，哈哈大笑说："老婆子，怎么样，我这计策还算灵吧！"

张氏笑着一戳张三的脑门儿："你装神弄鬼倒挺在行。"

张三唤来大儿子鹤侪和二儿子鹤铭，说道："今儿个我要请你罗瘿公叔叔、何六叔叔、'小影壁'叔叔吃涮羊肉，你们两个分头去找他们。"

两个孩子走后，张三又叫张氏到东单买了八斤鲜羊肉。

有两袋烟的工夫，罗瘿公、何六、"小影壁"先后来到，张三说："今天我涮了袁世凯那小子，甭提多高兴啦，特请你们吃涮羊肉。"众人忙问细情，张三把袁世凯令吴炳湘请他出任保镖，他如何装病辞退一事讲了，众人听了哈哈大笑。

何六说："张三爷真是好大的胆量和气度，愣把大总统给堵回去了。"

张氏摆上酒席，把火锅升着，将羊肉切成一片一片的，盛了几个碟子，放在火锅四周。张三招呼众人坐好，忽然叫道："哟，当家的，还没有佐料呢？"

张氏跑过来一瞧，笑道："都叫警察总监给弄糊涂了，忘了买酱豆腐了，咱家只有韭菜花、辣椒油、芝麻酱。"

罗瘿公拿起筷子，夹了一片羊肉放在火锅里，问道："有黄酱没有？"

张氏道："黄酱有。"

"那就用黄酱代替吧。"

张三犹豫了一下，站起身来，说："我出去泄个车（指大解）就来。"

张氏骂道："你这老头子，真是懒驴上磨屎尿多。"

张三去了约有三袋烟的工夫也没有回来，何六咽一口唾沫，说："三爷真是拉线屎，没完没了。"

张氏叫过大儿子鹤侪，说：“你到茅房去看看，你爹别掉在茅房里了，这么半天，怎么还不回来?”

鹤侪吐吐舌头，眨巴眨巴眼睛说：“我爹就愿意蹲茅房，有时还蹲在里面看拳书，您甭催他。”

正说着，张三一手抱着酱豆腐篓，一手举着发货单，兴冲冲走了进来。

何六叫道：“原来三爷买酱豆腐去了。”

“小影壁”一把抢过张三手中的发货单，只见上面盖着通县南门十字街货栈的红戳。

他惊叫一声：“三爷出去也就半个钟点，竟然去通县城里跑了个来回，这里到通县城来回有八十多里地呢，真是奇迹!”

张三笑笑，抹了一把汗，让张氏把佐料拌好端来，众人一边吃着涮羊肉，一边夸赞张三脚下的功夫。

民国初年的北京，刮风是香炉，下雨是墨盒子。

这天一清早就淅淅沥沥下起雨来。东单西观音寺胡同的彭先生和钱先生冒着细雨，跑到口内路南一家澡堂去洗澡。等到了澡堂，两人双脚上早沾满了泥巴。

外面雨越下越大，路上积水过膝，车马被阻于途，两个人都被困在了澡堂里。

下午三时许，只见又有一个人推门而入。

二人几乎同时叫道：“张三爷!”

张三笑了笑，说声：“这鬼天气。”然后便和他们同池而浴。

浴罢，张三对二人说：“你我都是熟人，今天我请客，到‘大酒缸’喝酒去!”二人见情不可却，只得同意。

彭先生说：“袁大头请你当保镖，你装病辞退，后来警察总监吴炳湘只好驱车到直隶武清县去请‘鼻子李’李瑞东老先生。”

钱先生说：“如今李瑞东老先生担任总统府的保镖兼任武术教习。李老先生本来对袁世凯并无好感，再三推辞，但迫于袁世凯的权势，不得不在总统府挂个空名。可是明天上午就有热闹看了，袁世凯听说青年武术家王芗斋正在北京，硬是派人将他请到了总统府。想是袁世凯看歌曲、戏剧腻了，想看看著名武术家比拳，换换自己的口味。”

张三说：“这倒是一场好戏，‘小孟尝’李瑞东是元老派武术家，王芗斋是少壮派武术家，两人在一起比试，有点儿意思，我明天到总统府溜达一趟。”

彭先生问：“总统府戒备森严，你如何进去?”

张三回答：“我自有办法。”

彭先生忽然叫道："真奇怪！张三爷的新鞋怎么没有湿？"

钱先生低头一瞧，只见张三穿的一双千层底的新鞋，雪白的鞋底没有沾上半点儿泥水。但他知道张三最不愿别人问他武技，只好不做声了。

三个人穿好衣服，并肩出了澡堂。此时暴雨乍收，街面水深盈尺。

彭先生忙叫洋车，叫了半天，却只叫来了一辆。

"大酒缸"离澡堂只有半里路，彭先生与车夫商议好，分三次将三个人拉到"大酒缸"去。三个人相互谦让，最后钱先生只得先坐车去了。

不一会儿，车夫返回，张三仍不肯先坐，彭先生只好上了洋车。车夫拉了一程，彭先生回头望去，不由得大吃一惊，只见张三正向水面飘飘而去。

彭先生怀疑自己眼睛花了，揉揉眼睛再看时，张三已经走得远了。

等彭先生来到"大酒缸"时，张三与钱先生已对饮数杯了。

彭先生留心看张三那双新鞋，仍然是滴水未沾。

张三见彭先生一双眼睛老盯着他那双新鞋，笑着说："大雨之后到处都是泥水，我留神找较干燥的地方，跳来跳去，你看我的鞋，白色的千层底，一点儿也没湿。有人大惊小怪，说我在水上走，会飞。一个人没有翅膀，怎么会飞？"

第二天上午，张三来到中南海的西墙外，乘人不备，攀上了红墙，潜入园内。他悄悄来到居仁堂外，隐在花丛之中。一会儿，只见肥肥胖胖的袁世凯身穿大总统服，由李瑞东、王芗斋和众军官陪同走进了居仁堂，随后一群侍卫也涌了进去。

张三正在张望，忽见有个杂役端着茶具走了进去。一会儿又拿着空盘子走了出来。

张三乘他不备，一把将他拽进花丛里，剥下他的衣服，自己穿上；然后把杂役绑在一棵矮树上。

张三悄声说："你先委屈会儿。"说着又给他嘴里塞了一条毛巾。

张三装扮成杂役，混过卫兵的眼睛，走了进去，悄悄闪到杂役堆里。大厅正中坐着袁世凯，他脱下帽子，露出了光头，笔直的总统服也绷不住他那愈来愈肥胖的身躯；他的眼睛瞪得像猫头鹰的眼睛一样，小胡子向两边撇着。

袁世凯的左面坐着他的两个心腹大将冯国璋和段祺瑞，这二人都是行伍出身，身穿笔直的军呢服，挎着手枪和洋刀；那威严的目光令人望而生畏。

"鼻子李"李瑞东和王芗斋坐在冯国璋和段祺瑞的对面。李瑞东比以前苍老了许多，头发都白了，可两只眼睛格外有神。

王芗斋已长成一个壮实的小伙子，他英姿勃发，那严峻的目光显是比以前成熟了起来。

这时一阵放荡的笑声飘了进来，紧接着一股呛人的香水味和脂粉气扑面而来，袁世凯的七个姨太太各穿艳服，风流袅娜地走了进来。走在最前面的是杨姨太和沈姨太。杨姨太生得像个大面人儿，白生生的脸，丰盈盈的腰，穿着一身红旗袍，套一件银色坎肩。沈姨太是苏州名妓出身，生得像小瓷瓶，玉盈盈的身子，一身宝蓝旗袍，套了一件米黄坎肩。后面的那些姨太太也都各有风韵，身穿奇装异服。这群贵妇人蜂拥至袁世凯面前，杨姨太和沈姨太是袁世凯的宠妾，分别坐于他两边，其他的姨太太只好站着。

杨姨太用手绢一指王芗斋："瞧那小伙儿，别看黑点儿，身子骨儿够结实的，我看咱们李教头够喝一壶的。"

沈姨太扭一下腰肢，哼了一声："俗话说，姜还是老的辣，李教头还能斗不过那只小雏鸭？"

杨姨太说："沈妹，你要不信，咱们打个赌，那个叫王芗斋的小伙儿要是输了，我跪搓板！"

沈姨太笑道："哼，李教头要是输了，我敢打大总统的光头！"

袁世凯在一旁听了，哼了一声，小声说："正经一点儿，也不看看是什么场合？"

比赛开始，李瑞东和王芗斋来到大厅中央，两张脸上都流露出为难之色。

原来他二人是老相识了，这次偶然会面，却没想到是这种场合，二人都感到为难，但惧于袁世凯的势力，无法推托。谁也不愿做这亲者痛仇者快的事情，因为没有任何防护用具，况且两人都是当代武术名人，不管谁有闪失，都会有生命危险。由于袁世凯再三催促，他俩又不好再推托下去。最后两人秘密商定，彼此只作一下推手比赛。因为推手在武术中只是"听听劲"而已，不是真打硬拼，不至于有什么危险。

李瑞东叫一声"着"，两人双手相搭，你来我往，连绵不断，动作极为灵活又深沉有力，在座所有的人都看得眼花缭乱，目不暇接。

二人方想就此罢休，只听袁世凯喊道："你俩今日必须见个高低上下。"李瑞东无奈，只好继续与王芗斋做推手比赛。

张三混在杂役堆中引颈观看，只听李瑞东身上"哗啦啦"地响。他知李老先生有一种特殊的功法，叫"铁币挂身"。他周身上下挂有一层层铁片，铁片是圆形的，直径有十公分，厚约五毫米，中间有孔，如古币形状，故名铁币。李老先生打起拳来，挂着这些"铁币"，潇洒自如，叮当有声，气不涌出，面不更色。

李瑞东与王芗斋走行门，迈步眼，相搭接小臂，变化无穷，彼此都感到对方小臂的沉重，一时难分高低。

斗了有五六十个回合，李瑞东由于年岁较大，身体有点儿不支，于是开始变换手法。

王芗斋一时疏忽，右腕和右小臂被李瑞东牢牢抓住。

然后，李瑞东往后撤一大步，双手往回一捋，使出了一手太极拳中的绝招。

王芗斋感到这招确实厉害，赶快一跟步，趁势往前一发力，李瑞东毕竟年事已高，一时站立不稳，跌坐于地上。王芗斋抢步上前扶起他，连说："李老前辈，对不住了！"

袁世凯哈哈大笑，说："还是王芗斋武技高出一筹！"

王芗斋听了，心里很不是滋味，他对众人说："李老先生的功夫比我强，这次是李老先生让了我一招。何况推手也不是真正的比武，我打算下个月和李老先生在吉祥戏院当众正式比武，诸位如有兴趣，请届时光临！"

袁世凯一拍桌子，站了起来，大声叫道："好！好！这才是君子风度！下次比武，我还要去看，非看出个胜负高低不可！"正说着，猛觉有人在自己秃脑壳上重重打了一掌，顺手抓去，抓住一只纤细的手腕。

他用力一拽，竟把左侧的沈姨太拽到了自己怀里。

沈姨太"咯咯"笑着说："君子一言，驷马难追啊！"

袁世凯脸一红，一把推开了她。

众人大笑起来，躲在一边的张三也跟着笑起来，笑声震撼着大厅，直震得尘土簌簌而落。

过了半月有余，张三又到西观音寺浴池洗澡，掌柜见他走进门来，赶快上前招呼道："三爷来啦！您老里边请！"

张三把鸟笼递给掌柜，又脱下衣服交给伙计，伙计急忙用挂衣竿将衣服挂好。

洗完澡，张三躺在床上歇息，掌柜把一壶泡好的茶亲自送到他的面前，低声问："张三爷，您听说了吗？那天在袁世凯府上，李瑞东老先生输给了王芗斋那后生，王芗斋为了挽回李老先生的面子，定于八月三日在吉祥戏院再次比武。没承想，昨日李老先生归天了，话都没留下半句，你说怪不怪？有人说他是患伤寒症死的。"

张三一听，愣了半天，结结巴巴地问："此话当真？"

掌柜又递过一把热毛巾："可不是，明日一早要出殡呢，出宣武门直达李老先生的老家河北武清县！"

张三听了，眼圈一红。李瑞东为人正直，家庭虽富裕，但经常散发财物周济百姓，有"小孟尝"之称。他与张三虽交谊不深，但曾帮过张三的忙。张三终生难忘十几年前，他为了救梁振圃，潜入皇宫找尹福，要不是李瑞东帮忙，恐怕早成了慈禧太后的刀下鬼了。如今这位武术老前辈突然去世，他怎能不伤心呢？他决定去参加李老先生的出殡。

张三正在穿衣服，忽见对面两个浴后的壮汉眼光不停地在他身上溜来溜去。这两个人，一个蜡黄脸络腮胡，一个马脸鹰钩鼻子。凭张三走南闯北几十年的经验，知道他俩不是省油的灯，于是在心里有了提防。

张三想：虽然自己一辈子没做过亏心事，但闯荡武林、出入豪门，难免得罪一些人。他们收买一些见利忘义之徒，屡次暗算自己，虽每次都化险为夷，化干戈为玉帛，但仍需多加小心。看今天二人来势不小，不如施展小技，“劝”走他们，好了好散。

想着，张三向伙计要过衣裤。此时，对面二人已穿戴完毕，却依然不走。张三马上穿衣蹬裤，暗自抻筋揉骨，顷刻间人似长了很多，上衣袖口缩到胳膊肘，裤角才到膝盖。他大声对伙计说：“我的衣裳怎么短了，别是拿差换了吧？”

伙计一看，张三的衣服好像缩到了一起，惊得不知如何是好。掌柜闻听从柜台后面探出头来，打着哈欠说：“三爷，您老别讹人了，您看洗澡的人哪有跟您穿一样衣裳的？”

张三笑笑说：“可能是洗澡把筋骨洗舒展了。”说罢，瞟了对面一眼。只见那二人并无退缩之意，脸上露出凶光。

张三知道今日之事不能善了，于是更加留意。

他拿起烟袋向门口走去，鹰钩鼻抢先几步走在前面，络腮胡紧随其后。将到门口，掌柜提着鸟笼刚要递给他，说时迟，那时快，鹰钩鼻陡然疾转身，拳随身转，一招“恶虎掏心”朝他膻中打来，与此同时，身后也似有一股凉风朝脑后袭来。

掌柜大惊失色，“啊”声还未出口，只见那二人已重重地撞在一起。鹰钩鼻一拳击在络腮胡当胸，络腮胡一拳打在鹰钩鼻面门，登时二人跌倒在地。二人同时抽出手枪，朝张三瞄准。

第二十四回 李瑞东仙逝隆殡仪 王金亭慷慨壮悲歌

张三飞脚打了个旋风，那二人手中的枪顿时脱手。张三一脚踩住络腮胡的脑袋问道：“谁派你们来的?”

络腮胡仰躺于地，似尸体一般，挣扎着说不出话来。

张三抽回脚又踩在鹰钩鼻的胸上：“你说!”

鹰钩鼻结结巴巴地说：“是吴总监派来的，他说您老上回装病，不去总统府给袁大总统当保镖，所以请了我们来对您下黑手……三爷，小人再也不敢了，请您老看在您是武术老前辈的份儿上，饶了我们性命!”

张三转身接过鸟笼，对鹰钩鼻说：“歇一会儿，找辆洋车拉他回家，精心调理，还不至于落个残废，否则……”

原来张三刚才见两人前后夹击，在两拳即将触身之时，施展本门抽身幻影的闪躲功夫，从两拳之隙撤出身子。他念及鹰钩鼻有退缩之意，用右手在他背后轻击一掌；痛恨络腮胡跃跃欲试，左手持烟袋向他背后重重一磕。二人都受了伤，络腮胡伤得更重。

晚上，宛八爷、“小影壁”、何六等人来找张三，商议明日参加为李瑞东送葬之事。几个人约定第二天早上八时在宣武门聚齐，会同从天宁寺来的灵柩，一同南行至东高地。

第二天早上八时，张三身穿青袍，准时来到宣武门门楼下，只见宛八爷等人已等在那里了。

“小影壁”手里搭着一摞丧服，对张三说：“发你一件白绸大褂儿。”说着递过一件衣服。

张三套上白绸大褂儿，回头看见宝三、沈三仅戴一顶孝帽，系一条孝带，心中纳闷，忙问：“咱们的装束还不一样?”

“小影壁”道：“送丧者按品级、亲疏、辈分发孝服，上等发白绸子大褂儿，中等发白布大褂儿，末等仅发孝帽一顶、孝带一条。”

一会儿，王金亭也坐着汽车来了，他穿一件白绸孝服，显得疲惫不堪。他与李瑞东也有交情，平时李老先生常到他府上议天议事。自从宣统皇帝退位后，王金亭一直闲居在家。袁世凯任大总统后，让熊希龄任国务总理，熊希龄留用了一些清朝的旧僚担任政府一些职务。他见王金亭办案得力，在旧刑部威信很高，于是请他出来担任司法次长。

王金亭向张三招呼说：“张三爷也来了？你近日身体可好？有一段时间没到我那里去了，我还给你留着几瓶茅台酒呢。”

张三问：“媛文姑娘可好？”

王金亭轻轻叹了口气：“都三十好几的姑娘了，还没出阁呢！整日关在屋里吟诗作画，舞枪弄棒的。人家给说了好几门儿亲，那些男人，有的出身书香门第，有的是官宦之家，有的在政府担任要职，是留洋的才子，她呢，头摇得像拨浪鼓儿。我老了，她娘又死得早，真是没办法！她的性格也变得越来越孤僻了，不像以前那样爱说爱笑的了，平日深居简出。真是‘女大不能留，留在家里是个愁’呀，张三爷要有合适的，最好能给她物色一个。”

张三说：“我接触的朋友多是市井人家，舞枪弄棒的，像媛文姑娘那么多才多艺，还是应该找个门当户对的才好！”

这时只听传来哀乐之声，一行人缓缓而来。前面是金瓜钺斧，有人举着“回避”、“肃静”的虎头牌，以及香炉、雪柳、引魂幡等簇新之物。六四杠高抬着用金线绣满“百寿图”花样棺罩的灵柩，鼓乐喧天，满街缟素。灵柩后，紧跟着李瑞东的亲属、朋友、乡亲以及武术界人士。众人浩浩荡荡，有的执绋，有的捧香，哭声震天，不胜哀痛。

王芗斋眼睛哭得桃儿一般，正在队伍里抛撒纸钱，他将四五十张一叠的纸钱直线般上抛有五六米高，纸钱到了空中如伞盖般地向四面八方飘落而下，一时间满天白片纷飞。纸钱飘落时，观者皆蜂拥而抢没有落地的纸钱，传说这种纸钱擦拭面部或身上疥癣之疾，患处当可霍然。

张三、宛八爷、王金亭等人默默地走进殡仪队伍中。

张三望望前后左右，只见武术界同仁来了不少，有吴氏太极拳的吴鉴泉，杨氏太极拳的杨澄甫、杨禹廷、杨少侯，陈式太极拳的陈发科，武式太极拳的郝为真，形意、八卦掌的孙禄堂，通臂拳的王占春，八卦掌的施纪栋、马贵、魏吉祥等，三皇炮捶的于鉴、李尧臣，形意拳李星阶，清拳李鹤铭，摔跤界张文山等人。大多数武术家、摔跤家，张三都认识。

送葬队伍浩浩荡荡往南走到大兴县东高地时，张三和宛八爷、王金亭、“小银枪”何六、“小影壁”等人才洒泪而停。恰好，王金亭的司机开着汽车来接他回府，众人挤上汽车回了京。

光阴如白驹过隙，转眼到了一九一五年，这一年张三已五十三岁。他一直过着半隐的生活，有时出于生计所迫，也去给一些朋友保镖护院。俗话说，人怕出名猪怕壮，张三的名气一大，四面八方、五湖四海的武术家都想找他比试比试。

这一天，在东单的一家酒铺里，一位操着东北腔的彪形大汉向一位酒客打听：“‘醉鬼张三’住在哪儿？”

“小爷们儿，你打听张三爷干什么？”

“干什么？听说他身怀绝技，俺要跟他比试比试！”

酒客哈哈大笑说：“张三爷的功夫，不要说你一个，就是十个八个怕也近不得他哩！”

“你认识他？”

“他常来这儿喝酒，这儿的人谁不认识他！”

大汉说：“那就请你转告他，俺叫张小乙，在关外住，特意来找他比武，不把他打败，俺就不回去了。”

当天深夜，张小乙正在花市客店里熟睡，猛觉鼻孔一阵奇痒，不由得打了一个喷嚏；又觉得有人推了他一把，睁开眼睛，朦胧中见窗外似有一团火光。他急忙起身，想要穿衣服，但在床边一抓，衣服、裤子都不见了；四处里一摸，还是没有找见。

关外的有些庄稼人喜欢脱得精光睡觉，张小乙就是这种类型的人。如今他一丝不挂，甚觉羞愧，好在天黑，他只好抄起一把钢刀，跑到院里察看。只见火光熄了，一条黑影“嗖”地上了墙。

张小乙看那墙有一两丈高，自知上不去。时近中秋，月光正明，看那黑影，大个子，蛤蟆腰，走在墙头上，如走平地一般，一转眼，跑到西房上去了。

张小乙用嘴叼住刀，顺着一棵大枣树爬上了西房，没想到上房一瞧，那黑影却又到了东房上。

他跳下西房，向东奔去，那黑影已经跑到前院房上去了。

他追到前房，那黑影却又翻到了后院。

张小乙手提钢刀从前院追到后院，又从后院追到前院。只见那黑影蹿房越脊如鸟一般灵活，累得他满头大汗，“呼哧呼哧”喘粗气。

就在这时，客店老板房里的蜡烛亮了，门“吱扭”一声打开了，老板娘正赶上闹肚子，蓬头散面，两只手提着裤子走了出来，准备上茅房去；正瞧见白水鸟一般的张小乙，吓了一跳，一使劲，“扑哧”一声，稀屎全拉在了裤裆里。

张小乙一时不知所措，却见一团黑物急速朝他打来，正落在他怀里。

他吓了一跳，抖开一看，竟是他的衣服和裤子。

这时，客店的人纷纷惊起，提着棍棒跑了出来。张小乙又慌又急，赶快溜回自己的房间。

回到房里，他躺在床上仔细琢磨：这是什么人在跟我开玩笑呢？这人的轻身术如此高明。想着想着，猛然省悟：这飞檐走壁的准是“醉鬼张三”，我算是服了。

第二日上午，张小乙提着三瓶山西汾酒到东单洋溢胡同来找张三，张三的妻子张氏给他开了门。

“张三爷在家吗？”张小乙劈头问道。

“昨个半夜才回来，刚睡安稳，今儿个一大早又叫一个大官人用汽车接走了。”

张小乙把酒递给张氏，说：“师娘，这点儿酒给三爷喝吧，您对他说，我叫张小乙，是关外来的。他的功夫，我是不喝药，贴膏药，服（敷）了！”

那个用汽车接走张三的大官人正是司法次长王金亭。

王金亭派人把张三接到家中是想跟他商量一件极为重要的事。

在客厅里，张三焦灼地听着王金亭慷慨激昂的述说：“袁世凯这个老贼的狐狸尾巴终于露出来了，他现在要废掉共和政府，准备称洪宪帝了，准备变中华民国为中华帝国，这是他蓄谋已久的！多少年来他一直在做着皇帝梦，他出卖维新党人，大肆搜捕革命党人，排除异己，结党营私；他的儿子袁克定组织军官模范团，培植袁家军事骨干，以实现袁家皇帝梦。”

王金亭气得胡子乱抖，激动得在客厅内踱来踱去。

“今年年初，日本政府向袁世凯提出秘密条款‘二十一条’，作为支持袁世凯称帝的交换条件。其中有要求日本继承德国在山东的权益，中国政府必须聘用日本人为政治、财政、军事顾问等。袁世凯称帝心切，急于取得日本人的支持，竟于今年二月二日派外交总长陆宗舆、次长曹汝霖与日本驻华公使日置益等人开始秘密谈判，准备卖国称帝。今年五月七日，日本政府竟然向袁世凯发出关于‘二十一条’的最后通牒，限四十八小时内答复。五月九日，袁世凯致函日本驻华使馆，宣布‘二十一条’除第五条‘容日后协商’外，其余全部承认。五月九日，这真是国耻日啊！

“今年八月十四日，杨度、孙毓筠、严复、刘师培、李燮和、胡瑛等在京发起组织筹安会，为袁世凯称帝大造舆论。近日袁世凯又拉拢欺骗一批人在各地活动，投票拥护他登极称帝。袁世凯称帝预示着中国要亡国啊！好端端一个中国，就要败在这么一个败家子儿手里了！”

王金亭愈说愈激动，猛地站住，眼泪“刷刷”而下，忽而叹道：“楚虽三户能亡秦，难道堂堂中国空无人！”

张三明白了王金亭的意思，王金亭是要他学荆轲，去刺杀袁世凯这个窃国大盗。

王金亭双目炯炯，眼睛盯着张三，慨然地说：“张三爷，你我患难之交十六年，风风雨雨，肝胆相照，足以见人心！你曾随我下江南剿除贪官洪升，为浙江百姓除害；随我上西藏，为了国家统一，杀了叛匪萨迪，把诏书送到十三世达赖大喇嘛手中。你仗义疏财，不为乌纱、金银所动，上天入地，两袖清风，一尘不染，堪称是武林师表、民族典范。这一切我王金亭有目可鉴，终生难忘！如今为了黎民百姓，为了华夏古国，为了使袁世凯称帝不能得逞，也为了废除这卖国的‘二十一条’，我……我想请张三爷做荆轲、高渐离，去刺杀袁世凯这老贼！”

他说完，泪流满面，“扑通”一声跪在张三面前。

张三急忙去扶王金亭，王金亭不肯起来。张三于是也跪下，朝王金亭一拱手说：“王大人是书香门第、官宦之家，家有巨财，不愁吃穿，可是却愿为国分愁，为民除害，为正义直抒胸臆，我张三了如明镜，实是赞赏。先生的人格、品质、风度和气质，真是官吏之楷模！如今先生有求于我，实际上是国家、百姓有求于我！我张三一个平民百姓，出身寒微之家，当年学艺时，师父就曾再三告诫我要成为国家有用之材。我已活了五十三个春秋，人世间的酸甜苦辣都尝过了，古代有一句话：民不畏死，奈何以死惧之！我张三愿以生命报效国家，报效黎民，报效大人！”

说到这里，只听外面传来“呜呜”的哭声，二人赶紧站起来奔出门外，只见明月高照，秋风飒飒，并无一人。

王金亭和张三疑疑惑惑，走出垂花门，忽见有个人影一闪。

王金亭喝问：“你是何人？”二人追过去，那个人影却不见了。

这一天是张三一生中最关键的一天，这一天将决定国家、民族和袁世凯的命运。张三，这位杰出的民间武术家，在生与死的十字路口勇敢地选择了死。

他没有把刺杀袁世凯的企图告诉妻子。

晚上，张氏照常在灯下做着针线活儿，儿子、女儿都已入睡。张三心绪纷繁，他仔细端详着妻子，这个与他相处了三十多年的患难女人。为了他，妻子脸上又多添了几道皱纹，头上又多添了几根白发。张三非常清楚，在他走南闯北，四处走镖，尤其是跟随王金亭下江南、上西藏的岁月里，妻子不知储存了多少良好的祝愿、操了多少心；孩子们都是她一步步拉扯大的，她真是一位贤妻良母。可是如今他就要离开妻子去干一件惊天动地的事情，可能一去不复返，会永远地离开她，离开孩子，离开这个温馨的家庭了。然而为了国家、为了民族，为了千千万万的这样的家庭，他只有这样做了。赤条条地来到人世，又赤条条地坦然离去。

他来到南屋，拨亮了油灯，只见两个儿子鹤侪和鹤铭挤在一张床上，已进入了梦乡。鹤侪嘴里喃喃说着梦话，他俯下身来谛听，却听不清楚。鹤铭的手臂露在外面，张三过去把他的手臂放进被内，并在鹤铭通红的脸上亲了一下。然后他又来到女儿瑾瑛的屋内，女儿睡得正香，发出均匀的呼吸，张三把她的散发拢齐，眼睛里不由得滚下一串泪珠。

张三又回到正屋，悄悄地换着夜行服，张氏见他这么晚又要出去，停下针线活儿问："天这么晚了，你又到哪里去?"

"我去去就来。"张三没有抬头，依旧打着腿上的绑带，藏好了飞镖。

张氏站了起来，来到丈夫面前，她看到了丈夫脸上的泪痕，问道："你这是怎么了?"

张三问："你说天大，地大，还是咱们家大?"

张氏回答："当然是天地大，天是国家，地是老百姓，咱们家一比当然小了。"

张三苦笑了一下，说："我和你生活了这么多年，还从来没见你回答得这么爽快过，真叫我高兴。"

"看你说的，你今晚是不是去会名手？怎么显得魂不守舍的?"

张三摇摇头，轻轻地扳过妻子的身子，亲了她的额头一下，默默地出门去了。

张氏倚到门框上，若有所思。她没有闩门，她相信，丈夫一定会回来。

张三沿着崇文门以西的城墙，来到绒线胡同袁世凯的住宅。这是一座优雅的古典园林，远远望去，红墙碧瓦，树林繁茂；大门口高悬"袁"字大红纱灯，有两排荷枪实弹的卫兵在门口站岗，一个军官模样的人挎着手枪在门外踱来踱去。

张三绕到房屋后面，攀上了院墙，只见院内雕梁画栋，花木密匝，垂花门外站着两个哨兵。张三轻轻移步来到前面院内。那里有个花阁，非常雅致，院内栽着紫丁香树。正巧有个丫鬟端着一盘银耳汤姗姗而来。

张三轻轻跳了下来，闪到丫鬟面前，用手捂住她的嘴，把她拽到丁香树后，问："大总统在哪儿呢？"

丫鬟哆哆嗦嗦地说："我是杨五奶奶的丫鬟，现在给五奶奶送银耳汤去，不知道大总统在什么地方。"

张三说："你带我去见杨五奶奶。"

丫鬟引张三走进花阁，只见有个银人般的女人，一身白绸睡衣，嘴里叼着烟卷儿，正半卧在沙发上出神，留声机里传出抒情的杨柳青小调。

"五奶奶，有个先生找你。"丫鬟上前说道，然后垂手侍立在一边。

杨姨太转过身来，猛见张三站在那里，吃了一惊，脚上的软布屐掉了下来。

"你……你是谁？"

"我找大总统，有急事禀告。"张三说着抢步上前，抽出一柄短刀，横在杨姨太雪白的脖颈上。

杨姨太吓得出了一身冷汗，结结巴巴地说："爷们儿，有话好说，别动真的。你要金银财宝，我这里有的是；要漂亮女人，袁府上二百多个俊俏女人随你挑！"

张三说："我要找袁大总统。"说着在杨姨太脖颈上轻轻一按，登时现出一道浅浅的血痕。

杨姨太软得像摊烂泥，支支吾吾地说："在……在书房里。"

"书房在哪儿？"张三厉声问。

"在前面那道院里。"

张三把杨姨太和丫鬟绑在床头，又往她们嘴里塞了毛巾，才放心地离去。临走时把灯也吹熄了。

张三来到前面一个院内，果然见袁世凯在窗前看书。他肥肥胖胖，耷拉着大脑袋，聚精会神。

张三见四周无人，心中暗喜，悄悄闪到一边，瞅准袁世凯，掏出了三支飞镖，"嗖，嗖，嗖……"那三支飞镖都结结实实地钉在了袁世凯那胖脑壳上……

张三正要撤身，只听一阵急促的警铃声，二楼窗户伸出五个黑乎乎的枪筒，"砰，砰……"有人开枪朝张三射击，张三慌忙往前院跑。子弹"嗖嗖"呼啸而过。

这时，对面墙上也有一人朝阁楼上射击，把那几个持枪的人吸引了过去。张三又惊又疑，不容多想，一纵身跨上了院墙，来到了墙外。他拼命朝前飞跑，没跑几步，正踩在一个软绵绵的东西上面绊了一跤，爬起来一瞧，竟是一个人。

那个人用微弱的声音叫道："张三爷，快跑！"

张三觉得耳熟，借着溶溶月光一瞧，啊，是王媛文。她身穿蓝衣蓝裤，胸口和脸上都是鲜血，一支手枪扔到一边。

张三扶起王媛文，只听王媛文呼吸急促，吃力地说："那个袁世凯是假的，你……杀错了，快逃吧，不要……管我，四面都是埋伏……"

张三背起王媛文，只觉得沉甸甸的，鲜血染湿了他的衣服。

这时后面涌来一群卫兵，张三赶快往前飞跑；王媛文费力一挣，滑滚在地上……张三只得拐进小胡同向前狂奔。

张三回到家里时，已是夜半，张氏见他一身鲜血，大汗淋漓，又惊又怕。张三也不说话，脱下血衣，让张氏埋了，然后来到屋里。

张氏问他话，他也不回答。只喝了几口烈酒，躺下来，却翻来覆去睡不着。

第二天一早，张三从噩梦中惊醒，猛地想起应该赶快告诉王金亭，也不知王媛文性命如何。

他换了一套衣服，飞快来到地安门王金亭家门口，只见门口贴着封条。邻居们说，半夜里来了大批士兵，把王次长抓走了。

张三感到一阵沮丧、凄凉，他见势不妙，立刻又去找罗瘿公商量。

来到罗瘿公家里，他把事情原委对罗瘿公叙了一遍。

罗瘿公叹道："袁世凯心毒手狠，王先生的性命休矣，但我一定尽力而为。我先去打听一下，你等着我。"

罗瘿公直到中午才回来，他步履沉重，面容苍白，张三一见便已猜出几分。

罗瘿公说："王金亭先生的女儿王媛文在夜里因流血过多牺牲了。袁世凯的一个部下认出她是王金亭的女儿，于是逮捕了王先生。因为王金亭同我们一样极力反对袁世凯称帝，袁世凯对他早就恨之入骨，今天一大早就下命令把他枪毙了。"

张三一听登时晕厥于地。

罗瘿公扶起他，给他喝了一口茶，张三缓缓醒来。

罗瘿公又说："袁世凯这老贼老奸巨猾，他知道有不少人随时都想置他于死地，因此在袁府内设置了若干塑料人和木头人，以防刺客，你们中计了！"

张三听了，呆了半晌，叹道："媛文姑娘，她死得太惨了！"

罗瘿公劝道："张三爷也不要过度忧虑，我看袁世凯很可能是短命皇帝。现在云南大将军蔡锷正在秘密串联进步党人，密商反袁，并准备回云南组织护国军讨袁。孙中山和他的同盟会朋友也在各地活动，策划举事反袁。袁世凯的威胁还来自他的内部，他要称帝，必然要搞世袭制，由他的儿子袁克定世袭帝位。他的两个心腹大将冯国璋和段祺瑞见掌权无望，也要背叛他，袁世凯必将成为孤家寡人！”

罗瘿公的话终于被事实所证明。就在王金亭和一批反袁官吏被处决后不久，袁世凯在中南海居仁堂受百官朝贺，正式称帝，并下令次年改年号为中华帝国洪宪元年。但是在全国人民的一片唾骂声中，袁世凯只过了七十多天的“洪宪皇帝”瘾，就被迫取消了帝制。一九一六年六月六日，在举国一片声讨声中，袁世凯在中南海居仁堂忧惧而死。

王金亭被害后，张三沉浸在巨大的悲痛中。他更加看透了官府的腐败、社会的黑暗，他不愿再干保镖护院的差使，于是息影家园，每天提着两只鸟笼子，出入于酒肆，徜徉于市井，过着完全隐居的生活。

转眼又过了几年。一九一九年五月四日中午，张三正提着鸟笼子准备到闹市口瑞兴隆酒铺喝两盅，刚拐出胡同口，只见从北面黑压压涌过来大批学生。有的举着横幅，上写“取消二十一条”、“外争国权，内惩国贼”等黑体大字；有的手持小彩旗，上写“还我青岛”、“要求惩办曹汝霖、陆宗舆、章宗祥”等标语；有的横幅上还写着“北京大学”、“辅仁大学”等字样。队伍中还有稚气未脱的中学生。

张三惊奇地看到，一些学生脸上淌着鲜血，有的衣服上染满了血，正四散而逃。尖锐的警笛声呼啸着，成群的军警在后面追逐、殴打学生。

张三急忙拦住一个女学生问其缘故，那女学生气喘吁吁地告诉他：“帝国主义国家不同意我国代表提出的取消列强在华特权、取消卖国的‘二十一条’的合理要求，软弱的北京政府准备让步；我们游行要求惩办卖国贼，取消‘二十一条’。刚才愤怒的同学们火烧了赵家楼曹汝霖的住宅，痛打了卖国贼章宗祥；卖国政府派来大批军警镇压，有的同学被捕……”

正说着，一个军警挥舞着警棍赶过来，女学生一看拔腿就跑。

张三叫道：“人家学生爱国游行，你们怎么打人?!”

那警察瞪着眼睛吼道：“你这遛鸟儿的，还不玩鸟儿去，在这儿狗拿耗子多管闲事!”

这时又走过来一个警察，朝张三点头哈腰地说：“哟，三爷在这儿遛鸟儿哪?近日身体可好?”

张三说：“这小子说话还算靠谱儿。”

他用手指戳着刚才那个警察的额头，说：“你瞧你那个杠头样，在家是气管炎（妻管严），在这儿拿人家女学生撒气！”

那个警察知道他是“醉鬼张三”，也不敢惹他，气哼哼地走了。

张三又朝前走几步，只见三四个警察正在扭打一个青年。那青年二十四五岁，文质彬彬，身穿蓝布长袍，戴着一条驼色围巾，面容清秀，两目熠熠发光。他头上已渗出血迹，正大声地与那些警察争辩。

他义正词严地说：“学生爱国，何罪之有?！堂堂中国，岂能被外国人瓜分，中国不能重演八国联军入侵的悲剧。警察们，你们也是炎黄子孙，希望你们能站到爱国学生一边！”

一个警察拿着警棍朝他打来，一边打一边说：“你还煽动闹事，真是乱棒不回头！”

另一个警察说：“我们是奉上头的命令捉拿不法分子。弟兄们，快把他扣起来，押到车上去！”

那些警察蜂拥而上，扭住那青年；青年拼命反抗无果，被压在地上。

张三一见此情景，怒不可遏，大步流星般闯了过去，用两只鸟笼轻轻一磕，两个警察被撞到一边；接着他一脚一个，又踢飞了另外两个警察；然后用胳膊肘一夹青年的手，飞快转进了洋溢胡同。

青年跟着张三飞跑，累得气喘吁吁。跑了一会儿，张三见后面没人追来，便把青年带到了自己家中。张氏问了缘故，连忙给青年包扎了伤口。

青年道了谢，叹道：“中国的劳苦大众就是好。”

他的目光落在墙上的一幅字帖上，那是罗瘿公写给张三的，上面赫然写着“醉鬼张三”四个行书体大字。

青年眼睛一亮，问道：“您就是京城有名的武术家张三先生?”

张三笑道：“谈不上有名，酒倒是喝得略微多点儿。”

“怪不得刚才您把警察打得落花流水。”

张三吸了一大口烟，说：“你们这些学生才叫人佩服，火烧了赵家楼，痛打了卖国贼，喊出了千百年来压抑在人们心里头的口号，真叫痛快，真叫中国人扬眉吐气！”

青年感慨地说：“张三先生的武德、人品海内有名。武术家习武可以健身、防身、御敌，在几千年的中华民族文明史中蔚为奇观，其功法技艺，凝聚着中华民族的智慧。清代学者颜元先生说，‘一身动，则一身强；一家动，则一家强；一国动，则一国强；天下动，则天下强。’曾几何时，中华武术家一扫‘东亚病夫’的晦气，屡胜外国力士，强我国门。津门大侠霍元甲屡挫俄、英、日大力士，在上海张园设擂时，广告上赫然写着：‘专收各国大力士，虽有铜皮铁骨，无所惴焉’。真长我中华志气！孙中山先生曾为霍元甲创办的精武体育会亲自题匾额，书写‘尚武精神’四个大字。又有多少武术名家为保家卫国献出了宝贵生命，八卦掌名家程廷华在北京花市血刃八国联军，英勇牺牲；‘大刀王五’抗击德兵，被捕后坚贞不屈，慷慨就义。一九〇〇年的义和团运动，便是中国数十万武术之众抗击外国侵略者的见证!”

青年越说越激动，眼睛泛出神采。

张三听得入了迷，眼睛瞪得大大的，洋溢着热盼之光。

青年话锋一转：“可是武术救不了中国，历史上有多少武术家闯荡江湖，仗义疏财，打抱不平，扶弱助贫，都没有能救得了中国。只有马克思主义、社会主义才能救中国！只有唤醒民众，用暴力打倒黑暗的统治，中国的劳苦大众才能彻底得到翻身解放!”

张三听了，喃喃自语：“马克思主义、社会主义是什么?”

青年回答：“就是穷人翻身得解放的真理，是杀向旧社会的一柄利剑!”

张三问：“是武术家使的宝剑吗?”

青年笑着摇摇头，说：“马克思主义是真理，俄国人民就是在马克思主义指引下，在无产阶级革命导师列宁的领导下，推翻了黑暗统治，建立了穷人当家做主的国家，俄国又改名叫苏联。在苏联，人人有工做、有地种，谁也不欺负谁，谁也不压迫谁，人民过着平等、幸福的生活。”

张三沉浸在巨大的喜悦中，说：“要是中国也能这样就好了。”

青年喝了一口水，又说：“这次三千多学生火烧赵家楼的行动，必将在中华民族史上抒写光辉的一页。虽然有一些学生流血、被捕，甚至牺牲，但是它将能唤醒更多的民众，它将向全世界宣告：东方的睡狮醒了！怒吼了！试看将来的东方，必是赤旗的世界!”

下午，张三出去探听了一下，了解到街面已经平息，警车开始清扫路面的血迹，传说有三十一名学生被逮捕。

晚上，张三夫妻俩把那个青年装扮成一个商贩，张三带他出门，一直送他到了西四牌楼。

直到这时，张三才想起问他的姓名和住址。

那青年微笑着告诉他：“我叫高君宇，住在辅仁大学。张三先生，咱们后会有期!”

张三眼望着他那颀长的身影消失在西四大街的尽头，心里有说不出的激动。

可是从此以后，张三再也没有见到过那个名叫高君宇的青年。

二十世纪二十年代是中国历史上军阀混战最频繁的时期，真是“乱哄哄，你方唱罢我登场”。直皖战争爆发后，皖系军阀段祺瑞在直系军阀曹锟、吴佩孚和奉系军阀张作霖、杨宇霆的联合夹击下惨败，不久便通电下台。很快，直奉两系共同控制了北京政府。

军阀们个个睡不安稳觉，梦中都怕刺客的子弹或暗器。他们搜肠刮肚地寻找得力的保镖，一辆辆小汽车驶进东单洋溢胡同，又一辆辆扫兴而归。张三真可谓“三军可夺帅也，匹夫不可夺志也”！他倚醉卖醉，不管哪位权贵来请，都休想请得动。

这一天上午，张三正在东单“大酒缸”酒铺喝酒。这座酒铺只有两间房屋，门前高挑着一面镶着白狗牙边儿的青布酒帘，门口有一副对联：醉里乾坤大，壶中日月长。店里沿柜台有一大溜酒缸，几张杨木桌，桌旁横着几条长凳。来这种小酒铺喝酒的多是一些穷人、苦力，故北京人称它“大酒缸”。

张三穿着粗布灰大褂儿，光着和尚头，面色苍黄，留着一嘴很短的白胡须，正在与几位衣衫破旧的朋友豪饮。

一辆黑色小轿车停在“大酒缸”酒铺前，车中走下一个军官、两名警卫，三个人走进酒铺。

军官走到张三面前，毕恭毕敬地问：“您就是寿亭先生吧？”

张三斜着一双醉眼，上下打量着军官说：“我可不认识您。”

军官说：“在下姓王，是吴佩孚大帅的副官。吴大帅听说您武功超群，特派我邀请您担任武术教官。我已经到您府上去了三次，您都不在，今天好不容易找到这里……这是吴大帅的名片。”说着，把一张一尺长的大名片递了上去。

张三连看都不看，说：“我老眼昏花，看不清字儿。你们今儿个辫大帅，明儿个袁大帅，现在又出来个吴大帅，走马灯儿似的，我也弄不清你们谁是谁。您请收回吧！”

他一仰脖子，一杯酒落了肚，招呼他的酒友：“来，老哥儿几个，喝，喝，人生有酒须当醉，一滴何曾到九泉！”

王副官神情尴尬，却不好发作，一挥手，一名卫兵上前，手里托着一只沉甸甸的黑漆方盘。

他掀起盘上的黄绸，露出满盘白花花的洋钱，满脸堆笑说：“这四百块大洋是吴大帅的一点儿小意思，敬请三爷笑纳。”

张三一边给朋友斟酒，一边说：“嗬，还真不少给，比袁大头还阔气，可我没这个福分，谁给的钱儿多，我就越瞧不起。天底下像我这样的把式不新鲜，但像我这样穷却难找。我就喜欢这个穷，穷得自在。你那些洋钱儿，揣回去吧。”

王副官耐住性子，说：“吴大帅为了以武力统一中国，使民国法统重光，广招天下英雄豪杰，正是先生大有作为之时……”

“嘘……”张三凑到王副官耳边，指着墙上贴着的纸条，压低声音念道：“莫谈国事！”

王副官气得脸上呼呼地冒火，但仍强装出笑容，又说道：“您的好朋友张策都出去给张作霖大帅当保镖了，您也……”

话未说完，张三一拍桌子，从腰上取下旱烟袋，点上，拂袖而起，提起座旁的鸟笼，口中念叨着：“可真是的，连口素净酒都不让喝。”摇摇晃晃，扬长而去。

因为“臂圣”张策在张作霖那里当保镖，张作霖的总参议杨宇霆也想请个名手当保镖，有人介绍了张三，又对他说了张三如何不肯“出山”。

杨宇霆想了想对马弁头目说：“你就说我找他问点儿事，不是请他当保镖，我就不信他有邪功夫！”

马弁头目带着四个马弁在闹市口瑞兴隆酒馆找到了张三，张三同他们来到设在朝阳门内大街原清朝孚王府的大帅府。

杨宇霆问张三：“你就是‘醉鬼张三’吗？听说你的武术很好，你有什么特殊的功夫？”

张三回答：“我只会乡下的一些粗拳，上不了大雅之堂。我的武功没有什么特殊的，只是比一般的武术快一点儿。”

杨宇霆听了，眼睛一翻：“快？你还能有我的手枪快吗？”

张三说：“你别让我看见枪，看见了你就没我快。不信你找一个人来，站在咱俩中间吹哨，咱俩各自站在一边相距约五米；哨一响，你掏枪就打，打死了我认命。”

杨宇霆说：“好吧。”

他马上叫一个马弁站在中间吹哨，哨响后他掏枪就打，而此时张三已在他的身后，并说：“我在这里。”

杨宇霆听后，反手又是一枪，张三飞快地转到了杨宇霆的面前。

这时他们彼此不禁哈哈大笑，杨宇霆说：“张先生的功夫果然好，我请先生在府上用餐。”

张三知道他一定会提出当保镖的事情，马上推辞说：“我孩子病了，我要回去照顾。”

杨宇霆见他婉言谢绝，也不强留。

张三回到家里，张氏担心地问他：“杨大帅把你叫去干啥？”

张三笑着说："没什么，杨宇霆差点儿把我枪毙了。"

以后，杨宇霆又派人给张三送来皮袄大衣等贵重礼物，张三都婉拒了。一次，"燕子"李三遇到他，问他："人家送你东西，你为什么不收下?"

张三说："要收下他的东西，将来就得给他办事，还是不收的好，这样可以省却很多麻烦。"

这时忽然传来张三的挚友"单刀李"李存义病逝的消息，张三急忙赶到直隶深州参加了他的葬礼。

落叶萧萧，秋风悲凉，张三在李存义墓前默默地培土。他暗暗落泪，为这位在人世间奋斗了七十四年的武术泰斗致哀。

他想：有的人死了，但他还活着，有的人活着，但他实际上已经死了。李存义先生为抵御外国侵略者，在中国武术史上谱写了不朽的篇章，他的死比泰山还重，将永远活在人民心里。

又过了两年，张三的好朋友罗瘿公也病逝于东交民巷德国医院，其骸骨埋葬于西山幻住园，这对张三无疑又是一个沉重的打击。

罗瘿公是他一生中最好的朋友之一。这位广东才子，幼年时就读于北京广雅书院，是康有为的学生。义和团运动爆发前夕，他与张三在北京厂甸庙会相识，以后成为了诗酒朋友；张三敬重他的才学，罗瘿公佩服张三的为人和武技，并给予他不少帮助。张三常叹道："人生得知音者难，罗瘿公虽比我小十八岁，但我们亲如手足。"

辛亥革命后，罗瘿公同王金亭一样也曾在北洋政府任职；袁世凯称帝后，他愤而辞职。袁世凯钦慕罗瘿公的才学，曾吩咐部属送去重礼相聘，罗瘿公闭门谢客，拒不受禄。以后他纵情诗酒，流连剧场，与王瑶卿、梅兰芳等人结为戏剧挚友。

一九一七年，程砚秋十三岁时，由于在倒嗓时期，声带喑哑，他的师父荣蝶仙与上海戏院订立了六百元一个月的合同，拟让他赴沪演出。罗瘿公听说后，非常着急，唯恐他南下演出，嗓病会更坏下去。于是出资将程砚秋从戏班赎出，延聘名师授艺，并亲自教他识字、读书，帮助他根据自身条件，发挥艺术特长，还为他编写了《龙马姻缘》、《梨花记》、《红拂传》等剧本。

张三是在西山幻住园罗瘿公墓前结识了二十岁的程砚秋，其时他抚棺痛哭，写作了一副挽联："当年孤子飘零，畴实生成，岂惟末艺微名，胥公所赐；从此长城失恃，自伤孺弱，每念篝炎制曲，无泪可挥!"张三为他们的师生之谊所感动，在伤心之余，反倒劝起程砚秋要保重身体。

过了一个月，程砚秋坐汽车来到张三家里，适逢张三外出拜访宛八爷，程砚秋只得返回。

晚上，张三回到家里，听说此事，就对儿子鹤侪、鹤铭和串门儿来的邻居说，我从来没有坐汽车的朋友。

这些话传到程砚秋的耳朵里，他更加敬重这位老英雄。此时他已拜著名武师高紫云先生学习了太极拳和八卦掌，深得杨派大家的精髓；而因罗瘿公生前多次对他讲述张三的绝技，故他一心要拜这位武术大师为师，学习武技。

这一次，程砚秋将汽车停在东单，步行到张三家里。

张氏告诉他，张三到闹市口瑞兴隆酒馆喝酒去了。程砚秋于是步行出了洋溢胡同东口，赶到瑞兴隆酒馆里，只见张三酒兴正浓，正在表演绝技。

他的手指肚、脚趾肚状如算盘珠。伙计拿来两个铜钱，他将其摞在一起，两指一卷成为圆筒。接着他两肩向后一背，两个肩扇并在一起。脚面上翘，使之贴到了迎面骨。而后他弓步一踏，头向右转，好似向后长着。

程砚秋大为惊讶，他上前恭恭敬敬地朝张三鞠了一躬。张三说："噢，程先生来了，请坐!"

程砚秋也不坐，上前给张三斟了酒，然后侍立一旁。

张三尽兴，走出店外，程砚秋忙去摘挂在店门前竹竿上的鸟笼，却怎么也够不着。

张三说："甭费劲儿啦！这是掌柜捣的鬼!"说罢，右手一伸，就将鸟笼取在手中，程砚秋连忙接了过来。

原来，掌柜见张三每次来这店里喝酒，总是一伸手就将鸟笼挂在竹竿子上。一人多高的竹竿，掌柜连蹦带跳也够不着，而与他身量相仿的张三却不费吹灰之力从容摸到。于是今天，掌柜让伙计把竹竿升高了尺许，心想：我倒要看你怎么摘？没想到张三又同往常一样，不欠脚，不蹦跳，依然是手一伸就摘好了。

程砚秋雇来洋车，请张三坐定，车夫向张三家里走去。程砚秋一手提鸟笼，一手扶车，紧跟其后。

二人来至房中，谈得十分投机。张三佩服程砚秋学艺心诚，又念在他是老友罗瘿公的高足，当时便收下程砚秋为记名弟子。

第二年秋天，张三因想念已故的朋友罗瘿公、王金亭、李存义等人，独自来到陶然亭公园遣闷儿。

陶然亭的名称始于清代康熙年间，当时任窑厂监督的工部郎中江藻，在窑厂南面的慈悲庵内盖了三间西厅供他休息，并取白居易诗中"更待菊黄家酿熟，共君一醉一陶然”的“陶然”二字为其命名。此后，每逢秋季，许多游客和文士都来此处登高赏景，饮酒赋诗。

张三来到葫芦岛上，穿过云绘楼、清音阁和慈悲庵。灰暗的云块缓缓向北移行，阳光暗淡，天气阴冷，给人一种荒凉寥落的感觉。开始枯黄的树林里，飞鸟惊惶地噪叫着，巨伞般的老白果树孤独地站在湖边，在寒风里摇曳着枯枝败叶，发出唏嘘的叹息声。

山坡上，一只啃不出什么名堂的老山羊，呆呆地、毫无表情地注视着张三。

张三漠然地抬起头，朝葫芦岛北面的锦秋墩走去。墩顶建有一座四角亭。北坡下新起了一座坟墓，一个秀丽苗条的女学生正在墓前嘤嘤哭泣。

那女学生穿着月白旗袍，系着一条红围巾，红得扎眼。风吹动着她的散发，她那美丽的脸庞上满是泪痕，手里握着一卷文稿。

她是谁？为何哭得这么伤心？墓下埋葬的一定是她的亲人……

张三走下山坡，来到墓前，只见墓碑上清清楚楚地镌刻着：“高君宇先生之墓”。

“高君宇，高君宇……”这名字像巨雷，在张三耳畔轰响。

他就是那个参加“五四”运动的爱国青年！那个有着一张令人难忘的刚毅面容的书生！

张三在墓碑上还看到这么几行娟秀的小字：“我是宝剑，我是火花；我愿生如闪电之耀亮，我愿死如彗星之迅忽……”

张三失魂丧魄地走上山坡，他看到在那秀丽的湖边，一丛丛的树林里，枫叶由绿变成暗紫色，又由暗紫变成一片火红。红枫像一炷炽烈的火炬，在青山绿水间举了起来，给这秋野缀上一片盎然生气。

他望着眼前一片火红，猛地想起那个叫高君宇的青年说过的一句话：试看将来的东方，必是赤旗的世界！

他想：那个世界离现在不远了——